HEYNE <

Die Chroniken des Raben

Erstes Buch: Zauberbann
Zweites Buch: Drachenschwur
Drittes Buch: Schattenpfad
Viertes Buch: Himmelsriss
Fünftes Buch: Nachtkind
Sechstes Buch: Elfenmagier

Die Legenden des Raben

Erstes Buch: Schicksalswege
Zweites Buch: Elfenjagd
Drittes Buch: Schattenherz
Viertes Buch: Zauberkrieg
Fünftes Buch: Drachenlord
Sechstes Buch: Heldensturz

JAMES BARCLAY

Nachtkind

Die Chroniken des Raben

Fünftes Buch

Deutsche Erstausgabe

WILHELM HEYNE VERLAG
MÜNCHEN

Titel der englischen Originalausgabe
NIGHTCHILD (Part 1)
Deutsche Übersetzung von Jürgen Langowski

2. Auflage

Deutsche Erstausgabe 11/2005
Redaktion: Rainer Michael Rahn

www.heyne.de
Printed in Germany 2007
Karte: Franz Vohwinkel
Titelillustration: Laura Brett
Umschlaggestaltung: Nele Schütz Design, München
Satz: Christine Roithner Verlagsservice, Breitenaich
Druck und Bindung: GGP Media GmbH, Pößneck

ISBN: 978-3-453-52133-9

Dieses Buch ist dem Gedenken an
Stuart Bartlett gewidmet.
Er war mir ein großartiger Freund,
ein wundervoller Gatte für Viv
und ein hingebungsvoller Vater für
Tim, Emma, Claire und Nick.
Stuart, wir vermissen dich,
und deshalb ist dieses Buch dir gewidmet.

BALAIA DER
NORD-
BUCHT
SUNATAS ZÄHN
TERENETSA
SETHE-FLUSS
TORN-WÜSTE
PARVE
BARAVALE-
TAL
KERNLAND DER
WESMEN
(UNERFORSCHT)
ZENTRAL-
TEMPEL DER
WRETHSIRES
AUGSEE
LEIONU
HIMMELS-
SEE
N
W
E
S
GARAN-
BERGE
SÜDSTROM
GARAN-
BERGE
SÜDMEER

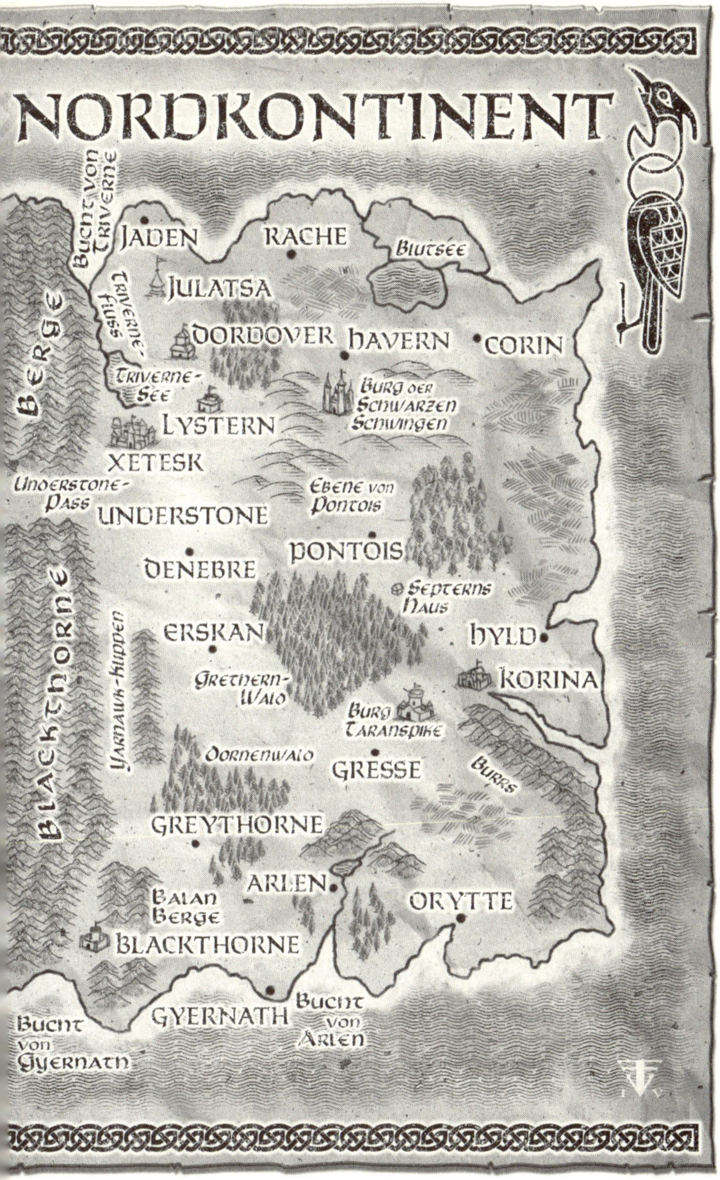
NORDKONTINENT
Bucht von Triverne
Jaden
Rache
Blutsee
Julatsa
Triverne-Fluss
Berge
Dordover
Havern
Corin
Triverne-See
Burg der Schwarzen Schwingen
Lystern
Xetesk
Understone-Pass
Ebene von Pontois
Understone
Pontois
Denebre
Septerns Haus
Erskan
Hyld
Blackthorne
Yarnawk-Kuppen
Grethern-Wald
Korina
Burg Taranspike
Dornenwald
Gresse
Burrs
Greythorne
Arlen
Balan Berge
Orytte
Blackthorne
Gyernath
Bucht von Arlen
Bucht von Gyernath

Auch dieses Mal gab es wieder Menschen, die mir das Schreiben erleichtert und im richtigen Augenblick die richtigen Antworten gegeben haben. Ich danke dir, Alan Mearns, für ein wichtiges, fehlendes Bindeglied, das du mir auf einem Spaziergang zu einem Pub in Killarney geliefert hast. Lisa Edney, Deborah Erasmus und Laura Gulvin danke ich für ihre wertvollen Hinweise. Dave, Dick, George und Pete sei gedankt, weil sie in meinem Namen für die gute Sache kämpften. Simon Spanton unterstützte mich und half mir mit Einsichten durch ein gelegentlich sehr schwieriges Jahr.

Personenverzeichnis

DER RABE	Hirad Coldheart, Barbarenkrieger
	Der Unbekannte Krieger
	Ilkar, Magier aus Julatsa
	Denser, Magier aus Xetesk
	Erienne, Magierin aus Dordover
DIE KOLLEGIEN	Dystran, Herr vom Berge, Xetesk
	Vuldaroq, Herr des Turms, Dordover
	Heryst, Lordältester Magier, Lystern
	Sytkan, Lordmagier, Xetesk
	Ry Darrick, General, Kavallerie von Lystern
	Aeb, ein Protektor
	Lyanna, Eriennes Tochter

SOLDATEN, SEELEUTE UND GRAFEN	Ren'erei, Gilde der Drech Tryuun, Gilde der Drech Jasto Arlen, Graf von Arlen Selik, Hauptmann der Schwarzen Schwingen Jevin, Kapitän der *Calaianische Sonne*
DIE AL-DRECHAR	Ephemere Cleress Myriell Aviana
DIE KAAN	Sha-Kaan, der Große Kaan Hyn-Kaan Nos-Kaan

Wenn die Unschuld den Elementen befiehlt
Und das Land bedrückt und zerrissen liegt,
Dann soll die Spaltung überwunden werden,
Und aus dem Chaos soll sich das Eine erheben,
Das niemand mehr besiegt.

TINJATA, ERZMAGIER VON DORDOVER

Prolog

Jarrin fischte schon sein ganzes Leben lang in den Gewässern nördlich von Sunatas Zähnen. Er kannte die tückischen Gezeiten und die Launenhaftigkeit des Windes genau. Und er wusste die Einsamkeit zu schätzen. Er ließ seine Leinen und Reusen in einer geschützten Bucht ins tiefe Wasser hinab, und dann begann die wundervolle Wartezeit. Das war die Zeit, die er besonders genoss. Er streckte sich auf den Decksplanken seines achtzehn Fuß langen Fischkutters aus; das Segel war am Mast festgezurrt, und das Boot wiegte sich sanft in der Dünung.

Jarrin zog den Stöpsel aus seiner Flasche, in der er mit Wasser verdünnten Wein mitgebracht hatte, und entschied sich für ein dickes Schinkenbrot, das er im Rucksack fand. Er legte es neben sich auf die Bank und betrachtete den wundervollen, mit Wolken getupften blauen Himmel. An einem Tag wie diesem konnte er sich nicht vorstellen, dass es ein besseres Leben gab als seines.

Er musste wohl eine Weile eingeschlummert sein, denn als er erschrocken wieder auffuhr, spürte er, dass sich das Boot auf eine eigenartige Weise unter ihm bewegte, und die

Sonne war inzwischen ein Stückchen weitergewandert. Irgendetwas störte den makellosen Tag, ein fernes Dröhnen durchbrach die Ruhe.

Jarrin stemmte sich auf die Ellenbogen hoch, neigte den Kopf zur Seite und steckte sich einen Finger ins linke Ohr. Er konnte keinen einzigen Vogel hören. Im Lauf der Jahre hatte er sich so sehr an die Möwen gewöhnt, die über ihm kreisten oder nach einem guten Fang sein Boot verfolgten, dass er ihre heiseren Schreie kaum noch bewusst wahrnahm. Jetzt aber machte ihn ihr Schweigen nervös. Die Tiere konnten viele Dinge spüren.

Inzwischen war er völlig wach. Der Himmel droben war immer noch schön, aber die Luft roch nach Regen. Das Meer zog das Boot nach draußen, obwohl ihn eigentlich die Flut zum Land drücken sollte. Und dieses Dröhnen, das von Sunatas Zähnen zu kommen schien, war ein unirdisches, beängstigendes Geräusch, das ihm den Magen umdrehte.

Er runzelte die Stirn und setzte sich aufs Dollbord. Sein Blick blieb an einer Bewegung draußen auf dem Meer hängen. Er erstarrte vor Schreck.

Mit unglaublicher Geschwindigkeit näherte sich eine Wand aus Wasser, hinter der eine dunkle, schwere Wolkendecke heranwehte. So weit sein Auge reichte, erstreckte sich die riesige Welle quer durch die ganze Bucht, ein Ehrfurcht gebietendes, gewaltiges Gebirge aus Wasser mit Gipfeln aus weißem Schaum.

Jarrin starrte und starrte. Er hätte versuchen können, den Anker zu lichten, das Segel zu setzen und zum Strand zu fliehen, doch das wäre vergebens gewesen. Die Welle musste mehr als hundert Fuß hoch sein. Vor ihr konnte man nicht weglaufen. Er konnte nur noch darauf warten, dass er an die Felsküste geschmettert wurde und starb.

Jarrin hatte sich einst geschworen, er werde seinem Tod ins Auge blicken. So stand er auf, sang ein Gebet an den Geist, bat um sichere Überfahrt ins Reich der Ahnen und betrachtete die Pracht der übermächtigen Natur, bis die Wassermassen über ihm zusammenschlugen.

Erstes Kapitel

Die geschlossene Kutsche rumpelte am Westrand des Dornenwaldes auf einem überwucherten Weg mit tief ausgefahrenen Rinnen in Richtung der Varhawk-Klippen dahin. Bretter knarrten, Räder rumpelten über Steine, die Eisenbolzen stöhnten in den Verankerungen. Der Kutscher trieb die beiden Pferde mit Zügelschnalzen und aufmunternden Rufen an, und gehorsam zogen sie ihre schwankende Last mit viel zu hoher Geschwindigkeit. Es konnte nur ein schlimmes Ende nehmen.

Aber noch war es nicht so weit.

Bei jedem Buckel auf dem Weg, der ihm das Hinterteil durchschüttelte, drehte sich der Kutscher um. Trotz der Staubwolke, die das Gespann aufwirbelte, konnte er sehen, wie sie sich näherten. Sechs Männer zu Pferd, die ihn bald einholen würden. Durch das Gelände, das die Räder der Kutsche so sehr beanspruchte, wurden sie kaum behindert.

Schon den halben Tag hatte er die Verfolger beobachten können. Mit seinen scharfen Augen hatte er die Männer bald bemerkt, kaum dass sie die Verfolgung aufgenommen hatten. Zuerst hatte er die Pferde noch nicht galoppieren lassen, doch als der Nachmitttag sich dahinzog, wurde deutlich, dass die Verfolger ihre Pferde zu Tode hetzen würden, um die Kutsche einzuholen. Überrascht war er nicht. Was die Verfolger im Wagen zu finden hofften, war mehr wert als das Leben einiger Gäule.

Er lächelte, drehte sich wieder zum Weg um und ließ die Zügel knallen. Über ihm zogen sich Wolken zusammen, und der schöne Tag ging allmählich in die Abenddämmerung über. Er kratzte sich am Kinn und betrachtete die Pferde. Der Schweiß lief ihnen in Strömen über die Flanken, unter den Ledergurten bildete sich Schaum. Ihre Köpfe nickten, als er sie antrieb, sie hatten die Augen weit aufgerissen und die Ohren flach angelegt.

»Gut gemacht«, lobte er sie. Sie hatten ihm die Zeit verschafft, die er brauchte.

Wieder sah er sich um. Die Verfolger waren schon bis auf hundert Schritt herangekommen. Ein dumpfer Knall verriet ihm, dass der erste Pfeil den Wagen getroffen hatte. Er atmete tief durch. Jetzt oder nie.

Er bückte sich, ließ die Zügel fallen und sprang auf den Rücken des rechten Pferds. Unter den Händen und durch seine Beine spürte er die Hitze des Tiers, und er hörte das angestrengte Schnaufen.

»Ruhig«, sagte er. »Ganz ruhig.«

Er klopfte dem Pferd auf den Hals und zog seinen Dolch. Die Klinge war gut geschärft, und mit einem schnellen Schnitt durchtrennte er die langen Zügel. Ein zweiter Schnitt, und der Ledergurt, mit dem das Pferd an die Deichsel gebunden war, fiel herunter. Er trat dem Tier die Hacken in die Flanke und ließ es nach rechts abschwenken, fort von der Kutsche, die, jetzt nur noch von einem Pferd gezogen, deutlich langsamer wurde und nach links abbog. Er betete, dass sie nicht umkippte.

Er nahm die Reitzügel, die vorn im Zaumzeug festgesteckt waren, kämpfte kurz um die Kontrolle über das Tier und beugte sich dicht über seinen Hals. Jetzt kam es nur noch darauf an, sich möglichst schnell von der Kutsche zu entfernen. Als er die Rufe hinter sich hörte, zügelte er das Pferd und drehte sich um.

Die Feinde hatten die Kutsche eingeholt und die Türen geöffnet. Die Reiter umkreisten sie, stießen wütende Rufe aus und gaben sich gegenseitig die Schuld. Er wusste, dass sie ihn sehen konnten, doch er war ihnen gleichgültig. Sie würden ihn nicht weiter verfolgen. Wichtig war nur, dass er sie von ihrer Beute weggelockt hatte. Sie hatten einen halben Tag lang eine leere Kutsche verfolgt. Nun konnten sie nicht mehr finden, was sie suchten.

Doch er durfte sich nicht zu früh freuen. Die sechs hier waren Stümper, die man leicht hereinlegen konnte. Es gab weitaus klügere Feinde, die ebenfalls auf der Jagd und nicht so leicht zu täuschen waren wie diese hier.

Erienne beobachtete ihre Tochter, die unruhig in ihrem Schoß schlief, und fragte sich, ob sie nicht doch einen schrecklichen Fehler gemacht hatte. Der erste Tag im Dornenwald war recht angenehm verlaufen. Lyanna war guter Dinge gewesen, und sie hatten auf dem Weg nach Süden Wanderlieder gesungen. Der vom Sonnenlicht gesprenkelte Wald hatte sauber und frisch gerochen, hier schien keine Gefahr zu drohen. Die erste Nacht war für Lyanna ein kleines Abenteuer gewesen, denn sie hatte zum ersten Mal, unter den Mantel ihrer Mutter gekuschelt und von Wachsprüchen beschützt, im Freien übernachtet. Während Lyanna schlief, hatte Erienne sich aufs Mana-Spektrum eingestimmt und im Chaos nach Anzeichen geforscht, ob irgendetwas nicht in Ordnung war.

Nicht, dass Erienne fürchten musste, sie könnten in dieser Nacht wirklich in Gefahr sein. Sie baute darauf, dass die Gilde wusste, was sie tat, und auf sie Acht geben würde. Es gab zwar Wölfe im Dornenwald, sie fanden jedoch keinen Geschmack an Menschenfleisch. Außerdem verfügte sie als dordovanische Magierin über erheblich bessere Möglichkeiten, sich zur Wehr zu setzen, als viele andere Menschen.

Am zweiten Tag hatte sich die Stimmung allerdings geändert. Sie waren tiefer in den Wald eingedrungen, das Blätterdach war dichter geworden, und sie waren die meiste Zeit im Schatten gewandert. Nur wenn die Sonne einmal durchkam und den Boden vor ihren Füßen erreichte, besserte sich ihre Stimmung. Sie hatten nicht mehr so oft gesungen und geplaudert, und nach einer Weile liefen sie ganz und gar schweigend. Erienne bemühte sich, ihrer zunehmend eingeschüchterten Tochter etwas zu erzählen oder interessante Dinge zu finden, auf die sie hinweisen konnte, doch was sie sagte, stieß auf taube Ohren, oder sie verkniff sich die Bemerkungen gleich ganz, wenn sie Lyannas ängstliches Gesicht sah.

In Wahrheit ging es ihr ja selbst nicht besser. Sie begriff – oder sie glaubte jedenfalls zu begreifen –, warum sie allein gehen mussten. Doch ihr Vertrauen in die Gilde schwand zusehends. Sie hatte damit gerechnet, irgendeine Art von Kontakt zu haben, bisher war allerdings nichts geschehen. Inzwischen ließ sie jedes Knacken eines Zweiges unter ihren Füßen und jedes Knarren eines Baumes im Wind zusammenzucken. Sie lauschte, ob sie Vögel singen hörte, und benutzte ihre Lieder, um Lyannas Stimmung zu heben. Wenn die Vögel singen, so hatte sie gelogen, dann droht keine Gefahr.

Erienne hatte dazu gelächelt, obgleich sie wusste, dass Lyanna alles andere als überzeugt war. Wie auch immer, das kleine Mädchen war bald müde geworden, und so hatten sie am Spätnachmittag gerastet. Erienne hatte sich an einen mit Moos bewachsenen Baum gelehnt, und Lyanna war eingeschlummert. Das arme Kind. Erst fünf Jahre alt, und schon musste es um sein Leben rennen, auch wenn es nichts davon wissen konnte.

Erienne streichelte Lyannas langes schwarzes Haar und zog unter ihrem Gesicht vorsichtig die Puppe hervor, auf der sie unbequem mit eingedrückter Wange gelegen hatte. Sie sah sich im Wald um. Das Rauschen des Windes in den Bäumen und die düster nickenden Zweige über ihr hatten etwas Bedrohliches. Sie stellte sich vor, wie ein Rudel Wölfe sie umkreiste, und schüttelte den Kopf, um das Bild zu vertreiben. Doch sie wusste genau, dass sie verfolgt wurden, sie konnte es spüren. Und sie wurde das Gefühl nicht los, dass es nicht die Gilde war, die sie beobachtete.

Auf einmal schlug ihr Herz wie wild in der Brust, und sie geriet in Panik. Schatten tanzten vor ihr und nahmen am Rande ihres Gesichtsfeldes menschliche Gestalten an, blieben aber immer gerade eben außer Sicht. Ihr Mund wurde trocken. Was, bei allen Namen der Götter, wollten sie denn nur von ihr? Eine Frau und ein kleines Mädchen, verfolgt von einer Macht, die viel zu groß war, als dass man gegen sie hätte ankämpfen können. Und sie hatte ihr Leben in die Hand von Fremden gelegt, die sie jetzt gewiss im Stich gelassen hatten.

Erienne schauderte, obwohl es ein warmer Nachmittag war. Die kleine Bewegung weckte Lyanna. Das Mädchen schaute zur Mutter auf und suchte in deren Augen einen Trost, den sie nicht finden konnte.

»Mami, warum beobachten sie uns immer nur? Warum helfen sie uns nicht?«

Erienne schwieg, bis Lyanna die Frage wiederholte. »Mögen sie uns denn nicht?«, bohrte sie. Erienne kicherte und zauste Lyannas Haar.

»Wie könnte irgendjemand dich nicht mögen? Natürlich mögen sie uns, meine Liebe. Ich glaube, sie müssen sich vielleicht von uns fern halten, damit uns nichts Böses zustoßen kann.«

»Wann sind wir da, Mami?«

»Es dauert nicht mehr lange, mein Liebes. Nicht mehr lange. Dann kannst du ruhig schlafen. Wir haben schon ein großes Stück geschafft.« Ihren Worten fehlte es an Überzeugungskraft, und der Wind, der durch die Zweige strich, erzählte flüsternd vom Tod.

Lyanna sah sie ernst an, und ihr Kinn bebte ein wenig. »Es gefällt mir hier nicht, Mami.«

Wieder schauderte Erienne. »Mir auch nicht, Liebes. Sollen wir eine bessere Stelle suchen?«

Lyanna nickte. »Du passt doch auf, dass mich die bösen Leute nicht kriegen, ja?«

»Aber natürlich, meine Kleine.«

Sie half Lyanna auf und schulterte den Rucksack, und dann gingen sie weiter nach Süden, wie man es ihr gesagt hatte. Unwillkürlich machte sie schnellere Schritte, um den Phantomen zu entkommen, deren Nähe sie spürte. Erienne versuchte sich zu erinnern, wie der Unbekannte Krieger oder Thraun die Verfolger abgeschüttelt hätten. Sie hätten ihre Spuren verwischt, sich vorsichtig bewegt und falsche Fährten gelegt. Sie fragte sich sogar, ob sie Lyanna tragen konnte, während sie unter dem Tarnzauber lief, sodass sie beide unsichtbar wären. Es wäre sicherlich eine ermüdende, anstrengende Übung.

Sie lächelte grimmig. Es war ein neues Spiel für Lyanna, und vielleicht half es sogar, ihre Stimmung zu bessern. Ein Spiel, bei dem es um den höchsten Einsatz ging.

Sie bewegten sich durchaus gewandt durch den Wald, doch unter dem Blätterdach entging den Elfen nichts. Ren'erei war überrascht über ihre Geschicklichkeit und die Lautlosigkeit, mit der sie liefen, und tatsächlich hinterließen sie kaum eine Spur am Boden. Die Elfenfrau musste auch anerkennen, dass sie so klug waren, zu beiden Seiten von dem Weg abzuweichen, dem sie eigentlich folgen wollten, um etwaige Verfolger abzuschütteln.

Bei den meisten Verfolgern hätten sie Erfolg gehabt. Doch Ren'erei und Tryuun waren im Wald geboren und konnten jede noch so winzige Spur lesen, die ein Mensch im Wald hinterließ. Ein geknicktes Blatt im Laub auf dem Boden, ein Stück lose Borke, das in verräterischer Höhe von einem Baumstamm abgestreift worden war. Im Falle dieser Leute waren es auch Schatten, die nicht zum Sonnenlicht unter dem Blätterdach passen wollten, außerdem kleine Luftbewegungen und die veränderten Rufe der Waldbewohner.

Ren'erei ging vorne, Tryuun deckte seine Schwester und blieb zwanzig Schritt seitlich hinter ihr. Die beiden Elfen waren den ganzen Tag lang den Spuren gefolgt und hatten stetig aufgeschlossen, ohne jemals den Verfolgten einen Hinweis zu geben, dass sie beobachtet wurden.

Tief gebückt lief sie, die Augen immer am Boden, jeder Tritt ihrer leichten Lederstiefel war sicher und lautlos, ihr braun und grün gesprenkelter Mantel, das Wams und die Hosen waren im scheckigen Sonnenlicht kaum auszumachen. Sie waren jetzt ganz nahe. Die Waldmurmeltiere, die vor ihnen in den Wurzeln der hohen Fichten lebten, hatten einen Warnruf ausgestoßen, der aufgewirbelte Staub von der Baumrinde schwebte dicht über dem Waldboden in der Luft, und auf der getrockneten Erde nickten noch leise die Grasbüschel. Die Stängel richteten sich nach und nach wieder auf, nachdem ein menschlicher Fuß sie niedergedrückt hatte.

Ren'erei blieb neben dem breiten Stamm einer mächtigen alten Eiche stehen und legte eine Hand an die Rinde, um die Energie zu spüren. Die andere Hand hob sie zum Zeichen für Tryuun. Ohne sich umzudrehen, wusste sie, dass ihr Bruder das Signal auffangen und in Deckung bleiben würde.

Zehn Schritt voraus ließ eine unruhige Luftströmung die Farnwedel und die niedrigen Blätter nicken. Ein Magier unter Tarnzauber. Der Magier bewegte sich leicht, um den Tarnzauber nicht im Stillstand zu verlieren, und wieder musste Ren'erei die Geschicklichkeit dieses Menschen bewundern.

Ihre Finger berührten fast den Boden, als sie gebückt die Distanz überwand und sich im Geist ein Bild vom Magier machte. Groß, schlank und athletisch. Er wusste allerdings nicht, in welch gefährlicher Situation er sich befand. Die Elfenfrau bewegte sich lautlos, kein Blatt rührte sich, und die Bewohner des Waldes empfanden sie nicht als Störung.

Im letzten Moment zog sie das Messer aus der Lederscheide, richtete sich auf, packte die Stirn des Magiers, riss seinen Kopf zurück und schlitzte ihm mit einer einzigen, fließenden Bewegung den Hals auf. Sie ließ das Blut auf die Pflanzen spritzen. Der Mann starb zitternd und war zu schockiert, um noch Alarm zu schlagen. Der Tarnzauber fiel, und zum Vorschein kamen schwarze, eng sitzende Kleider und ein rasierter Kopf. Ren'erei schaute den Opfern nie ins Gesicht, wenn sie auf diese Weise jemanden töten musste. Der Anblick ihrer Augen, so überrascht und ungläubig, erzeugte nur Schuldgefühle.

Sie legte den Toten mit dem Gesicht nach unten auf den Boden, säuberte sich und steckte das Messer wieder ein. Mit einem Handzeichen ließ sie Tryuun wissen, dass sie weitergehen konnten.

Noch einer von dieser Sorte war im Wald unterwegs. Erienne und Lyanna liefen verängstigt weiter, und der Tag neigte sich dem Ende zu.

Denser hockte im kalten Arbeitszimmer am Kamin. Der Herbstwind rüttelte an den Fenstern, Blätter flatterten unter trübgrauem Himmel vorbei. Die Kälte draußen war allerdings nichts gegen die Kälte im Bauch des xeteskianischen Magiers, der im Turm von Dordover saß.

Als der berittene Bote aus Dordover gekommen war und ihn gebeten hatte, das Kolleg aufzusuchen, war ihm sofort klar gewesen, dass es um etwas Ernstes ging. Das Rumoren in seinem Bauch und der aufgeregte Herzschlag waren nicht gewichen, sondern hatten sich in kalte Wut verwandelt, als ihm bewusst wurde, dass Dordover volle sechs Wochen gebraucht hatte, um sich zu der Ansicht durchzuringen, dass es sinnvoll sei, ihn zu rufen. Anfangs war er enttäuscht gewesen, weil Erienne nicht versucht hatte, mittels Kommunion Kontakt mit ihm aufzunehmen, auch wenn es gar nicht so ungewöhnlich war, dass zwischen ihren Begegnungen mehrere Wochen vergingen. Inzwischen, so dachte er traurig, war vermutlich die Entfernung viel zu groß für eine Kommunion.

Er faltete den Brief zusammen und schob ihn in die Tasche, bevor er den Blick hob und Vuldaroq ansah. Der dicke Herr des Turms von Dordover war mit einer dunkelblauen Robe und weißen Schärpe bekleidet. Er schwitzte vor Anstrengung, nachdem er Denser in Eriennes Gemächer begleitet hatte, und wand sich unbehaglich unter dem Blick des Dunklen Magiers.

»Sechs Wochen Vuldaroq. Was, zum Teufel, habt Ihr nur die ganze Zeit gemacht?«

Vuldaroq tupfte sich die Stirn und die Glatze mit einem Tuch ab. »Wir haben gesucht. Wir haben uns bemüht, die beiden zu finden. Wir versuchen es immer noch. Schließlich sind sie Dordovaner.«

»Und außerdem sind sie meine Frau und mein Kind, auch wenn wir im Augenblick getrennt leben. Ihr hattet nicht das Recht, mir auch nur einen Tag lang zu verschweigen, dass sie verschwunden sind.«

Denser sah sich im Arbeitszimmer um, betrachtete die Stapel verschnürter Dokumente, die Bücher und Pergamente, die pedantisch in den Regalen aufgereiht waren, die ordentlich geputzten Kerzen und Lampen, das Spielzeugkaninchen, das auf einem dicken Kissen saß. Das sah ganz und gar nicht nach Erienne aus, die bei der Arbeit sonst eher chaotisch war. Gegen ihren Willen war sie nicht verschwunden, so viel war klar. Sie hatte aufgeräumt, weil sie die Absicht hatte, lange nicht mehr zurückzukehren. Vielleicht nie wieder.

»Ganz so einfach ist das nicht«, wandte Vuldaroq vorsichtig ein. »Es gibt gewisse Verfahren und Vorschriften …«

Denser sprang vom Stuhl hoch und baute sich drohend vor dem Herrn des Turms auf.

»Kommt mir ja nicht mit so einem Mist«, knurrte er. »Der verdammte Stolz und die Intrigen in Eurem Quorum haben mich sechs verfluchte Wochen lang daran gehindert, meine Tochter und die Frau, die ich liebe, zu suchen. Sie könnten inzwischen wer weiß wo sein. Was ist denn nun eigentlich bei Euren Nachforschungen herausgekommen?«

Denser konnte beobachten, wie sich Schweißtropfen auf Vuldaroqs rotem, fleischigem Gesicht bildeten.

»Vage Hinweise. Gerüchte, dass man sie gesehen habe. Nichts Konkretes.«

»Ihr habt sechs Wochen gebraucht, um ›nichts Konkretes‹ herauszufinden? Die gesammelte, nicht unbeträchtliche Macht von Dordover?« Denser hielt inne, als er sah, wie Vuldaroqs Blick verunsichert abirrte. Er lächelte und trat einen Schritt zur Seite, drehte sich halb um und spielte nachdenklich mit einigen aufgestapelten Papieren. »Sie hat Euch völlig überrascht, was? Euch alle.« Er lachte humorlos. »Ihr hattet nicht die geringste Ahnung, dass sie fortgehen könnte, und wenn, wohin sie sich dann wenden würde, nicht wahr?«

Vuldaroq schwieg. Denser nickte.

»Was habt Ihr also getan? Habt Ihr Magier und Soldaten nach Lystern geschickt? Nach Korina? Nach Blackthorne? Oder gar nach Xetesk? Nein? Was dann? Habt Ihr die Wälder in der Umgebung durchsucht? Habt Ihr Botschaften nach Gyernath und Jaden geschickt?«

»Es gilt ein großes Gebiet zu durchsuchen«, erwiderte Vuldaroq vorsichtig.

»Und trotz Eurer großen Weisheit war keiner von Euch so klug, sich in sie hineinzuversetzen und sich zu überlegen, in welche Richtung sie sich gewandt haben könnte, nicht wahr?« Denser schürzte die Lippen und tippte sich an die Stirn. Einen Augenblick lang genoss er Vuldaroqs Verlegenheit. »Keine Instinkte, was? Und deshalb habt Ihr nach mir geschickt, weil ich jemand bin, der es vielleicht weiß. Nur, dass Ihr Euch so viel, so unglaublich viel Zeit gelassen habt. Warum, Vuldaroq?«

Der dordovanische Herr des Turms wischte sich erneut mit dem Tuch übers Gesicht und trocknete seine Hände, ehe er es wieder wegsteckte.

»Trotz Eurer Beziehung zu Erienne und Lyanna unterstehen beide der Obhut von Dordover«, sagte Vuldaroq. »Wir haben unseren Ruf zu wahren und müssen uns ans Protokoll halten. Wir wollten, dass sie ohne … dass sie möglichst ohne großes Aufhebens zurückkehren.« Er spreizte die Finger und lächelte zaghaft.

Denser schüttelte den Kopf und machte wieder einen Schritt auf ihn zu. Vuldaroq wich zurück, prallte gegen einen Stuhl und ließ sich unbeholfen darauf fallen. Sein Gesicht lief wieder rot an.

»Erwartet Ihr wirklich, dass ich das glaube? Eure Geheimniskrämerei in Zusammenhang mit Lyannas Verschwinden hat nur bedingt damit zu tun, dass es Euch peinlich sein könnte, wenn ihr Verschwinden öffentlich bekannt wird. Nein, es steckt mehr dahinter. Ihr wolltet sie ins Kolleg zurückholen, bevor ich erfahren konnte, dass sie fort ist, nicht wahr?« Denser beugte sich über das schwitzende Gesicht. Warmer, leicht nach Alkohol riechender Atem schlug ihm entgegen. »Ich frage mich nur, warum? Hattet Ihr etwa Angst, sie könnte an die Tür eines besser geeigneten Kollegs klopfen?«

Wieder spreizte Vuldaroq die Finger. »Lyanna ist ein Kind mit wahrhaft einzigartigen Begabungen, und diese Begabungen müssen in die richtigen Bahnen gelenkt werden, wenn sie keine unglücklichen Folgen zeitigen sollen.«

»Wie etwa die Erweckung einer magischen Begabung, in der die Kräfte aller Kollegien vereint sind, meint Ihr? Das wäre wohl kaum ein Unglück.« Denser lächelte. »Wenn das geschieht, dann sollten wir feiern.«

»Seid vorsichtig, Denser«, warnte Vuldaroq. »In Balaia ist kein Platz für einen zweiten Septern. Heute nicht, niemals. Die Welt hat sich verändert.«

»Dordover kann für sich selbst sprechen, aber nicht für ganz Balaia. Lyanna kann uns den Weg in die Zukunft zeigen. Uns allen.«

Vuldaroq schnaubte. »In die Zukunft? Die Rückkehr auf den Einen Weg wäre ein Schritt zurück, mein xeteskianischer Freund, und ein einziges begabtes Kind kündigt noch lange keinen solchen Schritt an. Ein Kind allein ist machtlos.« Der alte Dordovaner biss sich auf die Unterlippe.

»Aber nur, wenn Ihr es daran hindert, sein Potenzial zu entwickeln.« Was als scharfe Antwort begonnen hatte, endete in einem Flüstern. »Darum geht es in Wirklichkeit, nicht wahr? Bei allen fallenden Göttern, Vuldaroq, wenn ihr auch nur ein Härchen gekrümmt wird …«

Vuldaroq stand schwerfällig wieder auf. »Niemand wird ihr etwas tun, Denser. Beruhigt Euch. Wir sind Dordovaner, keine Hexenjäger.« Er bewegte sich zur Tür. »Aber findet sie und bringt sie wieder her, Denser. Bald. Glaubt mir, das ist uns allen sehr wichtig.«

»Raus«, murmelte Denser.

»Darf ich Euch daran erinnern, dass dies hier mein Turm ist?«, fauchte Vuldaroq.

»Raus!«, rief Denser. »Ihr habt keine Ahnung, womit Ihr spielt, was? Nein, Ihr habt keine Ahnung.« Denser setzte sich wieder auf seinen eigenen Stuhl.

»Ganz im Gegenteil, Ihr werdet sicher bald feststellen, dass wir es sogar sehr genau wissen.« Vuldaroq blieb noch einen Moment in der Tür stehen, ehe er sich schlurfend zurückzog. Denser lauschte den schweren Schritten, die sich auf dem holzvertäfelten Flur entfernten. Er faltete den Brief auseinander, den sie anscheinend bisher nicht gefunden hatten, obwohl er in Eriennes Gemächern nicht einmal richtig versteckt gewesen war. Denser hatte gewusst, dass er dort war, an ihn adressiert. Er hatte auch, genau wie sie, gewusst, dass sie ihn nicht finden würden. Keine Instinkte.

Er las den Brief noch einmal durch und seufzte. Viereinhalb Jahre waren vergangen, seit sie vor Septerns Haus auf dem Schlachtfeld gestanden hatten, und doch waren die Rabenkrieger die einzigen Menschen, denen er sich anvertrauen konnte, wenn er Hilfe brauchte, obschon sie stark dezimiert waren. Erienne war verschwunden, und Thraun rannte vermutlich immer noch mit seinem Wolfsrudel im Dornenwald herum. So blieb noch Hirad, mit dem er ein Jahr zuvor einen üblen Streit gehabt hatte. Seitdem hatten sie kein Wort mehr miteinander gesprochen. Dann war da noch Ilkar, der sich in den Ruinen von Julatsa zu Tode schuftete, und natürlich der große Mann.

Denser lächelte. Der Unbekannte Krieger war immer noch der Dreh- und Angelpunkt. Wenn er den ganzen Weg flog, konnte Denser in etwas mehr als zwei Tagen in Korina sein. Ein Abendessen im Krähenhorst und ein Glas roter Blackthorne mit dem Unbekannten Krieger. Eine angenehme Aussicht.

Er beschloss, Dordover im ersten Morgengrauen zu verlassen. Jetzt wollte er läuten, damit in Eriennes Gemächern ein Feuer entfacht wurde. Er hatte noch viel zu tun. Densers Lächeln verschwand. Die Dordovaner würden ihre Suche fortsetzen, und er durfte nicht riskieren, dass sie Lyanna vor ihm fanden. Nicht, dass er dies noch für wahrscheinlich hielt, nachdem er den Brief gelesen hatte, aber man konnte nie wissen. Und solange man nicht sicher war, schwebte seine Tochter bei genau den Leuten, die Erienne um Hilfe gebeten hatte, in Gefahr.

Das war aber noch nicht alles. Irgendetwas arbeitete in ihm, er konnte es jedoch nicht ans Licht zerren. Es hatte mit Lyannas Erweckung zu tun.

Eine starke Bö rüttelte am Fenster, flaute aber ebenso schnell wieder ab, wie sie aufgekommen war. Denser zuckte mit den Achseln, drehte sich zum Schreibtisch um und machte sich daran, alle Papiere gründlich durchzugehen.

In Korina herrschte viel Betrieb. Der Handel war den ganzen Sommer über hervorragend gelaufen, und der Wechsel der Jahreszeit hatte dem kaum Abbruch getan, abgesehen davon, dass die Zahl der Reisenden und Wanderarbeiter zurückging, nachdem diese der Sonne gefolgt und mit Schiffen zum Südkontinent gefahren waren.

In den ersten zwei Jahren nach dem Krieg hatte es Gerüchte über weitere Kämpfe, Steuererhöhungen und eine erneute Invasion der Wesmen gegeben, doch schließlich war auf Korinas vormals nahezu verlassenen Hafenmolen und Märkten wieder etwas Zuversicht eingekehrt, und alle Händler schienen fest entschlossen, den entgangenen Profit so schnell wie möglich hereinzuholen. Die Markttage wurden länger und länger, mit jeder Flut legten mehr Schiffe an, und die Gasthöfe, Wirtshäuser und Herbergen hatten einen Ansturm zu verzeichnen wie seit der Blütezeit der Handelsallianz von Korina nicht mehr. Selbstverständlich begann unter den Baronen wieder das alte Gezänk, und der Beruf des Söldners schien abermals sehr zukunftsträchtig zu sein. Dies war freilich ein Gewerbe, an dem der Rabe keinen Anteil mehr hatte.

Der am Zentralmarkt gelegene Krähenhorst platzte vom frühen Morgen, wenn das Frühstück serviert wurde, bis zum späten Abend, wenn der Spießbraten bis auf Knochen und Knorpel abgenagt war, aus allen Nähten.

Der Unbekannte Krieger schloss hinter dem letzten Betrunkenen des Abends die Tür und drehte sich zum Schankraum um. Er sah sein Ebenbild in einem der kleinen Spiegel, die überall an den Pfeilern hingen. Das kurz rasierte Haar konnte das sich ausbreitende Grau, das zu den Augen passte, nicht verbergen. Sein Gesicht war so markant wie eh und je, und der kräftige Körperbau unter dem weißen Hemd und der dunkelbraunen Hose wurde mit religiösem Eifer in makelloser Form gehalten. Achtunddreißig war er jetzt. Er spürte sein Alter nicht, aber andererseits kämpfte er auch nicht mehr, und dies aus gutem Grund.

Die Stadtwache hatte gerade die erste Stunde des neuen Tages ausgerufen, doch es würde noch einmal zwei Stunden dauern, bis er endlich durch seine Haustür treten konnte. Er hoffte nur, dass Diera und Jonas in dieser Nacht etwas ruhiger schlafen konnten. Der Kleine hatte das Bauchgrimmen und war die meiste Zeit äußerst schlecht gelaunt.

Lächelnd ging er zur Theke, wo Tomas inzwischen zwei dampfende Eimer Seifenwasser, Tücher und einen Schrubber bereitgestellt hatte. Der schönste Moment eines jeden Tages war der, wenn er nachts an der Wiege seines neugeborenen Kindes stehen konnte, oder wenn er neben Diera aufwachte, während die Sonne schon durchs Schlafzimmerfenster schien. Er rückte einen Stuhl zurecht, bevor er die Hände auf die Theke klatschte. Tomas tauchte dahinter auf und brachte eine Flasche roten Traubenbrand von den Südinseln und zwei Schnapsgläser mit. Er schenkte ihnen beiden reichlich ein. Tomas war inzwischen völlig kahlköpfig und fünfzig Jahre alt, doch seine Augen funkelten lebhaft wie eh und je, und er hielt sich aufrecht und war kerngesund.

»Auf einen schönen Abend, mal wieder«, sagte er und reichte dem Unbekannten ein Glas.

»Und auf die Klugheit, zwei zusätzliche Mitarbeiter einzustellen. Die haben es uns wirklich leichter gemacht.«

Die beiden Männer, Freunde seit mehr als zwanzig Jahren und seit gut einem Dutzend Jahren gemeinsam die Besitzer des Krähenhorsts, stießen an und tranken. Nur einen Schnaps an jedem Abend, so hielten sie es seit mehr als vier Jahren. Wenn sie den ganzen Tag gearbeitet hatten, mochten sie darauf so wenig verzichten wie auf das Atmen. Schließlich hatte der Unbekannte mit dem Raben mehr als ein Jahrzehnt lang dafür gekämpft, solche Momente in einem beschaulichen Alltagsleben genießen zu können. Schade nur, dass er auch nach vier Jahren innerlich immer noch nicht zur Ruhe gekommen war.

Der Unbekannte rieb sich das Kinn und kratzte über die Stoppeln, die tagsüber gewachsen waren. Er blickte zur Tür des Hinterzimmers, die mit dem Symbol des Raben geschmückt war. Der Raum wurde kaum noch benutzt.

»Na, juckt's dich, alter Junge?«, fragte Tomas.

»Ja«, erwiderte der Unbekannte, »aber nicht an der Stelle, an die du jetzt denkst.«

»Wirklich?« Tomas zog kritisch die Augenbrauen hoch. »Ich hätte nie gedacht, dass ich das mal sehen würde – dass du dich niederlässt und den Laden hier mit mir zusammen führst.«

»Du hättest nicht gedacht, dass ich so lange überlebe, was?« Der Unbekannte schnappte sich einen Eimer und einen Putzlappen.

»Daran habe ich nie gezweifelt. Aber du bist ein Wandervogel, Sol. Ein Krieger. Es liegt dir im Blut.«

Nur Tomas und Diera durften seinen richtigen Namen, den er als Protektor getragen hatte, benutzen, und wenn sie es taten, dann hielt er immer kurz inne. Es bedeutete, dass sie sich wegen irgendetwas Sorgen machten. Die Wahrheit war ja, dass er sich tatsächlich noch nicht richtig zur Ruhe gesetzt hatte. In Xetesk gab es noch viel zu tun, man musste dringend weitere Forschungen durchführen, um die Protektoren freizulassen, die das wollten. Davon abgesehen musste er hin und wieder seine Freunde besuchen, was aber eigentlich nur eine bequeme Ausrede war. Irgendwie konnte er nicht bestreiten, dass er manchmal dieses ruhige Leben satt hatte und sich danach sehnte, sich das Schwert auf den Rücken zu schnallen und loszureiten.

Auch ihm machte es Sorgen. Wenn er sich nun tatsächlich niemals wirklich niederlassen wollte? Aber seine Sehnsucht musste sich doch in nicht allzu ferner Zukunft endlich einmal auf ruhigere Dinge richten. Wenigstens verspürte er nicht mehr den Drang, ständig in vorderster Reihe zu kämpfen, und das hatte etwas Tröstliches. Dabei hatte er Angebote bekommen, viele Angebote.

Er lächelte Tomas an. »Nein, nicht mehr. Ich wische lieber den Boden als zu kämpfen. Dabei riskiert man doch nur Kopf und Kragen.«

»Was juckt dich dann?«

»Denser kommt. Ich kann es spüren. Es ist das Gleiche wie immer.«

»Oh, wann denn?« Tomas runzelte die Stirn.

Der Unbekannte zuckte mit den Achseln. »Bald schon, sehr bald.«

Rhob, Tomas' Sohn, tauchte in der Hintertür auf, die zu den Ställen führte. In den letzten Jahren war der nervöse Junge zu einem kräftigen, besonnenen jungen Mann herangewachsen. Grüne Augen funkelten unter kurzem braunem Haar in einem Gesicht mit markanten Wangenknochen. Sein kräftiger Körperbau war die Folge von vielen Jahren körperlicher Arbeit mit den Pferden, Sätteln und Kutschen, und sein angenehmes Wesen war ein Spiegelbild des Charakters seines Vaters.

»Alles drin und gesichert?«, fragte Tomas.

»Alles klar«, sagte Rhob. Er kam zur Theke und schnappte sich den zweiten Eimer und den großen, zerfransten Putzwedel. »Mach nur, alter Herr, geh du nur ins Bett und lass die Jugend hier aufräumen.« Er grinste breit, seine Augen funkelten vorwitzig im Schein der Lampen.

Der Unbekannte lachte. »Es ist lange her, dass mich jemand als Jugendlichen bezeichnet hat.«

»Das ist eben immer eine Frage des Standpunkts«, meinte Rhob.

Tomas wischte die Theke ab und warf das Tuch in den Wascheimer. »Also, der alte Herr wird dann wohl den Rat seines Sohnes annehmen. Wir sehen uns morgen gegen Mittag.«

»Gute Nacht, Tomas.«

»Gute Nacht, Vater.«

»So«, meinte der Unbekannte. »Ich übernehme die Tische, du den Boden und den Herd.«

Als sie sich an ihre jeweiligen Aufgaben machen wollten, wurden sie von einem drängenden Klopfen an der Vordertür unterbrochen. Rhob schaute auf, er hatte gerade den Herd abgewischt. Der Unbekannte blies die Wangen auf.

»Ich denke, ich weiß, wer das ist«, sagte er. »Sieh doch mal nach, ob wir noch Wasser für Kaffee haben, Rhob. Und richte eine Platte mit Brot und Käse.«

Rhob lehnte den Schrubber in die Ecke und verschwand hinter der Theke. Der Unbekannte schob unterdessen die Riegel zurück und zog die Tür auf. Denser fiel ihm beinahe entgegen.

»Bei den Göttern, Denser, was, zum Teufel, hast du nur angestellt?«

»Bin geflogen«, sagte er. Sein Blick war unstet, die Augen tief eingesunken, das Gesicht kreidebleich und eiskalt. »Kannst du mir etwas Warmes zu essen besorgen? Mir ist kalt.«

»Hmm.« Der Unbekannte führte den schlotternden Denser ins Hinterzimmer und zog einen Stuhl vor den kalten Kamin. Dort ließ sich der Magier ins weiche Polster sinken. Der Raum hatte sich kaum verändert. Vor den mit Läden gesicherten Fenstern stand die große Tafel des Raben, die Stühle waren mit weißem Tuch abgedeckt. An diesem Tisch hatten sie gefeiert und getrauert. Er war betrübt, dass seine klarste Erinnerung die an Sirendor Larn war, Hirads besten Freund, der auf diesem Tisch, in Laken gehüllt, aufgebahrt worden war.

Die Stühle der Rabenkrieger standen wie gewohnt vor dem Kamin, doch der Unbekannte rückte sie jeden Tag zur Seite, um heimlich mit seinem Zweihandschwert zu trainieren. Wenn es eines gab, das der Unbekannte durch Erfahrung gelernt hatte, dann war es die Tatsache, dass in Balaia nichts so blieb, wie es war.

Rhob stieß die Tür auf und kam mit einem dampfenden Krug, Bechern und einem Tablett mit Essen zurück. Das alles trug er auf einem Arm, damit er die zweite Hand für eine Schaufel mit glühenden Kohlen frei hatte. Der Unbekannte nahm ihm alles mit einem dankbaren Nicken ab.

»Ist schon gut, ich räume vorne allein weiter auf«, sagte Rhob.

»Danke.«

»Geht es ihm nicht gut?«

»Ihm ist nur etwas kalt«, erklärte der Unbekannte, doch er wusste, dass dies ganz sicher nicht alles war. Er hatte den schmerzlichen Ausdruck in Densers Augen keineswegs übersehen. Der Magier war nicht nur erschöpft, sondern auch verzweifelt.

Der Unbekannte zündete rasch ein Feuer an, drückte dem Magier einen Becher Kaffee in die Hand und stellte Brot und Käse in Reichweite auf einem Tisch neben ihm ab. Dann zog er seinen eigenen Stuhl heran und wartete, was Denser ihm zu sagen hatte.

Der Xeteskianer sah schrecklich aus. Der Bart war ungepflegt, das schwarze Haar drang zottelig unter der Kappe hervor, das Gesicht war bleich, die blutunterlaufenen Augen hatten schwarze Ringe, und die Lippen waren bläulich verfärbt. Seine Blicke irrten im Raum umher, er war überhaupt noch nicht richtig angekommen und bemühte sich, die passenden Worte zu finden, brachte aber keinen Laut über die Lippen. Er hatte sich bis aufs Äußerste verausgabt, und jetzt konnte er nicht mehr. Sein Mana war ganz und gar erschöpft, und selbst bei einem Magier von Densers außerordentlichen Fähigkeiten konnte eine einzige Fehleinschätzung tödlich sein. Vor allem, wenn man mit Schattenschwingen flog.

Der Unbekannte fühlte sich mit Denser verbunden, seit er – noch als Protektor – Denser zugeteilt worden war. Wenn er Denser jetzt anschaute, konnte er nicht ruhig bleiben.

»Ich verstehe, dass dich irgendetwas schnell hierher getrieben hat, aber es wird dir nicht helfen, wenn du dich umbringst. Nicht einmal du kannst einen Spruch unbeschränkt lange aufrechterhalten.«

Denser nickte und hob den Becher an die zitternden Lippen. Er keuchte, als ihm die heiße Flüssigkeit die Kehle verbrannte.

»Ich war schon so nahe und wollte nicht kurz vor der Stadt noch einmal rasten. Wir hätten damit einen ganzen Tag verloren.« Seine tauben Lippen hatten Mühe, die Worte zu formen. Er wollte noch mehr sagen, wurde aber durch einen heftigen Husten unterbrochen. Der Unbekannte beugte sich vor und nahm Denser den Becher ab, ehe der Magier sich den heißen Kaffee über die Hände kippte.

»Nimm dir Zeit, Denser. Du bist ja jetzt angekommen. Wenn du willst, lasse ich dir ein Bett richten. Immer mit der Ruhe.«

»Ich kann aber nicht ruhig sein«, sagte er. »Sie sind hinter meinem Mädchen her. Erienne ist mit Lyanna verschwunden. Wir müssen sie als Erste finden, sonst wird sie umgebracht. Bei den Göttern, sie ist doch kein böser Geist, sie ist nur ein kleines Mädchen. Ich brauche den Raben.«

Der Unbekannte zuckte zusammen. Densers Ausbruch ging ihm unter die Haut, doch die Lösung machte ihm beinahe ebenso große Sorgen wie das Problem. Der Rabe hatte sich aufgelöst. Für sie alle hatte ein neuer Lebensabschnitt begonnen. Es war völlig ausgeschlossen, dass sie sich wieder zusammentaten.

»Sammle deine Gedanken, Denser, und beruhige dich. Ich muss es im Zusammenhang und von Anfang an hören.«

Es war Nacht auf den Südhängen der balaianischen Berge, einen halben Tagesritt von der weitgehend wieder aufgebauten Stadt Blackthorne entfernt. Die Sterne standen am Himmel, der Mond spendete sein bleiches Licht und vertrieb die schlimmste Dunkelheit.

Hirad Coldheart lief beinahe geräuschlos den steilen Weg hinunter. Es war ein Weg, dem er mit einer Augenbinde hätte folgen können, doch als er dieses Mal über glitschigen Schlamm und glatten Stein eilte, kam es vor allem auf Schnelligkeit und Heimlichkeit an. Wieder waren Jäger im Anmarsch, die wie die anderen zuvor aufgehalten werden mussten. Die Dummheit würde wohl nie ein Ende nehmen, auch wenn diese letzten wie alle vorherigen den Tod fanden.

Noch wagten sich nicht sehr viele an diese Aufgabe heran, doch ihre Zahl wuchs, und ihre Pläne wurden raffinierter und gerissener, während die Informationen über Flugwege und Sichtungen in Balaia die Runde machten und auf interessierte Ohren stießen. Ihm wurde übel bei diesem Gedanken, doch andererseits verstand er auch, was diese Männer und Frauen trieb.

Die Habgier war es. Und der Ruhm, der demjenigen zuteil wurde, der die schönste Beute machte, die sich ein Jäger nur wünschen konnte. Der Kopf eines Drachen. Deshalb konnte er die Kaan nicht allein lassen, selbst wenn er es gewollt hätte. Nicht, dass sie besonders verletzlich gewesen wären. Doch man konnte nie wissen. Die Menschen waren äußerst hartnäckig und erfinderisch, und diese letzte Gruppe bewies, dass es einen weiteren Entwicklungsschritt gegeben hatte.

Hirad konnte immer noch nicht recht verstehen, warum die Menschen so schnell vergaßen, wie viel man den Drachen der Kaan zu verdanken hatte. Der Unbekannte hatte jedoch den richtigen Zusammenhang hergestellt, als er Hirad, nachdem er im Krähenhorst die Prahlerei eines Betrunkenen belauscht hatte, vor dem ersten Angriff warnte, der damals gerade geplant wurde.

»Das sollte dich doch eigentlich nicht wundern, Hirad«,

hatte er gesagt. »Letzten Endes hat alles und jedes seinen Preis, und es gibt Leute, die einfach nicht glauben wollen, was die Kaan für Balaia getan haben. Dann gibt es wieder andere, denen es schlicht und ergreifend egal ist. Für sie zählt nur der Verkaufswert einer Handelsware. Und Ehre und Ruhm sind sowieso nicht in Gold zu fassen.«

Die Worte hatten Hirad wütend gemacht, wie es der Unbekannte beabsichtigt hatte. So blieb er wachsam und war den Jägern immer einen Schritt voraus. Sie hatten es mit Magie, mit Gift, mit Feuer und in ihrer Unwissenheit auch mit Frontalangriffen versucht. Jetzt verlegten sie sich auf das, was sie aus den bisherigen Todesfällen und durch Beobachtung gelernt hatten. Zum ersten Mal musste Hirad sich Sorgen machen.

Eine Gruppe von sechs Jägern war unterwegs – drei Krieger, ein Magier und zwei Techniker. Sie bewegten sich unterhalb des Choul, in dem die Drachen lebten, vorsichtig durch die Vorberge. Sie waren Ansiedlungen ausgewichen, von denen Hirad hätte Warnungen bekommen können, und sie hatten eine handgefertigte Balliste dabei, um Holzpfähle mit Stahlspitzen abzuschießen.

Ihr Plan war, wie alle guten Pläne, im Grunde recht einfach. Wenn Hirad sich nicht sehr irrte, dann wollten sie an diesem Abend mit dem Angriff beginnen, weil sie wussten, dass die Kaan im Schutz der Dunkelheit jagten und fraßen. Die Balliste sollte unter einem häufig benutzten Flugweg aufgestellt werden, und ihre Geschosse hatten, wenn die Schützen richtig zielten, genügend Durschlagskraft, um einen Drachen zu verwunden oder zu verstümmeln.

Hirad war nicht bereit, irgendein Risiko einzugehen, und stieg hinunter, um sie abzufangen, bevor er den Kaan das Signal gab, dass sie fliegen konnten. Die Jäger hatten bei ihrem Plan zwei Fehler gemacht. Sie hatten nicht mit

Hirad gerechnet, und nur einer unter ihnen war ein Elf. Sie waren in der Nacht praktisch schutzlos, und sie sollten bald herausfinden, dass es in der Nacht tatsächlich keinen Schutz gab.

Durch einen Spalt zwischen zwei Felsen beobachtete er sie. Sie waren ungefähr dreißig Fuß unter ihm und noch hundert Schritt entfernt. Da sie eine abgeblendete Laterne dabei hatten, konnte der Barbar in der dunkelgrauen Landschaft ihre Bewegungen leicht verfolgen. Er hörte die Räder der Balliste knarren und die Hufe der Zugpferde auf dem Boden stampfen.

Sie näherten sich einer kleinen Lichtung, auf der sie, wie Hirad vermutete, die Balliste aufbauen wollten. Das Gelände war dort leicht abschüssig, und eine Felsnase bot eine ideale Verankerung. Hirad wusste, was er zu tun hatte.

Er zog sich ein Stück zurück, wich nach rechts aus und erreichte einen flachen Graben, der parallel zum Plateau verlief. Mit den Augen auf Bodenhöhe schlich er am Rand der Lichtung entlang und wartete den richtigen Zeitpunkt ab. Das Schwert blieb in der Scheide, damit er beide Hände frei hatte.

Der Magier führte die Pferde den Hang hinauf, auf der anderen Seite bewachte ein Krieger den Zug. Die beiden Techniker liefen hinter der Balliste, und ganz hinten kamen zwei weitere Jäger.

Hirad konnte den angestrengten Atem der Zugtiere hören. Ihre Hufe waren mit Tüchern umwickelt, um die Geräusche zu dämpfen. Der Hufschlag war kaum mehr ein dumpfes Klopfen auf dem Boden. Die Räder der Balliste quietschten und knarrten, obwohl die Techniker sie ständig nachfetteten. Hin und wieder war ein leiser, warnender Ruf oder ein ermunterndes Wort zu hören.

Hirad machte sich bereit. Kurz bevor das Gelände eben wurde, lief der Weg noch einmal etwa zwanzig Schritt weit steil bergauf. Diese Stelle musste nach den Regenfällen des Tages glitschig sein. Als die Jäger sich näherten, wurden sie langsamer. Der Magier bildete die Vorhut, er hatte die Zügel in die Hand genommen und trieb die Pferde hinauf.

»Halte sie bloß in Bewegung«, zischte jemand von unten. Es klang laut in der stillen Nachtluft.

»Immer mit der Ruhe, das wird schon«, sagte ein anderer.

Der Magier tauchte über der Kante auf. Hirad sprang aufs Plateau, packte seine Beine und zog sie weg. Der Magier stürzte schwer. Hirad war über ihm, bevor er einen Ruf ausstoßen konnte, und schlug ihm die Faust auf die Schläfe. Der Mann prallte mit dem Kopf gegen einen Stein und blieb reglos liegen.

Hirad rannte um die nervösen Pferde herum und zog im Laufen sein Schwert. Der Krieger auf der anderen Seite hatte sich erst halb herumgedreht und war nicht darauf vorbereitet, sich zu verteidigen. Hirad trieb ihm seine Klinge in die Seite, und als der Mann schreiend zu Boden ging, beugte sich der Barbar über ihn.

»Glaube mir, du hast noch Glück gehabt«, keuchte er. Er beruhigte die scheuenden Pferde und rannte zur Balliste, um eins der Zugseile durchzuhacken. Die Balliste geriet ins Rutschen, und die Pferde reagierten instinktiv, um den veränderten Zug im Geschirr auszugleichen. Eines wieherte nervös. Von unten schauten vier Gesichter stumm und erschrocken zu ihm auf. Klingen wurden blank gezogen.

»Die Letzten, die gekommen sind, habe ich gewarnt. Sie sollten allen anderen sagen, dass jeder, der sich hierher wagt, den Tod findet. Ihr wolltet nicht hören.« Er hackte auf das zweite Zugseil ein, das beim zweiten Schlag zerriss. Die Balliste rollte rückwärts den Hang hinunter, die Jäger mussten sich mit raschen Sprüngen in Sicherheit bringen. Das Geschütz holperte über Stock und Stein und wurde immer schneller. Ein Rad löste sich, das Fahrgestell kippte nach links und stürzte über den Wegrand. Mit lautem Krachen landete die Balliste zweihundert Schritt tiefer in einer Baumgruppe.

Unter der Rampe rappelten sich die Jäger wieder auf, und die Techniker sahen fragend und verunsichert die Krieger an.

»Die können nichts mehr für euch tun«, sagte Hirad. *Es ist jetzt sicher, Großer Kaan.*

Ein Schatten erhob sich hinter Hirad aus den Hügeln und fegte den Weg herunter. Er war riesig, und die großen Schwingen erzeugten einen künstlichen Wind. Ein Wutschrei drang aus dem großen Maul. Die Jäger drehten sich um und rannten weg, doch ein zweiter Schatten stieg weiter unten am Weg auf, und ein dritter gesellte sich hinzu und scheuchte sie zu Hirad zurück.

Die drei Drachen verdeckten die Sterne, ihre gewaltigen Körper zogen über den Himmel, ihr Brüllen hallte zwischen den Bergen, und die Jäger, die jetzt zu Gejagten wurden, stießen erschrockene Schreie aus. Sie kauerten dicht beieinander, die Drachen umkreisten sie träge, die langsamen Flügelschläge drückten Gras und Büsche nieder und ließen Staubwolken in die Luft steigen. Jeder von ihnen war mehr als hundert Fuß lang, und ihre Größe und Kraft ließ die armselige Bande, die versucht hatte, einen Drachen zu töten, wie einen Witz erscheinen. Sie waren hilflos, und sie wussten es. Sie starrten in die Mäuler, die sie mühelos verschlingen konnten, und dachten an die heißen Flammen, die sie im Handumdrehen zu Asche verbrennen konnten.

»Bitte, Hirad«, murmelte einer der Techniker. Er hatte den Barbaren erkannt und starrte ihn mit verzweifelten, weit aufgerissenen Augen an. »Wir hören jetzt auf dich.«

»Zu spät«, sagte Hirad. »Zu spät.«

Sha-Kaan raste herbei, seine Flügel schlugen heftig, der Wind fegte die Jäger von den Beinen. Er bog den langen Hals nach unten, schnappte blitzschnell wie eine Schlange zu und packte einen Krieger mit dem Maul. Dann verschwand er mit unglaublicher Geschwindigkeit im Himmel, seine Beweglichkeit in der Luft war atemberaubend. Er war schnell für ein Tier von seiner Größe, und die Jäger, die am Boden lagen, starrten ihm offenen Mundes hinterher. Sie waren viel zu erschrocken, um aufzustehen.

Der Mann, den Sha-Kaan im Maul hatte, schrie nicht einmal auf, als sein Körper entzweigerissen wurde und der Drache einen Schauer von Blut und Fleisch ausspuckte. Der Große Kaan bellte wütend, das Geräusch hallte wie ferner Donner zwischen den Bergen. Nos-Kaan stieg hoch empor und kam im Sturzflug wieder herunter, und drunten kreischten die Menschen endlich, als er zu fallen schien wie ein Stein. Mit einem einzigen Flügelschlag fing er sich ab, der Luftzug ließ die Jäger hilflos durch den Dreck rollen, und ihre Schreie verloren sich im Wind. Er schaute hin und schlug zu, wie Sha-Kaan es getan hatte, zerfetzte sein Opfer und ließ die Überreste vor den anderen Jägern fallen.

Und schließlich Hyn-Kaan. Während der Große Kaan bellte, segelte er dicht über dem Boden dahin, ein mächtiger dunkler Schatten im Sternenlicht. Nur wenige Fuß über den Felsen strich er vorbei. Auch er ließ den Kopf ein wenig sinken, um sein Opfer aufzunehmen. Er schlug mit den Flügeln und schoss wieder hinauf, ein menschlicher Klagelaut drang herab und brach ab, und dann war das Geräusch eines Körpers zu hören, der auf dem Fels aufschlug.

Hirad leckte sich die Lippen, die auf einmal ausgetrocknet waren. Sie hatten gesagt, sie wollten sich rächen. Und sie hatten gesagt, sie wollten den Menschen zeigen, welche Macht sie besaßen. Doch der Elf lag noch bewusstlos vor seinen Füßen und hatte nichts gesehen. Er hatte Glück gehabt. Hirad liebte die Kaan, und die starke Verbindung zu ihnen konnte nicht durch einen solchen gewaltsamen Tod gestört werden. Doch nicht zum ersten Mal wurde er an die großen Unterschiede zwischen Menschen und Drachen erinnert. Sie waren majestätisch und die Menschen ihre Sklaven, sofern sie dies wollten.

Hirad blickte wieder zum letzten Techniker, der sich, von den Leichen seiner Freunde umgeben, in die Hosen gemacht hatte. Um seine Stiefel war eine Lache entstanden. Vor Angst gelähmt, beobachtete er die drei Drachen, die über ihm kreisten. Sha-Kaan landete, packte ihn mit einer Vorderpranke, hob ihn hoch und zog ihn dicht an sein Maul heran. Der Mann heulte und bibberte.

Hirad drehte sich zum Magier um, entstöpselte seinen Wasserschlauch und kippte dem Elf den Inhalt über den Kopf. Der Mann keuchte und würgte und stöhnte vor Schmerzen. Hirad packte ihn am Kragen, zog ihn hoch und setzte ihm einen Dolch an die Kehle.

»Wenn du nur daran denkst, einen Spruch zu wirken, stirbst du. Du bist nicht schnell genug, um mich zu schlagen, kapiert?« Der Magier nickte. »Gut. Und jetzt pass auf! Schau zu und lerne etwas.«

Sha-Kaan zog den hilflosen Techniker noch näher an sich heran. »Warum jagt ihr uns?«, fragte er. Sein Atem ließ das Haar des Mannes flattern, der antworten wollte, aber nur ein ersticktes Stöhnen herausbekam. »Antworte mir, Mensch.« Der Techniker strampelte ohnmächtig mit den Beinen in der Luft und zerrte instinktiv an den Klauen, die er mit seinen schwachen Kräften nicht wegschieben konnte.

»Die Aussicht, den Rest meines Lebens bequem zu leben«, quetschte er heraus. »Es war mir nicht klar, ich wollte dir nichts tun. Ich dachte ...«

Sha-Kaan schnaubte. »Du wolltest mir nichts tun? Du hast uns für dumme Reptilien gehalten. Und mich oder einen aus meiner Brut zu töten, war für dich – wie hat Hirad es genannt? Ja, es wäre ein ›Sport‹ gewesen. Das ist jetzt anders, ja? Du weißt jetzt, dass wir denken können?«

Der Techniker nickte. »Ich w-werde es nie w-wieder tun, ich verspreche es.«

»Nein, du wirst es nie wieder tun«, sagte Sha-Kaan, »und ich hoffe, dein glücklicher Kumpan passt jetzt genau auf.«

»M-mein glückli...« Der Techniker konnte den Satz nicht mehr beenden. Sha-Kaan packte mit seiner riesigen Vorderpranke den Schädel des Mannes und zerquetschte ihn wie eine reife Frucht. Das feuchte Knacken hallte zwischen den Felsen.

Der Magier zitterte und keuchte, und seine Knie wurden weich, doch der Barbar hielt ihn aufrecht. Sha-Kaan ließ den zuckenden Leichnam fallen und sah in ihre Richtung. Seine durchdringenden blauen Augen glänzten kalt in der Dunkelheit.

»Hirad Coldheart, ich überlasse es dir, die Botschaft zu vervollständigen.« Der Große Kaan flog auf und führte seine Brut auf die Jagd.

Hirad stand da, hielt den Magier fest und wartete, bis der verängstigte Elf das Gemetzel ringsum in sich aufgenommen hatte. Der Mann zitterte wie Espenlaub. Als ihm der Geruch von Urin in die Nase stieg, stieß Hirad den Magier fort.

»Du lebst noch, weil ich entschieden habe, dass du leben sollst.« Er starrte dem Elf ins kreidebleiche Gesicht. »Und du weißt jetzt, was du den Leuten erzählen sollst. Niemand, der hierher kommt, um die Kaan zu jagen, wird etwas anderes finden als den eigenen schnellen Tod. Drachen sind keine potenziellen Trophäen, sondern erheblich mächtiger, als du es dir überhaupt vorstellen kannst. Hast du das so weit verstanden?«

Der Magier nickte. »Warum ich?«

»Wie ist dein Name?«, fragte Hirad.

»Y-Yeren«, stammelte er.

»Du bist Julatsaner, oder?«

Wieder ein Nicken.

»Das ist der Grund. Ilkar braucht Magier. Du wirst zum Kolleg gehen und die Kunde von dort aus weiterverbreiten. Du bleibst dort und hilfst ihm, wie er es für richtig hält. Falls ich höre, dass du es nicht getan hast, wird es keinen sicheren Ort mehr für dich geben. Nicht einmal im Abgrund der Hölle, nirgends. Ich werde dich finden, und ich bringe meine Freunde mit.« Hirad deutete mit dem Daumen zu den Bergen.

»Und jetzt verschwinde. Und hör nicht auf zu rennen, bis Ilkar sagt, dass du aufhören kannst. Verstanden?«

Ein drittes Nicken. Hirad drehte sich um und entfernte sich, und das Geräusch rennender Füße ließ ihn grimmig lächeln.

Zweites Kapitel

Die ersten Tage an Bord des Schiffs waren die ruhigsten und entspanntesten in Eriennes bewegtem Leben gewesen. Inzwischen war sie sicher, dass sie den Fesseln der Kollegien endgültig entkommen war. Das galt nicht nur für Dordover, sondern für alle. Im spätsommerlich ruhigen Südmeer, wo immer noch eine schöne, trockene Wärme herrschte, konnten sie und Lyanna endlich aufatmen und sich überlegen, was hinter ihnen lag und was noch kommen mochte.

Im Rückblick hatte sie das Gefühl, die Stimmen in ihrem Kopf seien so vertraut gewesen wie ein Teil von ihr selbst. Sie drängten sie, aufzubrechen und zu ihnen zu kommen. Erienne erinnerte sich noch an die Nacht, in der die Entscheidung gefallen war. Es war eine von vielen Nächten in Dordover gewesen, in denen Lyanna von Albträumen geplagt wurde. Es sollte die letzte sein, wie sich herausstellte.

Dordover. Der Ältestenrat der Kollegien hatte sie nach ihrem Abschied aus Xetesk zunächst wieder aufgenommen. Man hatte sie mit einer Mischung aus Ehrfurcht und

Abscheu angesichts ihrer turbulenten jüngsten Vergangenheit empfangen. Die außergewöhnlichen Begabungen ihrer Tochter waren gefördert und von Magiern erforscht worden, deren Nervosität die Erregung überwog.

In dem Jahr, in dem die Dordovaner ihr zu helfen versucht hatten, war freilich nichts herausgekommen, das Erienne und Denser nicht schon selbst gewusst oder erraten hätten. Tatsache war, dass Lyannas Fähigkeiten weit über das begrenzte Verständnis der dordovanischen Magier hinausgingen. Sie konnten ihre Begabungen ebenso wenig fördern, wie sie eine Maus das Fliegen hätten lehren können.

Eine Magie, ein Magier.

Die dordovanischen Ältesten hassten diesen Spruch, und sie hassten Erienne dafür, dass sie entschieden daran glaubte. Diese Überzeugung verstieß gegen die Grundsätze der dordovanischen Unabhängigkeit. Zuerst hatten sie Lyannas Ausbildung mit großer Hingabe in Angriff genommen. Nachdem sie aber erkannt hatten, über welche Fähigkeiten das Mädchen wirklich verfügte, hatte sich ihre Haltung verändert, oder – noch wahrscheinlicher – sie fühlten sich durch die Kleine sogar bedroht.

Doch die ganze Zeit über hatte jemand es verstanden. Leute, die Macht hatten. Ihre Stimmen hatten in Eriennes und, wie sie wusste, auch in Lyannas Kopf gesprochen. Die Stimmen hatten ihr Mut gemacht, ihren Glauben bestärkt und dafür gesorgt, dass sie nicht den Verstand verlor und gelassen blieb. Die Stimmen hatten sie gedrängt anzunehmen, was ihr geboten werden konnte – Wissen und die Macht zu helfen.

Und dann war diese eine Nacht gekommen. Erienne hatte eingesehen, dass die Dordovaner Lyanna nicht mehr helfen konnten, und dass ihre ungeschickten Versuche das

Mädchen sogar in Gefahr brachten. Sie konnten Lyanna nicht von ihren Albträumen befreien, und sie bekam keinen Raum mehr, um sich zu entwickeln. Ihre Frustration über die Behinderungen hätten unausweichlich in die Katastrophe geführt. Sie war so jung, sie konnte nicht einmal verstehen, was sie entfesselt hätte. Selbst jetzt war sie manchmal hitzköpfig und darin ein genaues Ebenbild ihrer Mutter. Bisher hatte sie ihre Wut noch nie in Form von Magie ausgetobt, aber dieser Augenblick würde früher oder später kommen, wenn sie ihre Begabung nicht zu beherrschen lernte.

Lyanna war weinend aus einem Albtraum erwacht. Ihre schrillen Schreie hatten Erienne mehr Angst eingejagt als alles andere bisher. Sie hatte das zitternde, verschwitzte Mädchen in den Armen gewiegt und beruhigt, und ihr war bewusst geworden, dass es so nicht weitergehen konnte. Sie erinnerte sich an das Gespräch mit ihrer Tochter, als habe sie es gerade eben erst geführt.

»Schon gut, deine Mami ist ja da. Niemand kann dir etwas tun.« Erienne hatte ein Taschentuch aus dem Ärmel gezupft und Lyannas Gesicht getrocknet und versucht, das heftig pochende Herz zu beruhigen.

»Ich weiß, Mami.« Das kleine Mädchen hatte sich an sie geklammert. »Die dunklen Ungeheuer sind gekommen, aber die alten Frauen haben sie weggejagt.«

Erienne hatte aufgehört, sie zu wiegen.

»Wer war das, Lyanna?«

»Die alten Frauen. Die werden mich immer beschützen.« Sie hatte sich noch enger an ihre Mutter gekuschelt. »Jedenfalls wenn ich bei ihnen bin.«

Erienne lächelte und traf ihre Entscheidung.

»Schlaf jetzt wieder, Liebes.« Sie legte das kleine Mädchen wieder aufs Bett und streichelte ihr Haar. »Mami muss im Arbeitszimmer noch einige Dinge erledigen, und dann machen wir vielleicht eine kleine Reise.«

»Gute Nacht, Mami.«

»Gute Nacht, Liebes.« An der Tür hörte Erienne, wie Lyanna noch etwas flüsterte. Sie drehte sich um, doch Lyanna hatte nicht mit ihr gesprochen. Mit geschlossenen Augen sank ihre Tochter in einen, so die Götter es wollten, hoffentlich ruhigen Schlaf, in dem sie nicht mehr von Albträumen geplagt wurde. Sie flüsterte noch einmal, und dieses Mal konnte Erienne die halb gesungenen Worte verstehen, und sie hörte, wie die Kleine kicherte, als sei sie gekitzelt worden.

»Wir kommen, wir kommen.«

Die bald darauf folgende nächtliche Flucht aus Dordover ließ Erienne auch lange danach noch schaudern. Die erste Zeit war von Angst und Furcht und von der ständigen Sorge geprägt gewesen, die Flucht könnte doch noch scheitern. Inzwischen war allerdings klar, dass sie nie wirklich in Gefahr geschwebt hatten, aufgegriffen zu werden. Acht Tage in einer Kutsche, die von einer schweigsamen Elfenfrau gelenkt wurde, waren den drei unangenehmen Tagen im Dornenwald vorausgegangen. Damals hatte sie es noch für einen schlechten Einfall gehalten, doch mit der Zeit hatte sie begriffen, dass die Elfen der Gilde kaum etwas dem Zufall überließen. Angeschlossen hatte sich eine letzte, eilige Kutschfahrt nach Südosten bis Arlen, wo sie an Bord eines Schiffs gehen und alle Sorgen vergessen konnten.

Das Schiff, die *Meerulme*, war ein Dreimastkutter, der vom Bugspriet bis zum Ruder fast hundert Fuß maß. Das schlanke und schmale Schiff war auf Geschwindigkeit ausgelegt, die Kabine unter Deck war eng, aber recht bequem. Die aus dreißig Elfen bestehende Besatzung hielt es makellos sauber, und so war die *Meerulme* ein ansehnliches Schiff, das sich solide unter den Füßen anfühlte. Die dunkelbraunen, fleckigen Balken waren gegen das Salzwasser imprägniert, und die Masten waren kräftig und doch zierlich.

Erienne, die bisher kaum Erfahrungen mit Seereisen gemacht hatte, fühlte sich an Bord sofort wohl, und die energische, aber freundliche Behandlung durch die stark beschäftigte Mannschaft gab ihr Sicherheit. Wenn die Matrosen keinen Dienst hatten, freuten sie sich über Lyannas Gesellschaft, und das kleine Mädchen sah mit großen Augen zu, wie sie auf Deck ihre Späße machten, mit Orangen jonglierten, turnten, sangen und tanzten. Erienne war froh, zur Abwechslung einmal nicht im Mittelpunkt der Aufmerksamkeit zu stehen.

So hatten sie sich ausgeruht und die frische Luft und die vielfältigen Gerüche des Schiffs und des Meeres aufgenommen, und endlich konnten sie auch sehen, dass ihre Helfer zu lächeln begannen, sobald sie Balaia hinter sich ließen. Ren'erei, ihre Kutscherin, redete jetzt sogar mit ihnen und hatte ihnen ihren Bruder Tryuun vorgestellt. Tryuun, dessen Haare ebenso kurz geschoren waren wie die seiner Schwester, hatte nur knapp genickt. Seine dunkelbraunen Augen hatten geblitzt, und Erienne war nicht entgangen, dass sein linkes Auge blutunterlaufen und die Pupille starr war. Auch die Augenhöhle war vernarbt. Sie nahm sich vor, Ren'erei danach zu fragen, bevor sie ihr Ziel erreichten.

Die Gelegenheit ergab sich eines Abends, als sie schon vier Tage unterwegs waren. Das Abendessen war vorbei, die Kochtöpfe waren wieder verstaut, und die sorgfältig gehüteten Kochfeuer des Schiffs glühten nur noch schwach. Die Segel über ihnen waren prall gefüllt, und der

Wind trieb Wolken vor die Sterne. Lyanna schlief schon in ihrer Koje. Erienne lehnte an der Reling und sah dem Wasser zu, das unter ihnen vorbeiströmte. Sie stellte sich vor, wie es sein mochte, direkt unter der Oberfläche zu schwimmen. Dann hörte sie, wie jemand neben sie trat. Ren'erei stand in einer ähnlichen Haltung wie sie selbst an der Reling.

»Hypnotisierend, nicht wahr?«, sagte sie.

»Wunderschön«, stimmte die Elfenfrau zu. Sie war tief gebräunt, nachdem sie den größten Teil ihres Lebens auf dem Südkontinent Calaius verbracht hatte. Sie war jung und hatte pechschwarzes, kurzes Haar, schräg sitzende, grüne Augen und Ohren, die wie spitze Blätter neben ihrem Kopf emporragten, und ein stolzes Gesicht mit markanten Zügen. Sie stand ein paar Schritte entfernt. In der Dunkelheit funkelten ihre Augen, als fingen sie die Reflexionen der Sterne im Wasser ein.

»Wie lange noch, bis wir da sind?«, fragte Erienne.

Ren'erei zuckte mit den Achseln. »Wenn der Wind gut bleibt, müssten wir den Ornouth-Archipel noch vor Sonnenuntergang sehen. Dann sind es höchstens noch ein paar Tage bis zur Küste.«

»Wohin fahren wir denn eigentlich? Vorausgesetzt, du kannst es mir jetzt verraten.« Erienne hatte während der Kutschfahrt immer wieder nachgefragt, doch sie hatte bisher nichts Konkretes herausgefunden.

Ren'erei lächelte. »Ja, jetzt kann ich es dir sagen. Wir fahren zu einer Insel tief im Innern der Inselgruppe, die wir Herendeneth nennen. In eurer Sprache bedeutet dies ›endloses Heim‹. Ich weiß nicht, ob es noch einen umgangssprachlichen Namen für die Insel gibt. Der Archipel besteht aus mehr als zweitausend Inseln, von denen manche nicht einmal auf Karten verzeichnet sind. Die ganze

Gegend zu kartieren, würde länger als eine Lebensspanne dauern, und das gereicht uns zum Vorteil. Herendeneth bietet vom Meer aus leider keinen besonders schönen Anblick. Man sieht nur Klippen und schwarzen Stein, während viele andere Inseln Sandstrände, Lagunen und Bäume haben. Aber sie erfüllt ihren Zweck.«

»Klingt doch nett«, meinte Erienne trocken.

»Versteh mich nicht falsch, die Insel ist im Innern schön. Aber wenn du dorthin willst, musst du den Weg genau kennen. Die Riffe sind gefährlich.«

»Oh, ich verstehe.«

»Nein, Du verstehst es noch nicht, aber du wirst es schon sehen.« Ren'erei kicherte. »Niemand, der den Kanal nicht kennt, kann uns erreichen.«

»Aber sie könnten doch fliegen.«

»Aus der Luft gesehen ist die Insel kahl, aber der Eindruck täuscht.«

»Ich sehe schon, ihr habt euch alles genau überlegt«, sagte Erienne. Ihre Skepsis blieb.

»Seit dreihundert oder mehr Jahren funktioniert es«, gab Ren'erei zurück. Sie hielt inne, und Erienne spürte, wie die Elfenfrau ihr Gesicht betrachtete. »Du vermisst ihn, nicht wahr?«

Erienne erschrak, doch Ren'erei hatte Recht. Unbewusst hatte sie gehofft, dass Denser ihnen irgendwie folgen mochte, aber jetzt … bei den fallenden Göttern, er war kein Seemann, und da die Identität der Insel anscheinend auch aus der Luft nicht auszumachen war … eigentlich gab es keinen Grund, enttäuscht zu sein.

Ja, sie fühlte sich einsam, weil sie alles zurückgelassen hatte, was sie kannte. Sie vermisste ihn, obwohl sie sich freute, dass Lyanna bei ihr war. Sie vermisste seine Berührungen, den Klang seiner Stimme, seinen Atem auf ihrem Hals, die Kraft, mit der er alle Dinge anging, und die Unterstützung, die er ihr trotz ihrer langen Trennungszeiten ohne Zögern jederzeit gegeben hatte. Sie war sicher, dass ihre Entscheidung richtig war, doch die Unwägbarkeiten verunsicherten sie, und sie musste damit rechnen, dass auf ihre Tochter noch völlig ungeahnte Gefahren zukamen. Denser würde sie unterstützen. Sie würden sich gegenseitig unterstützen, aber er war nicht da, und sie musste sich zusammennehmen, um nicht den Mut zu verlieren.

Ren'erei war ihr eine Hilfe, eine freundliche Seele. Voller Achtung und Verständnis. Erienne nahm sich vor, sie so lange wie möglich in der Nähe zu behalten. Die Götter allein wussten, womit sie auf Herendeneth konfrontiert wurde.

»Wir würden ihn willkommen heißen, aber es gibt andere, die weniger ehrbare Motive haben, uns zu finden, und einige haben es auch schon versucht«, fuhr sie fort und nahm Erienne das Problem ab, sich eine Antwort überlegen zu müssen. »Sie hetzen uns Tag und Nacht. Seit mehr als zehn Jahren geht das jetzt so. Sie und ihre Feinde würden nur zu gern sehen, dass wir untergehen.«

Erienne runzelte die Stirn. Da stimmte doch etwas nicht. Die Dordovaner waren gewiss die Einzigen, die sie jetzt noch verfolgten.

»Wer denn?«

»Die Hexenjäger«, sagte Ren'erei. »Die Schwarzen Schwingen.«

Eriennes Knie wurden weich, sie sackte in sich zusammen und musste sich an der Reling festhalten. Mit erstaunlicher Geschwindigkeit war Ren'erei bei ihr und fing sie auf. Erienne brachte nicht einmal ein Wort heraus, um sich zu bedanken. Ihr Herz hämmerte, schlug ihr bis zum

Hals, das Blut rauschte in ihren Ohren, und ihr Kopf war auf einmal voller Erinnerungen, die sie vor vielen Jahren sorgfältig begraben hatte.

Sie sah alles wieder vor sich. Sie spürte die Atmosphäre in der Burg der Schwarzen Schwingen, den Geruch der Angst im Zimmer ihrer Zwillingssöhne, die schrecklichen Qualen nach dem Verlust der Söhne, die sie immer noch liebte, und das höhnische Lächeln von Hauptmann Travers, dem Anführer der Hexenjäger. Wieder und wieder sah sie, wie das Blut aus den aufgeschlitzten Kehlen auf die Bettlaken, ihre Gesichter und die Wände spritzte. Ihre Jungs. Ihre wundervollen Jungen. Abgeschlachtet wegen eines Risikos, das überhaupt nicht von ihnen ausging. Abgeschlachtet von Männern, die Angst vor der Magie hatten, weil sie sie nicht verstehen konnten. Erienne empfand den Verlust, als wäre es erst gestern gewesen, genau wie jeden Tag.

Die Schwarzen Schwingen waren also trotz allem, was Erienne und der Rabe erreicht hatten, nicht vernichtet worden. Sie waren noch aktiv, und jetzt jagten sie ein unschuldiges kleines Mädchen. Lyanna.

»Nein, nein, nein«, flüsterte sie. »Nicht noch einmal.«

»Ich bin dumm, und es tut mir sehr Leid.« Ren'erei wischte eine Träne aus Eriennes Gesicht, während die Magierin sich an ihrem Arm festhielt. »Es war falsch, es dir zu sagen. Wir wissen, wie viel du wegen dieser Menschen verloren hast, und wir haben getrauert. Aber du musst es wissen, damit du verstehst, dass du bei uns sicher bist. Wo du bisher gelebt hast, warst du nicht sicher, nicht einmal innerhalb der Mauern deines Kollegs. Tryuun hat durch ihre Hände gelitten. Du hast sein Gesicht gesehen. Er ist den Folterungen entkommen, doch er musste einen Preis dafür zahlen. Eines Tages aber werden wir den Schwarzen Schwingen den Garaus machen. Wir werden vollenden, was der Rabe begonnen hat.«

»Aber sie wurden doch vernichtet«, murmelte Erienne. Sie sah die Elfenfrau fassungslos an. »Wir haben ihre Burg zerstört.«

Ren'erei schüttelte den Kopf. »Nein. Einer ist aus der Burg entkommen, andere haben sich ihm angeschlossen, und nach dem Rückzug der Wesmen haben sie ihr Banner wieder gehisst. Er heißt Selik.«

»Selik ist tot«, sagte Erienne. Sie löste sich von Ren'erei und setzte sich auf eine Kiste, die auf Deck verzurrt war. Ihr wurde übel. »Ich habe ihn selbst getötet.« Ren'erei trat zu ihr.

»Sag das Tryuun«, erwiderte sie ernst. »Selik ist entstellt und fast nicht zu erkennen, aber was er will, ist völlig klar. Die linke Seite seines Gesichts ist kalt und tot, und das Auge irrt blicklos umher, für immer geblendet. Seine Haare wurden von den Flammen versengt, und er hat zahlreiche Narben von Verbrennungen, doch er ist immer noch ein starker Kämpfer. Er ist ein gefährlicher Gegner, der eine Menge über uns weiß. Mehr als jeder andere lebende Mensch.«

»Dann tötet ihn.« Eriennes Stimme spiegelte die Eiseskälte wider, die trotz der warmen Nacht von ihr Besitz ergriffen hatte. »Er kann doch nicht so schwer zu finden sein.«

»Wir müssen ihn finden, bevor er uns findet. Tryuun ist ihm vor zehn Wochen entkommen, seitdem haben wir nichts mehr von ihm gehört. Wir werden es aber versuchen, und ich verspreche dir, dass dieses Mal mehr von uns dabei sein werden.« Sie hockte sich vor Erienne hin, die ihrerseits der Elfenfrau tief in die meergrünen Augen sah. Das Lächeln war wieder da. »Hierher kann er uns nicht folgen. Niemand kann hierher kommen. Ihr seid hier sicher, Erienne, du und Lyanna. Niemand kann euch auf Herendeneth etwas tun.«

Sie wusste, dass Ren'erei Recht hatte, doch der Schreck, der ihr nach dem Gespräch noch in allen Knochen saß, raubte ihr in der folgenden Nacht den Schlaf. Irrationale Ängste gingen in ihrem müden Kopf um und ließen sie immer wieder mit heftig pochendem Herzen auffahren, wenn sie kurz vor dem Einschlummern war.

Denser war noch in Balaia und wusste nichts von den Gefahren, die irgendwo im Land lauerten. Auch der gute Ilkar ahnte nichts. Beide hatten schon einmal unter den Schwarzen Schwingen leiden müssen. Erienne wurde vor Angst übel, da sie jetzt wusste, dass einige überlebt hatten und dass die Schrecken sich wiederholen würden. Vielleicht hatten die Schwarzen Schwingen sogar schon irgendwie die Besatzung an Bord unterwandert. Vielleicht mussten sie alle sterben, wenn sie in Herendeneth anlegten. In ihrer Fantasie waren die Schwarzen Schwingen überall, und jeder hatte einen Dolch in der Hand, um ihrem hilflosen Kind die Kehle durchzuschneiden …

Der Ornouth-Archipel schälte sich am folgenden Tag im Licht der untergehenden Sonne aus dem Dunst. Die Inselkette erstreckte sich, so weit das Auge reichte, in beide Richtungen. Durch die dünne Wolkendecke warf die Sonne ein rotes Licht auf den Archipel und tauchte Land und Meer in einen warmen Schein.

Erienne und Lyanna standen im Bug der *Meerulme* und betrachteten die idyllischen Inseln, denen sie sich langsam näherten. Manchmal glaubten sie, Berge auf einer Insel auszumachen, doch oft entpuppten sich die Höhenzüge als Bestandteile einer ganz anderen, dahinter liegenden Insel.

Die Größe schwankte zwischen winzigen Atollen aus Felsen, die sich aus dem Meer erhoben, als wollten sie mit dürren Fingern nach der Sonne greifen, und riesigen weißen Sandbänken, die mehrere Meilen lang waren. Schön, aber gefährlich erstreckte sich die Ornouth-Inselkette von West nach Ost und endete ein Stück vor der Nordküste von Calaius. Die Gewässer waren voller verborgener Riffe, die auch in ruhigem Wasser einem Schiff den Rumpf aufreißen konnten. Erienne spürte, wie die Spannung unter den Matrosen zunahm, sobald sie sich den äußersten Inseln näherten.

Es war kein Wunder, dass die Inselgruppe nicht kartiert war. Selbst um die Inseln zu erreichen, die dem Südkontinent am nächsten lagen, brauchte man ein seetüchtiges Schiff. Andererseits brauchte man aber Boote mit geringem Tiefgang, um die unzähligen Inseln im Innern der Inselgruppe zu erforschen, und so war die Erfassung dieses Gebiets eine im Grunde unmögliche Aufgabe. Es überraschte nicht, dass vieles, was im Innern von Ornouth lag, nicht erkundet und größtenteils völlig unberührt war.

Die *Meerulme* pflügte zielstrebig durch die Wogen und hielt auf eine der äußeren Insel zu. Als sie nahe heran waren und bereits einzelne Bäume und Felsbrocken am Kiesstrand erkennen konnten, nahm die Anspannung noch einmal erheblich zu.

Der Erste Maat stand am Steuerruder und ratterte eine Reihe von Anweisungen herunter, worauf die Elfen in die Wanten stiegen und sich auf den Masten verteilten. Die Segel wurden zum größten Teil gerefft, nur der Klüver und das Toppsegel am vorderen Baum blieben stehen, um das Schiff in Fahrt zu halten. Wer nicht mit der Takelage beschäftigt war, beugte sich über die Reling und ließ Bleilote aus, um die schnell wechselnde Tiefe zu messen.

Der Kapitän steuerte einen Kurs zwischen zwei Inseln und hielt das Schiff ganz am Rand des Fahrwassers, wo direkt vor dem Ufer das Schelf steil abfiel.

In diesem Augenblick waren die Passagiere völlig vergessen. Voller Anspannung wartete die Mannschaft und reagierte blitzschnell auf jede Vierteldrehung des Ruders und jeden Befehl, die Segel zu setzen oder zu reffen. Vom Bug her kam ein ständiger Strom von Befehlen, die Matrosen beobachteten das Wasser vor dem Schiff genau und maßen immer wieder die Tiefe.

So kroch das Schiff durch den Kanal. Erienne bemerkte, dass vor dem Dollbord lange Stangen verstaut waren. Es brauchte nicht viel Fantasie, sich zu überlegen, wozu sie gebraucht wurden. Sie hoffte aber, es nie mit eigenen Augen sehen zu müssen. Kein Wort wurde gesprochen, das nicht direkt mit der Aufgabe zu tun hatte, und die angespannten Gesichter der Matrosen verrieten ihr, wie gefährlich diese Fahrt trotz der unverkennbaren Erfahrung der Seeleute war.

Sie mussten eine Stunde lang vorsichtig manövrieren, bis sie die Insel an Backbord umfahren hatten und einen breiteren Kanal erreichten, von dem aus sie in allen Richtungen weitere Inseln ausmachen konnten. Die Matrosen entspannten sich, das Tageslicht verblasste rasch, und der Geruch von den Kochfeuern wehte Erienne in die Nase. Irgendwo spielte jemand leise Flöte. Erienne und Lyanna wagten sich kaum zu bewegen und blieben auf den mit Netzen und Seilen gesicherten Kisten sitzen. Sie konnten die Erleichterung der Mannschaft nicht teilen. Schließlich kam Ren'erei mit zwei Bechern Tee zu ihnen.

»Wir ankern hier über Nacht. Nur ein Irrer würde es riskieren, in der Dunkelheit durch die Kanäle nach

Herendeneth zu fahren. Wir sind vom Meer aus nicht mehr zu sehen, und hierher könnte uns sowieso kaum jemand folgen. Frag lieber nicht, wie nahe unser Rumpf dem Riff gekommen ist, und es wird morgen Früh nicht besser.«

Erienne nahm den Tee entgegen und sah eine Weile zu, wie Lyanna die Hände um ihren Becher legte und den frischen Kräuterduft einatmete.

»Aber du bist doch sicher schon einmal in diesen Gewässern gesegelt?«, fragte sie schließlich.

Ren'erei nickte. »Allerdings wandert der Sand, und die Korallenriffe wachsen. Auch der Verlauf der Kanäle ändert sich. Man kann gar nicht vorsichtig genug sein, und man muss sich behutsam bewegen. Unsere Karten müssen bei fast jeder Reise korrigiert werden. Nicht sehr viel, aber deutlich genug, damit wir ständig wachsam bleiben.«

»Werden wir morgen an Land gehen?«, fragte Erienne.

»Ich will auf dem Sand laufen!«, unterbrach Lyanna sie unvermittelt. Sie trank einen Schluck Tee. Die junge Elfenfrau lächelte und schüttelte den Kopf.

»Dort, wo wir hinfahren, gibt es keinen Sand, meine Prinzessin. Morgen noch nicht. Aber eines Tages nehme ich dich zum Sandstrand mit, das verspreche ich dir.«

Erienne sah die Wärme in Ren'ereis Blick.

»Hast du Kinder?« Erienne streichelte Lyanna übers Haar. Das Kind wich ein wenig zurück und konzentrierte sich wieder auf den Tee. Man vergaß nur zu leicht, wie viel sie bereits begriff und welche Kräfte in ihr schlummerten.

»Nein«, sagte Ren'erei. »Ich hätte aber gern welche. Meine Aufgaben führen mich zu Orten, an denen ich die Aufmerksamkeit von Männern nicht gebrauchen kann, aber das wird nicht immer so bleiben.«

»Du wärst sicher eine gute Mutter«, sagte Erienne.

»Ich kann es nur hoffen«, erwiderte die Elfenfrau. »Vielen Dank jedenfalls.«

Die Nacht blieb ruhig, und die Mannschaft genoss die Pause, so gut es eben möglich war. Sie wussten nur zu genau, dass am folgenden Morgen neue Anstrengungen auf sie warteten. In der morgendlichen Kühle setzte die *Meerulme* wieder die Segel. Als Erienne aufwachte, spürte sie bereits die Bewegungen des Schiffs unter sich. In einer eigenartigen, gedämpften Stimmung fuhr das Schiff langsam durch den schmalen Kanal, der sie nach Herendeneth und zu den Besitzern der Stimmen bringen sollte, die sie zu dieser Reise gedrängt hatten.

Sie wusch sich, zog rasch eine hellbraune Hose, ein Wollhemd und ein Lederwams an, das Ren'erei ihr gegeben hatte, und ging an Deck. Einen Moment blieb sie noch in der Tür stehen und betrachtete ihre schlafende Tochter. Lyanna war ein Energiebündel und wachte normalerweise schon in der Morgendämmerung auf, doch im Verlauf der Reise hatte sie immer länger geschlafen, und Erienne hatte inzwischen den Eindruck, dass dieser tiefe Schlaf nicht völlig ihrer eigenen Kontrolle unterlag. Andererseits war sie erfrischt und munter, wenn sie aufwachte, und es war ein Segen, dass sie so gelassen blieb, obwohl sie auf einen Schlag alles verloren hatte, was sie kannte.

Erienne kehrte zur gleichen Stelle auf dem Deck wie am vergangenen Tag zurück. Eine wässrige Sonne schien durch eine dichte Wolkendecke hindurch. Der Wind hatte aufgefrischt, doch die *Meerulme* zog ruhig und gleichmäßig durch die Inselgruppe.

Den ganzen Tag über schlichen sie vorsichtig zwischen den Inseln dahin. Idyllische Lagunen wechselten mit leblosen Felsklippen, irgendwann sahen sie eine steil ansteigende Vulkaninsel, deren Bergflanken hinter Wolken verborgen waren. Droben in der Takelage hielt sich die Besatzung wie am Vortag bereit, um die Segel zu reffen oder zu setzen, sobald von unten ein knappes Kommando gegeben wurde. Der Klüver wurde aus dem Wind genommen, sobald die Brise etwas stärker wurde.

Die Gefahren, die unter den Wellen lauerten, konnte man auf diesem letzten, paradiesischen Abschnitt der Reise leicht vergessen. Erienne staunte über die Ausmaße und die Schönheit von Ornouth, konnte jedoch die ganze Zeit über das Gefühl nicht abschütteln, sie sei nicht ganz und gar willkommen. Es mochte ein beschauliches Paradies sein, aber irgendwo, nicht weit entfernt, schien auch etwas Böses zu lauern. Die *Meerulme* wurde hier nur geduldet, und wenn sie der Umgebung nicht den gehörigen Respekt zollte, dann konnte das tödliche Geräusch von Felsen, die durch Planken brachen, die Quittung sein.

Am Nachmittag, als die Wolken sich verzogen hatten und ein Stück blauer Himmel zum Vorschein kam, schlief der Wind ein, und es wurde warm. Lyanna war spät am Morgen zu Erienne gekommen, und jetzt sprang sie auf, stützte sich an Eriennes Rücken ab und hielt gespannt nach vorn Ausschau.

»Was ist denn, Liebes?«, fragte Erienne.

»Wir sind da«, sagte Lyanna. Im Knarren der Spanten und im Rauschen der kleinen Bugwelle konnte man ihre leise Stimme kaum verstehen. Auch Erienne sah jetzt nach vorn. Der Kapitän hatte die *Meerulme* nach Steuerbord abdrehen lassen. Sie fuhren an einem weiten Sandstrand vorbei, hinter dem Klippen sich hunderte Fuß hoch erhoben und unzähligen heiser schreienden Seevögeln ein Heim boten.

Als sie das Ende der Insel umrundet hatten, drehte das Schiff noch weiter ab und folgte einer Durchfahrt, die kaum dreimal so breit wie der Rumpf war. Zu beiden Seiten erhoben sich jetzt kahle Klippen, über ihnen kreisten die Möwen oder hockten in Schwindel erregend hohen Nestern. Ihre schrillen Schreie hallten zum Schiff herunter.

Doch Lyanna starrte nur das Ende des Kanals an, denn dort lag Herendeneth, das mit jedem Herzschlag näher kam. Wie die Klippen, unter denen sie vorbeifuhren, war auch die Insel eine hunderte Fuß hohe Felswand. Nach und nach kam ein Strand in Sicht, auf dem Steine wie Speere aufragten. Felsbrocken waren ins Meer gestürzt, überall lagen große Findlinge herum und zeugten von früheren, heftigen Erdbewegungen.

Die *Meerulme* fuhr gleichmäßig durch den sich erweiternden Kanal. Es war wieder still auf dem Schiff. Herendeneth strahlte etwas aus, das Ehrfurcht und stille Kontemplation gebot. Die Matrosen, die nicht mit den Segeln oder dem Ruder beschäftigt waren, sanken kurz auf ein Knie, neigten den Kopf und berührten mit dem rechten Zeigefinger kurz die Stirn.

»Jetzt sind wir da, Lyanna«, sagte Ren'erei. Erienne erschrak, sie hatte die Elfenfrau nicht kommen hören. »Bald werdet ihr vor den Al-Drechar stehen.«

Der Name ließ Erienne erschauern. Der Name der Al-Drechar tauchte in Legenden und uralten Texten auf. Sie waren die Bewahrer des Glaubens, die Wächter der wahren Magie. Sie waren die Hüter des Einen. Es hatte nie ein Zweifel bestanden, dass eine ansehnliche Splittergruppe die Spaltung überlebt hatte, jene vernichtenden Schlachten, nach denen vier Kollegien aus den Trümmern der einen magischen Schule hervorgegangen waren, die zuvor die Magie Balaias beherrscht hatte. Doch seitdem waren mehr als zweitausend Jahre vergangen, und man musste annehmen, dass die Sekte ausgestorben war, als die Zeit verging und in Balaia wieder Frieden einkehrte. Inzwischen hörte man nur noch Gerüchte über eigenartige Phänomene, die aber mit Entladungen von natürlichen Mana-Konzentrationen oder den Unwägbarkeiten der Natur erklärt werden konnten.

Die Annahme, dass die Anhänger des Einen Weges überlebt hatten, war jedoch niemals schlüssig widerlegt worden, und im Laufe der Jahrhunderte hatte es genügend starke Magier gegeben, die am alten Weg festhielten und etwas fortsetzten, das andere bestenfalls eine Legende nannten.

Nein, Erienne wusste genau, dass die Al-Drechar keine Legende waren. Sie wusste es einfach. Und bald schon würde sie persönlich mit denjenigen zusammentreffen, von denen viele träumten, während noch mehr Menschen beteten, sie wären schon lange tot.

»Wie viele sind noch dort?«, fragte sie.

»Nur vier«, erwiderte Ren'erei. »Deine Tochter ist unsere letzte Hoffnung dafür, dass unsere Sache vielleicht doch noch eine Zukunft hat.« Sie legte Lyanna die Hand auf den Kopf, und das Mädchen schaute auf und lächelte. Ein Stirnrunzeln vertrieb das Lächeln jedoch rasch wieder.

»Sterben sie?«, fragte Erienne.

»Sie sind sehr alt«, erwiderte die Elfenfrau. »Und sie warten schon lange auf euch. Viel länger hätten sie nicht warten können.«

Erienne bemerkte, dass Ren'erei Tränen in den Augen standen.

»Was werden wir dort vorfinden?«, überlegte sie, ohne wirklich eine Antwort zu erwarten.

»Frieden. Güte. Reinheit. Das Alter.« Sie sah Erienne in die Augen, und die Magierin sah, dass in denen der Elfenfrau die Verzweiflung brannte. »Sie dürfen nicht einfach sterben. Ich und die Gilde, wir haben beobachtet, wie sie über die Jahre immer schwächer geworden sind. Lyanna muss die Eine sein.«§§§

»Sie ist es«, sagte Erienne. Ren'ereis Inbrunst beunruhigte sie. Auch Lyanna spürte es und lehnte sich an ihre Mutter. Sie blickte wieder zur Insel hinüber, die für wer weiß wie lange Zeit ihre Heimat werden sollte.

»Sag mir, Ren'erei, wie viele gibt es, die ihnen dienen? Den Al-Drechar?«

»Wir sind nicht viele. Dreiundvierzig insgesamt, doch unsere Söhne und Töchter werden die Arbeit fortführen, bis wir aus dem einen oder anderen Grund nicht mehr gebraucht werden. Wir dienen ihnen schon seit vielen Generationen, seit der Spaltung, und es gereicht uns damals wie heute zur Ehre.« Groß und stolz stand sie vor Erienne. »Wir sind die Gilde der Drech, und wir werden nicht nachlassen, bis wir unseren Dienst getan haben. Alles andere ist zweitrangig.« Sie kehrte Erienne den Rücken zu und schaute nach Herendeneth hinüber, verneigte sich und berührte die Stirn mit dem Zeigefinger.

Etwa eine Viertelmeile vor der schroffen Nordküste der Insel ging das Schiff vor Anker. Nur die zähesten Pflanzen konnten sich an diese turmhohen Felsen klammern. Unablässig schlugen die Wellen gegen den harten Stein. Ein paar Vögel zogen am Himmel ihre Kreise, die Schreie verloren sich in der Brise.

Kaum dass der Anker geworfen war, setzte die Mannschaft drei lange Beiboote aus. Sicherungsnetze und Leitern folgten, und dann wurden Gepäck und Vorräte auf zwei Boote umgeladen und verzurrt. Jedes Boot hatte vier Ruderer und einen Steuermann. Erienne wurde gebeten, eine Leiter hinabzuklettern, Lyanna durfte sich auf Tryuuns breite Schultern setzen. Sie war still und bleich, als der Elf rasch ins Boot stieg, das sie an Land bringen sollte.

Die Ruderer legten sich kräftig ins Zeug und hielten auf den Strand zu, an dem es anscheinend keine Möglichkeit zum Anlegen gab. Doch als sie eine Landzunge umrundet hatten, tauchte ein schmaler Streifen Kies auf, wo sie außer Sicht vom Schiff an Land gehen konnten. Von dort führte ein Weg nach oben und verschwand in einer Felsspalte. Ren'erei half Erienne und Lyanna aus dem Boot und sah lächelnd zu, wie sie durch die kalte Brandung hüpften, um den Wellen zu entgehen. Bis über die Knie durchnässt, standen sie schließlich am Strand.

»Es ist jetzt nicht mehr weit«, sagte sie. »Wir müssen noch einmal klettern. Die Besatzung bringt eure Sachen hoch.«

Der Weg war gut unterhalten, die Stufen waren breit und sorgfältig aus dem Fels gehauen, und der Anstieg war nicht sehr steil. Sie kamen auf einem sanft geneigten Hang heraus, auf dem einige Birken standen.

Als sie zurück zur Treppe blickte, konnte Erienne das Ausmaß der Illusion erkennen. Es war keineswegs eine unwirtliche Felsinsel. Die Landestelle war schwierig zu erreichen und von gefährlichen Riffen umgeben, aber die Höhe der Klippen lud zu Fehleinschätzungen förmlich ein, und hinter der Küstenlinie führte das Land leicht bergauf bis zu einem kleinen Gipfel. Dazwischen lagen verstreute Felsblöcke, und ein dichter grüner Wald fing die Tageshitze ein. Wenn man aus dem Seewind heraus war, wurde die Luft feucht. Erienne begann bald am ganzen Körper zu schwitzen.

Lyanna trabte neben ihr, hielt ihre Puppe in einer Hand und summte vor sich hin, während sie sich aufmerksam umsah.

»Alles in Ordnung, Liebes?« Erienne strich Lyanna über den Kopf.

»Ja«, bestätigte das Mädchen. »Können wir wieder das Wanderlied singen?«

Erienne lächelte. »Ja, wenn du willst.« Sie bot ihr die Hand, die Lyanna fest packte. »Also los«, sagte Erienne und machte etwas kürzere Schritte.

»Erst ein Schritt mit meinem rechten Fuß,
Der Linke folgt dann hinterher.
Wenn ich das noch einmal mache,
Dann ist die Reise bald vorbei.
Wenn ich den linken Fuß nicht rühre,
Dann läuft der Rechte mir davon.
Wenn ich den Rechten nicht bewege,
Dann bleiben wir hier stehn.«

Sie wiederholten die Worte immer wieder, während sie hüpften und Doppelschritte machten. Erienne wurde rot, als sie sah, wie Ren'erei und Tryuun sich über die Schulter umsahen. Die Elfen lächelten, und als sie sich wieder umdrehten, machte Ren'erei die Doppelschritte nach, die das Lied verlangte.

»Eines Tages seid ihr auch mal dran«, sagte Erienne und stimmte in das Lachen ein.

Lyanna sprang nach vorn zur Elfenfrau und nahm ihre Hand.

»Du machst das nicht richtig. Mami, sing noch einmal.«

»Na gut, nur einmal noch«, sagte Erienne. »Ren'erei, pass gut auf.« Während sie sang, beobachtete sie ihre Tochter, die unbeschwert kicherte, als sie Ren'ereis Versuche sah, die Schritte nachzuahmen. Sie wünschte sich inbrünstig, Lyanna sei ohne die Bürde geboren, die sie trug. Und damit regten sich auch wieder die Schuldgefühle, denn Erienne hatte ja genau dies geplant. Es war ein gewaltiges Ziel, das sie erreichen wollten, und bevor sie so weit waren, gab es noch viele Schwierigkeiten zu überwinden. Lyanna hatte in dieser Angelegenheit natürlich keinerlei Entscheidungsfreiheit. Erienne trauerte jetzt schon um die Kindheit, auf die ihre Tochter verzichten musste.

Lyanna ließ Ren'ereis Hand los, trabte weiter und sang eine mehr oder weniger gelungene Abwandlung von Eriennes Wanderlied. Ein paar Schritte vor ihr verschwand sie hinter einer Biegung des von Bäumen gesäumten Weges. Erienne beschleunigte sofort ihre Schritte, sobald das Lied abbrach. Als Lyannas Schrei die Stille durchbrach, rannte sie schon mit voller Geschwindigkeit.

Drittes Kapitel

Vier Jahre, nachdem die letzten Wesmen sich zurückgezogen hatten, war die Kollegstadt Julatsa beinahe wieder im gleichen Zustand wie vor dem Angriff der Wesmen. Einen bedeutsamen Unterschied gab es allerdings. Ilkar stand auf einem der wenigen unbeschädigten Abschnitte der Kollegmauern und drehte sich einmal um sich selbst. Sein schulterlanges schwarzes Haar flatterte im leichten Wind. Die hölzernen Befestigungen der Wesmen am Stadtrand waren schon lange abgerissen und zum Wiederaufbau von Häusern, Geschäften, städtischen Ämtern und den Dutzenden Läden und Gasthöfen verwendet worden, die von den Invasoren während der kurzen Besetzungszeit niedergebrannt und zerstört worden waren. Was an altem Gemäuer noch vorhanden war, wies deutliche Schäden und Brandspuren vom Krieg auf. Die verstreute oder versklavte Bevölkerung war zurückgekehrt, sobald die Wesmen abgezogen waren, und jetzt pulsierte in der Stadt wieder das Leben.

Ilkar schüttelte den Kopf, als er einige neuere Gebäude betrachtete. Wenn man freundlich sein wollte, beschrieb man die Bautätigkeit als »begeistert«. Man konnte nicht bestreiten, dass die spiralförmigen Türme, die weißen Steinkuppeln und die Zinnen mit großer Energie und in ebenso großer Eile errichtet worden waren. Man hatte schwungvoll gebaut, aber Ilkar fragte sich, was die Bauherren wohl inzwischen zu ihren Werken sagten.

Der Eifer und die möglicherweise übertriebene Begeisterung hatten sich an den Toren des Kollegs totgelaufen. Anfangs hatte es noch ganz anders ausgesehen. Unmittelbar nach dem Rückzug der Wesmen hatte das zerstörte Kolleg im Mittelpunkt der Aufmerksamkeit gestanden, während die Stadt versuchte, ihr Trauma zu verarbeiten. Man hatte die Gewalttaten, die dem Kolleg angetan worden war, zur Kenntnis genommen, und in den ersten Monaten waren die Neubauten rasch vorangetrieben worden. Aus dem Schutt entstanden Wohnquartiere, die Verwaltung, Küche und Refektorium und eine lange Halle. Der alte Innenhof wurde restauriert, und es gab auch wieder eine Bibliothek, in der allerdings bis auf ein paar Texte von Septern noch eine traurige Leere herrschte. Ilkar hatte die Texte mitgebracht, nachdem sie den Dimensionsriss hinter dem Mittagsschatten geschlossen hatten.

Der Wiederaufbau war eine gewaltige Aufgabe, doch als immer mehr Julatsaner in die Stadt zurückkehrten, richtete sich die Aufmerksamkeit vor allem auf die Funktionsfähigkeit der Stadt selbst. Das Problem war, dass es den Menschen sehr leicht fiel, sich vom Kolleg abzuwenden und die Arbeit, die dort noch zu tun war, zu vergessen, sobald das Leben in der Stadt wieder seinen Lauf nahm.

Ilkar konnte es allerdings nicht vergessen. Seine Drehung um die eigene Achse endete mit einem Blick zur neuen Bibliothek. Er konnte nicht bestreiten, dass sie eine Menge geschafft hatten, aber sie waren noch weit davon entfernt, wieder ein funktionierendes Kolleg zu haben. Wichtig war auch das Gebäude, das im Zentrum des Kollegs an der Stelle stehen sollte, wo jetzt ein dreihundert Fuß breites, schwarzes, zerklüftetes, zackiges Loch klaffte.

Der Turm.

Ilkar wusste, dass das, was darunter lag, den Baumeistern und Kaufleuten der Stadt Angst machte. Bei den Göttern, manchmal hatte er sogar selbst Angst, aber für ihn war die Furcht eher mit der gewaltigen Aufgabe verknüpft, die dort auf ihn wartete.

Ganz unten, bedeckt von einem undurchdringlichen schwarzen Schleier, lag das Herz. Es war begraben worden, als Julatsa fiel. Barras, der alten Elfenunterhändler, hatte es zusammen mit einer Gruppe erfahrener Magier versenkt, und die Bergung war entscheidend für den Wiederaufbau des Kollegs.

So viel Wissen war dort verborgen. Nicht nur die wichtigsten magischen Texte, sondern auch, was noch wichtiger war, die Baupläne und Skizzen. Solange das Herz nicht geborgen war, konnten sie den Turm, das Mana-Bad, den Kaltraum oder die Ruheräume nicht wieder aufbauen. Und solange er nicht genügend Magier hatte, konnte er nicht hoffen, das Herz zu bergen.

Ilkar setzte sich auf die Brüstung und ließ die Beine baumeln. Da lag der Kern des Problems. Er hörte die Handwerker hämmern, die frische Farbe glänzte unter dem wolkenlosen blauen Himmel in der Sonne, und der Geruch stieg ihm in die Nase. Holzstaub bedeckte die Steinplatten, auf denen so viel Blut geflossen war.

Es würde nie vollendet werden. Es gab nicht genug

julatsanische Magier, um die notwendige Magie zu wirken. Bei den Göttern in der Erde, es war nicht einmal genügend Erfahrung vorhanden, um einen Rat zu bilden, aber er hatte es trotzdem getan, um dem Kolleg wenigstens einen Anschein von Organisiertheit zu geben. Er war nicht besonders scharf darauf gewesen, die Rolle des Erzmagiers zu übernehmen, doch es stand kein anderer bekannter Magier zur Verfügung, und der Ruf, den er beim Raben erworben hatte, verschaffte ihm wenigstens eine gewisse Achtung und seinem Wort ein gewisses Gewicht bei Verhandlungen.

Er hatte versucht, Magier zu sich zu rufen. Es musste doch julatsanische Magier geben, die auf den Kontinenten verstreut lebten und die wie er selbst das Kolleg nur selten besuchten, auch wenn sie ihm ihre Ausbildung zu verdanken hatten. Er hatte sogar Botschaften zum Südkontinent Calaius geschickt, in die Heimat der Elfen, in die so viele julatsanische Magier im Laufe der Zeit zurückgekehrt waren, sodass Balaia ausgeblutet war. Die Götter allein wussten, in welchem Zustand sich ihre Magie befinden mochte. Ilkar konnte nur hoffen, dass ihr Umgang mit der julatsanischen Überlieferung nicht im Laufe der Zeit gelitten hatte. Ihm wurde schmerzlich klar, dass er sie dringend brauchte.

»Ilkar!«, rief jemand von unten. Er beugte sich vor. Pheone, die sich das braune Haar zu einem Dutt gebunden hatte, schaute mit ihrem jungen, ovalen Gesicht, das von Staub und Schweiß verschmiert war, zur Brüstung herauf. Ihr grünes Kleid wippte leicht um ihre Fesseln. Sie war eine gute Magierin, aber noch unerfahren, und sie hatte glücklicherweise überlebt, als die dordovanische Entsatzarmee bei der Belagerung von Julatsa auf dem Höhepunkt des Krieges aufgerieben worden war.

»Wie läuft es?«, fragte er.

»Die Verkleidung der langen Halle ist fertig. Ein paar von uns wollen einen Test machen. Aufgestauten Ärger ablassen, wenn du weißt, was ich meine. Machst du mit?«

Ilkar kicherte. Er hatte seit vier Jahren keinen offensiven Spruch mehr gewirkt. Er spreizte die Finger und stand auf.

»Aber gern«, sagte er. Er wischte sich die Steinbröckchen von der braunen Hose und dem dunklen Lederwams, das er überm hellbraunen Hemd trug, und ging zur Treppe.

Als er einen Energieausbruch spürte, schaute er zum Himmel hinauf. Ein Lichtblitz, hell wie Stroh und zornig, schoss durch den blauen Himmel. Der Einschlag hallte dumpf in seinen Ohren. Dann störte ein weiterer Blitz und schließlich noch ein dritter den friedlichen Tag.

Er runzelte die Stirn, als er sah, wie sich dieser erschreckende, beunruhigende Anblick wiederholte.

Ilkar stieg die Treppe hinunter und beschloss, die Angelegenheit beim Abendessen zur Sprache zu bringen. Vielleicht, so dachte er, hatte jemand eine Erklärung anzubieten.

Der Unbekannte Krieger saß neben dem schlafenden Jonas auf einem Stuhl. Der Junge hatte eine ruhigere Nacht hinter sich als sein Vater, der erst kurz vor der Morgendämmerung nach Hause gekommen war. Zwar hatte er sich neben Diera ins Bett gelegt, um noch ein wenig Schlaf zu finden, doch er hatte immer wieder an Densers Worte denken müssen, die ihm keine Ruhe ließen. Kurz nachdem Diera aufgestanden war, um den weinenden Jonas zu füttern und zu trösten, damit er wieder einschlief, hatte der Unbekannte es aufgegeben, sich noch weiter sinnlos im Bett herumzuwälzen. Er hatte sich in Jonas' Zimmer gesetzt, damit wenigstens seine Frau ungestört schlafen konnte.

So saß er dort, während die Sonne über den Horizont stieg und ihr kühles Morgenlicht auf Korina warf. Er lauschte dem ruhigen Atem seines sechs Wochen alten Sohnes, der noch an den Nachwirkungen einer leichten Erkältung litt, die nun einer Magenverstimmung gewichen war. Er war ein kräftiger Junge, und der Unbekannte war froh über diese kleinen Krankheiten. Sie würden sich in späteren Jahren für ihn als ebenso segensreich erweisen, wie sie es für seinen Vater gewesen waren.

Er beobachtete Jonas, der sich umdrehen und mit den kleinen Händchen die weiche weiße Decke wegschieben wollte, die ihm bis zum Kinn reichte. Seine Empfindungen – Sorge und ein großes Mitgefühl für Denser – konnte ein kinderloser Mann nicht verstehen. Keine Frage, wie er selbst sich fühlen würde, wenn sein Kind verschwunden wäre, ob mit oder ohne seine Mutter. Und er musste sich nicht fragen, was er in so einem Fall von seinen Freunden erwartet hätte.

Aber wenn er den xeteskianischen Magier begleitete, was er wohl tun musste, dann ging er das Risiko ein, dass er seine Freu und seinen eigenen Sohn nicht wiedersah. Und er würde das Versprechen brechen, das er Diera gegeben hatte – dass der Rabe nie wieder mit ihm an der Spitze reiten würde.

Der Unbekannte seufzte und las noch einmal den Brief, den Denser ihm gegeben hatte, suchte noch einmal nach den Stellen, die ihn so beunruhigt hatten.

Mein lieber Gatte,

ich weiß, dass du diesen Brief ungeöffnet finden wirst, weil die Augen des dordovanischen Rates blind für alles sind, was offensichtlich ist. Ich habe schon seit einiger Zeit den Eindruck, dass die Meister Lyanna hier im Stich lassen. Ihre Gesundheit ist durch das Mana, das sie anzieht, aber noch nicht richtig kontrollieren kann, gefährdet.

Sie vermisst dich manchmal sehr, aber sie scheint einzusehen, dass du nicht hier sein kannst, auch wenn sie die Gründe nicht richtig versteht. Ich hoffe, dass wir es ihr eines Tages zusammen erklären können, aber vielleicht ist das auch zu viel erwartet.

Wahrscheinlich fragst du dich jetzt, wohin wir gegangen sind und warum ich nicht mittels Kommunion Verbindung mit dir aufgenommen und dir von meinen zunehmenden Sorgen erzählt habe, aber es ist schwierig, wenn du nicht am Alltagsleben unseres wunderschönen Kindes teilnimmst. Außerdem müssen wir es allein tun. Ohne den Rat, der uns möglicherweise von unserem Weg abbringen könnte. Lyanna weiß es, ich weiß es auch.

Im Augenblick kann ich mir vorstellen, dass du zornig bist. Mir ist klar, dass der dordovanische Rat dich vorläufig nicht über mein Verschwinden unterrichten wird. Ich bedaure nur, dass ich nicht dabei bin und zusehen kann, wie du Vuldaroq zur Schnecke machst. Bitte verstehe, dass nur ich Lyanna begleiten darf. Wenn ich dich einbezogen hätte, dann hätten wir uns alle in Gefahr gebracht.

du sollst aber wissen, dass wir beschützt werden, und dass wir an einen Ort gehen, an dem Lyanna sicher ist und die Kunst erlernen kann, zu der sie geboren wurde, wo sie aber dennoch als das entzückende kleine Mädchen leben kann, zu dem sie sich Tag für Tag entwickelt. Es gibt Menschen, die ihre Begabungen verstehen und zu fördern wünschen. Ich habe sie gespürt, es sind wohlwollende Geister, und Lyanna freut sich sehr darauf, sie kennen zu lernen. Ich glaube, wir können auch ihnen helfen. Sie scheinen trotz ihrer Macht alt und hinfällig zu sein.

Ich kann meine Aufregung jetzt kaum noch verbergen, denn ich glaube, wir haben die gefunden, von denen wir inbrünstig gehofft haben, sie seien noch am Leben. Oder vielmehr haben sie uns gefunden. Es wird eine lange Reise, die nicht frei von Gefahren ist, aber mach dir bitte unseretwegen keine Sorgen.

Ich werde dir eine Nachricht schicken, sobald ich kann, und wenn Lyanna sich eingerichtet hat, können wir uns vielleicht wiedersehen. Für den Augenblick muss ich Lebewohl sagen. Wir haben beide geweint, weil wir wussten, dass wir dich lange Zeit nicht werden sehen können, aber so ist es am besten für uns alle.

Ich weiß jetzt, dass Lyanna die erste wahre Magierin sein wird. Und das bedeutet, dass wir für uns alle eine bessere Welt aufbauen können.

Wünsche mir Glück und alles Gute. Eine Magie, ein Magier.

In Liebe, deine Erienne.

Irgendetwas in diesem Text hatte Denser beunruhigt. Seine Sorgen gingen allerdings weit über die unmittelbaren Gefahren während der Reise hinaus, die Erienne mit ihrer Tochter unternommen hatte. Es hatte eher mit dem anscheinend dringenden Bedürfnis der Dordovaner zu tun, sie zu finden und zum Kolleg zurückzubringen. Denser wollte sich unbedingt mit Ilkar treffen, oder vielmehr mit dem ganzen Raben, aber vor allem mit Ilkar. Der Unbekannte hatte ihn jedoch zunächst einmal mit sanfter Gewalt ins Bett verfrachtet.

Jetzt war der neue Tag angebrochen, und in Korina wimmelte das Leben. Es gab viel zu tun, und auch wenn der Unbekannte den Kitzel angesichts dieser Neuigkeiten nicht verleugnen konnte, musste er sich eingestehen, dass er keinen Schimmer hatte, wie man in dieser riesigen Welt eine Magierin mit ihrem Kind finden sollte. Sie hatten nichts in der Hand außer einem Brief, einem Ausgangspunkt und einem vagen Hinweis auf eine alte Magie, von der er noch nie gehört hatte und von der er auch nichts verstand. Wenn Denser es allerdings für wichtig hielt, dann wollte der Unbekannte es nicht hinterfragen. Bei den Göttern, jetzt hätten sie Thraun brauchen können, aber Thraun war für sie alle verloren.

Er stand an der Wiege seines Sohnes und wischte ihm eine Strähne des blonden Haars aus dem Gesicht, dann beugte er sich über ihn und küsste seine helle Stirn.

»Ich werde nicht lange fort sein, mein Kleiner. Pass für mich auf deine Mutter auf.« Er richtete sich auf und sah zur Tür. Diera stand dort, sie trug ein lose gebundenes Mieder und einen blauen Arbeitsrock. Das Haar fiel ihr ins Gesicht, konnte aber ihren Gesichtsausdruck nicht verbergen. Der Unbekannte ging zu ihr und wollte etwas sagen, doch sie legte ihm einen Finger auf die Lippen und brachte ihn zum Schweigen.

»Noch nicht, Sol. Erzähle es mir später. Aber wenn du schon gehen musst, dann kannst du mir noch eine Stunde schenken.« Sie hob ihm den Mund entgegen und küsste ihn, ihre Zunge schlängelte sich in seinen Mund. Nach einer Weile zog er sich zurück und legte ihr die Hände auf die Oberarme.

»Jonas könnte aufwachen. Außerdem kenne ich einen besseren Platz.« Er nahm ihre Hand und führte sie ins Schlafzimmer.

Der Wind wütete im Wald, riss die Wurzeln aus dem Boden und schmetterte mit erschreckender Kraft die Äste auf den Boden. Junge Bäume wurden wie kleine Zweige durch den Dornenwald geweht und zerquetschten alles, was ihnen im Weg war, bis sie selbst zerbrachen und tödliche Splitter in den Sturm entließen.

Thraun kauerte im Schutz des verdrehten, rissigen Stamms einer gespaltenen Eiche. Seine Augen waren überall, seine Gedanken rasten. Die fliegenden Splitter konnten ihn nicht blenden und schneiden, und die Baumstämme konnten ihm nicht die Knochen brechen, aber sie konnten ihn einklemmen, und den anderen Mitgliedern des Rudels erging es viel schlechter als ihm. Als der Wind an dem zuvor so ruhigen Tag ohne Vorwarnung aufgekommen war, als die Sonne auf einmal ihre Kraft verloren hatte, war der halbe Bau schon zerstört, bevor auch nur ein warnendes Bellen ertönt war.

Was sie als guten Schutz betrachtet hatten, erwies sich nun als tödliche Falle. Der Bau war tief ins Wurzelwerk einer großen Kieferngruppe gegraben worden, doch der Wind hatte die Bäume umgerissen, als wären es kleine Zweige. Die Wurzeln hatten sich losgerissen und zuckten wie Peitschen durch den Bau, mächtige Äste krachten durchs geschwächte Dach und zerdrückten und verstümmelten viele Wölfe des Rudels.

Thraun hatte ein Stück entfernt allein geschlafen. Er war erwacht, hatte warnend geheult und sich durch flie-

hende Wölfe einen Weg zum Bau gebahnt, um den Schaden selbst in Augenschein zu nehmen und den Gefangenen und Verletzten zu helfen. Er konnte nicht viel ausrichten. Das Blut sickerte in den Boden, gebrochene Knochen hatten Haut und Fell durchbohrt, und von den wenigen, die sich noch regten, würde keiner überleben. Sie wurden vom Gewicht der Erde und Zweige erdrückt.

Der Wind zerstörte den Bau, und Thraun konnte ihn durch den einzigen freien Ausgang verlassen. Er war gerade eben entkommen, als auch dieser Fluchtweg zusammenbrach. Draußen war es nicht viel besser. Ein Wirbelsturm von Splittern hatte den Überlebenden Schnittwunden zugefügt. Die meisten bluteten, lahmten oder waren sogar geblendet. Wer nicht unmittelbar Schutz vor dem Wind fand, wurde einfach fortgeweht. Einer hing in einer grotesken Haltung hoch oben zwischen dichten Ästen. Seine Augen wurden trüb, während die Lebenskraft aus ihm wich.

Thraun heulte klagend und kauerte sich noch tiefer. Er überlegte, wie er sein dezimiertes, verängstigtes Rudel retten konnte. Er sah sich um, sah die Mütter, die ihre wenigen noch lebenden Welpen schützten, und die Wolfshunde, nur vier waren es, die ihn anschauten und darauf warteten, dass er Hilfe und einen Fluchtweg fand.

Thraun schmeckte den Wind, der um ihn toste, spürte seine böse Gewalt und erkannte, dass sie weiter fliehen mussten. Der Wind kam anscheinend von überall, er dröhnte in den Ohren und fuhr mit eiserner Hand durch den Wald. Thraun konnte nichts hören außer der Wut dieses Windes. Wie Beute wurden sie gejagt. Es gab nur einen Ort, an dem sie vielleicht überleben konnten, bis der Wind vorbei war. Der Felsüberhang, wo sich das Rudel vor der Jagd sammelte, war eine Barriere, die der Wind nicht umwerfen konnte.

Doch die Stelle war mehr als zweihundert Schritt entfernt. Viel zu weit in einem Wald, durch den ein solcher Wind tobte. Es gab nur wenige, kleine Momente, in denen er schwächer wurde. Thraun schnüffelte. Eine Atempause stand unmittelbar bevor.

Mit gespannten Muskeln und rasendem Herzen wartete er. Da war die Pause. Der Aufruhr ließ ein wenig nach. Eigentlich kaum zu spüren, aber für ihn reichte es. Er sprang zu den Müttern hinüber, packte einen Welpen im Nacken, knurrte durch zusammengebissene Zähne, dass die anderen warten sollten, und raste zum Überhang.

Der Weg war so schwierig, wie er es sich vorgestellt hatte. Die Fährten, die er kannte, und alle natürlichen Wegmarken waren verschwunden. Der ganze Wald hatte sich bis zur Unkenntlichkeit verändert. Wo er den Himmel sehen konnte, sah er brodelnde schwarze Wolken, die sich bewegten wie ein aufgewühlter Fluss.

Die Wipfel der Bäume waren zerfetzt, abgebrochen oder ganz verschwunden. Äste lagen aufgetürmt auf dem Waldboden und warteten nur darauf, von der nächsten Bö hochgewirbelt zu werden. Nichts war, wie es sein sollte, und nur Thrauns angeborener Richtungssinn und sein starker Überlebenstrieb ermöglichten es ihm, sein Ziel auf einem Umweg doch noch zu erreichen.

Die relative Ruhe im Windschatten der Klippe kam ihm vor, als sei er von der Nacht in den Tag gewechselt. Der Wind pfiff um die Ecken und spielte ein trauriges Klagelied, das ihm das Herz schwer machte. Doch in der Mitte war es ruhig, und die Klippe würde ihnen das Leben retten. Er setzte den Welpen ab, stupste den zitternden kleinen Körper an und leckte der kleinen Hündin übers Gesicht. Sein Knurren war freundlich und beruhigend.

Bleibe hier, ich komme zurück.

Und das tat er auch. Fünf weitere Male kam er, jedes Mal mit einem Welpen und dann noch einmal mit den Überlebenden des Rudels.

Endlich konnte er ausruhen, während der Wind die Überreste des Dornenwaldes zerfetzte. Er sah seine Gefährten an – vier erwachsene Rüden, zwei erwachsene Hündinnen und fünf Welpen. Alle weniger als zwei Jahreszeiten alt. Die traurigen Überreste eines Rudels, das mehr als vierzig Köpfe gezählt hatte. Doch er würde retten, was er noch hatte, und sein Rudel wieder aufbauen. Jetzt aber war es Zeit zu trauern.

Er hob den Kopf und heulte den Himmel an.

Erienne hatte Lyanna erst beruhigen können, als sie in einem Raum des außergewöhnlichen Gebäudes, das die Al-Drechar bewohnten, allein waren. Das Haus lag zwischen einem plätschernden Bach und einem dichten Palmenhain. Von vorne gesehen war es eine erstaunliche Ansammlung von Balken und Schieferplatten. Es wirkte desorganisiert, was vermutlich sogar beabsichtigt war. Drinnen dagegen war es von einer atemberaubenden Eleganz.

Nicht, dass Erienne Zeit gehabt hätte, mehr als nur einen ersten, flüchtigen Eindruck zu gewinnen. Die Einzelheiten mussten warten. Im Augenblick wiegte sie ihr schluchzendes Kind in den Armen und fragte sich, ob sie Lyanna, wenn das Weinen erst einmal aufgehört hatte und sie sich umschaute, jemals wieder aus dem wundervollen Zimmer locken konnte, das gerade so eingerichtet war, wie Lyanna es liebte.

Die Wahrheit war, dass auch Erienne es mit der Angst bekommen hatte, als sie die hageren, großen Gestalten gesehen hatte, unter deren fließenden Gewändern sich jeder Knochen abzeichnete. Ren'erei hatte schnell eingegriffen und Lyanna geschnappt, die wie angewurzelt stand und starrte, und war mit ihr nach drinnen gelaufen. Erienne war der Elfenfrau sofort gefolgt, hatte die Puppe aufgehoben und sich gerade noch Zeit für ein entschuldigendes Achselzucken an die Adresse der enttäuschten Al-Drechar genommen, bevor sie Ren'erei in das Zimmer gefolgt war, in dem sie jetzt allein mit Lyanna saß.

Auf die in sanftem Gelb gehaltenen Wände waren winkende, lächelnde Bären und Gruppen von spielenden Kaninchen gezeichnet. Das Licht spendeten drei abgeblendete Laternen, außerdem gab es ein weiches Bett und einen niedrigen Holztisch, einen Sessel in Kindergröße und ein Sofa. Alles stand auf dicken Teppichen, die ihre kleinen Füße vor den kalten Holzbalken schützten. Duftkerzen entließen frische Waldgerüche in den Raum.

Doch Lyanna sah dies alles nicht, und es dauerte lange, bis ihr Schluchzen nachließ. Sie zitterte und bebte am ganzen Körper.

»Sch-scht, Liebes, deine Mami ist doch hier. Niemand wird dir wehtun«, flüsterte Erienne und drückte dem Mädchen die Lippen auf den Kopf. »Nur ruhig, beruhige dich. Ganz ruhig.«

»Sind die Gespenster weg, Mami?«, murmelte sie, an Eriennes Brust gepresst.

»Oh, Liebes, das waren keine Gespenster. Sie sind deine Freunde.«

»Nein!«, heulte Lyanna, und ihre Augen wurden wieder feucht. »Das sind nicht die alten Frauen. Das sind Gespenster.«

Erienne verstand, was sie meinte. Sie wusste, dass die flatternden leichten Gewänder, die sie trugen, in der schwülen Hitze einfach bequemer waren. Sie wusste auch, dass alte Elfen ihr weißes Haar meist lang wachsen ließen, was ihnen den Respekt der anderen eintrug, und dass die Muskeln und das Körperfett aus dem Körper schwanden, lange bevor sie wirklich hinfällig wurden, sodass sie in der letzten Lebensphase an Skelette erinnerten. Und diese Elfen waren unglaublich alt. Doch ihre äußere Erscheinung passte gut in die Albträume eines Kindes, und Lyanna hatte mehr als genug davon gehabt.

»Ich bleibe immer bei dir«, versprach Erienne. »Dir wird nichts passieren. Mein tapferes Mädchen. Mein tapferes kleines Mädchen.« Erienne streichelte Lyannas Haare, bis die Kleine sich zurückzog und aufschaute. Ihr Gesicht war verquollen und rot, nachdem sie sich so lange an die Mutter geschmiegt hatte. Erienne lächelte.

»Sieh dich nur an«, ermahnte sie ihre Tochter freundlich. Sie wischte Lyanna mit dem Tuch, das sie schon seit einer Weile bereithielt, die Tränen ab. »Hab keine Angst. Hast du noch Angst?«

Lyanna schüttelte den Kopf. »Nur ein bisschen. Lass mich nicht allein, Mami.«

»Ich lasse dich niemals allein. Willst du heute mit mir hier in deinem Zimmer schlafen?«

Erst jetzt inspizierte Lyanna ihre neue Umgebung, und ein kleines Lächeln stahl sich in ihr besorgtes Gesicht.

»Das ist ein schönes Zimmer«, sagte sie.

»Wenn du willst, ist es deins.«

»Wo ist dein Zimmer?«

»Ich werde dafür sorgen, dass es nebenan ist, damit ich dich hören kann. Ist das gut so?«

Lyanna nickte. Es klopfte, und Ren'erei steckte den Kopf herein.

»Wie geht's denn so?«, fragte sie.

»Komm nur herein«, sagte Erienne. »Viel besser, danke.«

Ren'erei hatte eine lockere Stoffhose und ein Wollhemd angezogen. Erienne fiel ein, dass sie sich, genau wie Lyanna, noch nicht vom Schmutz und dem Schweiß des Tages gesäubert hatte.

»Gut«, sagte Ren'erei, ohne das Zimmer zu betreten. »Sie wollen euch unbedingt kennen lernen. Sie haben eure Reaktion nicht verstanden.«

Erienne starrte Ren'erei stirnrunzelnd an. »Dann muss man wohl annehmen, dass sie nicht viel Zeit mit Kindern verbracht haben. Ich nehme an, du hast es ihnen nicht erklärt?«

»Doch, so gut ich konnte«, entgegnete Ren'erei. Sie lächelte. »Sie haben inzwischen etwas formellere Kleidung angezogen.« Sie wandte sich zum Gehen. »Wenn ihr bereit seid, kommt einfach heraus. Ich warte draußen.«

»Richte ihnen meinen Dank aus, dass sie nicht in unser Bewusstsein eingedrungen sind. Das war rücksichtsvoll«, sagte Erienne.

»Sie verstehen vielleicht nichts von Kindern, aber rücksichtslos sind sie nicht. Lass dich nicht durch das Äußere täuschen.« Sie schloss leise die Tür hinter sich.

»Wenn es irgendeine andere Möglichkeit gegeben hätte, dann hätte ich sie ergriffen«, sagte der Unbekannte. Er stand in der Tür seines Hauses, es war Nachmittag. Draußen auf der Straße war Denser schon ungeduldig aufgesessen. Seine Unruhe übertrug sich auf die hellbraune Stute, die mit den Hufen scharrte und nicht ruhig stehen wollte.

»Du hast dich unmissverständlich ausgedrückt«, antwortete Diera. Ihr Gesicht war gerötet von den Tränen, die sie geweint hatte. Sie hatte ihre Haare eilig zu einem

Pferdeschwanz gebunden, der auf ihrer Schulter lag. Jonas war im Haus. Sie wollte nicht, dass er den Abschied sah.

»Diera, so ist das nicht. Stell dir doch vor, wie ich mich fühlen würde, wenn es um dich und Jonas ginge. Ich würde das Gleiche von ihnen erwarten.«

»Oh, dein verdammtes Ehrgefühl und deinen verdammten Kodex verstehe ich sogar sehr gut. Aber was ist mit dem Versprechen, das du mir gegeben hast?« Sie zischte ihre Worte, weil sie nicht wollte, dass Denser sie hörte.

Darauf gab es keine Antwort. Er brach sein Wort, und das schlechte Gewissen quälte ihn. Zuerst hatte er den Eindruck gehabt, dass sie es verstand, und sie hatten sich zärtlich und leidenschaftlich geliebt. Er hatte sich in ihr verloren, er wollte, dass das Gefühl niemals endete. Doch als er in der warmen Glut danach neben ihr lag, den Kopf auf eine Hand gestützt und mit der anderen ihre Brust streichelnd, hatten ihm ihre Tränen gezeigt, dass es kein harmonischer Abschied werden würde. Ihr Streit hatte Jonas geweckt, und erst sein Weinen ließ sie die Stimmen dämpfen.

»Was ich tue, ist unverzeihlich, aber ich kann mich auch nicht dafür entschuldigen«, sagte der Unbekannte. Er reichte ihr eine Hand, doch Diera wich ihm aus. »Ich konnte mich so wenig weigern, wie er sich hätte weigern können, wenn du verschwunden wärst.«

»Aber du hast keine Sekunde daran gedacht, Nein zu sagen, nicht wahr? Du hast nicht an das gedacht, was du zurücklässt, und jetzt reitest du und rufst den … den Raben wieder zusammen.« Sie spuckte das Wort förmlich aus, als hinterließe es einen schlechten Nachgeschmack im Mund.

»Weil sie … weil sie die Besten sind. Nur zusammen haben wir eine Aussicht, Erienne und Lyanna zu finden und wohlbehalten zurückzukommen. Ich mache es ja nicht des Geldes wegen, Diera. Ich habe Denser mein Leben zu verdanken, das weißt du.«

»Und was bist du deiner Ansicht nach mir und Jonas schuldig? Überhaupt nichts?« Ihr Gesicht wurde etwas weicher. »Hör mal, ich weiß doch, warum du gehst. Deshalb liebe ich dich ja. Aber du hast mich nicht gefragt, Sol. Es kommt mir so vor, als sei meine Meinung unwichtig. Du hast mir und Jonas ein Versprechen gegeben, und auch wenn du nicht weggehen wolltest, tust du es jetzt. Der Gedanke, dass du nicht zurückkommen könntest, bricht mir das Herz.« Sie sah ihm tief in die Augen. »Wir sind jetzt dein Leben.«

»Was soll ich denn tun?«, fragte er.

»Was immer ich auch fühle, ich kann dich verstehen. Ich will, dass du gehst, und ich will mich damit trösten, dass der Rabe mir helfen wird, falls ich jemals Schwierigkeiten haben sollte. Aber ich will auch, dass du über mich und Jonas nachdenkst, bevor du irgendetwas tust. Wir lieben dich, Sol. Wir wollen doch, dass du zurückkommst.«

Sie trat auf ihn zu und umarmte ihn fest, und er war überrascht, dass er jetzt auch selbst weinen musste. Er hielt sie umschlungen und rieb ihr über den Rücken.

»Ich werde zurückkommen«, sagte er. »Und glaube mir, ich tue nie etwas, ohne an dich zu denken. Was du denkst, ist mir wichtig. Es ist nur so, dass ich nicht die Möglichkeit hatte, irgendeine Entscheidung zu treffen, auf die du hättest Einfluss nehmen können.«

Diera legte ihm einen Finger auf die Lippen und küsste ihn. »Verdirb es jetzt nicht. Geh.«

Er löste sich von ihr und stieg aufs Pferd, das er nach Norden, in Richtung Julatsa lenkte. Als er das Tier antrieb, folgte Denser sofort. Er betete zu den Göttern, dass er sie wiedersehen würde.

Vuldaroq saß am Kopfende des langen Tischs. Links und rechts neben ihm hatten sich, jeweils vier auf einer Seite, die Menschen und Elfen niedergelassen, die das Quorum von Dordover bildeten.

Vor ihnen stand stolz und aufrecht ein Mann, der von einem Halbkreis von fünfzehn Kollegwächtern umgeben war. Es war kalt im kleinen Saal, und dies lag nicht nur an dem eisigen Wind, der draußen heulte. Es war die Aura, die den Mann umgab, und die Abscheu, die ihm entgegenschlug. Er war der Mensch, den alle Magier am meisten hassten, und er stand auf dem heiligen Boden von Dordover. Sein zerstörtes Gesicht war jetzt zu sehen, nachdem er die Kapuze zurückgeworfen hatte, und die schwarze Tätowierung an seinem Hals verriet seinen verhassten Glauben.

Seine Ankunft vor den Toren des Kollegs hatte eine hektische Betriebsamkeit ausgelöst, die nun in einem eilig anberaumten Treffen gipfelte. Der Widerwille dem Mann gegenüber war, wenigstens vorübergehend, dem Unglauben gewichen, und natürlich wollte man auch erfahren, was den Mann an einen Ort geführt hatte, den lebendig wieder zu verlassen er eigentlich nicht hoffen konnte.

»Ihr geht ein ungeheures Risiko ein, Selik«, sagte Vuldaroq. »Ich wundere mich sogar, dass Ihr nicht schon tot seid.«

»Es ist ein Glück für Euch, dass ich noch lebe«, erwiderte Selik, was vom Quorum mit geringschätzigem

Schnauben quittiert wurde. Infolge seiner entsetzlichen Gesichtsverletzungen sprach er langsam, schwerfällig und undeutlich.

Vuldaroq betrachtete Seliks Gesicht und konnte ein zufriedenes Lächeln kaum verbergen. Die linke Gesichtshälfte sah aus, als sei sie von einem achtlosen Pinselstrich mit frischer Farbe übermalt worden. Wo die Augenbraue hätte sein sollen, fiel der Knochen scharf nach unten ab, das blicklose Auge darunter war milchigweiß und bewegte sich nicht. Die Wange war vernarbt, als sei sie von mächtigen Klauen getroffen worden, und der Mundwinkel hing herunter, sodass es aussah, als spräche Selik mit einem ewig höhnischen Grinsen. Ein durchaus passender Ausdruck, der durch den schlaffen, zahnlosen Ober- und Unterkiefer auf der linken Seite ergänzt wurde.

All das war durch den Spruch eines dordovanischen Magiers entstanden. Man war der Überzeugung gewesen, Eriennes Eiswind habe die Schwarzen Schwingen und den Stellvertreter des Hauptmanns Travers getötet, aber irgendwie hatte Selik wohl den Spruch und auch das Feuer überlebt, das der Rabe in der Burg der Schwarzen Schwingen gelegt hatte. Mit ihm hatte auch der Orden der Hexenjäger überlebt. Weniger zahlreich waren sie, aber keineswegs weniger fanatisch.

»Ich kann mir keine Situation vorstellen, in der die dordovanischen Magier nicht froh wären, Euch tot zu sehen«, sagte der Erste Sekretär Berian und verzog das Gesicht zu einem gemeinen Lächeln.

»Dann muss ich Eurer Fantasie auf die Sprünge helfen«, sagte Selik. »Denn ob Ihr es glaubt oder nicht, wir sind hinter der gleichen Beute her.«

»Wirklich?« Vuldaroq zog die Augenbrauen hoch. »Es wäre faszinierend zu erfahren, wie Ihr auf diese Idee kommt.« Schallendes Gelächter ringsum am Tisch war die Reaktion. Selik schüttelte den Kopf.

»Mir wird übel, wenn ich Euch da so selbstgefällig sitzen sehe. Ihr glaubt, niemand wüsste, was Ihr tut, und dennoch ist mir bekannt, dass Ihr etwas sehr Wertvolles verloren habt. Ihr wollt es – oder besser sie – zurückhaben. Und ich bin der Einzige, der Euch wirklich helfen kann. In der Tat, ich werde Euch helfen, weil wir in diesem Fall am gleichen Strang ziehen. Diese Magie darf nicht aufblühen, weil sie uns sonst alle vernichten wird. Ich weiß, in welche Richtung sie reist, und ich kenne mindestens einen von denen, die ihr geholfen haben.« Er hielt inne und betrachtete die Gesichter. Vuldaroq behagte das Schweigen, das auf Seliks Worte folgte, überhaupt nicht.

»Habe ich jetzt Eure Aufmerksamkeit erregt? Die Schwarzen Schwingen sehen alles, sie werden immer alles sehen. Vergesst das nicht, o mächtiges Quorum von Dordover. Wie Ihr inzwischen sicher schon bemerkt habt, sind die Al-Drechar kein Mythos. Wir wissen nur nicht, wo wir sie finden können. Aber wenn wir zusammenzuarbeiten, dann werden wir sie finden, glaubt mir.«

»Euer Vorschlag ist ebenso außergewöhnlich wie Eure Blindheit, wenn Ihr auch nur eine Sekunde glaubt, wir würden uns herablassen, mit den Schwarzen Schwingen zusammenarbeiten.« Berians Gesicht war vor Wut verzerrt und rot. »Habt Ihr endgültig von dem Abschied genommen, was an Verstand noch in Euch war?«

Selik zuckte nur mit den Achseln und lächelte, was in seinem entstellten Gesicht alles andere als angenehm wirkte. »Dann bringt mich um und verzichtet darauf zu erfahren, was wir wissen. Das Problem ist, dass Ihr es Euch nicht erlauben könnt, mich zu töten und danach erst herauszufinden, dass ich Recht hatte. Am späten Abend sind Eure Magier in den Schenken von Dordover nicht immer so verschwiegen, wie Ihr es gern hättet. Uns sind viele interessante Dinge zu Ohren gekommen. Sehr interessante Dinge.«

»Aber Ihr seid doch nicht hergekommen, um uns Eure altruistische Seite vorzuführen, oder?«, fragte Vuldaroq. »Ihr wollt etwas von uns. Was wollt Ihr, Selik?«

»Ah, Vuldaroq. Ihr seid im Kopf keineswegs so schwerfällig, wie man es dem Äußeren nach annehmen könnte. Es ist ganz einfach. Ihr wollt das Mädchen haben, damit Ihr es ausbilden, kontrollieren oder beseitigen könnt – wie es Euch beliebt. Ihr könnt die Kleine haben, und ich werde Euch helfen, sie zu bekommen. Als Gegenleistung will ich die Hexe haben, die dies hier mit meinem Gesicht gemacht hat.« Er deutete auf seine schrecklichen Narben. »Gebt mir Erienne Malanvai.«

Im Proteststurm, der daraufhin losbrach, gestattete Vuldaroq sich ein leises Kichern.

Viertes Kapitel

Ren'erei führte Erienne und Lyanna durch einen breiten, mit Gemälden ausgeschmückten und mit Holz vertäfelten Gang. Ganze siebzig Schritt war er lang, bis er vor einer schlichten Doppeltür endete, vor der zwei Gildenwächter postiert waren. Links gingen weitere Türen ab, und die Fenster auf der rechten Seite überblickten einen von Laternen erhellten Obstgarten.

Als sie den Garten sah, vergaß Lyanna sofort ihre Ängste und lief zum Fenster. Die Laternen, die in der Brise schwankten und in der Abenddämmerung blinkende Lichtstrahlen über die Zweige und die breiten Blätter der Bäume tanzen ließen, zogen sie in ihren Bann.

Es war noch sehr warm, und Erienne hatte sich für ein leichtes, bodenlanges grünes Kleid entschieden. Das Haar hatte sie zu einem lockeren Knoten geflochten, damit der Luftzug auch ihren Hals kühlen konnte. Lyanna trug ein hellrotes Kleid mit weißen Rüschen. Das Haar war zu einem Pferdeschwanz gebunden, wie sie es am liebsten hatte, und wie immer hielt sie die Puppe in der rechten Hand.

»Wie groß ist das Haus?«, fragte Erienne, als sie hinter Lyanna trat und zu einem Gebäudeflügel blickte, der mehr als hundert Schritt entfernt auf der anderen Seite des Obstgartens lag.

»Diese Frage ist nicht leicht zu beantworten«, erklärte Ren'erei. »Es wurde schon während der Spaltung gebaut, und seitdem hat der Ausbau nicht aufgehört, obwohl es heute nur noch wenige Bewohner gibt. Es bedeckt gewiss den größten Teil des Hügels. Du solltest es dir aus der Luft anschauen. Wenn du unterhalb der Illusion bleibst, dann kannst du es überblicken. Heute leben hier nur noch vier, aber früher waren es mehr als achtzig.«

»Was ist denn geschehen?« Erienne zog Lyanna vom Fenster weg, und sie gingen weiter an den alten, ausgeblichenen Bildern vorbei, auf denen brennende Städte, große Feste und fliehende Rehe zu sehen waren. Es war eine eigenartige Sammlung.

»Ich glaube, sie haben sich wenig Gedanken über das Fortbestehen ihrer Gruppe gemacht, bis es fast zu spät war. Wie du selbst weißt, ist es nicht gerade leicht, einen guten Schüler zu finden. Ihre Zahl schrumpfte rasch, und der Niedergang wurde noch dadurch beschleunigt, dass viele nicht ihr ganzes Leben hier verbringen wollten. Obwohl der Orden so wichtig war, schwand der Wille, ihn mit aller Kraft zu unterstützen. Aber wer könnte das alles schon wirklich erklären?«

Sie erreichten die Türen, die für sie geöffnet wurden. Dahinter befand sich ein riesiger, rot und weiß dekorierter Ballsaal. Es gab kostbare Lüster und Spiegel, deren Anblick dem Betrachter den Atem raubte, auch wenn die Staubschicht verriet, wie alt dies alles schon war.

»Ich überlasse es ihnen, dir den Rest selbst zu erzählen«, sagte Ren'erei. Sie führte sie durch den Ballsaal zu einer unauffälligen Tür, klopfte an und öffnete. Dahinter lag ein kleines Esszimmer. Es war mit Eiche vertäfelt und mit Porträts von Elfen geschmückt. In der hinteren Hälfte stand ein langer Tisch, an dem vier ältere Frauen saßen. Sie redeten miteinander, bis Lyanna und Erienne hereinkamen. Die Kleine umklammerte das Bein ihrer Mutter.

»Schon gut, Lyanna, ich bin da, und sie sind Freunde«, flüsterte Erienne. Erst jetzt konnte sie die Majestät der Al-Drechar wirklich aufnehmen.

Erienne zweifelte nicht daran, dass sie sich in der Gegenwart der mächtigsten Magier befand, die sie je gesehen hatte. Ihre Gesichter waren die von Wesen, die unsagbar müde und doch entschlossen waren zu überleben, bis sich die Erfüllung ihres langen Lebens endlich eingestellt hatte. So würde Erienne die Al-Drechar immer in Erinnerung behalten.

Oberflächlich betrachtet waren sie uralte Elfen, freundlich, aber mit dem grimmigen Ausdruck, der durch straff gespannte Haut entsteht. Erienne sah Büschel von weißem Haar, knorrige Finger, lange Hälse und durchdringende Augen. Als dann aber eine von ihnen zu sprechen begann, war die Stimme wie Balsam auf einer offenen Wunde, und alle Furcht war besänftigt.

»Setzt euch, setzt euch. Wir müssen alle erst einmal essen. Du, mein Kind, du bist sicher müde und verängstigt nach dieser langen Reise. Wir wollen dich nicht lange aufhalten. Deine Mutter behalten wir allerdings ein wenig länger hier, wenn du nichts dagegen hast.«

Lyanna rang sich zu einem kleinen Lächeln durch, als Erienne am anderen Ende des Tischs einen Stuhl für sie zurechtrückte und sie aufforderte, sich zu setzen, ehe sie sich neben ihr niederließ. Ren'erei entschied sich für einen neutralen Platz zwischen den beiden Gruppen.

»Ihr werdet meiner Mami aber nichts tun«, sagte Lyanna. Sie starrte wie gebannt das blaue Tischtuch an.

»Aber nein, mein Kind, ganz im Gegenteil«, sagte eine andere Frau. »Wir haben viel zu lange gewartet, um irgendjemandem irgendetwas zu tun.« Sie klatschte in die Hände. »Wir wollen uns gleich vorstellen. Zuerst wollen wir aber etwas essen.«

Durch eine Tür auf der linken Seite kam eine schlanke Frau in mittleren Jahren herein. Sie trug eine dampfende Terrine an geschmückten Holzgriffen. Hinter ihr brachte ein höchstens zwölf Jahre alter Junge ein Tablett mit Schalen und Tellern und geschnittenem Brot. Sie begannen bei Lyanna und teilten rasch die dicke Suppe aus, die herrlich und gesund duftete und Eriennes Magen ein erwartungsvolles Knurren entlockte. Sie konnte dicke Gemüsestücke in der Terrine schwimmen sehen.

»Iss nur, mein liebes Kind«, sagte eine Al-Drechar. Lyanna tauchte eine Ecke Brot in die Suppe, pustete darauf und schob es sich vorsichtig in den Mund. Dann zog sie die Augenbrauen hoch.

»Das schmeckt aber gut«, sagte sie.

»Nun sei nicht so überrascht, Lyanna.« Erienne lachte. »Ich bin sicher, dass es hier auch gute Köche gibt.«

»Das hoffe ich auch.« Etwas unbeholfen kämpfte sie mit dem Löffel. Eine Weile aßen sie schweigend ihre Suppe, die so köstlich schmeckte wie sie aussah und roch. Schließlich räusperte sich Ren'erei.

»Ich glaube, es wird jetzt wirklich Zeit, dass wir uns vorstellen«, sagte sie. »Erienne, Lyanna, es ist mir eine Ehre und ein Vergnügen, euch mit den Al-Drechar bekannt zu machen.« Erienne lächelte, als sie das ehrfürchtige Leuchten in ihren Augen sah.

»Rechts von mir und weiter um den Tisch herum seht

ihr Ephemere-Al-Ereama, Aviana-Al-Ysandi, Cleress-Al-Heth und Myriell-Al-Anathak.« Sie nickte den alten Frauen nacheinander zu.

»Oh, Ren'erei, warum so förmlich?« Cleress-Al-Heth lachte. »Es macht uns so unnahbar, wenn du uns so vorstellst.« Die anderen Al-Drechar stimmten in ihr Lachen ein, und Ren'erei errötete. Um ihre Mundwinkel zuckte es. »Bitte, Erienne und Lyanna, wir sind Ephemere, Aviana, Cleress und Myriell, aber möglicherweise werdet ihr auch hören, dass wir uns mit vielen anderen Namen anreden, die ihr selbstverständlich ebenfalls benutzen dürft.«

Erienne fühlte sich zum ersten Mal seit Tagen wieder geborgen. Die Ausstrahlung der Al-Drechar ließ ihre Sorgen ein wenig in den Hintergrund treten, auch wenn die magische Vitalität, die sie besaßen, nicht zu übersehen war. Auf einer Ebene waren sie allerdings nichts weiter als uralte Elfen, und das war ein beruhigender Gedanke.

Sie beobachtete die alten Elfenfrauen, als die Suppe aufgegessen war, und ihr erster Eindruck war der, dass sie einander sehr ähnlich waren. Es war wohl unvermeidlich, dachte sie, dass sich gemeinsame Eigenarten entwickelten, dass man ähnliche Kleidung bevorzugte oder einander sogar physisch ähnlich wurde, wenn man so viele Jahre eng beisammen lebte. Was die Form der Nasen und des Mundes und die Farbe der Augen anging, so unterschieden sie sich immer noch recht deutlich voneinander, aber Lyanna würde vermutlich in den ersten Tagen Schwierigkeiten haben, sie auseinander zu halten.

»Ich nehme an, ihr lebt schon lange hier zusammen?«, fragte sie.

Cleress lächelte. »Sehr lange«, bestätigte sie. »Dreihundert Jahre, oder sogar etwas mehr.«

»Was?« Erienne erschrak. Sie wusste, dass Elfen eine hohe Lebenserwartung hatten, aber dreihundert Jahre, das war außerordentlich. Nein, es war unmöglich.

»Wir haben hier im Mana-Spektrum geforscht; wir haben uns am Leben gehalten und auf das Auftauchen eines Menschen gewartet, der den Weg weitergehen kann«, sagte Aviana. Sie lächelte wehmütig. »Wir waren schon etwas entmutigt.«

»Wir lange wartet ihr denn schon?«

»Dreihundertundelf Jahre. Seit der Geburt der Kleinen, Myriell und Septern«, erwiderte Aviana.

Eigentlich war es nicht besonders überraschend, dass Septern ein Al-Drechar war, aber die Seltenheit der Nachfolger war in der Tat eine Überraschung. »Und seitdem hat es keine neuen Schüler mehr gegeben?«

»Oh, es gab Einflüsterungen, und wir haben uns Hoffnungen gemacht und sind öfter enttäuscht worden, als du an Jahren zählst«, sagte Cleress. »Aber das wollen wir uns für später aufheben. Wie ich sehe, wird deine reizende Tochter müde, und wir müssen mit ihr sprechen, bevor sie einschläft. Es war ein langer Tag.«

Erienne schaute zu Lyanna, die mit dem Rest ihrer Suppe spielte und ein Stück Brot auf der Oberfläche hin und her schob.

»Lyanna, die Damen möchten mit dir sprechen. Ist das in Ordnung?«

Lyanna nickte.

»Bist du immer noch ängstlich, mein Liebes?«, fragte Erienne.

»Etwas«, gab Lyanna zu. »Und ich bin müde.«

»Ich weiß, Liebes. Wir müssen dich bald ins Bett stecken.« Erienne gab der Al-Drechar mit einem Nicken zu verstehen, dass sie sprechen konnte.

»Lyanna?« Ephemeres leise Stimme ließ Lyanna den Kopf heben und die freundliche alte Al-Drechar ansehen. »Lyanna, willkommen in unserem Haus. Wir hoffen, dass du dich hier für eine kleine Weile auch zu Hause fühlen wirst. Willst du das?«

Lyanna nickte. »Ja, aber nur, wenn Mami hier bleibt.«

»Natürlich bleibe ich hier«, versprach Erienne.

»Und jetzt, Lyanna, möchte ich dich etwas fragen.« Ephemeres Stimme wurde eine Spur energischer. »Du weißt doch, dass Magie in dir ist, nicht wahr?« Lyanna nickte. »Und du weißt auch, dass sie dir in deinem alten Heim wehgetan hat und dass deine Lehrer dir nicht mehr helfen konnten. Deshalb sind wir in deinen Kopf und in deine Träume gekommen. Um dir zu helfen. Verstehst du das?« Wieder ein Nicken. Lyanna schaute zu Erienne auf, die lächelnd ihr Haar streichelte.

»Gut«, sagte Ephemere. »Das ist sehr gut. Und was glaubst du nun, wie wir dir helfen werden?«

Lyanna überlegte einen Moment. »Ihr macht die schlechten Träume weg.«

»Das ist richtig«, sagte Myriell und klatschte in die Hände. »Wir werden sogar noch mehr tun. Ich weiß, dass die Schmerzen in dir dich manchmal böse machen. Wir werden dir zeigen, wie du die Schmerzen vertreiben und wie du mit der Magie die Dinge tun kannst, die du tun willst.«

»Du hast eine große Begabung, Lyanna«, fügte Cleress hinzu. »Willst du uns helfen, sie für dich sicher zu machen?«

Erienne war nicht sicher, ob Lyanna die letzte Frage verstanden hatte, doch die Kleine nickte.

»Gut. Gutes Mädchen«, sagte Ephemere. »Gibt es sonst noch etwas, das du uns fragen willst?«

»Nein.« Lyanna schüttelte den Kopf und gähnte. »Mami?«

»Ja, meine Liebe. Es ist Zeit fürs Bett«, sagte Erienne. Die Köchin und der Junge, der beim Servieren geholfen hatte, kamen zurück und räumten die Suppenteller ab. Erienne hob unterdessen Lyanna hoch. »Ich bringe sie ins Bett, und dann komme ich wieder hierher. Es kann aber eine Weile dauern.«

Cleress zuckte mit den Achseln. »Lass dir Zeit. Wir werden nicht weglaufen. Nach dieser langen Zeit können wir auch noch etwas länger warten, bis wir mit dir reden können.«

Lyanna war in Eriennes Armen eingeschlafen, bevor sie ihr Zimmer erreicht hatten, und sie regte sich kaum, als Erienne ihr das Nachthemd anzog.

»Das war wohl ein bisschen zu viel für dich, meine Liebe«, flüsterte Erienne. Sie steckte neben ihrer Tochter die Puppe unter die Bettdecke und bekam abermals Schuldgefühle. »Schlaf schön.« Sie küsste Lyanna auf die Stirn und verließ das Zimmer. Leise schloss sie hinter sich die Tür. Draußen wartete Ren'erei.

»Ich bleibe hier und lausche«, sagte sie. »Wenn sie sich rührt und ihre Mutter ruft, dann hole ich dich.«

Erienne küsste sie auf die Wange. Auf einmal war sie sehr erleichtert.

»Danke, Ren'erei«, sagte sie. »Du bist eine echte Freundin, nicht wahr?«

»Ich hoffe es«, antwortete die Elfenfrau.

Erienne eilte ins Esszimmer zurück. Auf dem Tisch waren inzwischen Fleisch und Gemüse auf Serviertellern über Warmhaltekerzen aufgetragen worden. Eine Flasche Wein und Kristallgläser standen auf einem Tablett, und aus Ephemeres langer Pfeife kräuselte sich der Rauch zur

Decke. Erienne musste an Denser denken – wie er an einen Baum gelehnt saß und ruhig seinen übel riechenden Tabak rauchte, während der Rabe über das Ende der Welt diskutierte. Sie lächelte in sich hinein und wünschte sich nicht zum ersten Mal, er sei bei ihr.

»Ist sie gleich eingeschlafen?«, fragte Aviana. Erienne nickte. »Gut, gut. Bediene dich mit Essen und Wein und setz dich näher zu uns, damit wir nicht so laut sprechen müssen.«

Erienne nahm sich etwas Essen und schenkte sich ein halbes Glas Wein ein, bevor sie sich neben Ephemere setzte, die den Rauch mit Händewedeln vertrieb.

»Ich muss mich für diese widerliche Angewohnheit entschuldigen«, sagte sie heiser. »Aber wir stellen fest, dass das Inhalieren unseren Lungen und den schmerzenden Knochen gut tut. Leider ist es, wie du hören kannst, nicht ganz so gut für die Stimme.« Sie gab die Pfeife an Aviana weiter, die einen tiefen Zug nahm und hustend den Rauch einatmete, der nach Eiche und Rosen und einem süßen Kraut roch, das Erienne nicht recht einordnen konnte.

Als sähe sie die Elfenfrauen zum ersten Mal, staunte Erienne nun über ihr Alter und ihre Gebrechlichkeit. Im Licht der Kerzen und Lampen schien Ephemeres Haut über dem Gesicht so straff gespannt, dass man meinen mochte, sie könne jeden Augenblick reißen. Bleich war die Haut unter dem dichten weißen Haar und bildete einen starken Kontrast zu den funkelnden, dunkelgrünen Augen, die immer noch voller magischer Vitalität waren.

Ihre Gewänder hingen an einem fleischlosen Körper, aus dem ein langer, dünner Hals voller Sehnen und Venen wuchs. Stolz und aufrecht wie ein Fels im dunklen Meer hielt sie den Kopf. Ihre Hände waren lang und beinahe spinnenartig, sie trug keinen Schmuck an den leicht zitternden Fingern, die in sorgfältig manikürten kurzen Nägeln ausliefen.

Erienne sah ihr in die Augen und fing das Licht und die Wärme auf, die hinter ihnen lagen. Ephemere lächelte.

»Du denkst sicher, dass ihr keinen Augenblick zu spät gekommen seid«, meinte sie, »und damit liegst du gar nicht einmal so falsch.«

»Ach, Ephy, sei nicht immer so melodramatisch«, schalt Myriell mit heiserer Stimme, nachdem sie einen Zug aus der Pfeife genommen hatte.

»Wirklich?«, zischte Ephemere etwas unwirsch. »Ich zum Beispiel will nicht die Augen vor dem Risiko verschließen, das wir alle eingehen, und vor dem Ende, mit dem wir rechnen müssen, falls wir scheitern.«

»Das Mädchen muss die Wahrheit erfahren. Die ganze Wahrheit«, warf Cleress ein.

»Was genau soll sie erfahren?«, fragte Erienne. Sie schauderte innerlich. Jegliche Wärme war aus Ephemeres Augen verschwunden, nur die Macht war noch da, und ihre Gefährtinnen waren ihre Spiegelbilder.

»Dann erzähle es ihr, Ephy«, sagte Cleress.

»Erienne, wie du sehen kannst, sind wir selbst für Elfen alt, und auch mithilfe der Magie können wir das Unausweichliche nicht ewig aufschieben«, sagte Ephemere.

»Man kann sicherlich sagen, dass keine von uns noch am Leben wäre, wenn wir nicht gezwungen gewesen wären zu warten«, ergänzte Cleress.

Ephemere nickte. »Du wirst Dinge sehen, die dir nicht gefallen werden. Du wirst den Wunsch haben, uns aufzuhalten, wenn du siehst, was wir mit Lyanna tun. Du wirst um ihre Sicherheit fürchten, und du hast jedes Recht dazu, denn sie wird an jedem Tag ihrer Ausbildung in Gefahr sein. Ich fürchte, das ist eine unerfreuliche Folge des Schadens, den ihre dordovanischen Lehrer angerichtet haben.«

»Ein Schaden?« Erienne blieb der Bissen im Mund stecken, und ihr Herz pochte zum Zerspringen. Ihr wurde fast schwindlig vor Angst.

»Beruhige dich, Erienne, es ist weder körperlich noch geistig ein dauerhafter Schaden. Wir haben die Albträume gedämpft, die sie in deinem Kolleg hatte. Das Problem ist, dass sie eigentlich noch viel zu jung ist, um die Erweckung zu erleben. Und wenn sie unsere Lehren nicht versteht, dann könnte sie verletzt werden«, sagte Aviana.

»Könnte sie … sterben?« Erienne wagte es kaum auszusprechen.

»Das ist der höchste Preis, den zu zahlen jeder Magier fürchten muss, wenn er die Gabe der Magie in sich zu entwickeln beginnt«, sagte Cleress. »Bei Lyanna wären die Konsequenzen, noch bevor es dazu kommt, allerdings erheblich schlimmer.« Sie hob eine Hand, um Eriennes nächste Frage zu unterbinden. »Wir wissen, dass Lyanna bereits das dordovanische Mana aufgenommen hat, als sei es die natürlichste Sache der Welt. Dies hat in den Mana-Spuren, die wir so lange erforscht haben, auch als Erstes unsere Aufmerksamkeit erregt.

In ihrem Bewusstsein gibt es allerdings einen Konflikt, der durch die dordovanische Ausbildung verursacht wird. Nur ein Teil ihrer Fähigkeiten wurde aktiviert, und jetzt müssen wir auch den Rest erwecken, doch wir fürchten, dass ihr dordovanisch ausgebildeter Anteil Widerstand leisten wird, bis wir ihn so weit geschult haben, dass er sich nicht mehr wehrt. Das ist schon für einen Erwachsenen schwierig zu begreifen, aber für ein so kleines Kind …« Cleress zuckte mit den Achseln.

Erienne legte die Gabel weg und hielt sich die Hand vor den Mund. Sie suchte nach einem Ausweg. »Könnt ihr nicht warten, bis sie älter ist? Und sie vor Schäden beschützen, bis sie irgendwie bereit ist?«

»Wenn das möglich wäre, dann würden wir es tun. Doch ihre Erweckung wurde bereits in Gang gesetzt. Unnötigerweise.« Myriell sah Erienne scharf an.

»Wie bitte?«

»Was sie dir auch erzählt haben mögen, die dordovanischen Meister haben gehofft, ihre eigene Magie könnte die übrigen Anteile in Lyanna unterdrücken. Deshalb haben diese Narren versucht, ihre eigene Magie in den Vordergrund zu stellen. Zweifellos haben sie dir erzählt, es sei der einzige Weg, um Lyanna zu retten«, sagte Myriell.

»Ja, schon, aber …« In Eriennes Kopf herrschte ein schrecklicher Lärm, als hätte viel zu spät eine Alarmglocke angeschlagen. Sie war drauf und dran, in Panik zu geraten.

»Sie wollten vor allem sich selbst vor ihr retten. Aber sie hatten keine Ahnung, womit sie es eigentlich zu tun hatten, Erienne, und dein Vertrauen in sie hat Lyanna in große Gefahr gebracht. Und uns dazu.«

»Nein, nein, nein.« Erienne schüttelte den Kopf, doch sie konnte ihre sich überschlagenden Gedanken nicht beruhigen. »Ihr müsst doch fähig sein, ihr zu helfen. Sorgt dafür, dass sie wird wie ihr. Wie könnte sie jetzt noch in Gefahr sein? Wir sind doch eigens hierher gekommen, damit wir in Sicherheit sind.«

Ephemere legte Erienne eine kalte Hand auf den Arm.

»Immer mit der Ruhe, Kind«, sagte sie. Trotz der heiseren Stimme waren ihre Worte beruhigend. »Wir sagen dir, was du wissen musst, aber du solltest vor allem immer daran denken, dass du dir nichts von dem, was geschehen ist, zum Vorwurf machen darfst. Eure einzige Hoffnung war, Lyanna hierher zu bringen, und das ist auch unsere einzige Hoffnung. Wäre sie in Dordover geblieben, dann wäre sie sicherlich untergegangen.«

Erienne holte tief Luft. Ihr Herz schlug etwas langsamer. Sie nickte, sah Ephemere in die dunkelgrünen Augen und wartete, dass die Al-Drechar ihre Erklärungen fortsetzten.

»In Lyanna schlummert eine Fähigkeit, die niemand, der nicht ist wie sie selbst, verstehen und fördern kann. Sie hat nicht nur die Fähigkeit, die Überlieferungen aller Kollegien zu verstehen, sondern sie besitzt auch ein angeborenes Wissen über die eine magische Kraft, die früher allen Magiern zur Verfügung stand. Um diese Energie freizusetzen, muss sie jedoch zunächst lernen, die einzelnen Stränge zu meistern. Es wird für sie so aussehen, als besuchte sie in jedem Kolleg das Mana-Bad, um das Mana und die Überlieferung des jeweiligen Kollegs in Empfang zu nehmen. Eigentlich sollte dies als Einheit geschehen, doch Dordover hat das Gleichgewicht gestört.

Ich kann noch nicht einmal richtig erklären, welche gewaltigen Kräfte in ihr schlummern, aber ihre Fähigkeit, das Mana zu formen, kann man schon aus hundert Meilen Entfernung spüren. Wenn wir ihr nicht zeigen, wie sie diese Kräfte kontrollieren kann, dann könnte sie einen ungeheuren Schaden anrichten, bevor sie sich unweigerlich selbst tötet. Ich fürchte, es wird Probleme geben, während wir sie ausbilden. Während sie lernt, werden ihre Fehler für jene, die ihr etwas antun wollen, wie ein Leuchtturm wirken. Du musst einen ausgleichenden Einfluss auf ihr Leben ausüben, während sie am verwundbarsten ist. Du musst sie beschützen.

Sie ist so jung und körperlich noch so schwach. Das arme Mädchen hätte eigentlich erst damit beginnen sollen, wenn sie dein Alter erreicht hat.«

»Aber ihr könnt es schaffen?« Erienne suchte ihre Blicke.

»Wir müssen«, antwortete Aviana. »Denn wenn wir scheitern, wird es keine Al-Drechar mehr geben.«

»Warum, was wird dann aus euch?« Erienne glaubte die Antwort aber schon zu kennen, was Ephemere nicht entging. Sie lachte.

»Nun, Erienne, es erfordert all unsere Energie, uns selbst und die Illusion zu erhalten, die uns schützt. Ich fürchte, die Ausbildung deiner Tochter wird uns dem Tod erheblich näher bringen.« Sie lächelte und drückte Eriennes Arm. »Aber so ist es nun einmal, und der Tod kommt für die Al-Drechar nicht schnell.«

»Wann werdet ihr beginnen?« Erienne war immer noch nicht sicher, ob sie zustimmen sollte, nicht nur um Lyannas, sondern auch um ihrer selbst willen.

»Morgen Früh. Die Zeit drängt. Ren'erei glaubt, dass unsere Feinde näher sind als je zuvor, wie auch die Verletzungen des armen Tryuun zeigen. Wir müssen wachsam bleiben. Nichts darf uns von unserer Aufgabe ablenken«, sagte Aviana.

Erienne war der Appetit vergangen. In ihren Träumen hatte sie sich einfach nur vorgestellt, dass die Al-Drechar den Schleier lüften würden, der Lyannas Verständnis des Einen Weges behinderte. Doch jetzt, nach diesen Bemerkungen über Feinde, musste sie sich voller Angst fragen, worauf Denser stoßen würde, wenn er sie suchte. Fast hoffte sie schon, er werde sie nicht finden.

»Und jetzt sollten wir alle ins Bett gehen. Wir haben harte Arbeit vor uns, für die wir viel Kraft brauchen. Der

Schlaf ist der beste Heiler des Bewusstseins«, schlug Cleress vor.

»Ich trinke noch meinen Wein aus«, sagte Erienne, die genau wusste, dass sie vorläufig noch nicht schlafen konnte. Sie nippte am Glas und sah den Al-Drechar zu, die einander beim Aufstehen halfen und schmerzlich langsam zur Tür des Ballsaales gingen. Sie stützten sich gegenseitig. Ephemeres Rücken war gebeugt, Myriell ging bolzengerade, doch sie humpelte. Cleress torkelte, als könne sie nicht mehr richtig das Gleichgewicht halten, und Aviana hatte offensichtlich die Gicht in den Knien.

Als sie ihre Kammern irgendwo in diesem riesigen Haus aufsuchten, waren sie einfach nur vier unglaublich alte Frauen, die miteinander murmelten. Erienne hätte beinahe gelacht, als ihr einfiel, dass die Morgendämmerung nicht mehr fern sein würde, bis sie in diesem Tempo ihre Betten erreicht hatten, doch sie beherrschte sich.

Sie schenkte sich noch ein Glas Wein ein und hielt es sich unter die Nase, um das betörende Fruchtaroma einzuatmen. Was, in aller Welt, hatte sie nur getan? Sie vertraute das Leben ihrer Tochter vier Hexen an, die aussahen, als habe ihr letztes Stündlein geschlagen. Eigentlich war es der helle Wahnsinn, aber irgendwie schien es doch vernünftig, und während ihre Ängste langsam schwanden, konnte Erienne erkennen, dass sie gefunden hatte, was sie gesucht hatte, auch wenn es ihr bisher entgangen war.

Ein Ziel für sich selbst und eine Chance für Lyanna.

Vielleicht konnte sie nun doch noch ruhig schlafen.

Fünftes Kapitel

Als Ilkar erwachte, hörte er draußen auf dem Gelände das vertraute Hämmern. Dem Geruch nach sollte es ein weiterer trockener Tag werden, und durch die sanft wallenden Vorhänge am offenen Fenster fiel gleichmäßiges Licht herein. Neben ihm regte sich Pheone und drehte sich mit dem Gesicht zur Wand. Ilkar lächelte, wie er es seit fünf Tagen, seit dem Abend mit den Tests in der langen Halle, jeden Morgen tat.

Es war eine wilde Nacht gewesen. Sie hatten grob zurechtgeschnitzte und bemalte Holzblöcke aufgebaut, die an Wesmen-Lords, an frühere und gegenwärtige Mitglieder des Kreises der Sieben in Xetesk und an das dordovanische Quorum erinnerten. Reihum hatten sie die Puppen mit einer äußerst abwechslungsreichen Serie offensiver Sprüche mit Feuer und Eis zerstört. Naturgemäß wurden einige Sprüche besser vorbereitet und gewirkt als die anderen.

Zwanzig Magier hatten sich an den Schießübungen beteiligt und ihre Frustration abgearbeitet, die sich über Wochen aufgestaut hatte. Es war ein spektakulärer Anblick, wenn das magische Feuer an den Wänden abprallte oder wenn das Eis das Holz zerplatzen und in den Ecken des langen Raumes große Eiszapfen wachsen ließ, die gleich darauf wieder mit eng begrenzten Feuerstößen verdampft wurden, bis der Raum sich mit Nebelschwaden füllte. Immer wenn er nicht gerade selbst einen Spruch wirkte, baute Ilkar Schilde für diejenigen auf, die nicht ganz so gut zielten wie ihre Gefährten.

Ilkar hatte die ganze Zeit über Pheones Nähe gespürt, und während des Besäufnisses, das danach folgte, hatte er sie oft umarmt, und sie hatte den Kopf an seine Schulter geschmiegt. Seine Erinnerungen waren etwas verschwommen, aber er hörte noch ihr Gelächter und sah ihr strahlendes Lächeln und ihr offenherziges Hemd noch deutlich vor sich.

Der Sex im Alkoholrausch war hingebungsvoll und fantastisch gewesen, auch wenn er zugeben musste, dass ihm vieles entglitten war. Er war nicht sicher, wie lange es überhaupt gedauert hatte, aber das Gefühl, einen weiblichen Körper neben sich zu spüren, auch wenn es keine Elfenfrau war, hatte er sehr genossen.

Pheone hatte seine Sorgen beschwichtigt, sobald der Kater verscheucht war und ihre Köpfe wieder funktionierten. Elfen sollten sich eigentlich nicht mit Menschen einlassen, weil die unterschiedlichen Lebensspannen zwangsläufig zu Enttäuschungen führten, was allzu oft mit dem Selbstmord des fast immer länger lebenden elfischen Partners endete.

»Ich glaube, uns ist beiden klar, dass es nicht lange dauern wird«, hatte sie gesagt. »Aber im Augenblick brauchen wir uns. Genieße es und denke nicht zu sehr über das Morgen nach.«

Ilkar war nicht sicher, ob Pheone wirklich glaubte, was

sie sagte. Jedenfalls verliefen die folgenden Nächte leidenschaftlich und waren körperlich erfüllend, auch wenn für eine tiefere emotionale Bindung die Perspektive fehlen mochte. Und sie sollte Recht behalten. Ihre sexuelle Beziehung änderte seine Sichtweise grundlegend. Er hatte sich so sehr auf den Wiederaufbau von Julatsa konzentriert, dass alles andere in den Hintergrund getreten war. Er hatte sogar unwirsch auf die gelegentlichen Besuche des Unbekannten reagiert, was unverzeihlich war. Pheone hatte ihn daran erinnert, dass er hin und wieder ausspannen musste, und wenigstens dafür liebte er sie, falls Liebe das richtige Wort war.

Mehr als das, er hatte begonnen, über den Wiederaufbau des Kollegs hinauszublicken und langfristig zu denken. Auch der Geist des Kollegs musste wieder erwachen. Es gab noch so viel zu tun, um wieder Magier nach Julatsa zu locken, damit das Kolleg erneut erblühen konnte. Er wusste, dass er eines Tages das Kolleg würde verlassen müssen, um draußen in der Welt dafür zu werben, dass seine magische Schule wieder lebte und atmete.

Im Augenblick aber schlief das Kolleg, und er war genau dort, wo er sein musste. Er beugte sich hinüber und küsste Pheones schlafendes Gesicht, dann sprang er aus dem Bett, lief über den kalten Steinboden und schnappte sich die grünen Hosen und das grobe wollene Arbeitshemd. Dazu zog er kräftige, halbhohe Stiefel an, fuhr sich mit gespreizten Fingern durchs zerzauste Haar, und weil sich sein Hunger meldete, ging er direkt zum Refektorium, das auf der anderen Seite des Hofs lag.

Ein frischer Tag hatte begonnen, es wurde rasch wärmer. Die Morgendämmerung war vor einer Stunde vom Tageslicht abgelöst worden. Er betrachtete die Bauarbeiten, die sich in den letzten sieben Tagen auf das Dach der

Bibliothek und ein neues Gebäude, von dem bis jetzt erst die Fundamente standen, konzentriert hatten. Wie immer blieb Ilkar einen Moment stehen und starrte das Loch an, in dem das Herz ruhte. Dort wartete die größte Aufgabe.

Eines Tages musste das Herz geborgen werden, und dann konnte man den sterblichen Überresten der Magier, die in ihm begraben waren – darunter auch der alte Elfenunterhändler Barras –, die letzte Ehre erweisen. Er sprach ein kurzes Gebet an die Götter, dass sie ihm die Mittel schenkten, die er dazu brauchte.

»Ilkar!« Er fuhr herum, als jemand seinen Namen rief. Er hatte die Stimme sofort erkannt. Der Besitzer kam durch die Lücke herein, wo früher das Nordtor gestanden hatte. Er führte sein Pferd am Zügel, und hinter ihm kam jemand, über dessen Anblick Ilkar sich sogar noch mehr freute.

»Denser!« Er lief zum Tor. »Bei den Göttern, heutzutage lassen sie einfach jeden hier herein.«

»Entschuldigung. Ich dachte, nach meinem letzten Besuch dürfte ich einfach eintreten.«

»Aber ja doch, das darfst du.« Die beiden alten Freunde umarmten sich. »Lass dich ansehen.« Ilkar trat einen Schritt zurück und betrachtete Densers Gesicht. »Ein bisschen verstaubt siehst du aus. Und hier und da entdecke ich eine Spur von Grau. Oh, und du müsstest dir mal die Haare schneiden lassen. Aber man kann dich noch erkennen.« Er schüttelte den Kopf. »Es ist schön, dich zu sehen. Ich hoffe, du hast Hammer und Meißel mitgebracht.«

Denser lächelte. »Es tut mir Leid, von körperlicher Arbeit habe ich noch nie viel gehalten. Meine Pfeife habe ich aber dabei.«

»Ach ja, ich habe den penetranten Gestank schon vermisst.« Ilkar tätschelte Densers Oberarm und sah an ihm vorbei. »He, Unbekannter, das ist aber lange her.« Ilkar bemühte sich sehr, sein Lächeln zu halten, aber die Tatsache, dass diese beiden zusammen in sein Kolleg geritten kamen, konnte nur eines bedeuten. Etwas Übles, wahrscheinlich sogar etwas sehr Übles war geschehen.

Der Unbekannte kam zu ihm und gab ihm die Hand. Sein Griff war fest wie eh und je.

»Viel zu lange«, sagte er.

»Na schön.« Ilkar wandte sich wieder an Denser. Der Xeteskianer war müde, obwohl es früh am Morgen war, und er wirkte ungewöhnlich ernst. »Wie geht es denn Erienne und Lyanna?«

Schmerzen flackerten in Densers Blick, und er kniff ein wenig die Augen zusammen. Statt selbst zu antworten, drehte er sich Hilfe suchend zum Unbekannten um.

»Das ist der Grund dafür, dass wir hergekommen sind.«

Ilkar nickte, seine Befürchtungen hatten sich bestätigt. »Ich verstehe. Seid ihr hungrig? Wir können auch beim Frühstück reden.«

Das Refektorium war ein langes, niedriges Gebäude, in dem Tische und Bänke in Reihen aufgestellt waren. Da die meisten Magier und bezahlten Helfer schon ihre Arbeit aufgenommen hatten, war es im Augenblick recht ruhig. Ilkar deutete auf einen Ecktisch, und als die Gäste es sich bequem machten, ging er zur Essensausgabe und belud ein großes Holztablett mit Speck, Brot und einer Kanne Kaffee.

»Hier«, sagte er, als er sich zu ihnen setzte. »Greift zu. Wenn ihr wollt, gibt es noch mehr.«

Während sie aßen, berichtete Denser über Lyannas Fortschritte und ihre Albträume, über das zögerliche Quorum von Dordover und über das Verschwinden von Erienne und ihrer Tochter. Schließlich gab er Ilkar Eriennes Brief, den der Elf schweigend las. Mit jeder Zeile wurde sein Stirnrunzeln finsterer. Er gab ihn zurück, nachdem er ihn zweimal gelesen hatte, und schenkte den Gästen Kaffee nach.

»Wenn die sie als Erste finden, dann werden sie beide töten«, meinte Denser.

»Wer denn?«, fragte Ilkar.

»Die Dordovaner. Erkennst du das nicht?«

»Übertreibst du da nicht ein wenig? Es steckt mehr dahinter als eine einfache Verschwörung eines Kollegs. Es besteht ein Risiko für alle magischen Systeme in Balaia.«

»Nun fang du nicht auch noch damit an«, sagte Denser. »Lyanna ist unser aller Zukunft, nicht unser Tod und unsere Vernichtung. Die Dordovaner haben einfach nur Angst. Sie müssen lediglich richtig informiert werden. Es redet ja niemand von einer erzwungenen Rückkehr auf den Einen Weg, du meine Güte. Das kann sowieso kein lebender Mensch praktizieren.«

»Niemand außer Lyanna.«

Denser zuckte mit den Achseln. »Ja, niemand außer Lyanna. Möglicherweise. Hör mal, Ilkar, Vuldaroq hat kein Interesse daran, dass irgendjemand einen Magier ausbildet, der mehrere Disziplinen beherrscht. Er sagte mir, Balaia brauche keinen neuen Septern. Deshalb wird er sie töten, falls er sie nicht kontrollieren kann.«

»Dann willst du sie vor ihm finden?«, fragte Ilkar.

»Nein, ich will sie alle beide gefesselt an Dordover übergeben, damit sie dort auf dem Altar geopfert werden können«, entgegnete Denser.

»Ich wollte nur mal überprüfen, ob du deinen Humor völlig verloren hast.«

»Natürlich will ich sie finden.«

»Und was genau willst du dann tun?«, fragte Ilkar. »Das ist eine ernst gemeinte Frage.«

Denser sah ihn an, als sei er schwachsinnig.

»Ilkar, sie sind meine Familie. Ich muss sie beschützen.«

»Ich glaube, das verstehen wir gut«, schaltete sich der Unbekannte ein. Er legte das Brot weg, das er geschmiert, aber nicht gegessen hatte, und beugte sich vor. Ilkar musste lächeln. Der große Krieger hatte nichts von seiner Autorität verloren. »Aber du hast gerade deutlich gemacht, dass die Macht der dordovanischen Magie gegen uns angetreten ist. Was hoffst du nun zu erreichen?«

»Wenn nötig, will ich sie warnen. Oder irgendetwas organisieren. Ich weiß, dass Erienne und Lyanna bereits gut geschützt sind. Aber wir könnten sie noch weiter unterstützen. Wir könnten unsere Fähigkeiten in die Waagschale werfen.«

»Wer?«, fragte Ilkar.

»Der Rabe.«

Ilkar trank einen großen Schluck Kaffee und spürte, wie das starke, bittere Gebräu durch seine Kehle rann. Er hatte es geahnt, seit er den Unbekannten und Denser hatte zusammen durchs Tor treten sehen. Wenn der Rabe etwas ausrichten konnte, dann musste er helfen. Möglicherweise war es vergeblich. Wahrscheinlich sogar tödlich, falls Lyanna und Erienne tatsächlich in den Händen der Macht waren, an die Denser dachte. Aber was auch immer zutraf, er musste seinen Freunden begreiflich machen, wogegen sie angetreten waren.

»Denser, es gibt da etwas, das du wissen solltest.«

»Sprich weiter. Ich bin jetzt schon sicher, dass es mir nicht gefallen wird.«

»Wir haben spontane Mana-Entladungen am Himmel beobachtet. Blitze, flackerndes Licht, Regenschauer und so weiter. Nicht sehr viel, aber es war merkwürdig. Vor ein paar Tagen haben wir darüber geredet. Hast du mal was von der Tinjata-Prophzeiung gehört?«

Denser schüttelte den Kopf.

»Ich hatte bis vor kurzem auch nichts davon gehört, aber ich habe angenommen, du kennst sie vielleicht. Hast du dich näher mit der Spaltung beschäftigt?«

»Eigentlich nicht«, gab Denser zu. »Abgesehen von den in Xetesk umfassend dokumentierten Bedingungen, die nötig sind, um ein Kind mit dem entsprechenden Potenzial zu zeugen, glaube ich auch nicht, dass Erienne sich eingehend damit beschäftigt hat. Wer war dieser Tinjata überhaupt?«

»Nun, Erienne müsste den Namen eigentlich kennen. Er war der erste Erzmagier von Dordover.«

»Dann kennt sie seinen Namen«, bestätigte Denser. »Aber sie hat mir nie von ihm erzählt.«

»Ist ja auch egal. Wir können sie fragen, wenn wir sie finden. Der Punkt ist, dass Tinjata bei der Spaltung eine große Rolle gespielt hat. Er ließ sich entsetzliche Verbrechen an den Magiern des Einen Weges, den Al-Drechar, zu Schulden kommen und formulierte schließlich eine Prophezeiung, die auf einer Art Extrapolation der Mana-Theorie und der Dimensionsverbindungen beruhte. Die Grundlagen seines Wissens sind verschollen, aber er wollte jedenfalls eine Warnung an alle verbreiten, die glaubten, die durch die vier Kollegien vorgegebene Machtstruktur werde für alle Ewigkeit Bestand haben.«

»Woher weißt du das alles?«, fragte Denser stirnrunzelnd.

»Ich habe mich umgehört. Erinnerst du dich noch an Therus? Er hat euch während der Belagerung in der Bibliothek geholfen. Nun, er hat überlebt. Er ist Archivar und hat sich mit den alten Schriften befasst und sich vor allem auf die Phase der Spaltung spezialisiert. Das schließt auch die Tinjata-Prophezeiung ein.«

»Und?« Denser bedeutete Ilkar, er möge weitersprechen.

»Nun ja, Therus' Wissen ist unvollständig, weil die Dordovaner ihn nicht in ihre Bibliothek ließen, aber was wir bis jetzt haben, sagt eigentlich schon genug. ›Wenn die Unschuld den Elementen befiehlt und das Land bedrückt und zerrissen liegt, dann soll die Spaltung überwunden werden, und aus dem Chaos soll sich das Eine erheben, das niemand mehr besiegt.‹ Das ist ziemlich drastisch, oder?« Ilkars Herz schlug schneller, als er die Worte sprach. Allerdings vermochte er sich beim besten Willen nicht vorzustellen, wie Lyanna, ein kleines Kind, das er nie gesehen hatte, die Zerstörung Balaias verursachen sollte. Diese Vorstellung war einfach lächerlich.

Denser und der Unbekannte schwiegen. Der große Krieger dachte nach und aß sein Brot, der Xeteskianer starrte finster vor sich hin und verdaute, was Ilkar gesagt hatte.

»Glaubt Therus denn, die Lichtblitze hingen damit zusammen?«, fragte Denser. »Soll mein Kind diese ›Unschuld‹ sein? Ein Blitz, und das Ende der Welt ist nahe?«

»Denser, du weißt doch selbst, welche Hoffnungen du in Lyanna gesetzt hast. Vielleicht wird sie wirklich die Erste einer ganz neuen Art von Magiern sein. Es gibt da tatsächlich größere Zusammenhänge«, sagte Ilkar.

»Nun, falls das Quorum von Dordover an die Prophezeiung glaubt, dann dürfte jedenfalls klar sein, dass sie

Lyanna unbedingt schnappen wollen«, sagte der Unbekannte. »Oder dass sie irgendwie versuchen, sie auszuschalten.«

»Du meinst also, Lyanna verkörpere laut Tinjata eine zerstörerische Kraft«, sagte Denser.

»Vielleicht ist sie auch eine Art Katalysator. Wir haben Blitze am wolkenlosen Himmel gesehen, und das ist ein höchst ungewöhnliches Phänomen. Die Geschichten, die erzählt werden, kennst du so gut wie ich. Flutwellen, Wirbelstürme, Gewitter, die mehrere Tage dauern … aber währenddessen kaum Blitzschläge. Therus sagt, all dies werde in der Prophezeiung beschrieben.

Wer sind denn eigentlich die Leute, zu denen Erienne deiner Ansicht nach gegangen ist? Was, wenn sie Lyanna überhaupt nicht ausbilden, sondern sie als Fokus benutzen wollen? Auch an diese Möglichkeit müssen wir denken.«

»Vergiss nicht, dass Tinjata unabhängig von den Fakten ein gewisses Interesse daran hatte, die Sache in möglichst finsteren Farben auszumalen«, sagte Denser.

Ilkar nickte. »Auch das ist wahr. Hör mal, ich sage ja nicht, dass wir Lyanna den Dordovanern oder sonst irgendjemandem – abgesehen von Erienne und dir – einfach überlassen sollen.«

»Aber was willst du mir dann sagen?«, fragte Denser.

»Wir sollten das Gesamtbild im Auge behalten, während wir suchen. Auch wenn wir die Frage, ob die Prophezeiung der Wahrheit entspricht oder ob sie in diesem Fall überhaupt eine Rolle spielt, vorerst zurückstellen. Dordover wird jedenfalls von der Annahme ausgehen, dass sie zutrifft, und Dordovers Verhalten wird, wenn niemand einschreitet, die Kollegien entzweien. Das wollen wir alle nicht. Man muss kein Genie sein, um zu erkennen, dass Dordover und Lystern ihre Unabhängigkeit und Identität bedroht sehen, während Xetesk vor allem auf Machtgewinn aus ist und als dominierende Partei am Ende einen Zusammenschluss erzwingen könnte. Im Grunde kommt es nur darauf an, wer Lyanna kontrolliert. Und was Julatsa angeht, na ja …« Er lächelte Denser traurig an. »Wir erscheinen überhaupt nicht in der Gleichung, aber wir legen nicht weniger Wert als alle anderen darauf, dass unsere Magie und unsere Lehren erhalten bleiben.«

Denser legte den Kopf zwischen die Hände, strich sich übers Gesicht und redete durch die Finger weiter. »Ilkar, du gehst hier viel zu weit«, sagte er. »Sie ist ein Kind. Sie kann nichts allein tun.«

»Nach allem, was du mir erzählt hast, sind die Dordovaner offenbar anderer Meinung«, gab Ilkar zurück.

»Wir sind außerdem ziemlich sicher, dass sie nicht allein ist«, fügte der Unbekannte hinzu.

Ilkar seufzte und trank seinen Kaffee aus. »Hör mal, Denser, du musst Xetesk einen umfassenden Bericht über diese Sache erstatten. Du weißt selbst, dass du es tun musst. Bei den Göttern, ich glaube, sie haben dort noch nicht einmal erfahren, dass Erienne verschwunden ist. Ich will darauf hinaus, dass sie einen beträchtlichen Druck auf die Dordovaner ausüben werden, falls diese im Hinblick auf Lyannas Leben irgendwelche seltsamen Ideen aushecken sollten. Dadurch könnten wir mehr oder weniger unbehelligt nach deiner Familie suchen.«

»Offiziell jedenfalls«, sagte der Unbekannte. Er streckte die Arme über dem Kopf nach hinten, seine Schultermuskeln spielten, das Hemd spannte sich über dem mächtigen Brustkorb.

»Noch etwas«, fuhr Ilkar fort. »Diese Sache wird die Runde machen. Sogar hier bei uns hört man schon Gerüchte über Lyanna, obwohl sie derzeit nicht mehr als interessanter Klatsch sind. Bald wird es aber eine Menge Fragen geben. Vor allem, wenn die Kollegien sich nachhaltig ins Spiel bringen. Tinjatas Prophezeiung spricht von einer Rückkehr zum Einen Weg, und das macht den meisten Magiern – mich selbst eingeschlossen – große Sorgen. Wir können uns keinen Konflikt leisten, also wollen wir möglichst vorsichtig vorgehen, ja?«

Denser zuckte mit den Achseln. Seine Mundwinkel zuckten. »Du hast ja Recht. Ich weiß, dass du Recht hast. Wahrscheinlich bin ich deshalb hierher gekommen. Ich brauche jemanden, der die Sache nüchtern betrachtet. Danke, Ilkar.«

»Es ist mir ein Vergnügen. Gut, ich würde vorschlagen, dass du einen Tag ausruhst, während ich hier meine Angelegenheiten regle und mich verabschiede. Dann reiten wir nach Dordover und dann nach Xetesk.«

»Warum nach Dordover?«, fragte Denser.

»Weil Therus nicht in Julatsa ist, und weil du ja vielleicht die Prophezeiung lesen willst. Dort werden die ursprüngliche Überlieferung und die Übersetzung aufbewahrt. Was natürlich voraussetzt, dass sie dich hineinlassen.«

»Irgendjemand muss Erienne gesehen haben, als sie floh«, sagte der Unbekannte. »Man muss nur die richtigen Fragen stellen. Hmm. Jetzt könnten wir Will oder Thraun brauchen. Die beiden kannten auch die Schattenseite von Dordover. Wie auch immer, ich denke, ihre Namen dürften uns ein paar Türen öffnen.«

»Da fehlt noch was«, wandte Ilkar ein.

»Hirad«, stimmte der Unbekannte nickend zu.

»Wir können ihn abholen, nachdem wir in Xetesk waren«, schlug Denser vor.

»Das wird nicht einfach«, warnte der Unbekannte. »Die Drachen sind schließlich immer noch hier.«

Hirad schaufelte mit dem Fuß Sand über das Feuer, das vor seiner mit Stroh gedeckten Steinhütte gebrannt hatte, und betrat den Choul. Es war kein idealer Ort für einen Drachen der Kaan. Der Wind heulte durch die vierzig Fuß breite Höhle und schleppte in den Wintermonaten eine Kälte herein, die selbst drei zusammenkauernde Drachen nicht ganz vertreiben konnten.

Sie brauchten eigentlich die Wärme und den Schlamm einer Behausung, die eigens für ihre Bedürfnisse gebaut war, doch dafür hätte Hirad Baumeister, Schmiede und Arbeiter holen müssen. Wenn es um die Retter Balaias ging, drehten sich viele Menschen jedoch einfach um und vergaßen, was die Drachen für sie getan hatten.

In gewisser Weise konnte Hirad es sogar verstehen. Einen halben Tagesritt entfernt war Baron Blackthorne immer noch damit beschäftigt, seine zerstörte Stadt wieder aufzubauen. Er hatte als Einziger Leute geschickt, die den Berg so bequem herrichteten, wie es eben möglich war. Wenigstens hatte Hirad inzwischen ein eigenes Dach überm Kopf, das von der Höhle der Drachen getrennt war, und einen angebauten Stall für sein ewig nervöses Pferd.

Hirad zündete eine Laterne an und drehte den Docht weit herunter. Nicht mehr lange, und der schwindende Ölvorrat würde ihn zwingen, nach Blackthorne zu reisen. Seine Angst, die Drachen allein zu lassen, und sei es nur für einen Tag und eine Nacht, nahm immer mehr zu. Eines Tages würden die Jäger zuschlagen, wenn er nicht da war.

Er betrat den Choul und zog seine Felle eng um sich. Es war eine für die Jahreszeit ungewöhnlich kalte Nacht, nachdem es fast den ganzen Tag geregnet hatte. Er sehnte sich nach einem warmen Gasthof mit einem brüllend heißen Feuer im Kamin, einem Bier in einer Hand und einer Frau im Arm. Doch er konnte nicht vergessen, was er Sha-Kaan zu verdanken hatte. Es schien allerdings so, als sei er weit und breit der Einzige.

Der Gestank der Drachen schlug ihm entgegen. Sie waren zweifellos Reptilien, und ihre Ausdünstungen mischten sich mit dem Geruch von Holz und Öl und einer sauren Note, die, wie er wusste, durch die in den riesigen Lungen verbrauchte Atemluft zu erklären war. Es war kein Geruch, den man ignorieren konnte, aber man konnte ihn ertragen. Hinter einer leichten Krümmung des Ganges, der von Blackthornes Männern erweitert worden war, betrat er eine niedrige Höhle mit einer gewölbten Decke, die Platz für zehn Drachen bot. Drei lagen im Zentrum, und ihre riesigen Körper versetzten Hirad nicht weniger in Erstaunen als bei der ersten Begegnung.

Auf den ersten Blick sah man einen Berg von goldenen Schuppen, der sich beim Atmen leicht bewegte und im Licht der Laterne schwach glitzerte. Auf den zweiten, wenn man den Docht der Laterne etwas höher drehte, erkannte man drei Kaan. Nos-Kaan und Hyn-Kaan lagen nebeneinander, sie hatten die Schwänze eingerollt und die Hälse nach innen gedreht. Vor ihnen wirkte Hirad wie ein Zwerg. Sie hatten die Flügel fest zusammengefaltet, die Krallen kratzten leicht über den Steinboden. Ihre winzigen Bewegungen gaben ihnen ein Gefühl von Geborgenheit und erzeugten etwas Wärme.

In ihrer Mitte, noch einmal mindestens ein Viertel größer als sie, lag Sha-Kaan, der Große Kaan seiner Brut. Er war freiwillig ins Exil gegangen, um zwei Dimensionen zu retten. Als Hirad den Choul betrat, hob er den Kopf, und die Bewegung lief als Welle durch seinen hundertzwanzig Fuß langen alternden Körper mit den trüb gewordenen goldenen Schuppen. Hirad trat zum Großen Kaan und blieb vor dem großen Mund stehen, der ihn im Ganzen verschlucken konnte.

»Ich hoffe, dir hat dein Mahl gemundet, Hirad Coldheart«, grollte Sha-Kaan. Seine Stimme war nur in Hirads Kopf zu hören.

»Ja, danke. Es war ein unerwarteter Festschmaus«, erwiderte der Barbar. Sha-Kaan hatte vor seiner Hütte ein Schaf abgelegt, das, abgesehen vom gebrochenen Hals, völlig unverletzt war.

»Wenn wir können, dann versorgen wir dich«, sagte Sha-Kaan.

»Der Bauer könnte möglicherweise Einwände haben, dass du ausgerechnet seine Herde ausgesucht hast«, meinte Hirad lächelnd.

»Ein kleiner Preis für unser ständiges Opfer.« Sha-Kaan wusste Hirads Humor nicht zu schätzen.

Das Lächeln des Barbaren verschwand, und sein Herz begann zu rasen, als ihm unangenehme Gedanken kamen. Er sah Sha-Kaan tief in die Augen und sah die tiefe Trauer und den großen Kummer nach dem erlittenen Verlust. Es war jene Art von unheilbarer Leere, unter der auch der Unbekannte litt, seit seine Verbindung zu den Protektoren abgerissen war.

»Was ist los, Großer Kaan?«

Sha-Kaan blinzelte langsam und atmete ein. Hirad spürte den Luftzug am ganzen Körper.

»Wir altern hier«, sagte er. »Diese Welt dämpft unser Feuer, sie trocknet unsere Flügel und lässt uns geistig verhungern. Die geistige Sphäre der Brut kann uns hier nicht unterstützen, weil wir keine Verbindung zu ihr haben. Du hast alles getan, was du tun konntest, Hirad, und unsere Dankbarkeit ist ungebrochen. Doch unsere Augen werden trüb, die Schuppen werden stumpf, und unsere Muskeln protestieren bei jeder Bewegung. Deine Dimension erschöpft uns.«

Ein eiskalter Schauer lief Hirads Rücken hinunter.

»Ihr sterbt?«, fragte er besorgt.

Sha-Kaans verblüffend blaue Augen reflektierten das Licht der Laterne, als er Hirad anstarrte.

»Wir müssen heim, Hirad Coldheart. Bald.«

Hirad biss sich auf die Unterlippe und verließ den Choul. Er war wütend, und er war frustriert. Er musste etwas unternehmen.

In der Wärme des folgenden Morgens spielte Lyanna nach einem Frühstück, das aus Früchten, Milch und Roggenbrot bestanden hatte, im Obstgarten. Sie sprang zwischen den Bäumen umher, sang für sich selbst und war bald in ein Spiel vertieft, das Erienne, die von einer Bank aus zuschaute, natürlich nicht verstand.

Es war eine stille, friedliche Nacht gewesen. Lyanna war nicht aufgewacht und erfrischt und voller Tagendrang aufgestanden. Erienne war froh, weil sie wusste, dass sie all ihre Kraft brauchen würde. Es war ein Frieden, der bald schon gestört werden sollte, und Erienne machte sich große Sorgen, als sie ihr kleines Mädchen beim Spielen beobachtete. Ihre Unschuld und ihre Kindlichkeit, diese Sorglosigkeit, all das sollte bald verschwinden, weil die Kräfte, die in ihr schlummerten, befreit und beherrscht werden mussten.

Am letzten Abend hatte sie allein im Esszimmer gesessen, Wein getrunken und nachgedacht, und sie war zu einer Einsicht gelangt, der sie sich nicht länger verschließen konnte. Lyanna würde sich unwiderruflich verändern, und es brauchte nicht viel Fantasie, um zu erkennen, dass die Veränderungen mit einem tödlichen Risiko einhergingen. Wenn die Ausbildung aus irgendeinem Grund scheiterte, dann würde Lyanna sterben.

»Komm her, meine Liebe.« Erienne streckte die Arme aus. Das Verlangen, ihr Kind zu umarmen, war so stark, dass es wehtat. Lyanna trabte zu ihr, und Erienne drückte sie an sich und wollte sie nie wieder loslassen. Doch bald schon sträubte Lyanna sich, und Erienne gab sie frei.

»Versprichst du mir, dass du brav bist und auf die Lehrerinnen hörst?«, fragte sie. Sie streichelte Lyannas Haare.

Lyanna nickte. »Ja, Mami.«

»Und du wirst alles versuchen, was sie dir vorschlagen?«

Wieder ein Nicken.

»Weißt du, das ist sehr wichtig. Und ich bin auch immer da, wenn du mich brauchst.« Sie sah Lyanna in die Augen. Die dordovanische Lehre hatte die Kleine in ihrem eigenen Tempo aufgenommen, auf ähnlich selbstverständliche Weise, wie sie gelernt hatte, mit Messer, Gabel und Löffel zu essen. Vielleicht ging es hier genauso leicht, aber Erienne bezweifelte es. »Bei den Göttern, ich frage mich, ob du überhaupt weißt, was hier geschieht«, schnaufte sie.

»Aber natürlich weiß ich das, Mami«, sagte Lyanna. Erienne lachte.

»Oh, Liebes. Es tut mir Leid. Natürlich weißt du es. Dann erkläre es mir doch bitte.«

»Die Lehrerinnen helfen mir, die bösen Dinge zu verscheuchen. Und sie öffnen die anderen magischen Türen, und dann zeigen sie mir, wie ich den Wind in meinem Kopf anhalten kann.«

Erienne starrte sie an, ihr Herz setzte einen Moment aus. Lyanna war viel zu jung, um eine so klare Vorstellung zu haben. Erienne hatte damit gerechnet, dass es ein langwieriger Lernprozess würde. Anscheinend hatte sie sich geirrt.

»Woher weißt du das alles?«

»Sie haben es mir gesagt«, erklärte Lyanna. »Sie haben es mir in der letzten Nacht gesagt.«

»Wann denn?«

»Als ich geschlafen habe.«

»Oh, sie haben im Schlaf mit dir gesprochen?« Erienne hatte auf einmal einen schalen Geschmack im Mund, und ihr Puls beschleunigte sich.

Die Tür des Obstgartens wurde geöffnet, und Cleress kam nach draußen. Sie strahlte, das Schlurfen des vergangenen Abends war verschwunden, und sie ging mit beinahe jugendlichem Schwung.

»Ist sie bereit?«, fragte sie fröhlich.

»Nun, anscheinend weißt du mehr darüber als ich«, sagte Erienne scharf.

»Was ist denn los?«

»Wenn ihr noch einmal im Schlaf in das Bewusstsein meiner Tochter eindringen wollt, dann werdet ihr so höflich sein, mir vorher Bescheid zu sagen. Ist das klar?«

Cleress' Lächeln war jetzt etwas verkrampft. »Wir müssen sie vorbereiten, und es gibt viele Dinge, die sie nur übers Unterbewusstsein aufnehmen kann, aber nicht, wenn sie wach ist.«

»Cleress, du hast nicht zugehört.« Erienne stand auf und hielt Lyanna dicht neben sich. »Ich habe nicht gesagt, dass ihr es nicht tun dürft. Bei den Göttern, ich habe sie hierher gebracht, weil ich glaube, dass ihr genau wisst, was ihr tut. Ich will nur, dass ihr mich vorher unterrichtet. Niemand versteht Lyanna, wie ich sie verstehe. Manchmal muss man sie auch in Ruhe lassen.«

»Na gut.« Cleress sah sie finster an.

»Sie ist meine Tochter, Cleress. Das darfst du nie vergessen.«

»Ich verstehe.« Endlich nickte sie. »Wir waren sehr lange allein.«

»Dann lasst uns endlich beginnen.«

Sechstes Kapitel

Denser hatte keine Probleme, Zugang zur Bibliothek des Kollegs von Dordover zu bekommen, obwohl es schon dunkel war und genau genommen bis auf die Magier und Mitarbeiter des Kollegs niemand mehr das Gelände betreten durfte. Als der Rabe am Vortag in der Stadt angekommen war, hatte Vuldaroq sich sehr bemüht, ihnen bei ihren Nachforschungen zu helfen und alle Informationen zu beschaffen, die sie brauchten. Er stimmte sogar Densers und Ilkars Wunsch zu, die Tinjata-Prophezeiung zu lesen, hatte aber die offizielle Einladung nur an Denser gerichtet.

Natürlich war Denser ausgesprochen misstrauisch. Da jedoch der Unbekannte und Ilkar in den Straßen der Stadt nach Kontakten und nach allem suchten, was die Dordovaner möglicherweise übersehen hatten, konnte er nichts weiter tun als lesen und hoffen, dass früher oder später schon herauskäme, warum Vuldaroq sich so entgegenkommend zeigte.

Das Original der Tinjata-Prophezeiung wurde in einem luftdichten Glasbehälter in einem anderen Teil des Kollegs aufbewahrt. Denser bekam vom zuständigen Archivar ein großes, in hellbraunes Leder gebundenes Buch, dessen Einband mit goldenem Laub geschmückt war. Es enthielt mehr als sechzig dicke Pergamente. Links stand jeweils die Transkription der eigentlichen Überlieferung, rechts eine offenbar lückenhafte Übersetzung.

Denser hatte sich erkundigt, was es mit diesen willkürlich im Text verteilten leeren Stellen auf sich hatte, und erfahren, dass diese Teile der Überlieferung nur für die Augen der Hüter der Überlieferung zugänglich seien. Er hatte die Stirn gerunzelt, weil seine Neugierde geweckt war, und gelesen, was er lesen konnte.

Die ersten Seiten enthielten einen ausufernden Bericht über die Gefahren einer sexuellen Vereinigung von Angehörigen verschiedener Kollegien und über die Gefahren, falls Balaia zum Einen Weg der Magie zurückkehren sollte, außerdem die Aufforderung, solche Magier zu identifizieren und ihre weitere Entwicklung zu unterbinden, sobald man sie identifiziert hatte.

Denser zog die Augenbrauen hoch. Es kam ihm vor, als habe das dordovanische Denken in den letzten Jahrtausenden keine großen Fortschritte gemacht.

Er las weiter, übersprang einige leere und unvollständige Abschnitte der Übersetzung, und kam zu der Stelle, an der über die wahrscheinlichen Resultate gesprochen wurde, falls man diese Bedrohung ignorierte oder den sich entwickelnden Magier nicht kontrollieren konnte. An dieser Stelle begann Densers Herz schneller zu schlagen, und sein Mund wurde trocken. Balaia war bereits von Flutwellen, Wirbelstürmen und tagelangen, ununterbrochenen Gewittern heimgesucht worden, und hier war alles Wort für Wort beschrieben. Es war kaum zu glauben, dass es eine Prophezeiung und kein Tagebuch war, denn

Tinjata hatte nicht nur die Wetterbedingungen vorhergesehen, sondern auch angegeben, wo welche Phänomene sichtbar werden sollten.

»Das Meer wird sich erheben und den Mund des Landes zerschmettern.« Man musste kein Genie sein, um zu folgern, dass Tinjata damit Sunatas Zähne meinte. »Die Sonne wird ihr Gesicht verbergen, und der Himmel wird überschäumen und Sintfluten auf die Erde schicken. Und wenn die Götter seufzen, dann werden die Großen gestutzt, wo sie sich am sichersten fühlten, die Stolzen werden niedergedrückt, und ihre steinernen Tempel sollen zu den Grabstätten ihrer Angehörigen werden.«

Schaudernd las Denser, was noch alles kommen sollte. »Die Bestien der Unterwelt werden sich erheben und sich gegenseitig verschlingen, die Berge werden zu Staub zerfallen, den niemand sehen kann, denn die Augen der Welt werden geblendet sein vom erneuerten Glanz des Einen. So wird das Licht der Hölle auf das Antlitz der Erde scheinen.«

»Bei allen Göttern.« Er schaute auf und bemerkte, dass der Archivar ihn beobachtete. »Die Prophezeiung erfüllt sich wirklich, nicht wahr?« Der Archivar nickte. »Gibt es noch mehr?«

»Es lohnt sich, den Text ganz zu lesen«, erklärte der Archivar. »Es hilft Euch vielleicht, unsere Ängste besser zu verstehen.«

Denser blies die Wangen auf. »Ich verstehe sie jetzt schon. Ich bin nur nicht mit Euren Methoden einverstanden. Wir reden hier immerhin über meine Tochter.«

»Was soll ich dazu sagen?«

»Ihr könntet sagen: ›Darf ich Euch einen Kaffee und ein Brot holen?‹«

»Ich bin gleich zurück, aber verlasst einstweilen nicht

die Bibliothek. Es gibt immer noch einige Leute, die sehr verärgert darüber sind, was bei Eurem letzten Besuch in unserem Turm geschehen ist.«

Der Archivar verneigte sich leicht und entfernte sich. Denser hörte, wie er leise die Tür hinter sich schloss. Er nahm an, dass es nicht so sehr um ihm persönlich ging, sondern eher um die Tatsache, dass sein Hausgeist auf seinen Befehl hoch oben im Turm von Dordover einen dordovanischen Magier getötet hatte. Denser hatte kein großes Mitleid für den Mann empfunden, der so dumm gewesen war, den Dämon zu fangen, der mit Denser eine geistige Verbindung eingegangen war. Dennoch hatte er es bedauert, ihn töten zu müssen. Dawnthief und die Rettung Balaias hatten jedoch auf dem Spiel gestanden, und in diesem Moment war ein derartiges Opfer notwendig gewesen.

Denser richtete seine Aufmerksamkeit wieder auf die Prophezeiung und blätterte die Seiten durch, die in der Bindung knarrten. Er runzelte die Stirn und betrachtete noch einmal eine der teilweise leeren Seiten. Mit dem Pergament stimmte etwas nicht. Er zog die Lampe näher heran, drückte das Blatt auf der gegenüberliegenden Seite glatt und sah noch einmal hin. Er entdeckte verschiedene Farben; die Übersetzung war mit hellerer Tinte geschrieben als die Transkription. Der letzte überzeugende Beweis waren der Buchrücken und die Bindung. Er überprüfte rasch die ganz oder teilweise leeren Seiten. Sechs Blätter waren verändert worden. Kein Zweifel, sie waren jüngeren Datums als die anderen.

Ihm blieb nichts anderes übrig. Mit pochendem Herzen und angestrengt lauschend, ob der Archivar zurückkehrte, zog Denser einen Dolch aus der Tasche und schnitt die nicht übersetzten Seiten aus dem Buch. Er faltete sie hastig zusammen und stopfte sie sich ins Hemd. Als er den Dolch eingesteckt hatte und eine unbeschädigte Seite aufschlug, wurde die Tür wieder geöffnet.

»Danke«, sagte er, als ein Tablett mit Kaffee und Brot auf den Schreibtisch gestellt wurden. Mit leicht zitternder Hand schenkte er sich einen Becher ein. Es war knapp gewesen.

»Braucht Ihr noch meine Hilfe?«, fragte der Archivar.

»Nein«, sagte Denser lächelnd. »Ich bin so gut wie fertig. Nur noch ein paar Abschnitte.«

Der Dordovaner entfernte sich. Denser lehnte sich zurück und sah ihm nach, blies auf seinen Kaffee und trank einen Schluck. Er war nicht zu heiß, und er trank die halbe Tasse aus. Dann biss er in das Brot mit kaltem Fleisch. Der Archivar verschwand hinter einem Regal, und Denser ergriff die Gelegenheit, klappte den Band zu und legte die Klammern um. Für ihn schien es offensichtlich, dass Seiten fehlten. Wer nicht genau hinschaute, bemerkte möglicherweise nicht, dass etwas nicht in Ordnung war. Möglicherweise.

Denser wollte kein Risiko eingehen. Er trank seinen Kaffee aus, biss noch einmal ins Brot und stand auf. Der Stuhl kratzte leicht auf dem glatten Holzboden. Er nahm das Buch auf und ging zu dem Regal, in den die Prophezeiung gehörte. Der Archivar fing ihn ab.

»Macht Euch nicht die Mühe, ich nehme es schon«, sagte er. Er streckte die Hände aus.

»Das ist keine Mühe.«

»Ich bestehe darauf.«

Denser lächelte so großzügig, wie er es in diesem Moment konnte. »Vielen Dank.« Er folgte dem Dordovaner zur Lücke in dem acht Fächer hohen Regal. Der Mann hob das Buch, um es hineinzuschieben, hielt inne und runzelte die Stirn. Er wog es in der Hand und fühlte das Gewicht. Denser hielt den Atem an. Es dauerte nur einen Herzschlag lang, aber Denser kam es vor wie ein ganzes Leben. Schließlich zuckte der Archivar mit den Achseln und verstaute das Buch endgültig im Regal. Denser lächelte.

»Vielen Dank für Eure Hilfe«, sagte er.

»Es war mir ein Vergnügen.« Der misstrauische Ausdruck war noch nicht ganz verschwunden. »Nehmt das Essen mit, wenn Ihr geht. Der Wächter begleitet Euch zum Tor.«

Denser bot ihm die Hand, die der Dordovaner schüttelte.

»Auf Wiedersehen«, sagte Denser. »Wir wollen hoffen, dass es für alle gut ausgeht.«

»Dem kann ich nur beipflichten.« Ein letztes Lächeln.

Denser ging so ruhig er konnte zum Ausgang der Bibliothek und rief den Wächter, der ihn nach draußen begleiten sollte, bis er wieder in die Straßen von Dordover entlassen wurde. Erst dort draußen entspannte er sich, und ein breites Grinsen erschien in seinem Gesicht. Er musste jetzt schleunigst die anderen finden. Gut möglich, dass Vuldaroq ihnen bald seine Gastfreundschaft entzog.

Erst am nächsten Morgen in der Frühe trieben die beharrlich nagenden Zweifel den Archivar wieder zum Regal, wo er die Tinjata-Prophezeiung noch einmal in Augenschein nahm. Seine Flüche störten die Stille der Bibliothek erheblich.

Der Rabe, falls man die Truppe noch so nennen konnte, war binnen zwei Tagen gekommen und wieder verschwunden. Soweit Vuldaroq und seine Spione es sagen konnten, hatten die Rabenkrieger nichts Neues herausgefunden, was zwar schade, aber eigentlich nicht sonderlich überraschend war. Die dordovanische Kollegwache und die Magier-Spione hatten alle möglichen Kontaktpersonen und alle zwielichtigen Gestalten der Stadt verhört. Spione und Auftragsmörder gingen allen Spuren nach, aber bisher wusste man nichts über Eriennes Ziel, auch wenn man eine Vorstellung hatte, in welche Richtung sie zunächst gereist war.

Er war zufrieden, dass seine Pläne sich so gut entwickelten. Der Köder war geschluckt worden, und Vuldaroq konnte sich in dem Wissen, dass Balaias beste Männer sich an der Suche beteiligten, behaglich zurücklehnen. Ihn störte nur, dass Denser aus der Prophezeiung nicht nur die Informationen gewonnen hatte, die Vuldaroq ihm zukommen lassen wollte, sondern auch noch etwas gestohlen hatte. Der Herr des Turms wollte nicht das Risiko eingehen, dass Denser jemanden fand, der ihm die Überlieferung übersetzen konnte. Beispielsweise jemanden wie seine Frau Erienne, die als Hüterin der Magie das nötige Wissen besaß.

Er hatte eine Schänke aufgesucht, die ein gutes Stück vom Kolleg entfernt östlich des zentralen Tuchmarktes in einem wohlhabenden Viertel lag, wo ein Seniormagier sich ungestört entspannen und sich diskret treffen konnte, mit wem er wollte. Dieses Mal war sein Gegenüber bei weitem nicht so frech und überheblich wie bei ihrer ersten, schwierigen Begegnung, doch er war nicht weniger fanatisch.

»Ihr müsst verstehen, dass sich die Einstellung der Magier nach der Invasion der Wesmen verändert hat. Wir können es uns nicht erlauben, einander willkürlich zu opfern, nur um den Verstellungen eines entstellten Mitglieds der Schwarzen Schwingen Genüge zu tun. Wir versuchen, unsere Kräfte zu stärken, statt sie zu vermindern.« Vuldaroq trank einen großen Schluck aus seinem Kelch und füllte aus der Karaffe den sehr teuren roten Blackthorne nach. Die Bedienung brachte eine neue Schale mit Muscheln und Austern aus der Bucht von Korina. »Ausgezeichnet.«

»Aber Ihr versteht, dass mein Preis nicht herabgesetzt werden kann«, erwiderte Selik, der sein Gesicht unter einer Kapuze verbarg. »Ich will die Hexe bekommen, ob mit oder ohne Euren Segen, aber wenn wir zusammenarbeiten, können wir leichter unsere jeweiligen Ziele erreichen.«

Vuldaroq kicherte. Selik konnte von Glück reden, dass er das Kolleg überhaupt lebendig verlassen hatte. Dies war nur dank Vuldaroqs persönlicher Intervention möglich gewesen. Der Kämpfer der Schwarzen Schwingen war bleich und zitternd entlassen worden, nachdem man ihn aus den Bannsprüchen befreit hatte, mit denen er blitzschnell festgesetzt worden war. Es hatte laute Rufe, ein Gedränge und Schuldzuweisungen gegeben, aber vor allem hatte Fassungslosigkeit vorgeherrscht, und diese Schrecksekunde hatte ausgereicht, damit Vuldaroq Selik fortschaffen konnte.

»Erienne ist nach wie vor eine unserer begabtesten und fruchtbarsten Magierinnen. Ihr Tod wäre ein herber Schlag für das Kolleg. Ich teile allerdings nicht unbedingt die Ansicht der anderen Magier.«

»Und, weiter?«

»Nun, ich werde Euren Preis zahlen, aber Ihr dürft nur mit mir zusammenarbeiten. Außerdem habe ich dafür gesorgt, dass Ihr ein wenig Unterstützung bekommt.«

»Wen denn?« Seliks einsames Auge starrte scharf aus der Kapuze heraus.

»Den Raben.«

Selik lachte. Es war ein schmerzvolles, rasselndes Geräusch, das die zerstörte Lunge beben ließ. »Wie könnten die mir schon helfen? Ich bin näher an Eurer kostbaren Beute dran, als sie es je sein werden.«

»Ich würde Euch raten, niemals den Raben und seine Entschlossenheit zu unterschätzen. Und obwohl Ihr den Elf, den Ihr verdächtigt habt, zur Gilde der Drech zu gehören, ausgiebig gefoltert habt, ist nichts herausgekommen. Der Rabe ist eine wertvolle Verstärkung. Beobachtet ihn, wie ich es tun werde, und benutzt, was Ihr für nützlich haltet. So werde ich es auch tun.«

Selik stand auf. »Dann muss ich mich sputen. Der Rabe ist schon vor einigen Stunden aufgebrochen.«

»Und zwar nach Süden«, sagte Vuldaroq. »Noch etwas, Mann der Schwarzen Schwinge. Vergesst nicht, mit wem Ihr es zu tun habt. Erienne ist geflohen, weil sie ein Signal bekommen hat, das so leicht durch unseren Mana-Schirm gedrungen ist, als hätte man mit einem Messer ins Wasser gestochen. Sie besitzen große magische Kräfte, und ich muss wissen, wo sie sind. Sorgt dafür, dass Erienne nicht stirbt, bevor sie Euch ihren Aufenthaltsort verraten hat. Aber sorgt dafür, dass sie anschließend ihr Leben beendet.«

Selik verneigte sich leicht. »Mein Lord Vuldaroq, so seltsam diese Zusammenarbeit auch ist, wir begreifen beide, dass die Magie eine notwendige Kraft ist. Die Schwarzen Schwingen wollen nur den Schimmel von einer sonst gesunden Frucht schneiden. Wir kämpfen beide für die gleiche Sache.« Er verließ den Gasthof. Vuldaroqs Blickte folgten ihm bis zum Ausgang.

»Ich glaube nicht, Selik«, murmelte der Magier, als er die nächste Auster knackte. Unerwartete Elemente fügten sich zusammen, und ein höchst befriedigender Abschluss schien zum Greifen nahe. Vielleicht konnte man sogar mit einem Streich gleich mehrere Feinde zur ewigen Ruhe betten. Bald musste er den Raben abfangen lassen und das gestohlene Pergament wieder in seinen Besitz bringen, aber im Augenblick konnte er noch einige Austern genießen, und Vuldaroq war kein Mann, der sich eine solche Gaumenfreude entgehen ließ.

Draußen frischte der Wind wieder auf und rüttelte an den Fenstern des Gasthofs. Es sah aus, als sollte Dordover eine stürmische Nacht erleben.

Hell brach die Morgendämmerung an, das Licht fiel durch die Fugen zwischen den Brettern in die Scheune. Der Unbekannte, Ilkar und Denser hatten bei einem Bauern Unterschlupf für die Nacht gefunden, nachdem sie spät am Abend und vom Wind gebeutelt sein Gehöft erreicht hatten. Sie hatten sich rasch schlafen gelegt, und jetzt war der vergangene Abend nur noch eine unangenehme Erinnerung.

Ilkar rollte sich herum, setzte sich in seinem improvisiertem Bett auf dem Heuboden über dem Vieh aufrecht und sah Denser vor sich.

»Bei den Göttern, ich hätte Julatsa nicht verlassen sollen«, sagte er. »Seit mehreren Tagen bin ich jeden Morgen neben einem hübschen Gesicht und einem begehrenswerten Körper aufgewacht, aber das habe ich aus irgendeinem unerfindlichen Grund gegen deinen verdammten Bart und den Gestank deiner Achselhöhlen eingetauscht.«

»Du weißt einfach nicht, was du an mir hast«, gab Denser zurück. Er kratzte sich am kurz getrimmten Bart.

»Nein«, entgegnete Ilkar, der schon zur Leiter unterwegs war. »Das weiß ich wohl wirklich nicht.«

»He!«, rief der Unbekannte von unten herauf. »Lasst das Schwatzen und setzt euch in Bewegung.«

»Hör auf den Mann«, sagte Ilkar lächelnd.

»Genau wie in alten Zeiten«, murmelte Denser.

»Nein, es ist ganz sicher nicht wie in alten Zeiten«, widersprach Ilkar.

Draußen vor der Scheune folgten sie dem Unbekannten, der schon über eine leere Koppel zum Bauernhaus marschierte. Die Pferde waren noch in den Ställen. In der Küche des zweistöckigen Hauses stand ein dampfender Teller mit Schinken auf dem langen Tisch, und der Duft von süßem Kräutertee erfüllte die Luft. Ilkar zog die Augenbrauen hoch.

»Das ist aber nett von ihm.« Er setzte sich neben den Unbekannten und schaufelte etwas Fleisch auf eine dicke Brotscheibe.

»Eigentlich nicht«, erklärte der Unbekannte. »Ich habe ihn dafür bezahlt.«

Der Hof gehörte zu einem Dorf, das fünfzehn Meilen südlich von Dordover in der Nähe der Hauptstraße nach Lystern in einem kleinen Tal lag. Der Ort hatte unter der Invasion der Wesmen gelitten, war aber inzwischen wieder aufgebaut worden. Die Felder waren bestellt, das Vieh ergänzt, und das Dorf war wieder in der günstigen Lage, gleich zwei Kollegien mit Lebensmitteln beliefern zu können. Da man hier mit Magiern einen freundschaftlichen Umgang pflegte, war Ilkar sicher gewesen, auf einem der Bauernhöfe aufgenommen zu werden, und da weder er noch Denser scharf darauf waren, länger in Dordover zu verweilen als unbedingt nötig, war diese Ansiedlung die beste Wahl gewesen.

»Hört zu«, erklärte der Unbekannte. »Es ist offensichtlich, dass die Dordovaner große Anstrengungen unternehmen, um Erienne und Lyanna zu finden, und das bedeutet, dass wir uns keine Fehler erlauben dürfen. Bisher haben sie ihren Vorsprung von fünfzig Tagen nicht nutzen können, aber das wird nicht ewig so bleiben, und ihre Magier-Spione dürften überall sein und die Ohren aufsperren. Wir sollten auch mit der Möglichkeit rechnen, dass wir beschattet werden.

Nun hat uns Wills neugieriger Freund erzählt, dass es in der Nacht, als Erienne aufbrach, im Süden der Stadt eine gewisse Unruhe gab, sofern man dem Mann überhaupt glauben kann, was er sagt. Dazu kommt noch der Säufer, den du aufgetrieben hast, Denser. Er ist sogar noch unzuverlässiger, aber er meint, er habe eine Frau und ein Mädchen ungefähr in dieser Gegend in eine Kutsche steigen sehen.«

»Und was jetzt?«, fragte Denser. »Wir wussten ja schon, dass sie Dordover verlassen haben. Das ist doch nichts Neues.«

Der Unbekannte schüttelte den Kopf und trank einen Schluck Tee. »Denk doch nach, Denser. Du hast zu viel Zeit mit den Ränkeschmieden in Xetesk verbracht. Wir wissen zwei Dinge und können daraus auf ein drittes schließen. Zuerst einmal hatten sie Hilfe, wohin sie auch gegangen sind. Zweitens lässt eine Kutsche auf eine längere Reise schließen. Drittens sind die nach Süden gefahren.« Er hob die Hand, um Denser am Sprechen zu hindern. »Ich bin sicher, dass die Dordovaner dies ebenfalls erraten haben, und zweifellos haben sie ihre Vertreter in alle Städte und Orte im Süden geschickt. Sie haben aber nicht die Informationen, die ich gestern Nachmittag bekommen habe.«

»Welche Informationen meinst du?« Ilkar runzelte skeptisch die Stirn.

»Es tut mir Leid, dass ich es euch noch nicht gesagt habe, aber ich bin in Dordover einfach nicht dazu gekommen. Ich habe dort einen alten Freund getroffen, einen Kaufmann, der häufig zwischen Greythorne und Dordover reist. Er hat eine Kutsche gesehen, die von einem Elf gelenkt wurde. Sie hat vor drei Wochen Greythorne verlassen und war nach Arlen unterwegs. Mir ist klar, dass dies nicht viel ist, aber es ist immerhin mehr, als Vuldaroq weiß. Ich denke, wir sollten uns nach Arlen wenden.«

»Wird dein Freund es auch anderen Leuten erzählen?«

Der Unbekannte legte den Kopf schief. »He, das geht gegen mich persönlich.«

»Arlen ist weit von Xetesk und den Balan-Bergen entfernt«, sagte Ilkar.

»Genau das macht mir auch Sorgen«, stimmte der Unbekannte zu. »Ich schlage Folgendes vor. Denser, du solltest so schnell wie möglich nach Xetesk reisen. Am besten mit Schattenschwingen. Wir nehmen einstweilen dein Pferd. Ilkar und ich werden zu den Balan-Bergen reiten und mit Hirad reden. Es könnte unangenehm werden, aber wir brauchen seine Klinge und seine Kraft. Dann treffen wir uns so bald wie möglich in Greythorne.«

»Glaubst du denn, du kannst Hirad überzeugen?«, fragte Denser.

»Na ja, ich will es mal so sagen: Wir haben jedenfalls bessere Chancen bei ihm, wenn du nicht dabei bist«, sagte der Unbekannte. »Er hat da einige keineswegs völlig unberechtigte Vorbehalte.«

»Ich weiß, ich weiß«, gab Denser scharf zurück. »Aber du kennst die Politik auf dem Berg, Unbekannter. Bei allen Göttern, wie weit bist du damit gekommen, Druck auszuüben, damit sie weiter forschen und die gesamte Protektorenarmee freilassen?«

»Die Gruppe, die ich finanziere, ist erheblich weiter als deine, die versucht, ein Verständnis für die Ausrichtung der Dimensionen zu gewinnen. Davon abgesehen, kann ich mich nicht lange in Xetesk aufhalten. Im Gegensatz zu dir lebe ich nicht dort. Und so gut Diera auch meinen Wunsch versteht, den Protektoren wenigstens die Entscheidungsfreiheit zu geben – ich bin offiziell im Ruhestand. Wie auch immer, ich glaube, es ist nicht der richtige Augenblick, um über das Für und Wider der Verwaltung auf dem Berg zu diskutieren«, sagte der Unbekannte. »Aber du hast in der Tat etwas Wichtiges versäumt, Denser. Du hast ihn nicht auf dem Laufenden gehalten, und deshalb ist er losgezogen und hat sich seine Informationen selbst gesucht. Er hat bisher lediglich gehört, dass du ins Umfeld des Kreises der Sieben aufgestiegen bist, dass es aber hinsichtlich der Dimensionsforschung nichts Neues gibt.«

»Er muss eben Geduld haben«, protestierte Denser. »Das ist ein schwieriges …«

»Denser, versuch das lieber gar nicht erst bei mir«, fauchte der Unbekannte. »Hirad hat noch nie viel Geduld gehabt, und das hättest du berücksichtigen müssen. Zweitens sind mehr als fünf Jahre vergangen, ohne dass irgendetwas geschehen ist. Die Drachen haben Balaia gerettet, und wenn du ihn fragst, dann wurden sie von Balaia und besonders von Xetesk im Stich gelassen. Und ich muss sagen, dass ich das gut nachvollziehen kann.«

»Wir brauchen ihn, Unbekannter. Dordover ist eine echte Bedrohung für meine Familie. Ich kann es fühlen.«

»Das ist mir bewusst. Ich kann nur sagen, dass wir tun, was wir können, und dass wir uns in etwa vierzehn Tagen in Greythorne sehen.«

»Das ist lange hin«, sagte Ilkar.

»Dann sollten wir uns besser auf den Weg machen«, sagte der Unbekannte. »Komm schon, iss auf. Es ist Zeit, dass wir uns in Bewegung setzen.«

Erienne rannte durch den Obstgarten und riss die Tür auf. Die Schreie ihrer Tochter klangen noch in ihren Ohren nach. Sie wandte sich nach rechts und eilte den Gang hinunter zu den tief die Hügel hineinführenden Lehrsälen der Al-Drechar.

Lyanna schluchzte jetzt, und das Geräusch war eine Folter für Eriennes Ohren. Wutentbrannt stürzte Erienne durch eine weitere Doppeltür und hätte beinahe Ren'erei umgerannt, die sie am Arm festhielt.

»Lass mich los, Ren'erei«, zischte sie.

»Beruhige dich, Erienne. Was ist denn nur los mit dir?«

Erienne wehrte sich gegen den Griff, konnte sich aber nicht befreien.

»Diese verdammten Hexen tun meiner Tochter weh.«

»Erienne, ich kann dir versichern, dass es das Allerletzte ist, was sie wollen.« Doch ihr Widerspruch und ihre Heiterkeit brachten Eriennes Blut erst recht zum Kochen.

»Lass mich los, lass mich sofort los.«

»Erst wenn du dich beruhigt hast.«

Jetzt sah sie Ren böse an, die ängstlich zusammenzuckte. »Lass mich los, oder ich lege dich um, wo du stehst. Ich will sofort meine Tochter sehen.«

Ren'erei trat zur Seite, und ohne einen zweiten Blick rannte Erienne los. Sie folgte den Geräuschen, die sie gehört hatte, erreichte die Tür des Unterrichtsraums und riss sie auf.

»Was ist hier los?«, rief sie, doch die letzten Worte blieben ihr beinahe im Hals stecken. Anscheinend bester

Stimmung malte Lyanna etwas mit bunter Kreide auf eine Schiefertafel. Die Al-Drechar hatten sich rings um ihren Schreibtisch versammelt und beobachteten aufmerksam, was sie zeichnete.

Ephemere schaute auf. »Erienne, du scheinst so aufgeregt. Ist etwas passiert?«

Erienne runzelte die Stirn. Das Schluchzen war in ihrem Kopf verstummt, und die Schreie waren nur noch ein fernes Echo.

»Ich habe gehört …«, begann sie und machte einen Schritt. »Lyanna, ist alles in Ordnung?«

»Ja, Mami«, sagte Lyanna nickend, ohne von ihrer Arbeit aufzuschauen.

Erienne wandte sich wieder an Ephemere, die zusammen mit Aviana durchs kahle, von einem Kaminfeuer erwärmte Zimmer zu ihr kam. Die Flammen tanzten auf den polierten Steinwänden und der Decke.

»Geht es dir nicht gut?«, fragte sie.

»Nein, ich …« Erienne kniff die Augen zusammen. »Ich habe gehört … da war etwas in meinem Kopf. Lyanna hat geweint und geschrien. Es war schrecklich.«

»Das kann ich mir gut vorstellen«, sagte Aviana. »Wahrscheinlich waren es nur Erinnerungen, von denen sie sich im Unterbewusstsein gelöst hat. Es tut mir Leid, dass es bis zu dir durchdringt. Mit so einer Nebenwirkung hatten wir nicht gerechnet. Aber wie du sehen kannst, geht es Lyanna ganz gut.«

Die beiden Al-Drechar kamen weiter auf sie zu und drängten Erienne zur Tür zurück.

»Es war kein Traum«, sagte sie. »Ich habe es mir nicht eingebildet.«

»Das hat auch niemand behauptet«, erwiderte Ephemere. Sie streckte den Arm aus und bugsierte Erienne weiter zur Tür. »Vielleicht solltest du etwas frische Luft schnappen.«

»Ja, du hast Recht«, sagte Erienne. »Lyanna, brauchst du deine Mami?«

»Nein«, kam ohne Zögern die muntere Antwort.

»Gut.« Sie konnte es nicht begreifen. Sie hatte Schreie gehört, die nach Schmerzen und Furcht klangen. Sie hatte es gefühlt, und sie war zu ihr gerannt, wie sie es schon hundertmal vorher in Dordover getan hatte. Doch Lyanna war, wenigstens äußerlich, völlig ruhig. Erienne begriff es einfach nicht. Das Ablösen von Erinnerungen. Vielleicht. Sie musste nachdenken. »Ich werde jetzt den Rundflug über das Haus machen, wenn ihr nichts dagegen habt«, sagte sie.

Ephemere lächelte. »Aber natürlich nicht. Das ist eine ausgezeichnete Idee. Mach deinen Kopf frei und komm danach wieder hierher. Bis dahin wird sicher auch Lyanna hier fertig sein.«

»Bis nachher dann, Liebes.

»Hmm-hmm.« Lyanna malte weiter.

Ein lautes, trockenes Knacken, das aus einer größeren Entfernung zu kommen schien, versetzte Lord Denebre, der am lodernden Kaminfeuer im Sessel saß, in einen leicht verwirrten Wachzustand. Wie gewöhnlich hatte der alte Lord nach dem Mittagessen im freundlich geschmückten Turmzimmer, das durch ein eigens erweitertes Fenster viel Sonnenlicht bekam, ein Nickerchen gehalten. Er schüttelte den Kopf und fragte sich, ob er das Geräusch nicht vielleicht doch nur geträumt hatte. Nach der Besetzung seiner Stadt durch die Wesmen war er nicht wieder völlig genesen, und die heftigen Bauchschmerzen, die ihn regelmäßig quälten, wurden immer schlimmer und ausgedehnter, je mehr Jahreszeiten vergingen. Der Besetzung war auch Genere zum Opfer gefallen, mit der er fünfundvierzig Jahre verheiratet gewesen war, und so wurden die Schmerzen in seinem Bauch von denen, die er im Herzen spürte, sogar noch in den Schatten gestellt.

Lord Denebre erhob sich aus seinem Sessel und ging langsam zum Turmfenster, das den Burghof und seine geliebte Stadt überblickte. Alle Narben der Invasion durch die Wesmen waren inzwischen verheilt. Es war ein warmer Nachmittag, obschon hier und dort von Süden her Wolken aufzogen, die nach Regen aussahen.

Als er zur hübschen, am See gelegenen Stadt hinabschaute, erkannte Denebre, dass er das Geräusch keineswegs geträumt hatte. Überall waren die Menschen stehen geblieben und sahen sich um. Denebre war alt, doch seine Augen waren scharf wie eh und je. Er konnte erkennen, dass die Stadtbewohner hierhin und dorthin deuteten, mit den Achseln zuckten oder die Köpfe schüttelten und ihres Weges gingen. Auf dem Markt herrschte jetzt, nach der Mittagspause, wieder etwas Betrieb, die Rufe der fliegenden Händler übertönten den allgemeinen Lärm, Männer und Frauen verließen die Gasthöfe, und der Verkehr bewegte sich gemächlich auf den gepflasterten, makellos sauberen Straßen.

Lord Denebre war nicht übermäßig reich, doch was er entbehren konnte, das gab er dafür aus, den Ort seiner Geburt so zu erhalten, wie er ihn seit seiner Kindheit in Erinnerung hatte. Sein Volk achtete und beschützte die Stadt, und wer etwa als Reisender in den Ort kam und glaubte, die vermeintlich verweichlichten Städter übervorteilen zu können, der bekam rasch die harte Hand zu spüren, mit der, wenn nötig, der Lord durchaus zu regieren wusste. Zwar ließ er keine öffentlichen Galgen in der Stadt aufstellen, doch an den Zufahrtsstraßen wurden hin und wieder Räuber oder Diebe gehenkt. In seiner Naivität hatte der Lord zunächst geglaubt, einige abschreckende Beispiele müssten ausreichen, doch über die Jahre sollte er immer neuen Anlass bekommen, über die Dreistigkeit und Dummheit der Spitzbuben zu staunen.

Sein Leben war überwiegend erfreulich verlaufen, und seine Söhne und Töchter hatten sich verpflichtet, die Idylle auch nach seinem Tod zu erhalten. Dies hatte es nur noch schwerer gemacht, als die Wesmen gekommen waren und alles, woran sein Herz hing, zu vernichten drohten.

Gewiss, sie waren wieder abgezogen, zurück über die Blackthorne-Berge. Er glaubte nicht, dass sie noch einmal eine Invasion versuchen würden, und wenn, dann gewiss erst lange nachdem er in die Gruft gelegt worden war. Denebre lächelte in sich hinein und holte am Fenster tief Luft. Ein zweites Knacken durchbrach die Ruhe des Tages, und auf dem Markt wurde es still. Es war ein unheimliches Geräusch, das sich durch den Boden fortpflanzte und sogar die Burgmauern leicht beben ließ.

Denebre runzelte die Stirn und spähte hinaus, beschattete die Augen mit zitternder, altersfleckiger Hand und starrte zu den niedrigen Hügeln am Südufer des kleinen Sees, wo er als Junge geangelt hatte.

Eine schwarze Narbe lief durch den mit Gras und Farn bewachsenen Hang. Denebre konnte sich nicht erinnern, diese Spur schon einmal dort gesehen zu haben … vielleicht war sie während des heißen, trockenen Sommers durch einen Brand entstanden. Sofort verwarf er den Gedanken wieder. So etwas hätte er keinesfalls übersehen.

Sein Herz setzte einen Schlag lang aus, dann raste es. Die Narbe bewegte sich. Sie bewegte sich schräg nach unten, verschlang immer mehr vom satten Grün und spie eine Staubwolke in die Luft.

»Nein, nein«, keuchte er. Sein Atem ging stoßweise. Noch zwei weitere Male knackte es, und zwei weitere Risse tauchten auf. Das Land stürzte in die Abgründe, die sich auftaten, und die entsetzlichen braun-schwarzen Linien rasten den Hügel hinunter, während ein tiefes, tödliches Grollen zu hören war.

Die Vibrationen in der Burg wurden stärker. Auf dem Markt wurden jetzt besorgte, fassungslose Rufe laut. Stände schepperten, ein Orangenstapel geriet ins Rutschen, und die Früchte hüpften über die Straße. Die Standbesitzer eilten, ihre Waren wieder einzusammeln. Der erste Instinkt galt dem Schutz des Geschäfts, nicht dem eigenen.

Die Risse, die für die Menschen in der Stadt noch nicht zu sehen waren, bewegten sich unglaublich schnell. Sie erreichten das Südufer und verschwanden unter dem See. Einen glücklichen Moment lang dachte Denebre, das Wasser habe ihren Vormarsch aufgehalten, doch das Grollen hörte nicht auf, und das Beben wurde sogar noch stärker. Hinter ihm fiel ein Bild von der Wand, im Kamin rutschten die Holzklötze ineinander.

Die friedliche Oberfläche des Sees geriet in Wallung. Vom Zentrum aus liefen Wellen in alle Richtungen, riesige Blasen stiegen an die Oberfläche, und schließlich schoss mit einem dumpfen Knall und einem lauten Schmatzen eine Wassersäule empor, deren Gischt als heftiger Regen wieder herunterkam.

Denebre hielt sich an der Fensterbank fest, weil er wegen der Vibrationen im Boden nicht mehr sicher stehen konnte. Staub wallte aus allen Spalten, und sein Sessel klapperte auf den Steinfliesen.

Das Verhängnis nahm seinen Lauf. Das Ackerland nördlich des Sees stürzte in den Abgrund, als sei es hinuntergezogen worden. Tränen liefen dem alten Lord übers Gesicht. Was die Wesmen nicht erreicht hatten, holte die Natur in einem Augenblick nach.

Er beugte sich aus dem Fenster. Unten in der Stadt brach mittlerweile das Chaos aus. Die Menschen schrien oder riefen Warnungen. Füße glitten auf den bebenden Straßen aus, Türen fielen zu, Fenster kippten aus dem Rahmen, und das Brüllen des nahenden Untergangs hatte immer noch kein Gesicht.

»Lauft, lauft«, fluchte Denebre hilflos. Seine Stimme war schwach vor Alter und konnte den Lärm nicht übertönen. Er winkte hektisch, doch selbst wenn jemand hochschaute, konnte er nicht erkennen, was der alte Lord meinte. Er musste ohnmächtig zuschauen, wie die Erde seine Stadt verschlang.

Das Land kippte an den Rändern der Risse nach innen. Jetzt wurden die ersten Häuser der Stadt hinabgezogen, und weiter ging es, schnurgerade in Richtung Burg und schneller, als ein Pferd rennen konnte. Die ganze Welt bebte jetzt. Plötzlich sackte der Boden unter ihm weg, Denebre konnte sich nicht mehr festhalten und stürzte schwer zu Boden. Er spürte, wie ein Knochen in seiner Hand brach, als er den Sturz abzufangen versuchte.

Er schrie, sein Atem kam in kurzen Stößen, aber niemand konnte ihn hören. Das Grollen war zu einem ohrenbetäubenden Brüllen angeschwollen, als sei ein in der Erde lebender Leviathan an die Oberfläche gekommen. Denebre richtete sich mühsam wieder auf. Der Boden bebte, die Fensterrahmen krachten, die Scheiben waren längst gesprungen. Hinter ihm fiel ein Balken aus der Decke und krachte ins Feuer, brennende Scheite flogen durchs Zimmer, die Glut verteilte sich im kleinen Raum. Der alte Lord achtete kaum darauf.

Die Panik griff auf den Straßen und dem Marktplatz um sich. Männer, Frauen und Kinder rannten blindlings vor der Gefahr weg, die keine Gnade kannte. Balken splitterten, Steine zerbrachen, ganze Gebäude schüttelten sich unter den mächtigen Zuckungen des Landes, bevor sie im Schlund der Bestie verschwanden, die alles verschlang, was auf ihrem Weg lag.

Dichte Staub- und Rauchwolken ballten sich über Denebres Stadt zusammen. Die Menschen krochen umher und versuchten verzweifelt, aus dem versinkenden Land zu fliehen, doch sie verloren den Halt und rutschten kreischend in den Abgrund der Erde. Das Torhaus der Burg bebte heftig und zerfiel, riesige Spalten klafften in den Mauern rings um den Burghof, die Befehle der Wächter gingen in den schrecklichen Schreien der Pferde und im Durcheinander von hundert armen Seelen unter, die versuchten, sich vor einem Schicksal zu retten, vor dem es kein Entrinnen gab.

Lord Denebres Turm schwankte gefährlich. Hinter ihm brach ein zweiter Balken aus der Decke. Dachziegel fielen am Fenster vorbei in den Spalt, der sich direkt vor der Tür seines Hauses auftat und unter dem Bergfried hindurch weiterlief.

»Mögen die Götter uns gnädig sein«, flüsterte er.

Plötzlich bebte der Turm wieder, der Fensterrahmen löste sich vollends aus dem Mauerwerk und fiel hinunter. Die Luft war voller Staub, überall ächzten und krachten Stein und Holz. Denebre blieb unerschütterlich stehen und lehnte sich an die bebende Wand, doch der ganze

Turm stöhnte jetzt, nachdem seinen Fundamenten eine tödliche Wunde zugefügt worden war.

Draußen war der Marktplatz inzwischen verschwunden. Nur noch Schutthaufen lagen dort. Der Leviathan hatte Erdwälle aufgetürmt und das Gelände mit Körpern übersät, von denen sich nur noch sehr wenige bewegten.

Lord Denebre warf einen letzten Blick zum Himmel, der blau und friedlich war. Die Sonne schien. Unter seine Füßen machte der Turm eine Schwindel erregende seitliche Bewegung, die ihn abermals den Halt an der losen Fensterbank verlieren ließ. Seine Knie gaben nach, und er kippte nach vorn. Er war fest entschlossen, seine geliebte Stadt nicht aus dem Auge zu lassen. Ein dumpfer Knall weit unter ihm, den er in den Füßen spürte, verriet ihm, dass die zentralen Stützen des Turms zerbrachen.

Der Turm schwankte, ein Höllenlärm schlug ihm in die Ohren, überall stürzten die Mauern zusammen. Sein ganzes Zimmer ruckte und sank hinab. Steine brachen durch die Decke, prallten auf den Fußboden und durchschlugen ihn; draußen fielen die Dachziegel wie ein Regenschauer.

Ein dritter heftiger Ruck, und der Turm legte sich schief, kippte und rutschte unaufhaltsam weiter. Denebre wischte sich Staub und Tränen aus dem Gesicht. »Jetzt bin ich bald bei dir, Genere, meine Liebe. Bald bin ich bei dir.«

Klar und warm und rein war die Luft, die Erienne tief einatmete, als sie mit Schattenschwingen langsam höher flog und nach und nach das außergewöhnliche Gebäude überblickte, das sich auf Herendeneths einsamem, flachem Gipfel ausbreitete.

Sie wollte sich vom frischen Wind umwehen lassen und ihre Verwirrung vertreiben, damit sie wieder klar denken und herausfinden konnte, was im Argen lag. Doch der Anblick unter ihr veränderte alles und erfüllte, wie es schien, für eine Ewigkeit ihre Augen und ihr Bewusstsein.

Das Haus der Al-Drechar war weitläufig, unregelmäßig gebaut und wundervoll. Sie schwebte darüber und fand den Obstgarten, in dem Lyanna so gern spielte. Von dort aus flog sie weiter nach außen.

Direkt unter ihr und in Richtung der Anlegestelle sah sie etwas, das vermutlich direkt nach dem Bau der ursprüngliche, prunkvolle Eingang des Hauses gewesen war. Türmchen und großzügige Räume waren mit Schiefer gedeckt, auf dem wiederum eine sichtlich gut gedeihende grüne Kriechpflanze wuchs. Ein niedriger Seitenflügel aus Glas und Holz war offenbar erst später angebaut worden. Dort fand sie auch den langen, schmalen Zugang, durch den sie bei ihrer Ankunft, die jetzt schon so lange zurückzuliegen schien, hinter Ren'erei hergerannt war.

Links vom Obstgarten waren drei mit Schiefer gedeckte Seitenflügel zu sehen, die hinausragten wie die Beine eines riesigen Insekts. Sie waren nicht völlig gerade gebaut, sondern erweckten eher den Eindruck, sie seien um natürliche Gegebenheiten herum angelegt worden. Als sie näher heranflog, konnte sie sehen, dass es dort tatsächlich Wasserbecken mit sanfter Strömung und anmutige Wasserfälle gab, die nur ein Narr zerstört hätte.

Die rechte Seite wurde von einem einzigen massiven Gebäude eingenommen. Sie flog langsam darüber hinweg und konnte Innenhöfe und architektonische Verrücktheiten ausmachen, die zu einem mehrstöckigen Gebäude aus weißem Stein, grauem Schiefer und dunklem Holz gehörten. Dazwischen gab es Blumen in einer Masse, als hätten die Götter sie aus dem Himmel heruntergeworfen. Es war ein prächtiges Durcheinander von roten, gelben blauen und purpurnen Farbtönen, hin und wieder sah man auch ein lebendiges, reines und strahlendes Smaragdgrün.

Doch die wirkliche Majestät zeigte sich hinter dem Obstgarten, und ihr gegenüber wirkte der Rest des Hauses geradezu winzig. Auf Terrassen, die sich über die ganze, nicht sehr steile Neigung des Hügels bis zum Gipfel erstreckten, waren unzählige Bögen, Statuen, Säulen und kleine Tempel mit Kuppeldächern, Grotten, Teiche, wunderschöne Steingärten und makellos gestutzte Bäume angelegt. Auf dem Gipfel stand eine dreißig Fuß hohe und an der Basis sechs Fuß breite Steinsäule. Sie war von Efeu überwuchert, und dort, wo man es sehen konnte, strahlte von verwitterten gemeißelten Inschriften eine tiefe, uralte Aura magischer Kraft aus.

Erienne flog tiefer hinunter und streckte die Flügel aus, um in einem langen, langsamen Gleitflug die außergewöhnlichen architektonischen und kulturellen Leistungen betrachten zu können. Gleichzeitig sah sie sich nach einem geeigneten Landeplatz um und dachte schon daran, dass sie in dieser Stille ein wenig umherlaufen könnte, um ein paar kostbare Momente für sich allein zu haben und wieder zu sich zu kommen. Doch als sie sich näherte, wurde die Luft merklich kälter, und sie zog sich wieder zurück. Sie hatte das Gefühl, ein Eindringling zu sein.

Sie flog nicht etwa über die hübschen Einfälle von Künstlern hinweg, sondern über Gräber. Dort ruhten die Al-Drechar, die von der Wiedervereinigung der Kollegien geträumt hatten. Ihre Träume hatten sich nicht erfüllt, und sie waren in der Angst gestorben, das Ende all dessen, woran sie glaubten, sei nahe.

Erienne hätte den Ort entweiht, wenn sie gelandet wäre. Zuerst einmal musste sie sich trotz ihrer zunehmenden unguten Vorahnungen um ihre wichtigste Aufgabe kümmern. Sie flog wieder etwas höher und versuchte, sich innerlich wie äußerlich einen Überblick zu verschaffen.

Lyanna hatte sich, wie von Erienne befürchtet, gleich nach Beginn ihrer Ausbildung verändert. Verschwunden war das unbeschwerte kleine Mädchen, das Fantasielieder für seine Puppe sang. Lyanna war jetzt nachdenklich, fast introvertiert und still. Sie redete noch mit ihrer Mutter, doch Erienne konnte sehen, dass hinter ihren Augen ganz andere als nur die Gedanken eines Kindes umgingen. Es war, als nähme sie alles auf, was sie sah, fühlte und hörte, und wahrscheinlich galt das Gleiche auch für das Mana-Spektrum.

Erienne hatte einerseits Angst vor dem, was aus ihrer Tochter werden konnte, und war andererseits stolz, dass Lyanna die Zukunft des Einen Weges war; und sie war auch eifersüchtig auf die Wunder, die ihr Kind schauen mochte.

Es war ganz anders als die Zeit in Dordover, wo Lyannas Ausbildung auf einer Generationen langen Erfahrung mit der Entwicklung von Kindern beruht hatte, sodass ihre kindliche Unschuld erhalten blieb, während sie lernte, das Mana zu akzeptieren. Erienne bekam Schuldgefühle, als sie in der warmen Thermik über Herendeneth schwebte. Lyanna hatte in Dordover gelitten, und die Entscheidung, von dort fortzugehen, war richtig gewesen. Aber war es hier wirklich besser? Lyanna schrie immer noch in Träumen auf, sie erwachte immer noch weinend, weil sie Kopfschmerzen hatte. Allerdings gab es auch einen Trost. Hier hatte Lyanna wenigstens eine Chance zu überleben und Balaia eine Gabe zu schenken, die beinahe ausgerottet worden wäre.

Es gelang Erienne nicht, ihre Sorgen abzuschütteln. Sie hatte gesehen, wie die Al-Drechar den Unterrichtsraum verlassen hatten. Die alten Frauen hatten die Besorgnis, die in ihren Gesichtern zum Ausdruck kam, nicht verbergen können, und obwohl die Ausbildung erst vor sieben Tagen begonnen hatte, wurden sie mit jedem Tag hinfälliger und schwächer. Erienne hatte auch geflüsterte Unterhaltungen beobachtet, die abrupt beendet wurden, wenn man sie bemerkte.

Sie nahm sich vor, später mit Ephemere zu reden, und stieg etwas höher, weil sie herausfinden wollte, in welcher Höhe die Illusion begann. Als sie höchstens fünfzig Fuß über dem Boden schwebte, konnte sie das Gebäude nur noch verschwommen sehen. Wie von grauen Wolken wurden die Einzelheiten verdeckt. Mit jedem weiteren Schlag ihrer Schattenschwingen verschwand das Haus unter dem gewaltigen, komplizierten Spruch. Als sie etwas mehr als sechzig Fuß hoch war, konnte sie nur noch den Gipfel eines von Nebel umhüllten, lange erloschenen Vulkans sehen.

Die Illusion flackerte und stabilisierte sich wieder. Zuerst dachte sie, ihre Augen hätten ihr einen Streich gespielt, doch dann wiederholte sich das Flackern. Links von ihr wurde der Spruch durchlässig, und ein Gebäudeflügel war mehrere Herzschläge lang sichtbar. Das Licht fiel durch den falschen Fels hindurch.

Eriennes Herz begann zu rasen. Sie flog eilig zum Obstgarten hinunter. Sie hatte genügend schlecht unterhaltene statische Sprüche gesehen, um zu erkennen, dass diese Illusion zerfiel und früher oder später völlig zusammenbrechen würde.

Da stimmte etwas nicht. Die Kräfte der Al-Drechar konnten sich nicht so schnell so sehr erschöpft haben.

Eine sich auflösende Illusion war schlimmer als überhaupt keine, weil das Flackern des instabilen Mana im ganzen Spektrum zu sehen war. Für das geübte Auge wäre es wie ein Leuchtfeuer mitten in der Nacht. Es brauchte nichts weiter als einen Meister der Magie, der an der Südküste von Balaia und auf dem Meer nach ihnen suchte.

Und dann würde Dordover mit aller Macht hier einfallen. Über den Ausgang konnte kein Zweifel bestehen.

Siebtes Kapitel

Zwei Tage, nachdem er Ilkar und den Unbekannten Krieger verlassen hatte, saß Denser wieder in seinen Gemächern. Ein Feuer wärmte das kleine Arbeitszimmer, das Knacken der Scheite wurde gelegentlich vom Sturm übertönt, der in Xetesk wütete. Blitze zuckten über den dunklen Himmel, der Donner rollte und krachte und ließ im ganzen Kolleg das Mauerwerk zittern. Der Regen prasselte gegen die Läden, als klopften tausend wütende Dämonen an.

Doch die beiden Magier, die im Arbeitszimmer saßen, gaben keinen Laut von sich. Denser saß am Schreibtisch, und die vielversprechende junge Überlieferungsforscherin Ciryn hatte auf einem Stuhl am Kamin Platz genommen. Sie gehörte zur Gruppe der relativ neuen Magier, die dazu ausgebildet wurden, ein Gefühl für gewisse Aspekte der anderen Überlieferungen, in diesem Fall für die dordovanische, zu entwickeln. Alle Texte und Fragmente der dordovanischen Überlieferung und deren Bedeutung, die Xetesk besaß, waren im Raum verteilt. Im Grunde war es nicht viel, aber hier und dort konnten sie auf eine von Tinjatas Passagen, die Denser gestohlen hatte, ein wenig Licht werfen und verschiedene Zusammenhänge erraten. Es war leicht einzusehen, warum Vuldaroq die Übersetzung hatte entfernen lassen.

Denser kochte, als ihm bewusst wurde, dass Lyanna sich jeden Tag, den sie in Dordover verbracht hatte, ohne es zu wissen in tödlicher Gefahr befunden hatte. Das Damoklesschwert hatte bereits über ihr geschwebt. Auch Erienne wusste davon offenbar nichts, obwohl sie während ihrer eigenen Ausbildung in Dordover mit Tinjatas Text in Berührung gekommen sein musste. Andererseits mochte Vuldaroq ihr diese entsetzliche Passage ebenso vorenthalten haben, wie er es bei Denser versucht hatte.

Er las noch einmal die Worte, die sie zusammengefügt hatten, während Wut und Erleichterung in ihm um die Vorherrschaft kämpften. »… für immer zum Schweigen bringen … Ritual … Reihenfolge der Spruchwirkung … erst dann kann der Atem unterbrochen werden und die Feier beginnen … Asche entsprechend verstreuen … Anforderungen der Überlieferung.«

»Es kann hier also keinen Zweifel geben?«

Ciryn zuckte mit den Achseln. Sie sah ihn mit dunklen Augen an, die in einem schmalen, eher unauffälligen Gesicht saßen.

»Nicht in Bezug auf die Worte, Meister Denser, wohl aber in Bezug auf die Bedeutung.«

Er hätte eigentlich nicht überrascht sein dürfen. Die rituelle magische Tötung, von der dort die Rede war, bedeutete freilich, dass die Dordovaner keinen Deut besser waren als die Schwarzen Schwingen, nur nicht ganz so willkürlich in der Auswahl ihrer Opfer.

Denser kehrte zu einem Abschnitt am Ende der Prophezeiung zurück. Bisher hatte Ciryn nur herausgefunden, dass die Worte mit einer weiteren Gefahr für die dordovanische Ordnung zu tun hatten. Eine eigenartige Form der Abschirmung wurde beschrieben, doch es gab keine Hinweise auf das Wirken irgendeines Spruchs. Außerdem war Ciryn der Ansicht, dass derjenige, der die Abschirmung übernahm, im Laufe dieses Prozesses sterben konnte, oder mindestens, wie sie es ausdrückte, eine »unwiderrufliche Veränderung« erfahren werde. Der Magier des Einen Weges sollte dabei auf eine nicht näher bestimmte Weise wachsen.

Auch Denser hatte – genau wie Ciryn, wenngleich weniger systematisch – die Texte durchgesehen, die links neben ihm lagen. Er hatte nach irgendwelchen Hinweisen gesucht, um wenigstens eines der Worte in der dordovanischen Überlieferung zu entschlüsseln, die sie bisher nicht verstanden. Ihre Wissensbasis war so entsetzlich schmal. Dabei war die Prophezeiung nur in der einfachen Überlieferung notiert. Hätte sich der Text um die Konstruktion oder das Wirken von Sprüchen gedreht, dann hätten sie überhaupt nichts lesen können. Die höheren dordovanischen Dialekte waren für Xetesk völlig unverständlich.

Denser seufzte, und Ciryn schaute auf. Sie runzelte die Stirn und hielt mit gespreizten Fingern eine Schriftrolle offen, während sie nervös an der Unterlippe nagte.

»Meister Denser?«

»Es tut mir Leid, aber ich kann das alles nicht verstehen.«

»Ich fürchte, ich verstehe jetzt etwas mehr«, sagte die Forscherin.

»Warum fürchtet Ihr es?«

»Weil Ihr der Vater des Kindes seid. Ich schreibe den Text auf, den ich gerade übersetzt habe«, schlug Ciryn vor.

»Nein, sagt es mir einfach so«, verlangte Denser.

»Oh. Also gut.« Sie holte tief Luft. »Ich glaube, es geht hier nicht um eine Abschirmung, das war die falsche Interpretation. Aber es ist eine Möglichkeit, um einen Magier des Einen Wges unbeschadet aus der Nacht ins Licht zu holen.«

»Wie denn?« Endlich eine Chance, seiner Tochter zu helfen.

»Der Vater muss dem Sturm seinen Geist öffnen und das Kind mit der Kraft seines Geistes umgeben, damit das Licht den jungen Magier erreicht und die Erweckung vollenden kann.«

Denser begann schlagartig zu frieren. »Aber das bedeutet doch, dass ich ...«

»Dass Ihr Euch unwiderruflich verändern werdet, ja.«

Am nächsten Morgen nahm der Kreis der Sieben Densers Vortrag in völligem Schweigen auf. Tief unter dem Turm des Herrn vom Berge hatten sie ihm widerwillig in der Laryonkammer eine Audienz gewährt und wie gebannt angehört, was er über die jüngsten Ereignisse in Dordover, über Eriennes Brief und die Arbeit, die er und Ciryn am vergangenen Abend abgeschlossen hatten, berichten konnte.

Der Kreis der Sieben, die xeteskianischen Meister der Türme, denen Dystran vorstand, der glückliche Erbe des Berges, hatte damit gerechnet, unter Druck gesetzt zu werden, damit die Forschungen beschleunigt wurden. Nun aber bekamen sie einen Hilferuf zu hören, und außerdem erschien das Gespenst einer Bedrohung durch ein anderes Kolleg an der Wand.

»Wie lange ist sie schon verschwunden?«, fragte Ranyl, ein alternder Meister, der haarlos und gebeugt, in magischer Hinsicht aber nach wie vor äußerst vital war.

»Mehr als sechzig Tage.« Einige Meister schnauften erschrocken.

»Und Ihr hofft immer noch, sie zu finden?«, sagte Dystran. Sein Amt hatte sein junges Gesicht vor der Zeit altern lassen, seine Augen blickten ernst, und sein schwarzes Haar war grau durchsetzt.

»Ja«, sagte Denser entschieden. »Es kann kaum ein Zweifel daran bestehen, wohin sie gegangen ist.«

Dystran kicherte. »In der Tat, aber nun betreten wir das Reich der Mythen und des blinden Glaubens. Wir haben keine Ahnung, wo Eure Magier des Einen leben, falls sie tatsächlich existieren sollten.«

»Ihr solltet mehr lesen«, gab Denser zurück. »Ilkar sagt, es gebe ernst zu nehmende Hinweise darauf, dass sie sich auf dem Kontinent Calaius oder in dessen Nähe befinden, und dies wird, wenngleich nur indirekt, durch die Spuren bestätigt, die wir in Dordover gefunden haben.«

»Was sollen wir nun Eurer Ansicht nach tun?« Dystran beäugte Denser über die zu einem Spitzdach zusammengelegten Finger hinweg. Denser hätte über diese affektierte Pose weiser Besonnenheit beinahe schallend gelacht. Dieser Herr vom Berge war eine Witzfigur. Seit seiner überraschenden Amtsübernahme vor mehr als fünf Jahren hatte er nichts als politische Instabilität produziert. Eine noch größere Überraschung war, dass er überhaupt noch lebte. Zweifellos war Ranyl für diese erstaunliche Lebenserwartung verantwortlich. Denser fragte sich, wie lange es noch dauern würde, bis der alte Mann seinen nächsten Schachzug machte.

»Xetesk muss mir Dordover vom Hals halten. Ihre Absichten sind klar, und wir dürfen nicht zulassen, dass sie Lyanna zurückholen oder sogar noch Schlimmeres tun.«

Dystrans Augen blitzten kalt und fanatisch. »Oh, wir halten Dordover zurück, gewiss. Wir können nicht zulassen, dass sie sich weiter gegen die natürliche Ordnung stellen. Und Ihr habt Eure Rolle genau erfasst. Ein Glück, dass wir die freiwillige Entlassung, auf die Euer Unbekannter so sehr drängt, noch nicht in Kraft gesetzt haben, nicht wahr?«

Denser schauderte. Die Protektoren würden wieder marschieren. Das würde dem Unbekannten nicht gefallen.

Selik ritt mit einer Leibwache von acht Schwarzen Schwingen. Auf der Reise von Dordover nach Arlen hielt er in den Ruinen von Denebre an. Er wollte seinen Männern zeigen, wofür sie kämpften. Nicht, dass sie jemals geschwankt hätten. Es konnte trotzdem nicht schaden, ihre Überzeugung zu stärken.

Doch was er sah, bewirkte noch mehr als dies. Es fügte ihrem Vorhaben eine ganz neue Dimension hinzu. Seliks Zorn wurde von neuem entfacht, und sein totes Auge begann wieder zu schmerzen. Die neun Männer ritten langsam um die früher so freundliche Stadt am See. Sie konnten nicht einmal bis zum ehemaligen Zentrum vordringen, weil die Abgründe ihnen den Weg versperrten.

Vielleicht war es auch gut so. Der Gestank des Todes war allgegenwärtig. Wenn man sich gegen den Wind näherte, war das Summen von unzähligen Fliegen eine nicht zu überhörende Warnung, und überall, wo man hinschaute, rannten Ratten herum. Bald würden Krankheiten über die Wasserläufe verbreitet und giftige Abwässer im Boden versickern. Selik wollte sich gar nicht erst vorstellen, in welchem Zustand sich die nicht bestatteten, verwesenden Toten befanden.

Er konnte sich dagegen gut vorstellen, wie die Bewohner der Stadt in Panik geraten waren. Als die Erde bebte und die Gebäude einstürzten, hatten die Menschen alles zurückgelassen, was ihnen lieb und teuer war – ihr Heim, ihren Besitz, ihre Angehörigen. Die Luft war erfüllt gewesen von den Schreien der entsetzten Menschen, der Verwundeten und der Sterbenden. Staub verklebte die Kehlen, die Splitter von Stein und Glas zerfetzten Gesichter und Hände, und überall rannten sie, die Menschen von Denebre, die zusehen mussten, wie unter ihren Füßen der Boden aufriss und sie auf einmal verschluckte oder ihre Körper in Stücke riss.

Wenn man die Ruinen sah, war es schwer, sich vorzustellen, dass hier vor kurzem noch eine blühende Stadt gestanden hatte. Nicht ein Gebäude, das unbeschädigt geblieben war. Auf der anderen Seite der Stadt lag die Burg in Trümmern. Selik konnte noch die Reste des Burgfrieds sehen, und einige Steinhaufen und gebrochene Balken verrieten, wo die Mauern gestanden haben mochten. Die Außenanlagen waren völlig verschwunden. Ein siebzig Schritt breiter Riss hatte sich vor dem Burgfried mitten im Hof aufgetan und alles verschlungen.

Dort, wo die Schwarzen Schwingen jetzt schweigend saßen, ganz in der Nähe des ehemaligen Marktplatzes, war keine einzige Straße mehr zu erkennen. Die Erde war mit Schutt übersät, große Felsbrocken und Erdschollen waren von unten heraufgeschoben worden, und hier und dort legten nur noch ein zerfetztes Stück Tuch oder ein zertrümmertes Möbelstück ein trauriges Zeugnis davon ab, dass ein blühender Ort brutal ausgelöscht worden war.

Selik staunte, dass überhaupt jemand überlebt hatte. In der Tat hatte eine Hand voll ehemaliger Bewohner die Geschichte des Untergangs ihrer Stadt nach Pontois und

Lystern getragen, einige waren auch bis nach Erskan im Süden gekommen. Wer konnte schon sicher sein, dass sich so etwas nicht anderswo wiederholte?

Selik wandte sich an seine Männer, die ungläubig staunten und sich mit vorgehaltener Hand vor dem Gestank, der ihnen entgegenschlug, zu schützen versuchten.

»Deshalb kämpfen wir gegen die Magie«, verkündete er. »Deshalb haben wir Recht. Die Magie hat all dies verursacht, das dürft ihr nie vergessen. Sie ist eine böse Kraft, und wir sind die Einzigen, die es erkennen. Der Rest der Welt ist blind.«

Aber nicht mehr lange, dachte er. Die Zerstörungen, die in Balaia um sich griffen, mussten die Menschen umstimmen. Sie würden gewiss verlangen, dass die Magie stärker kontrolliert wurde. Man konnte eben nicht darauf vertrauen, dass die Magier jederzeit für einen wohltätigen Einsatz der Magie sorgten. Jetzt starben sogar hunderte und tausende und wurden von Kräften dahingerafft, die sie nicht einmal verstanden.

Das Schlimmste war, dass *sie* hinter alledem steckte. Das Miststück hatte diese Missgeburt zur Welt gebracht, deren Bewusstsein nun das Land zerstörte. Alles im Namen der magischen Mächte und deren Vorherrschaft. Selik kochte innerlich, und als er Denebre der Verwesung überließ und seinem Pferd die Hacken gab, um es weiter nach Süden zu treiben, stellte er sich vor, welche Schmerzen er ihr zufügen würde, bevor er ihr zu sterben erlaubte. Gerechtigkeit für die Selbstgerechten. Ein qualvoller Tod für die Magier.

Der Regen prasselte heftig auf die Balan-Berge herab, als Ilkar und der Unbekannte Krieger elf Tage nach dem Abschied von Denser spät abends müde und hungrig eintrafen. Auf einen kühlen, sonnenlosen Tag folgte eine kalte, unfreundliche Nacht. Es hatte unablässig geregnet, und die beiden waren einem schneidenden Wind entgegengeritten. Trotz der Mäntel und der Lederkleidung waren sie schließlich bis auf die Haut durchnässt. Ilkar war betrübt über den abrupten Wetterwechsel nach der Sonne und der Wärme in Julatsa. Er führte sein Pferd am Zügel und stellte sich gerade inbrünstig vor, er könnte Zärtlichkeiten mit Pheone austauschen, als eine Bewegung in den Felsen über ihnen seine Aufmerksamkeit erregte.

»Unbekannter ...«, begann er. Ein Kreischen unterbrach ihn, und ein riesiger Schatten stieß durch die Wolken herab und glitt dicht über ihnen hinweg. Ilkars Pferd stieg hoch und ging durch, und der Elf versuchte gar nicht erst, die Zügel festzuhalten. Der Unbekannte wurde von seinem Pferd abgeworfen und landete auf dem Boden. Die wild fliegenden Hufe verfehlten knapp seinen Kopf, als sein Pferd in die gleiche Richtung floh wie Ilkars Reittier.

Der Drache legte sich schräg und wendete, der schwarze Umriss war vor den dunklen Wolken im Zwielicht gerade eben zu erkennen. Ilkar hatte schon mit pochendem Herzen einen Spruch für einen Schild auf den Lippen. Er ging zum Unbekannten hinüber, als dieser wieder auf die Beine kam. Der Unbekannte hatte kein Schwert, bot aber auch unbewaffnet einen beeindruckenden Anblick. Er verzog gereizt das Gesicht.

»Hirad!«, brüllte er, um den Wind, den Regen und die Schwingen zu übertönen. »Das ist nicht witzig.«

Nos-Kaan flog über ihn hinweg und kehrte in den Choul zurück.

»Man kann nicht vorsichtig genug sein«, tönte es genauso laut zurück. Über ihnen tauchte eine Gestalt zwischen den Felsen auf. Hirad hatte mehrtägige Bartstoppeln am Kinn, das lange, ungepflegte Haar wehte ihm um den Kopf, und über die gewohnte Lederrüstung hatte er sich schwere Pelze gelegt. Er bewegte sich rasch und sicher auf den glitschigen Steinen und zeigte keinerlei Angst vor den tiefen Stürzen, die jeder Fehltritt nach sich ziehen konnte. Von Hirad Coldheart war allerdings auch nichts weniger als dies zu erwarten.

Die letzten paar Fuß sprang er herab, und seine Lederstiefel landeten mit einem satten Schmatzen in einer Pfütze. Er schloss Ilkar herzhaft in die Arme.

»Bei den Göttern, es ist schön, dich zu sehen, Ilks«, sagte er. Ilkar zog sich naserümpfend zurück.

»Du hast das Bad noch nicht gebaut, was?«, sagte er. Hirad grinste, dass seine weißen Zähne zwischen den dunklen Bartstoppeln leuchteten.

»Entschuldige, das sind die Felle. Ich habe hier oben keine Möglichkeit, sie zu gerben. In ein paar Tagen bringe ich sie nach Blackthorne, um es dort erledigen zu lassen.«

»Ich glaube nicht, Hirad«, wandte Ilkar ein. Das Strahlen des Barbaren verschwand, und er sah von einem alten Freund zum anderen.

»Dann ist es kein freundschaftlicher Besuch?«, fragte er.

»Bei diesem Wetter?« Ilkar wischte sich die Tropfen aus dem Gesicht.

»Wir erzählen dir alles, wenn du unsere Pferde und die Ausrüstung gefunden hast«, brummte der Unbekannte. »War diese Darbietung wirklich nötig?«

Hirad wurde ernst. »Ich kann kein Risiko eingehen, Unbekannter. Ich konnte nicht erkennen, wer es war, und auch Nos konnte es nicht sehen, solange er nicht nahe dran war. Die Jäger werden immer raffinierter.«

Der Unbekannte nickte. »Das kann warten«, sagte er. »Lass uns zuerst mal aus diesem Regen verschwinden.«

In Dordover brach ein schöner, warmer und sonniger Tag an, der überhaupt nicht zu der Kälte passen wollte, die am Vortag die Stadt gelähmt hatte. Der Duft der spät blühenden Blumen hing über dem Gelände des Kollegs in der Luft, und das Vogelzwitschern erweckte beinahe den Eindruck, es sei Frühling. Doch der Herbst neigte sich dem Ende zu, und Vuldaroq liebte es nicht, um diese Jahreszeit an warmen Tagen ins Schwitzen zu kommen. Er eilte durch den Kreuzgang zum Spiegelsaal, wo gewöhnlich die Würdenträger der anderen Kollegien empfangen wurden, wenn sie zu Besuch kamen. Zufrieden seufzend und mit wehenden Rockschößen betrat er die kühleren Räume.

Der Spiegelsaal war vollständig mit polierten Granitplatten ausgekleidet. In jeder Ecke gab es einen Springbrunnen oder einen Wasserfall, um eine friedliche, ruhige Atmosphäre zu schaffen. Korbstühle standen rings um einen niedrigen Marmortisch, und hinter den Türen, die dem Kreuzgang gegenüberlagen, befand sich der Steingarten. Die Magier liebten diesen Ort wegen der reizend angeordneten Teiche und Pflanzen, doch Vuldaroq hasste ihn, weil er die Sonnenhitze einfing. Heute würde er den Garten nicht betreten.

Im Saal warteten Heryst, der Lordälteste Magier, und General Ry Darrick, der brillante junge General, die gerade erst aus Lystern, dem vierten und kleinsten Kolleg Balaias, eingetroffen waren. Darrick schaute unter seinen hellbraunen Locken ein wenig verdrossen drein und fühlte sich offenbar nicht wohl in seiner Haut. Der groß gewachsene Offizier wechselte hinter dem sitzenden Heryst von einem Fuß auf den anderen, als wollte er am liebsten gleich wieder das Weite suchen. Drei Becher und ein Krug standen neben einem großen Weidenkorb mit Früchten auf dem niedrigen Tisch.

»Ihr habt Euch aber Zeit gelassen«, sagte Vuldaroq und nahm empört zur Kenntnis, dass Heryst nicht einmal aufstand, als er den Raum betrat.

Heryst lächelte nur. »Es gibt viele Dinge, die meine Aufmerksamkeit in Lystern erfordern. Wir sind so schnell gekommen, wie es möglich war.«

»Schenkt Euch doch etwas Saft ein, Vuldaroq«, bot Darrick an. »Und setzt Euch. Ihr wirkt ein wenig erhitzt.«

Vuldaroq sah Darrick in die Augen. Der General zuckte mit keiner Wimper und schaute den Dordovaner freundlich an, bis dieser nach dem Krug griff.

»Eure Kommunion enthielt nicht viele Einzelheiten«, sagte Heryst. »Ich nehme aber an, Ihr steht vor einem Problem, das Dordover allein nicht lösen kann.«

Vuldaroq ließ sich auf dem Stuhl nieder, der unter seinem beträchtlichen Gewicht warnend knarrte und krachte. Er trank einen großen Schluck von der Mixtur Apfel- und Orangensaft und bemühte sich, wenigstens einen Anschein von Kontrolle über die Situation zu behalten.

»Wie Ihr vielleicht schon wisst, hat das Mädchen Dordover verlassen. Das wäre für sich genommen noch kein Problem, doch sie und ihre Mutter sind verschwunden, und zwar vorsätzlich untergetaucht, und wir haben Grund zu der Annahme, dass die Diener des Einen Weges mit ihnen Kontakt aufgenommen haben.«

Heryst lachte. »Vuldaroq, Ihr hattet schon immer einen Hang zur Dramatik. Für Euch war die außergewöhnlichste Schlussfolgerung aus einer beliebigen Reihe von Ereignissen stets die wahrscheinlichste. Zweifellos entspannt Erienne sich bei ihrem Gatten. Oder vielleicht haben sie und Lyanna einfach eine Pause in der anstrengenden Ausbildung gebraucht. Vergesst nicht, dass sie nicht Eure Gefangenen sind. Sie können auch ohne Eure Erlaubnis jederzeit tun und lassen, was sie wollen.«

Vuldaroq wischte sich den Schweiß von der Stirn und setzte ein herablassendes Lächeln auf.

»In Eurem Kolleg mag es geschäftig zugehen, aber dort geht der Blick vom Morgen bis zum Abend wohl immer nur nach innen. Lyanna ist ein Kind des Einen Weges, dies ist inzwischen mehr als deutlich, und ihre Kraft ist heute schon in ganz Balaia zu spüren. Vielleicht habt Ihr gehört, dass die Stadt Greythorne und der Dornenwald von Stürmen heimgesucht wurden, wie es sie noch nie gegeben hat, und dass Denebre von der Erde verschlungen wurde.« Er lehnte sich zurück und wartete auf eine Reaktion. Darricks Achselzucken enttäuschte, aber überraschte ihn nicht.

»Sind dies also die Vorboten eines großen Unheils?« Der Offizier konnte sich den ironischen Unterton nicht völlig verkneifen.

»Unbedingt«, erwiderte Vuldaroq und hoffte, seine nüchterne Antwort werde den frechen General zur Räson bringen. »Ihr seid offensichtlich nicht mit der Tinjata-Prophezeiung vertraut. Euer Lordältester Magier dagegen kennt sie natürlich.«

Heryst wurde eine Spur bleicher, und sein überlegenes Gehabe war wie weggeblasen. Vuldaroq sah, wie er im Kopf noch einmal die Worte der Prophezeiung durchging, ehe er wieder das Wort ergriff.

»Seid Ihr sicher?«, fragte er bedrückt.

»In welcher Hinsicht?«

Heryst zuckte mit den Achseln. »Bei allem.«

»Wie viele Beweise braucht Ihr denn noch? In Lystern müssen doch ähnliche Gerüchte wie hier die Runde machen. Der Dornenwald wurde von einem Wirbelsturm flachgelegt, wir hören von Überschwemmungen in einem Dutzend und mehr Städten, der Blutsee ist auf die doppelte Größe angeschwollen. Sogar in Korina hat man aufgemerkt. Ganz zu schweigen von den Berichten über Gewitter, anhaltenden Hagel und dichte Wolken, hinter denen tagelang nicht die Sonne zu sehen ist.

Übrigens ist vor ein paar Tagen Denser mit Ilkar und dem Unbekannten Krieger hier aufgetaucht. Der Rabe schließt sich wieder zusammen, um das Mädchen zu suchen. Der Rabe wird von den gleichen Sorgen getrieben wie wir. Das Kind muss gefunden und ins Kolleg zurückgebracht werden, ehe noch mehr Unheil geschieht.«

»Und Xetesk?«, fragte Heryst.

Vuldaroq blies die Wangen auf. »Wir müssen damit rechnen, dass sie Ärger machen, obwohl auch sie durch die elementaren Kräfte, die Balaia heimsuchen, gefährdet sind.«

»Aber sie dürften doch wohl eher der Ansicht sein, dass es für sie besser ist, wenn das Mädchen nicht gefunden und zurückgebracht wird«, sagte Heryst.

»Gewiss, solange nur die Stürme bald aufhören«, stimmte Vuldaroq zu. »Wir müssen jedenfalls vor Xetesk auf der Hut sein.«

»Und was wollt Ihr nun von uns?«, fragte Darrick, indem er Herysts nächste Frage vorwegnahm.

»Der Rabe und das Kind brauchen Schutz. Ich habe Leute eingeteilt, die den Raben beschatten. Wenn der richtige Augenblick gekommen ist, dann sollt auch Ihr,

General, zur Stelle sein, um den Rabenkriegern zu helfen. Dies könnte der Fall sein, bevor oder nachdem sie das Mädchen gefunden haben. Wenn Heryst einverstanden ist, dann sollt Ihr zu diesem Zweck eine Streitmacht der dordovanischen und lysternischen Kavallerie anführen.«

»Selbstverständlich«, stimmte Heryst zu. »Wir werden tun, was nötig ist.«

Vuldaroq lächelte. »Danke, Heryst. Eure Unterstützung wird dazu beitragen, dass unsere beiden Kollegien unabhängig bleiben.« Darrick runzelte die Stirn und starrte seine Füße an. »General, beunruhigt Euch etwas?«

»Da stimmt etwas nicht«, sagte Darrick. »Ich verstehe nicht, warum der Rabe erst so spät hinzugezogen wurde, und warum wir erst so spät unterrichtet werden, und mir ist auch nicht klar, warum Xetesk Ärger machen sollte. Sie müssten dort doch in Bezug auf das Kind ganz … ganz ähnliche Interessen haben wir wie wir.«

Vuldaroq presste die Lippen aufeinander. »Mein lieber General, der Rabe war im Ruhestand. Denser hat unsere anfänglichen Bemühungen, Lyanna allein zu finden, unterstützt, aber mit der Zeit wurde klar, dass wir mehr Hilfe brauchten. Deshalb haben wir den Raben und nun auch Euch einbezogen.

Wie ich bereits sagte, hat Xetesk keineswegs die gleichen Interessen wie wir. Man verfolgt dort ganz eigene Ziele. Sie wollen auf den Einen Weg der Magie zurückkehren, und das bedeutet das Ende von Dordover, von Lystern und auch von Julatsa.«

»Mir ist allerdings nicht klar, warum Xetesk so etwas anstreben sollte. Nicht jetzt. Man achtet doch dort genau wie anderswo darauf, das Gleichgewicht zwischen den Kollegien nicht zu stören.«

»Nun, es hängt wohl eher davon ab, ob sie glauben, sie könnten überleben und die dominierende Kraft werden, ohne dafür kämpfen zu müssen. Ich glaube, genau das haben sie vor.«

Darrick nickte zwar, doch Vuldaroq konnte erkennen, dass er noch nicht völlig überzeugt war. »Was wollen und wünschen sich eigentlich Erienne und Lyanna?«

»Sie sind Dordovaner«, entgegnete Vuldaroq scharf. »Es ist unser Recht und unsere Pflicht, das Kind in der dordovanischen Ethik zu unterweisen. Es wird Lyanna natürlich erlaubt werden, ihr Wissen durch andere Disziplinen zu erweitern, doch sie sollte im Wesentlichen eine von uns bleiben.«

Darrick zog die Augenbrauen hoch. »Lyanna ist zumindest ein Kind von Dordover und Xetesk, womöglich gar ein Kind aller Kollegien.«

»Ry, bitte, ich erkläre es Euch später.« Heryst sah sich über die Schulter um.

Darrick zuckte mit den Achseln. »Sie sind meine Freunde, Lordältester Magier. Ich möchte nur dafür sorgen, dass ihnen kein Unrecht geschieht.«

»Nein, ihnen soll kein Unrecht geschehen«, versicherte Heryst ihm.

»Hier steht viel mehr auf dem Spiel als Freundschaft«, sagte Vuldaroq.

Darrick sah ihn kühl an. »Nein, das stimmt nicht«, sagte er. »Nicht für mich.« Er verneigte sich vor den beiden Magiern und verließ den Spiegelsaal.

Vuldaroq machte ein finsteres Gesicht. »Ihr müsst dafür sorgen, dass Euer General nicht aus der Reihe tanzt«, sagte er. »Da draußen ist schon der Rabe unterwegs, und ich kann keine weiteren Einzelgänger gebrauchen. Die Angelegenheit ist zu wichtig.«

»Keine Sorge, Vuldaroq. Darrick mag ein großes Herz haben, aber er besitzt auch eine unverbrüchliche Loyalität für Lystern. Er wird tun, was ich ihm sage.«

»Sorgt dafür, dass er es auch wirklich tut.«

Lyanna wanderte allein durch den Gang zu ihrem Zimmer, als Erienne wieder ins Haus stürzte. Sie hatte den Al-Drechar ein paar unfreundliche Dinge zu sagen.

»Lyanna?«, rief sie etwas schärfer als beabsichtigt. Sie war einigermaßen befremdet, weil Ren'erei nicht bei ihrer Tochter war.

Das kleine Mädchen blieb stehen, und Erienne spürte, wie sich die Luft um sie bewegte. Mit einem Schmollmund drehte sie sich um und kam ihrer Mutter entgegen. Erienne hatte dieses Gesicht schon hundertmal gesehen, aber dieses Mal fühlte sie sich bedroht, auch wenn es absurd war.

»Oh, Lyanna, was ist nur geschehen? Nun mach nicht so ein Gesicht«, sagte sie sanft und hockte sich hin. »Komm her, nimm mich in den Arm.«

»Mir ist nicht gut«, sagte Lyanna. »Ephy ist so müde, und Myra war krank. Ich habe ihnen wehgetan, Mami, und dir habe ich auch wehgetan.« Sie war den Tränen nahe.

Erienne runzelte die Stirn. »Nein, du hast mir nicht wehgetan, Liebes. Ich habe mir nur Sorgen um dich gemacht, weiter nichts.«

Doch Lyanna schüttelte den Kopf. »Nein, Mami. Ich weiß, was ich gemacht habe.« Eine Träne rollte über ihre Wange. Erienne wischte sie ab und zog Lyanna an sich.

»Du kannst mir nicht wehtun, Lyanna. Ich liebe dich.« Sie stand auf und hob ihre Tochter hoch, um sie in ihr Zimmer zu bringen und aufs Bett zu setzen. »Kannst du mir denn erzählen, was du heute gemacht hast? Warum ist Ephy so müde geworden?«

»Ich habe Bilder gemalt«, sagte Lyanna etwas fröhlicher. »Bilder von den Sachen, die mir die Magie gezeigt hat. Dann haben sie mir beigebracht, wie ich den Wind anhalten kann, den die Magie in meinem Kopf macht.« Lyanna schaute auf, und wieder standen ihr die Tränen in den Augen. »Aber ich kriege das nicht hin, und sie müssen mir helfen, und davon werden sie krank, und dann passiert etwas. Ich weiß, dass sie sich anstrengen, weil sie alle die Stirn runzeln, aber dann müssen sie wieder aufhören und meinen Kopf ruhig machen.«

Die Kleine wurde quengelig, und Erienne hielt sie fest. Es drehte ihr fast das Herz um. Sie konnte nicht genau verstehen, was Lyanna ihr zu erklären versuchte, aber eines war völlig klar. Die Al-Drechar waren überfordert.

»Kann ich dich eine Weile hier allein lassen?«, fragte sie.

»Ja, aber nicht zu lange. Vielleicht kommt ja Ren vorbei.«

»Wenn ich sie sehe, schicke ich sie zu dir.« Erienne beugte sich lächelnd vor, um Lyanna auf die Wange zu küssen, die feucht von ihren Tränen war. »Keine Sorge, meine Liebe. Es wird alles wieder gut.«

Doch als sie zum Esszimmer eilte, in dem sie die Al-Drechar zu finden hoffte, war sie fast geneigt, ihre eigenen Worte für eine Lüge zu halten.

Wie sie erwartet hatte, waren die Al-Drechar an einem Ende des Tischs versammelt. Myriell hatte die Pfeife in den Händen, obwohl es erst Spätnachmittag war.

»Setz dich, Erienne, setz dich.« Cleress winkte müde in Richtung der freien Stühle. Erienne entschied sich für einen Platz, von dem aus sie alle im Auge behalten konnte.

»Ich glaube, es wird Zeit, dass ihr mir sagt, was wirklich los ist«, sagte sie.

»Das klingt ja, als dächtest du, es sei etwas nicht in Ordnung«, antwortete Aviana.

»Und es wird Zeit, dass ihr aufhört, so zu tun, als sei alles in Ordnung. Diese Illusion ist ebenso voller Löcher wie die, über die ich gerade geflogen bin.« Keine Reaktion. Erienne deutete auf ihre Augen. »Die funktionieren ganz gut.« Dann auf die Ohren. »Und die hier auch. Also lasst dieses erhabene, allmächtige Al-Drechar-Gehabe bleiben und sagt mir, was los ist.« Erienne wurde allmählich ernsthaft wütend. Sie sah Ephemere rasch die Stirn runzeln, doch es war Cleress, die ihr antwortete.

»Deine Tochter ist ein außerordentlich begabtes Mädchen, doch ihre Fähigkeiten sind noch nicht strukturiert. Ihren Geist zu beruhigen, dauert länger, als wir angenommen haben. Erst danach können wir beginnen, sie für den Weg zu unterweisen.«

»Bei den Göttern, ich bekomme ja sogar von Lyanna klarere Antworten«, gab Erienne zurück. »Hört mal, ich weiß ja nicht, wen ihr mit euren Mätzchen beeindrucken wollt, aber bei mir zieht das nicht. Ich bin zwar keine Al-Drechar, aber ich erkenne es genau, wenn sich eine große Illusion auflöst, und ich weiß, wie sich das im Mana-Spektrum auswirkt. Ich erkenne es auch, wenn ich vier erschöpfte alte Elfen vor mir habe, und genau das sehe ich jetzt. Ich hätte gern die Gewissheit, dass ihr nicht allein deshalb scheitert, weil ihr zu stolz seid, mich um Hilfe zu bitten.«

Die Al-Drechar schwiegen, ihre Gesichter verrieten nichts, während sie sich gedanklich miteinander verständigten. Erienne wartete, und nach einer Weile wandte sich Ephemere wieder an sie.

»Erienne, das Potenzial deiner Tochter übertrifft unsere Hoffnungen bei weitem, aber dies bringt auch enorme Probleme mit sich. Sie ist jung, und deshalb ist ihr Geist verletzlich, wenn es im Mana zu Schwankungen und unkontrollierten Ausbrüchen kommt. Wir mussten den größten Teil der Energie absorbieren und umlenken, damit sie zunächst lernt, ihre Gefühle anzunehmen.

Im Augenblick schwebt sie nicht in Gefahr, weil wir ihre Energien kanalisieren können, aber wie du ja schon bemerkt hast, zehrt dies ein wenig an unseren Kräften und macht uns angreifbar.«

»Ein wenig? Seht euch doch an, Ephy, Myra – ihr alle. Ihr raucht schon am Nachmittag eure Pfeife und sitzt herum, als erfordere es eure ganze Energie, euch überhaupt aufrecht zu halten. Und die Illusion über unseren Köpfen ist eine Gefahr. Warum haltet ihr sie überhaupt noch aufrecht?« Erienne hatte einen Eisklumpen in der Brust. Die Al-Drechar wirkten so gebrechlich. Diese große Macht und Ehrwürdigkeit war auf einmal auf hohläugige Erschöpfung reduziert.

»Es ist unsere einzige Verteidigung«, erklärte Aviana. »Wir sind so wenige, und die Feinde sind so nahe.« Es klang beinahe, als könnte sie jeden Augenblick in Panik geraten.

»Aber wie lange kannst du noch so weitermachen, Aviana? Bei den Göttern, ihr bringt euch um. Ich flehe euch an, lasst mich helfen. Sagt mir, was ich tun kann.« Durch die Rauchschwaden forschte sie in ihren Gesichtern. »Clerry? Ephy?«

»Wir haben schon gewisse Schritte eingeleitet«, sagte Cleress.

»Ren'erei wird noch vor dem Morgengrauen mit der Flut abreisen«, ergänzte Ephemere.

»Und was soll sie tun?«

»Sie soll Magier aufsuchen, die fähig sind, die Illusion zu erhalten, damit wir uns ganz und gar auf Lyanna konzentrieren können«, erklärte Cleress.

»Wohin fährt sie denn? Ich meine, habt ihr überhaupt Magier, denen ihr trauen könnt?«

Cleress schüttelte den Kopf. »Ich fürchte, es ist sehr dringend. Wir haben keine Magier in der Gilde. Ren'erei fährt nach Calaius, um die Magier zu rekrutieren, die an unseren Mythos glauben.« Sie versuchte zu lächeln. Erienne war entsetzt.

»Ihr wollt Fremde hierher einladen? Stellt euch doch vor, welche Konsequenzen das haben kann.«

»Stell dir die Konsequenzen vor, wenn wir darauf verzichten«, gab Myriell grob zurück. Ihre Stimme klang heiser vom Pfeifenrauch.

»Nein, nein. Entschuldige, Myra, aber du versteht es nicht«, sagte Erienne. »Ich rede über Vertrauen und Verrat. Ihr habt so lange versucht, euren Sitz geheim zu halten, ihr dürft keinesfalls das Risiko eingehen, dass Ren'erei womöglich die falschen Leute findet.« Sie hielt inne, ihr Herz schlug wie wild in der Brust. Sie schämte sich für ihre Impulsivität. »Ich werde Ren'erei begleiten, aber wir fahren nicht nach Calaius. Ihr braucht Leute, nicht nur Magier, denen ihr bedingungslos vertrauen könnt. Wir fahren nach Balaia. Ihr braucht den Raben.«

Achtes Kapitel

Dordover hatte Xetesks Einladung zu einem Treffen am Triverne-See ignoriert. Dies wäre für sich genommen schon ein aggressiver Akt gewesen, hätte man sich nicht auf eine halb vergessene, aber sehr nützliche Klausel im Vertrag zwischen den vier Kollegien berufen, die sich in diesem Fall auf Julatsa bezog. Das Kolleg war beschlussunfähig, wenigstens vorübergehend, und nicht in der Lage, seinen Verpflichtungen nachzukommen. Außerdem war auch der kommissarische Erzmagier Ilkar vom Raben nicht erreichbar.

Vuldaroq hatte mit der Delegation gerechnet, die er einige Tage später empfing, vor allem nach seiner Mobilisierung einer einhundertfünfzig Köpfe starken magischen Streitmacht in Dordover, die durch dreihundert berittene Schwertkämpfer verstärkt wurde. Zusammen mit Darricks Kavallerie aus Lystern und Dordover ergab dies eine beachtliche Truppenbewegung, so widerstrebend der General sich auch zeigte. Xetesk war darüber natürlich nicht erbaut, aber wie gewohnt war dies eben die angemessene Art und Weise, um Xetesk mitzuteilen, dass es um wichtige Dinge ging.

Wäre Styliann noch der Herr vom Berge gewesen, dann hätte Vuldaroq sich einen solchen Schachzug nicht erlaubt. Unabhängig von seinen persönlichen Gefühlen hatte Vuldaroq wenigstens Stylianns Intelligenz und seinen politischen Instinkt respektieren können. Doch dieser Einfaltspinsel von Dystran hatte keine fähigen Mitarbeiter, keine qualifizierten Berater und ganz sicher keine eigenen Gedanken. Nicht einmal Denser war als Hilfe da. Es schien alles recht gut zu verlaufen, und Dystrans absolut vorhersehbare Reaktionen verstärkten Vuldaroqs Eindruck, die Situation unter Kontrolle zu haben.

Er empfing Dystran und sein wenig beeindruckendes Gefolge im schlichten Arbeitszimmer eines Studenten. Es war ein kleiner Wohnraum, in dem es nichts als einen runden Tisch mit vier schlichten Holzstühlen, einen einfachen, mit Eisenrosten versehenen Kamin und langweilige braune Vorhänge vor schlecht im Rahmen sitzenden Fenstern gab. Kerzen spendeten etwas Licht und warfen gespenstische Schatten, die Luft war kalt und feucht.

Das einzige Zugeständnis an den Rang seiner Gäste war die allgegenwärtige Schale mit Früchten und ein Warmhaltekrug mit Dordovers berühmtem Kräutertee. Draußen war es kalt, feucht und sehr windig, und der belebende Trank sollte jeden Gedanken an diese Unannehmlichkeiten vertreiben und den müden Geist daran hindern, ziellos abzuirren.

Vuldaroq und der Hohe Sekretär Berian hatten sich schon beizeiten in der Kammer niedergelassen, die in einem Anbau am zentralen Hof hinter dem Turm lag. Als die Tür geöffnet wurde und Dystran mit finsterer Miene eintrat, hatte Vuldaroq sich mit einem Ausdruck tiefsten Bedauerns an ihn gewandt. Hinter Dystran kamen Ranyl, ein nach Vuldaroqs Ansicht durchschnittlicher Magier, und zwei Protektoren.

»Meine Herren, ich muss mich für diese bescheidene Umgebung entschuldigen, doch Ihr kommt in einem Augenblick, in dem uns bessere Gemächer leider nicht zur Verfügung stehen.« Er machte eine unterwürfige Geste. Dystran warf ihm einen kalten Blick zu, bevor er zum Tisch trat und sich Berian gegenüber setzte.

»Wir sind zum Reden gekommen, und nicht, um die Architektur und die Wandbehänge Eures Kollegs zu diskutieren«, sagte er.

»So ist es, so ist es«, stimmte Vuldaroq mit schmalem Lächeln zu. »Berian, Tee für unsere Gäste. Mein Lord Dystran, Eure Protektoren?« Es fiel Vuldaroq schwer, seine Abscheu vor den Missgeburten, die das Kolleg allein schon durch ihre Gegenwart besudelten, zu verhehlen. Sie hätten schon vor Jahren mit dem Schwert beseitigt werden sollen.

»Sie brauchen nichts. Wenn Ihr Euch in ihrer Gegenwart unwohl fühlt, können sie auch draußen warten.«

»Das ist sehr freundlich.« Vuldaroq setzte sich und wartete, bis der Tee eingeschenkt war. Ranyl nahm sich einen Apfel; er war der Einzige, der etwas aß. Der dordovanische Herr des Turms sah zu, wie seine xeteskianischen Gäste tranken, und bemerkte zufrieden, dass sie den Tee sichtlich genossen.

»Sehr gut«, bestätigte Dystran.

»Womöglich unser am besten gehütetes Geheimnis.« Berian nickte leicht.

»Hmm, anscheinend behaltet Ihr heutzutage nur noch wenige Geheimnisse für Euch«, meinte Dystran an Vuldaroq gewandt.

»Offenbar wünscht Ihr etwas zu besprechen«, gab Vuldaroq aalglatt zurück.

»Ich bin nicht hierher geritten, um den Tag mit Müßiggang zu verbringen«, antwortete Dystran kurz angebunden. »Ich will Euch gleich sagen, worum es geht. Die Mobilisierung Eurer Streitkräfte ist ein Akt der Aggression und ein Verstoß gegen den Frieden nicht nur zwischen den Kollegien, sondern in ganz Balaia. Ich will hinzufügen, dass die Entscheidung Eures Erzmagiers, einen Vertreter von niedrigerem Rang zu schicken – bei allem Respekt für Eure Person –, ein persönlicher Affront ist, den ich weder verstehe noch für nötig halte.«

Vuldaroq hob beschwichtigend die Hände und wahrte äußerlich die Fassung. Innerlich kochte er.

»Ihr wisst sicher, Lord Dystran, dass es um die Gesundheit des Erzmagiers Herolus nicht gut bestellt ist. Sein Tod steht unmittelbar bevor. Ich und Berian vertreten ihn als seine Stimme und sein Ohr, wie es immer der Fall war, wenn der Erzmagier erkrankt ist. Es handelt sich keinesfalls um einen Affront.« Er unterbrach sich und trank einen Schluck Tee. »Außerdem überrascht es mich ein wenig, Euch von Aggression sprechen zu hören. Ich vermag nicht zu erkennen, dass wir irgendjemanden bedrohen. Meine magischen Streitkräfte wurden lediglich mobilisiert, weil wir glaubwürdige Hinweise bekommen haben, dass eines unser Kinder, Lyanna, und ihre Mutter in Gefahr sind. Wir machen uns natürlich Sorgen und haben eine Streitmacht zu ihrem Schutz nach Süden geschickt, wo wir hoffentlich die besten Chancen haben, unsere Leute zu finden, ehe sie unseren Feinden in die Hände fallen.

Ich fürchte aber, man kann nicht das Gleiche über die beachtliche Anzahl Eurer so genannten Protektoren sagen, die sich an den Grenzen des Landes der Magier herumtreiben und auf unverfrorene Weise alle Dordovaner einzuschüchtern versuchen, denen sie und ihre Meister begegnen.«

Dystran runzelte die Stirn. »Vor wem beschützt Ihr das Kind? Ihr habt es nicht einmal gefunden, und wahrscheinlich werdet Ihr es niemals finden. Der Rabe bringt die Kleine vielleicht zurück, aber ich fürchte, sogar die Rabenkrieger jagen Phantomen hinterher.

Was meine Protektoren angeht, so mögen sie für Dordover als Erinnerung dienen, dass Demonstrationen von Stärke und militärischer Macht nicht ohne Reaktion und Gegenmaßnahmen bleiben. Außerdem bieten sie innerhalb und außerhalb der Gemeinschaft der Magier all jenen Schutz, die nicht bereit sind, sich die beschränkte Sichtweise Dordovers zu Eigen zu machen.«

Vuldaroq lehnte sich kichernd zurück. Er trank einen Schluck Tee und ließ ihn über die Zunge rollen, um den Geschmack auszukosten. Der Idiot hatte Witz, das musste man ihm lassen.

»Mein lieber Dystran, die Sichtweise von Dordover ist schwerlich beschränkt zu nennen, da sie von Lystern und Julatsa geteilt wird. Es ist vielmehr Xetesk, das sich vom Denken und den Wünschen der anderen Kollegien absondert.«

»Euer Bedürfnis, Lyanna zu kontrollieren, wird sicher dazu führen, dass sie das Leben verliert«, sagte Dystran.

»Ich habe nicht erwähnt, dass irgendjemand sein Leben verlieren wird«, erwiderte Vuldaroq. »Es ist unsere Absicht, das Mädchen hierher zurückzubringen, um die Ausbildung fortzusetzen.«

»Eine Ausbildung, die, wie wir beide wissen, mit ihrem raschen, schmerzvollen Tod enden wird.«

»Wie bitte?«

»Haltet mich nicht zum Narren, Vuldaroq. Wir verstehen beide, was hier vor sich geht, und wir wissen beide, dass Erienne Dordover verlassen hat, weil sie der Ansicht war, Eure Ausbildung habe ihre Tochter geschädigt. Wir wissen beide, zu wem sie gegangen ist, und wir haben beide die Tinjata-Prophezeiung gelesen. Doch statt Euch darüber zu freuen, dass die Al-Drechar möglicherweise noch leben, geht es Euch nur darum, nach etwas zu schnappen, das Euch im Grunde nicht zusteht.«

Dystrans Augen funkelten böse, doch Ranyl trank neben ihm seinen Tee, als ginge ihn das alles nichts an. Vuldaroq dagegen spürte Berians Unsicherheit, ohne ihn anschauen zu müssen. Er wartete, bis sich die Spannung etwas gelegt hatte, und füllte ihre Tassen nach. Der Duft des anregenden Kräutertees beruhigte die Nerven.

»Ich habe Euch nie für einen Dummkopf gehalten«, sagte er schließlich. Die Lüge kam ihm mühelos über die Lippen. »Das Chaos und die Zerstörung, die Balaia getroffen haben, sind der wichtigste Grund dafür, dass Lyanna so schnell wie möglich zu uns zurückkehren muss. Den Meistern hier ist klar, dass diejenigen, die sie jetzt haben – und ich bin keineswegs überzeugt, dass es sich um die Hüter des Einen Weges handelt, an die Ihr zu denken scheint –, nicht fähig sind, sie davon abzuhalten, die Mana-Stürme auszulösen. Diese Probleme hat es schließlich nicht gegeben, als sie sich noch hier aufgehalten hat, nicht wahr?«

Dystran nickte leicht. »Berichte über außergewöhnliche Wetterphänomene gab es auch schon, bevor Lyanna Dordover verlassen hat. Eure Antwort war freilich zu erwarten. Xetesk ist der Ansicht, dass Lyanna nur durch den Zufall der Geburt eine Dordovanerin ist. Wir glauben, dass sie ein Kind des Einen ist. Tinjata hat weitgehend präzise Angaben gemacht, doch seine Schlussfolgerungen sind unzutreffend und beruhen auf der Furcht vor der Rückkehr zum Einen Weg und nicht auf der ehrlichen Überzeugung, es werde zu einer großen Katastrophe kommen.«

»Dann haltet Ihr Erdbeben, Wirbelstürme und Überschwemmungen nicht für die Vorläufer einer großen Katastrophe?« Vuldaroq war überrascht über die Fehleinschätzung der Xeteskianer angesichts der jüngsten Ereignisse. »Wenn wir Recht haben, und damit meine ich Euch und uns, dann hat ein kleines Mädchen all dies verursacht. Sie muss genauestens kontrolliert werden, bis sie fähig ist, ihre enormen Kräfte sinnvoll einzusetzen.«

Dystran schüttelte den Kopf. »Wir wollen uns doch nichts vormachen, Vuldaroq. Lyanna stellt eine Bedrohung für die Ordnung der Magie dar, die Dordover erhalten will. Doch sie ist für uns alle die Zukunft. Sie ist der Weg nach vorn und nicht zurück, wie Ihr zu glauben scheint. Wir werden nicht untätig zuschauen, wie Ihr sie zerstört, während Ihr hinter schönen Worten Eure Absichten verbergt.« Dystran richtete sich auf und schob seinen Becher weg. »Wir werden Euch daran hindern, sie zu schnappen. Ruft Eure Kräfte zurück. Lasst sie vom Raben retten.«

»Der Rabe?« Vuldaroq konnte seinen spöttischen Ton nicht unterdrücken. »Die Rabenkrieger sind kleine Figuren in einem großen Spiel und viel zu sehr verstrickt. Sie sind uns allen eine Hilfe, aber sie sind keine Lösung, das müsst Ihr doch einsehen.«

»Dennoch lasst Ihr den Raben suchen, weil Ihr irgendwie doch glaubt, er habe die besten Aussichten, das Kind zu finden.«

Vuldaroq neigte den Kopf. »Die Leistungen dieser Männer stehen außer Frage. Fraglich ist dagegen ihre Kraft, nachdem sie in die Jahre gekommen sind.«

»Angenommen, Ihr holt die Kleine zurück, mit welchen Mitteln auch immer – wann werdet Ihr sie dann nach Xetesk überstellen, damit ihre Ausbildung dort fortgesetzt werden kann?«

Die Frage überraschte den dordovanischen Herrn des Turms völlig. Er blies die Wangen auf und zuckte unwillkürlich mit den Achseln. »Dystran, das ist eine Entscheidung, die unsere Meister der Überlieferung klären müssen. Ich habe im Augenblick keine Antwort darauf.«

Dystran beugte sich vor und verschränkte die Hände vor sich auf dem Tisch. »Ganz im Gegenteil, Dordovaner. Die Antwort kann jetzt schon gegeben werden. Das Mädchen muss bei den Al-Drechar bleiben, falls es tatsächlich dort ist. Und der Grund ist, dass sie unserer Ansicht nach die besten Möglichkeiten haben, die Mana-Stürme möglichst bald abzustellen. Oder sie muss nach Xetesk kommen, bevor sie die Ausbildung in Lystern und schließlich in Julatsa fortsetzt. Sie wird nicht nach Dordover zurückkehren.«

Vuldaroqs Unterkiefer war schon ein Stück gesunken, ehe er sich zusammennahm. »Ihr wagt es, mir in den Räumen meines Kollegs zu drohen?«, quetschte er hervor.

»Ach, bitte, Vuldaroq, dies ist doch keine Drohung, und meine Protektoren marschieren auch nicht nur um der Wirkung willen. Ich habe versucht, Euch höflich zu bitten. Jetzt bitte ich nicht, sondern verlange, dass Ihr Eure Streitkräfte und die von Lystern zurückzieht und diese Angelegenheit auf natürliche Weise beilegt.«

»Was soll das bedeuten?«, fragte Vuldaroq.

»Es bedeutet, dass Lyanna sich ungehindert an dem Ort entwickeln soll, den ihre Mutter und ihr Vater für richtig halten. Dieser Ort ist eindeutig nicht hier.«

Vuldaroq zog die Augenbrauen hoch und wandte sich an Berian, worauf dieser leicht den Kopf schüttelte.

»Ich fürchte, einer solchen Bedingung können wir nicht zustimmen. Wir haben unsere begründeten Interessen, die wir auch vertreten werden.«

Dystran stand abrupt auf. Einen Herzschlag später folgte Ranyl seinem Beispiel. Die Tür der Kammer wurde geöffnet, und ein Protektor erschien. Seine Ausstrahlung war selbst für die Magier beängstigend.

»Ich fürchte, dann werden die Beziehungen zwischen unseren Kollegien und vermutlich auch zu Lystern in Zukunft nicht besonders freundschaftlich sein. Ihr seid hiermit unterrichtet und gewarnt. Guten Tag.«

Die Xeteskianer verließen den Raum. Vuldaroq lehnte sich an und stocherte mit der Zunge in der Wange herum.

»Dieser dumme Junge«, sagte er an Berian gewandt. »Mein guter, alter Freund. Es scheint, als stehe uns etwas Ärger ins Haus. Heryst und Darrick müssen sofort unterrichtet werden. Kümmert Euch doch bitte darum. Ich muss mit einigen anderen Leuten Kontakt aufnehmen, und dann werden wir uns auf eine Reise begeben.«

Neuntes Kapitel

»Hat dir der Regen die Ohren verstopft, Ilkar? Ich habe Nein gesagt.« Hirad knallte seine Blechtasse auf den Steintisch und stampfte zur Tür der Hütte. Dort lehnte er sich an den Rahmen und starrte in die unfreundliche Nacht hinaus.

Der Regen hatte nicht aufgehört, und als sie die Pferde endlich gefunden hatten, waren die drei Männer völlig durchnässt und entsprechend schlecht gelaunt. Hirad hatte danach in der Hütte ein ordentliches Feuer angezündet. Ihre Kleider hingen jetzt dampfend auf einer Stange am Ofen, während sie selbst sich in Decken gehüllt hatten. Trotz des lächerlichen Bildes, das sie abgaben, und obwohl sie inzwischen auch gegessen hatten, war Hirad immer noch viel zu schlecht gelaunt, um halbwegs ruhig anzuhören, was Ilkar und der Unbekannte von ihm wollten.

»Du hast es sogar herausgebrüllt«, entgegnete Ilkar gelassen, während er sich ein Stück Lamm aus den Zähnen pulte. »Ich habe es schon beim ersten Mal begriffen. Ich hatte nur gehofft, ich hätte mich vielleicht verhört.«

»Tja, du hast mich aber genau richtig verstanden«, knurrte Hirad und drehte sich halb zu ihm um. »Warum, zum Teufel, sollte ich diesem Trottel helfen? Er hat sein Versprechen gebrochen. Die Kaan sind immer noch hier.«

»Es war doch klar, dass es dafür keine schnelle Lösung gibt«, antwortete der Unbekannte.

»Ich weiß. Ich habe auch nicht mit einer schnellen Lösung gerechnet. Aber inzwischen sind fast fünf Jahre vergangen, und nichts ist passiert. Rein gar nichts.« Hirads Stimme war kalt und voller Zorn. »Sie sterben.«

»Ich verstehe deine Gefühle«, sagte der Unbekannte. »Aber Denser war nicht untätig. Er hat …«

»Oh, ja, ich weiß schon. Er ist ins Umfeld des Kreises der Sieben aufgerückt, er findet Gehör beim Herrn vom Berge, du meine Güte. Nein, er war nicht untätig.« Hirad räusperte sich und spuckte zur Tür hinaus. »Ich sag dir, wenn er hierher kommt und einen klaren Beweis mitbringt, dass Xetesk daran arbeitet, meine Drachen wieder nach Hause zu schaffen, dann werde ich ihm helfen, seine Angehörigen zu finden.«

»So viel Zeit hat er nicht«, erklärte der Unbekannte.

»Er hatte fünf Jahre!« Hirad lief aufgeregt in der Hütte hin und her. »Fünf verdammte Jahre! Meine Drachen sterben, und die einzigen Leute, die fähig wären, ihnen zu helfen, sitzen auf ihren fetten Ärschen und beglückwünschen sich gegenseitig zu ihrem grandiosen Sieg über die Wesmen. Die wahren Helden sind aber hier, vergessen und verloren.« Hirad starrte abwechselnd den Unbekannten und Ilkar an und betrachtete im Feuerschein ihre Gesichter.

»Ich dringe nicht zu euch durch, was?«, sagte er leise. »Zieht eure Stiefel an und kommt mit. Der Choul ist nebenan. Ihr könnt wenigstens Hallo sagen.«

Fest in die Decken gewickelt, eilten die drei Männer das kurze Stück zur Höhle hinüber. Hirads Laterne beleuchtete in der kalten, feuchten Dämmerung den Weg.

»Bei den Göttern, Hirad, ist das kalt«, sagte Ilkar.

»Ja, es ist kalt hier.« Hinter einer Gangbiegung erreichten sie den eigentlichen Choul. Der Gestank der Drachen war stark und Ekel erregend. Hirad grinste, als er seine Freunde keuchen hörte.

»Großer Kaan, ich habe Besucher mitgebracht.«

Sha-Kaan hob den Kopf und öffnete ein leuchtendes blaues Auge.

»Willkommen, Ilkar. Willkommen, Unbekannter Krieger.« Seine Stimme war leise und müde, als schlafe er beinahe.

»Sei gegrüßt, Sha-Kaan«, sagte Ilkar. »Ich will nicht erst nach deiner Gesundheit fragen. Hirad hat es uns nachdrücklich erklärt. Es tut mir Leid.«

»Mitleid bringt uns nicht nach Hause.« Seine Mutlosigkeit war nicht zu übersehen. Die Größe und die Ausstrahlung des Großen Kaan waren unverändert, doch ihm fehlte die Tatkraft, und seine trägen Bewegungen verrieten, wie niedergeschlagen er war.

»Hirad hat euren Wunsch erwähnt«, sagte der Unbekannte.

»Es war immer unser Wunsch. Jetzt ist es eine Notwendigkeit.« Sha-Kaan sah die beiden unverwandt an. »Ihr habt eine seltsame Zeit für euren Besuch gewählt. Regen und Dunkelheit sind meines Wissens überhaupt nicht nach dem Geschmack der Menschen.«

Der Unbekannte zuckte mit den Achseln. »Wir brauchen Hirad. Das Wetter ist unwichtig.«

»Und ich habe ihnen gesagt, dass ich ihnen nicht helfen werde«, unterbrach Hirad.

»Wobei helfen?«, wollte Sha-Kaan wissen.

»Densers Tochter zu finden.«

»Ah.« Sha-Kaan öffnete den Mund, die Kiefer klafften unglaublich weit auseinander, die Reißzähne schimmerten im Licht der Laterne. »Ich hätte mir ja denken können, dass dein Zorn mit dem Dieb zu tun hat, Hirad Coldheart. Wahrscheinlich hat er den Rückweg nach Beshara noch nicht gefunden.«

»Nein«, sagte Hirad knapp. »Er hat es noch nicht ganz geschafft, sich bis an die Spitze der xeteskianischen magischen Gesellschaft hochzuschmeicheln.«

Ilkar seufzte.

»Hast du etwas zu ergänzen?«, fragte Sha-Kaan.

»Hirad weiß, dass er meiner Ansicht nach zu streng mit Denser ist, auch wenn ich verstehe, wie frustriert ihr alle über die lange Wartezeit seid. Wir reden hier aber über die Sicherheit Eriennes und ihrer Tochter Lyanna. Sie schweben in großer Gefahr, auch wenn es ihnen selbst möglicherweise nicht bewusst ist. Dordover sucht sie gerade, und Denser glaubt, dass sie Lyanna nicht unbedingt lebendig schnappen wollen.«

»Und ich sagte, dass er einen Haufen Mist erzählt«, wandte Hirad ein. »Dordover hat sie ausgebildet. Warum sollten sie das Mädchen jetzt töten wollen?«

»Ich habe es zu erklären versucht, aber du hast nicht zugehört. Es liegt an dem, was in ihr schlummert, und an dem Ort, zu dem sie vermutlich gegangen sind«, sagte Hirad.

Sha-Kaan schnaufte, es war ein tiefes Grollen, das dumpf in der Höhle hallte.

»Ist dieses Kind eine Magierin?«, fragte er.

»Es wird ihr kaum gerecht, wenn man sie als Magierin bezeichnet«, entgegnete Ilkar. »Sie ist mit ziemlicher Sicherheit für die Lehren aller vier Kollegien offen, und wahrscheinlich kann sie sogar den Einen Weg verstehen.«

Nos-Kaan und Hyn-Kaan rissen abrupt die Köpfe hoch, und alle drei Drachen starrten Ilkar an, der unwillkürlich einen Schritt zurückwich. Die Kaan bewegten sich aufgeregt und sahen in diesem Moment aus wie eine Bestie mit drei pendelnden Köpfen und einem einzigen, riesigen Leib.

»Wohin ist sie gegangen?«, wollte Sha-Kaan wissen.

»Denser nimmt an, dass sie jetzt bei den Vertretern des Einen Weges ist. Wir wissen allerdings nicht, ob sie überhaupt noch existieren, ganz zu schweigen davon, wo sie sich aufhalten.«

»Die Al-Drechar«, schnaufte Sha-Kaan. »Wenn sie noch leben, dann müssen sie gefunden werden. Hirad, du musst dabei helfen.«

»Wer sind diese Al… was auch immer?«

»Hüter des Einen Weges sind sie«, erklärte Sha-Kaan. »Septern hat sein Wissen gewiss mit ihnen geteilt. Er war einer von ihnen. Sie können uns nach Hause bringen.«

Die Vorhut der Protektorenarmee bewegte sich einen halben Tag voraus, an der Grenze der Reichweite, innerhalb der sie noch Kontakt zu ihren Brüdern halten konnte, und kümmerte sich um die Erkundung des Geländes. Zwanzig maskierte, schweigsame Männer wurden von vier Magiern begleitet, die ihre Bewegungen organisierten, aber nicht mehr die höchste Strafe für Ungehorsam verhängen konnten.

Die Protektoren stellten die schwindende, aber immer noch Ehrfurcht gebietende Macht der xeteskianischen Berufung dar. Der letzte Mann war vor mehr als sechs Jahren aufgenommen und später in einer Zeremonie freigelassen worden, die erst wiederholt werden konnte, wenn man weitere Forschungen angestellt hatte. Er war der Unbekannte Krieger, und sie würden ihn nie vergessen.

Vor gar nicht so langer Zeit wäre ein Protektor, der gegen die strengen Regeln seiner Berufung verstieß, noch den schlimmsten seelischen Qualen durch die Dämonen ausgesetzt worden, solange es seinem Gebieter beliebte. Dies war nicht mehr zulässig, auch wenn man es den Dämonen nicht mitgeteilt hatte. Die Dämonen hatten Seelen, die sie quälen konnten, als Entlohnung dafür verlangt, dass sie die Dämonenkette aufbauten und unterhielten. Über diese Kette blieb jeder Protektor an seine Seele gefesselt, die außerhalb des Körpers im Seelenverband tief unten in den Katakomben von Xetesk festgehalten wurde.

Im Grunde wurde die Bestrafung ohnehin nicht gebraucht. Aeb, der sich an der Spitze der Vorhut befand, konnte sich kaum noch an die Jahre vor seiner Aufnahme erinnern. Er war damals wahrscheinlich noch nicht einmal zwanzig Jahre alt gewesen, dachte er. Jetzt kannte er nur noch die Gemeinschaft des Seelenverbandes, in dem seine eigeneSeele mit denen von einigen hundert Brüdern vereint war. So entstand zwischen den Protektoren eine Verbundenheit, die kein anderer Mensch erfassen konnte. Sie alle bezogen auf einer sehr grundlegenden Ebene Kraft, Trost und Verständnis aus dieser Verbindung. Die Nähe verlieh ihnen ihre Macht.

Er wusste, dass man ihn eines Tages fragen würde, ob er sich für die Freiheit entschied. Er war nicht sicher, was er darauf antworten sollte.

Doch einige Regeln blieben unverändert. Ein Protektor konnte keine eigenen Entscheidungen treffen, es sei denn in einer Kampfsituation, nachdem sein Gebieter gefallen war. Auch erfuhren die Protektoren nie, wohin sie marschierten. Sie gehorchten und kämpften oder drohten, wie man es ihnen aufgetragen hatte. Aeb akzeptierte, dass es so sein musste. Und obwohl die Seelen unglücklich in ihrem Gefängnis in Xetesk schmachteten, freuten sie sich über die Gemeinsamkeit und die Macht, die sie dadurch gewannen. Abweichler gab es nicht. So war es schon immer gewesen, und allein die Vorstellung, dass jemand ausscheren könnte, war unfassbar. Dies hätte die gesamte Ordnung unterlaufen, und das war nicht hinnehmbar. Schrecklich.

Aeb war sich bewusst, dass die Forschungen die Bruderschaft zerbrechen würden, und das machte ihn traurig. Im Augenblick aber fürchteten die Menschen die Protektoren, und das war gut so. Menschen wie die dordovanische Kavallerie, der sie begegnet waren.

Sie waren von Xetesk aus vier Tage lang nach Süden und dann nach Osten gereist. Sie hatten erst spät am Abend gerastet und waren am nächsten Morgen in der Dämmerung wieder aufgebrochen. Sie hatten sich schnell bewegt, und ihre Pausen wurden nur durch die Müdigkeit der Magier und Pferde bestimmt. Eine Wegstunde außerhalb des Magierlandes, in einem Gebiet, wo es einst fruchtbare Felder gegeben hatte, das jetzt jedoch von ständigen Regenfällen heimgesucht wurde, hatten sie gerastet, um sich zu erfrischen.

Den ganzen Tag über war aus rasch dahinziehenden Wolken ein leichter Regen niedergegangen, der vom Wind getrieben wurde und die Sicht behinderte. Die Feuchtigkeit drang unter die Rüstungen und hinter die Masken, und das Land lag still, als habe jedes andere Lebewesen irgendwo Unterschlupf gesucht. Nebelschwaden täuschten die Augen und ließen Gestalten lauern, wo keine waren. Schon eine ganze Weile, bevor die Dordovaner auftauchten, hatte man dumpfe Hufschläge gehört. Der Regen und der Wind machten es jedoch schwer, die Richtung zu bestimmen, aus der sie kamen. Schließlich standen die Dordovaner vor ihnen. Ihre Anführer hatten abrupt die Pferde gezügelt, als sich die Xeteskianer aus dem Nebel herausschälten.

Aeb gestattete sich einen Hauch von Genugtuung. Er konnte Elx' dunkle, glänzende Maske sehen und wusste, dass die Reiter beim Anblick der Protektoren erschrocken waren. Aeb übermittelte dem Haupttrupp ihrer Armee eine Botschaft und bezog seine neunzehn Brüder ein, um das Signal über die große Entfernung hinweg zu verstärken.

Die Magier traten ins Zentrum des Weges, als aus der Mitte der dordovanischen Kolonne ein Reiter nach vorne kam. Auch er war ein Magier, doch er war fett, und das Gesicht war unter der Kapuze seines Mantels von ungesunder bleicher Farbe. Sein Pferd war von einer Leibesfülle, die der des Reiters entsprach.

Sytkan, der leitende Magier aus Xetesk, ergriff das Wort.

»Vuldaroq. Welch unangenehmer, wenngleich vorhersehbarer Anblick.«

Der dicke Magier nickte. »Ebenso, Sytkan. Wir haben Berichte gehört, dass Ihr mit Euren Missgeburten schon seit Tagen unterwegs seid. Es ist wohl sinnlos, Euch nach Eurem Ziel zu fragen.«

»Damit wäre Eurer Atem verschwendet, und meiner nicht minder.« Sytkan sah sich um. Er war ein junger Magier, ein Juniormeister, aber zu Höherem berufen. Er war groß, von rascher Auffassungsgabe und von kräftigem

Körperbau. Die grauen Augen starrten unter der eng sitzenden Kappe hervor. »Wisst Ihr, ich glaube, dieses Land untersteht der Obhut von Xetesk.«

»Obhut? Das ist ein interessanter Ausdruck. Ich glaube allerdings, dass wir ein unbeschränktes Wegerecht haben, wie es im Abkommen von Triverne über den Landbesitz der magischen Kollegien festgelegt wurde.«

»Eine alte, verstaubte Bestimmung«, erwiderte Sytkan. »In Zeiten offener Auseinandersetzungen wird das Abkommen ohnehin ausgesetzt, wenn ich mich recht entsinne.«

»Dann haben wir jetzt eine offene Auseinandersetzung?«

»Da Ihr Eure Beleidigungen gegen den Herrn vom Berge richtet, allerdings.«

Die Spannung wuchs. Aeb bemerkte die Unruhe in den Reihen der dordovanischen Kavallerie. Mehr als hundert Reiter konnte er zählen, doch er war sicher, dass im kalten, wallenden Dunst noch einmal mindestens doppelt so viele warteten.

Haltet euch bereit. Keine Waffen. Links beobachten, aggressiv. Angst im Zentrum, rechts neutral, sendete Aeb an seine Brüder. Keiner bewegte auch nur einen Muskel.

Mitten auf dem Weg blieben die vier xeteskianischen Magier ruhig auf den Pferden sitzen, doch Aeb konnte fühlen, dass eine Magierin als Schutz vor Projektilen einen harten Schild vorbereitete. Ein anderer konzentrierte sich auf eine weitere magische Verteidigung. Er nahm an, dass die Dordovaner das Gleiche taten.

»Es wäre unklug, uns zu drohen, Sytkan«, sagte Vuldaroq. »Ich habe hier dreihundert Berittene. Ich würde Euch nur ungern von ihnen niedermachen lassen.«

»Das werdet Ihr gewiss nicht tun«, gab Sytkan entschieden und kühl zurück. »Ein solcher Angriff auf dem Land von Xetesk wäre ein großer Fehler, da die Hauptmasse der Protektorenarmee nicht weit entfernt ist.«

Vuldaroq kicherte und stieg ab. Sein Pferd zuckte, als das beträchtliche Gewicht von ihm genommen wurde. Der Magier kam näher.

»So. Das ist doch erheblich zivilisierter. Und jetzt sollten wir die kleine Unterhaltung hier beenden. Wir wollen einfach festhalten, dass wir unterschiedliche Ziele verfolgen, und unserer Wege gehen.« Er war nur noch ein paar Schritte von Sytkan entfernt. Aeb sah die Angst in seinen Augen, die er mit großspurigem Gehabe zu überspielen versuchte.

»Unbedingt«, stimmte Sytkan zu. »Im Augenblick bedeutet dies vor allem, dass Ihr auf schnellstem Wege das Land von Xetesk verlassen müsst. Ihr versteht sicher, dass wir Euch nicht vor uns in die gleiche Richtung reiten lassen können. Also solltet Ihr Euch, denke ich, nach Norden bewegen. Aeb, stimmst du mir zu?«

»Das Gelände ist im Norden viel leichter für Pferde, Meister. Dort kommt man schneller voran als im Süden.«

»Genau. Es tut mir Leid, Vuldaroq, aber ich habe Anweisung von Dystran persönlich. Aufgrund der unglücklichen Politik von Dordover und Lystern ist unser Land vorübergehend für Euch gesperrt. Ich erwarte, dass Ihr dies respektiert.«

»Ihr erwartet, dass ich mich dem Wort eines Herrn vom Berge füge, der für den Kreis der Sieben nichts weiter als eine Marionette ist, und dem Wort eines maskierten Schlägers?« Vuldaroq machte auf dem Absatz kehrt und marschierte zu seinem Pferd zurück.

»Nehmt Eure Bemerkungen über meinen Herrn vom Berge zurück«, verlangte Sytkan.

»Ich nehme nie zurück, was der Wahrheit entspricht.«

»Aeb, Einsatz«, murmelte Sytkan und gab seinen Magiern das Zeichen, ihre Schilde aufzubauen.

Auf dem Weg ausfächern, bereit zum Einsatz.

Wie Gespenster im Nebel reagierten die Protektoren. Ihre Bewegungen waren präzise und effizient. In wenigen Augenblicken hatten sie den Weg in einer leicht konkaven Linie blockiert. Als sie an ihren Positionen standen, zogen sie die Äxte und Schwerter blank. Das Klirren des Stahls wurde vom Wind weit getragen, auf das kalte Geräusch folgte Grabesstille. Aeb schaute in die Augen der Dordovaner und sah Angst. Wie es zu erwarten war.

Sytkan brach das Schweigen. »Dies ist keine leere Drohung. Eure Beleidigungen sind primitiv, Vuldaroq, aber unsere Drohung ist es nicht. Reitet nach Norden. Verlasst unser Land und nehmt meinen guten Rat an. Kehrt nach Dordover zurück. Ihr werdet in Arlen nichts als den Tod finden.«

Vuldaroq schniefte höhnisch. »Ich werde reiten, wohin ich will.«

»Nach Norden werdet Ihr reiten.«

»Und wenn ich mich weigere?«

»Dann werden wir Euch angreifen. Aeb hat die Erlaubnis zu handeln. Er braucht keinen weiteren Befehl.«

Vuldaroq überlegte und lächelte. Er zuckte mit den Achseln.

»Pferde laufen schnell. Eure Kreaturen sind zu Fuß unterwegs. Ich kann der Kavallerie befehlen, eine Meile nach Norden zu reiten, wenn Euch das beruhigt. Wir werden auf den Weg zurückkehren, sobald es uns beliebt, und dann werden wir vor Euch reiten.«

»Wie wenig Ihr doch vom Bewusstsein eines Protektors versteht. Er ist geboren, alle Drohungen und Aggressionen gegen Xetesk zu beseitigen. Ihr könnt nicht schnell genug reiten, und wir werden Euch aufspüren. Fordert es nicht heraus.«

»Ich bin es Leid. Wir haben dreihundert Berittene und einhundertfünfzig Magier. Ihr seid nur zwanzig und habt lediglich vier Magier. Macht Platz.«

»Ihr seid eine bunt gemischte Truppe«, sagte Sytkan. »Und wir werden Euch nicht weichen. Alle Xeteskianer sind verpflichtet, ihr Land zu verteidigen, so wie Ihr das Eure verteidigt. Wenn Ihr schon keine Höflichkeit habt, dann zeigt wenigstens etwas Respekt.« Eine Spur versöhnlicher sprach er weiter. »Kommt schon, Vuldaroq, keiner von uns will hier kämpfen. Ihr wisst, dass ich Euch nicht passieren lassen kann. Ihr verliert nicht das Gesicht dabei, Ihr tut einfach nur, was richtig ist.«

»So sei es.« Vuldaroq nahm sein Pferd herum und trabte durch die vier Reiter breite vorderste Reihe der Kavalleristen. Sofort stiegen von weiter hinten Feuerkugeln hoch und prallten vom Schild der Xeteskianer ab. Der Schild hielt, das Feuer waberte an der durchsichtigen Barriere und verpuffte spritzend und spuckend auf dem Boden. Dampfwolken stiegen hoch.

»Verdammt, Vuldaroq«, murmelte Sytkan.

Aeb brauchte keine weitere Aufforderung.

Erste Reihe, die Pferde. Zweite Reihe, Unterstützung an den Flanken. Auseinanderziehen, dann von beiden Seiten in die Zange nehmen.

Aeb stand, flankiert von Elx und Ryu, im Zentrum ihrer Kampfformation. Er war bereit, als die dordovanische Kavallerie sich in Bewegung setzte. Er ging in die Hocke und schwang die Axt gegen die Beine des vordersten Pferds. Er traf das linke Bein knapp über dem Knie und zog die Axt zurück. Das Tier kreischte und stieg hoch. Aeb bewegte sich sofort weiter nach vorn und entging den zuckenden Hufen. Der Reiter stürzte vom Pferd und sah als Letztes das Blitzen des Schwerts, das seinen ungeschützten Hals durchbohrte.

Links und rechts schlugen Aebs Brüder unten mit der Axt und oben mit dem Schwert zu. Pferde und Reiter brachen zusammen, als der brutale Angriff in Gang kam. Blut spritzte hoch in die Luft, bis der Dunst sich rosa färbte, und ringsum mischten sich die Angstschreie der Pferde mit den drängenden Rufen der Reiter, die versuchten, gleichzeitig ihre Tiere unter Kontrolle zu halten und den Gegner zu bekämpfen.

Aeb wurde von allen Seiten bedrängt. Er schlug mit der Axt um sich und spürte, wie sie sich tief in eine ungeschützte Flanke grub. Das Pferd sprang zur Seite, der Reiter blieb oben und ließ das Schwert heruntersausen, das Aeb jedoch abblocken konnte. Dabei verlor der Mann das Gleichgewicht, und der nächste Axthieb holte ihn aus dem Sattel. Er starb unter den Hufen seines verängstigten Pferds, das mit wild verdrehten Augen dem Tod zu entrinnen suchte, den es mit geblähten Nüstern witterte.

Aeb ließ das Tier fliehen, weil es die Verwirrung der Gegner nur noch verstärkte, und wandte sich seinem nächsten Ziel zu. Vor ihm war die Kavallerie zum Stehen gekommen, links köpfte Elx einen Reiter, der den Fehler gemacht hatte, sich vorzubeugen und nach einem vermeintlich ungeschützten Rücken zu schlagen.

Neu formieren. Im Zentrum zurückziehen. Die Flanken bleiben stehen. Sie ziehen sich zusammen. Angriff steht unmittelbar bevor.

Aeb sah sich um. Kein Protektor war gefallen, aber ein Dutzend Reiter waren tot. Er wich zurück, jeder Schritt war sicher, weil ein Bruder ihn führte. Über ihm zogen weitere Feuerkugeln vorbei und zerplatzten harmlos am Schild der Xeteskianer. Von dort kam keine magische Reaktion.

Die dordovanische Kavallerie hatte sich in den Dunst zurückgezogen, doch die gespenstische Stille wurde von lauten Befehlen durchbrochen. Man konnte etwa sechzig Schritt weit sehen. Die Protektoren hatten sich in zwei Gruppen von jeweils zehn aufgestellt, zehn Schritt entfernt vom Blutbad, das sie angerichtet hatten. Jeweils acht standen seitlich, nur Aeb und drei andere hielten die Mitte des Weges. Lange bevor sie etwas sehen konnten, begann der Boden zu vibrieren, als die Kavallerie sich im Trab näherte. Durch den Nebel war das Klirren von Metall und das Schnauben ungeduldiger Pferde zu hören.

Aeb wartete, seine Protektoren standen fest und reglos. Schatten bewegten sich vor ihnen im Dunst und im Regen wie Gespenster. Langsam schälten sie sich heraus, und Aeb konnte ihre Formation erkennen. Sein Puls ging schneller, und auch bei seinen Brüdern breitete sich die Erregung aus, die sie immer vor dem Kampf spürten. Hinter ihm saßen die Magier auf ihren Pferden. Sie hatten die anderen Schilde verstärkt und den harten Schild fallen lassen. Sie waren bereit, im Notfall sofort zu fliehen, vertrauten aber zunächst auf ihre Protektoren.

Etwa fünfzig Schritt entfernt begann die Kavallerie auf einen laut gerufenen Befehl hin mit ihrem Angriff. Die Reiter schrien, die Waffen funkelten im Regen, stark und elegant galoppierten die Pferde.

Aeb hatte den Angriff richtig eingeschätzt, noch bevor er begonnen hatte. »Nehmt die vorderen Reihen, Meister Sytkan. Die Flanken müssen ausgeschaltet werden.«

Sie versuchen einen Flankenangriff, macht euch bereit. Bleibt gebückt, schlagt schnell zu. Erst die Äxte. Wir sind eins.

Wir sind eins, lautete die Antwort.

Auch Xetesk verfügte über Waffen, und Sytkan, der bereits einem magischen Angriff ausgesetzt gewesen war, hatte keine Hemmungen, auf die gleiche Weise zurückzuschlagen. Er hatte den Spruch vorbereitet, sobald das Scharmützel begonnen hatte. Als die ersten Pferde der acht Reiter breiten Formation über die Leichen der gefallenen Kameraden galoppierten, verschränkten er und ein zweiter Magier die Arme vor der Brust und stießen die Hände zu den Flanken der Kavallerie hin vor.

»Höllenfeuer.«

Ein Dutzend im Regen dampfende und zischende Feuersäulen brachen aus dem Himmel herunter und fegten den Dunst weg. Jede suchte eine lebende Seele. Links hielt der dordovanische Schild und ließ die Flammen abprallen und seitlich auf den Boden treffen, wo sie die feuchte Erde versengten, bis die Pflanzen sich entzündeten. Reiter und Pferde gerieten in Panik. Auf der rechten Seite wurde der Schild jedoch durchbrochen, und die Kavallerie darunter hatte keine Chance.

Männer wurden im Feuersturm zerfetzt und hatten nicht einmal mehr Zeit zu schreien, bevor ihre Körper zerplatzten. Die Feuerlanzen fuhren weiter hinunter und zermalmten auch die Pferde, bis sie im Boden verschwanden.

Die rechte Flanke löste sich entsetzt auf, die noch lebenden Pferde bockten, brachen aus und rasten mit ihren ohnmächtigen Reitern mitten in die Angriffsformation hinein. Die verängstigten Pferde versuchten, sich durch Sprünge in Sicherheit zu bringen, Reiter wurden abgeworfen, und die Tiere prallten ungeordnet gegeneinander. Männer, deren Beine zwischen zwei Pferden zerquetscht wurden, schrien auf.

Links richtete das spritzende Feuer ein ähnliches Chaos an, auch wenn es weniger Verletzte gab. Nur im Zentrum machte der Angriff Fortschritte. Die gut trainierten Pferde waren nervös, rannten aber mit aufgerissenen Augen weiter und wurden nur dort langsamer, wo sie den Leichen der Gefallenen ausweichen mussten.

Mitten auf dem Weg hockte Aeb. Er hatte die Axt erhoben und hielt sie mit beiden Händen. Das Schwert brauchte er jetzt nicht, es lag vor seinen Füßen im Schlamm. Er konzentrierte sich auf ihre Schritte, prägte sich den Rhythmus ein und berechnete die rasch kleiner werdende Distanz. Schließlich rollte er sich nach links und nach vorne ab, bis er wieder in der Hocke saß, und schlug mit der Axt nach oben. Er spürte, dass er Fleisch traf und packte fest zu, bis die Klinge sich tief in den Körper gefressen hatte und er durch die Geschwindigkeit des Pferdes mitgerissen wurde. Er hielt den Kopf unten.

Das Tier zitterte. Aeb schaute hoch und sah, dass er ihm die Axt tief in die Hinterhand getrieben hatte. Er hielt fest und zog die Waffe dabei nach unten. Der Reiter konnte nicht gezielt zuschlagen, weil er zu sehr mit seinem verletzten Pferd beschäftigt war. Das Tier stolperte und fiel auf die Nase. Die anderen Reiter, die folgten, änderten verunsichert und von der Angriffslust der Protektoren eingeschüchtert die Richtung. Zwei brachen geradeaus durch, warfen die Männer um, die ihnen im Weg standen, und ließen ihre Pferde über die Leichen trampeln.

Ein Protektor in der zweiten Reihe wurde von einem im Kreis geschwungenen Schwert überrascht. Es drang in seine Brust ein und warf ihn von den Beinen. Die anderen griffen rasch ein, schlossen nahtlos die Reihen und brachten niedrige Schläge an, mit denen die Pferde aufgehalten wurden. Andere Brüder gingen auf die Reiter los, rissen sie aus den Sätteln, packten zu und brachen ihnen mit raschen Drehungen die Hälse.

Aeb zog seine Axt aus dem Leib des gestürzten, zuckenden Pferdes.

Aeb, drei Brüder gefallen. Schwerthieb von schräg unten, rechte Seite halb hinten.

Er schlug zu, ohne hinzuschauen. Ein Reiter starb.

Dann bückte er sich, hob das Schwert auf und sah das Endspiel. Von beiden Seiten drangen die Protektoren auf die verzagenden Angreifer ein. Sie standen in ausreichendem Abstand und konnten die Waffen frei schwingen. Ohne auch nur einen Fehler zu machen, schlugen sie zu, brachten erst die Pferde ins Straucheln und erledigten anschließend die Reiter und rückten unaufhaltsam weiter vor. Aeb schloss sich ihnen an. Vor ihm zog ein Kavallerist seine Klinge aus dem Zaumzeug eines Pferds, wo sie sich verfangen hatte, und riss sein eigenes Pferd herum. Er erbleichte, als er die Protektoren aufschließen sah, doch es war zu spät. Aeb ignorierte diesmal das Reittier und schlug mit voller Kraft mit der Axt zu. Der Reiter wurde von dem Schlag, der ihn auf die Brust traf, aus dem Sattel gehoben, und sein letzter Atemzug ging in einer Blutfontäne unter.

Ihr Kampfgeist ist gebrochen, wir haben gesiegt. Wir sind eins.

Wir sind eins.

Aeb beobachtete die Feinde. Sie nahmen die Pferde herum und flohen im Galopp. Wütende Flüche hallten durch die treibenden Nebelschwaden, die nach Tod rochen. Zufrieden drehte er sich um, vergewisserte sich, dass die Magier vollzählig und unverletzt waren, und kniete nieder, um Elx die Maske abzunehmen.

Der Bruder hatte einen Huftritt ins Gesicht bekommen, seine Maske war zersplittert und sein Hals gebrochen. Sein blutiges, zerquetschtes Gesicht starrte blicklos in den Himmel. Er war jetzt frei. Im Seelenverband trauerten die anderen Seelen um ihn. Sein Körper würde verbrannt. Seine Waffen würden sie mitnehmen.

Aeb ging den Weg hinunter zu Sytkan, der auf dem Pferd saß. Sein Gesicht war wütend und sein Körper müde, nachdem er das Höllenfeuer gesprochen hatte.

»Werden sie noch einmal angreifen?«, fragte er.

»Nein, aber wir werden sie dennoch verfolgen, Meister. Sie rennen inzwischen wieder nach Süden.«

»Gut. Dann kümmert euch um eure Verwundeten und Toten. Wir müssen bald aufbrechen. Es sind noch zehn Tage bis Arlen.«

Erienne stellte betroffen fest, dass Lyanna nicht einmal weinte, als sie erfuhr, dass ihre Mutter verreisen musste. Lyanna zeigte kaum eine Regung, abgesehen von einem kleinen Lächeln, als Erienne ihr den Grund für den plötzlichen Aufbruch erklärte.

»Sie sind müde«, hatte Lyanna gesagt. »Und ich glaube, sie sehen älter aus. Papi kann ihnen sicher helfen.«

So sehr sie sich auch sagte, sie müsse ihre Reaktionen als rein selbstsüchtige Gefühle verwerfen, konnte Erienne den Gedanken nicht abschütteln, dass Lyannas Reaktion zu berechnet klang. Es passte nicht zu einem fünfjährigen Mädchen.

Erienne winkte noch einmal, und Lyanna winkte zurück, als das lange Boot aus der kleinen Bucht fuhr, um sie zur *Meerulme* zu bringen. Ephemere stand neben der Kleinen, und sobald das Beiboot das offene Wasser erreichte, führte sie Lyanna wieder zum Haus zurück.

Im Innern der versagenden Illusion nickten die Bäume im leichten Wind, und die Felsen am winzigen Strand und der Pfad verschwanden rasch, während sich das Boot vom Ufer entfernte. Als Letztes sah Erienne Lyannas Haar und ihren Rücken.

Sie ließ den Kopf hängen, das Herz wurde ihr schwer. Es sollte die erste Trennung von Lyanna werden, die länger als ein paar Tage dauerte, und sie war nicht sicher, wie sie es verkraften würde. Sie hatte einen Kloß im Hals, und die Tränen standen ihr in den Augen. Es wäre leichter gewesen, wenn Lyanna ähnlich empfunden hätte.

Ren'erei kam erst zu ihr, als das Schiff schon ein gutes Stück zurückgelegt hatte. Sie trat neben sie an die Backbordreling und betrachtete die vorüberziehenden dunkelblauen Wellen.

»Es wird ihr gut gehen«, sagte sie. »Die Al-Drechar werden sich um sie kümmern.«

Erienne lächelte in sich hinein. Sie mochte die junge, ernste Elfenfrau, auch wenn sie manchmal überhaupt nicht erfasste, worum es eigentlich ging.

»Oh, daran habe ich keinen Zweifel. Ich mache mir Sorgen um mich selbst.« Sie hob nicht den Kopf und ließ ihr Gesichtsfeld vom Wasser mit den weißen Schaumkronen ausfüllen.

»Du wirst sie sehr vermissen.«

»Ja, so ist es. Hoffentlich können wir Denser schnell finden.« Sie sah sich um. Ren'erei schaute sie nicht an, doch sie nickte, den Blick ebenfalls hinunter aufs Wasser gerichtet.

»Es wird bestimmt schön sein, ihn kennen zu lernen«,

sagte Ren'erei. »Den Vater Lyannas und den Mann, dem dein Herz gehört.«

Erienne errötete. Sie war froh, dass die Elfenfrau sich so für die Bugwellen der *Meerulme* interessierte.

»Erwarte nicht zu viel. Vor allem ist er Xeteskianer und erst in zweiter Linie mein Mann, würde ich sagen.«

»Dann hat er aber seine Prioritäten falsch gesetzt.«

»Eigentlich nicht. Ich bin in erster Linie Mutter und an zweiter Stelle Ehefrau. Wir haben beide Aufgaben zu erfüllen, bevor unser gemeinsames Leben wirklich beginnen kann. Ich glaube, in der Zwischenzeit ist es am besten, möglichst ehrlich zu sein.«

Ren'erei dachte über Eriennes Worte nach. Die Elfenfrau zog nachdenklich die Augenbrauen hoch und nagte an der Unterlippe. Erienne fühlte sich sicher in ihrer Nähe. Sie war ausgeglichen und zuverlässig, sie dachte tief nach, und ihre gelegentliche Naivität war bezaubernd. Ren'erei war nicht wie viele Kinder Balaias auf der Straße aufgewachsen, doch sie hatte starke Gefühle, und sie wusste genau, was sie wollte. Vor einigen Jahren hätte der Rabe diese Elfenfrau gut brauchen können.

»Wie willst du ihn finden?«

»Durch die Kommunion. Wenn wir in Arlen eintreffen, habe ich vermutlich genug Reichweite, um bis nach Xetesk zu senden. Ich bin sicher, dass er noch dort ist. Oder vielleicht auch in Dordover. Egal wo, ich kann ihn erreichen. Und dann warten wir.«

»Und der Rabe?«

»Denser wird die anderen mitbringen. Wie ich ihn kenne, hat er schon mit ihnen Kontakt aufgenommen.«

»Du bist dir deiner Sache sehr sicher.«

Erienne zuckte mit den Achseln. »Es sind sehr unterschiedliche Menschen, aber wenn einer von ihnen Schwierigkeiten hat, dann ziehen sie an einem Strang.« Sie lächelte, als sie von einer ganz anderen Art von Sehnsucht überrascht wurde. Nicht für Lyanna, sondern für den Raben. Sie wollte wieder dabei sein. Sie wusste, dass es ihr gut gehen würde, wenn sie wieder zum Raben stoßen sollte. Schließlich hatte der Rabe noch nie verloren. Erienne verkniff sich ein Lachen über ihre eigene Überheblichkeit und schaute wieder aufs schöne blaue Meer hinaus.

Zehntes Kapitel

Es war kaum zu erwarten, dass die Begegnung zwischen Hirad und Denser besonders herzlich verlaufen würde, doch als der Barbar das Ausmaß der Zerstörungen im Dornenwald und dann in Greythorne erkannte, verflog ein großer Teil seines Zorns. Ilkar hatte ihn brüten sehen, seit sie die Balan-Berge verlassen hatten. Er schien nicht einmal bereit, halbwegs freundschaftlich mit dem Xeteskianer umzugehen. Er hatte mürrisch darüber geklagt, dass er die Kaan verlassen musste – die ihn in Wirklichkeit aus dem Choul gescheucht hatten –, und seine Stimmung war während des ganzen dreitägigen Ritts nicht besser geworden.

Doch der Anblick des Dornenwaldes hatte etwas verändert. Die drei alten Mitglieder des Raben, die sich vor fast fünfzehn Jahren zusammengetan hatten, sahen die ersten Anzeichen der Sturmschäden schon mehr als einen Tagesmarsch bevor sie den Wald erreichten. Das Gras auf den Weiden war umgeknickt, Büsche waren entwurzelt, überall zerbrochene Zweige, aufgewühltes Laub und freigelegtes Erdreich. Alles wies auf ein mächtiges Unwetter hin.

Doch nichts hatte sie auf den Dornenwald selbst vorbereiten können. Er war verschwunden. Dort gab es nur noch eine wirre Masse von umgeknickten, zersplitterten Baumstämmen, zwischen denen Holzstücke, Blätter und Erdhaufen lagen. Es war, als habe eine riesige Kralle den Wald aufgerissen, zu einer Masse zusammengepresst und wieder fallen lassen. Wo einst eine erstaunliche Landschaft gewesen war, sah man jetzt nur noch einen Schmierfleck auf dem Antlitz Balaias.

»Ich kann nicht einmal mehr erkennen, wo die Bauernhöfe waren«, flüsterte Ilkar. »Der Wald hat keine klaren Grenzen mehr. Alles ist weg.«

Der Unbekannte deutete nach Nordosten. »Da drüben ist der Weg, allerdings ist er jetzt weitgehend verschüttet. Wir sollten nachsehen, ob wir da etwas tun können.«

Doch aus der Nähe war klar, dass es nichts für den Raben zu tun gab. Die hölzernen Eckpfeiler eines der Bauernhöfe, die vom Wald gelebt hatten, waren dicht über dem Boden abgebrochen. Hier und dort hatte der Sturm ein Stück gegerbtes Leder in eine Erdspalte gepresst. Alle anderen Lebenszeichen waren verschwunden.

Hirad starrte die Verwüstung an, die über den Dornenwald hereingebrochen war, und brachte zum Ausdruck, was sie alle dachten.

»Thraun?«

»Wir müssen einfach beten, dass er entkommen ist«, sagte der Unbekannte leise. »Aber selbst er hätte wohl Schwierigkeiten, einen umstürzenden Baum zu überleben.«

»Und was das Rudel angeht …« Ilkar ließ den Gedanken unvollendet. Thraun war ein Wolf, doch er hatte sich in seinem Bewusstsein immer Reste seiner Menschlichkeit bewahrt. So war es bei allen Gestaltwandlern, auch bei denen, die ihre menschliche Form eines Tages verloren. Thraun hatte bereits mehr Trauer ertragen müssen, als die meisten Wesen seiner Art überhaupt aushalten konnten. Die Götter mochten wissen, was er tun würde, wenn er sein Rudel verlor.

»Was hat das hier verursacht?« Der Unbekannte schüttelte den Kopf.

»Ich wage nicht, weiter darüber nachzudenken«, sagte Ilkar.

»Was meinst du damit?«

»Lasst uns nach Greythorne reiten«, schlug Ilkar vor, statt direkt zu antworten. »Wir müssen Denser finden.«

Sie ritten weiter und verwarfen bald ihre anfänglichen Hoffnungen, die Stadt unbeschädigt zu sehen. Als sie durchs zerstörte Flachland am früheren Wald entlangritten, wurde deutlich, dass sich ihre schlimmsten Befürchtungen bestätigen sollten.

Es war wie eine Reise durch eine fremde Welt, obwohl sie die Gegend gut kannten. So viele typische Merkmale der Landschaft und Orientierungspunkte waren verschwunden. Wegweiser, Grenzhügel, Gehölze und Dickichte, alles war vom Antlitz Balaias weggefegt worden. Eine entlegene Kate war zerstört, die Balken waren in der ganzen Umgebung verteilt, selbst der Mutterboden war fortgerissen worden, und darunter kam zum ersten Mal seit Jahrhunderten der nackte Fels zum Vorschein.

Der Wind, sofern es überhaupt der Wind gewesen war, hatte ohne Unterschied alles erfasst und alles zerstört.

Sie waren noch weniger als einen Tagesritt von Greythorne entfernt, und der Morgen war fast vorbei, als der Unbekannte sich im Laufe von ebenso vielen Meilen zum dritten Mal im Sattel umdrehte. Er ließ sich ein wenig zurückfallen und zügelte sein Pferd.

»He!«, rief er, während er abstieg und den Bauchgurt und die Schnallen kontrollierte. »Wartet mal.«

Hirad und Ilkar nahmen ihre Pferde herum, trabten zu ihm zurück und sprangen aus dem Sattel.

»Rutscht der Gurt?«, fragte Hirad.

Der Unbekannte nickte. »Nein«, sagte er. »Schaut nicht auf. Wir werden verfolgt. Passt auf, wir sollten die Wasserschläuche herausholen und eine Pause einlegen. Einverstanden?«

Hirad zuckte mit den Achseln. »Geht klar.«

Der Unbekannte löste den Gurt und schnallte ihn in der gleichen Position wieder fest, ehe er sich zu seinen Freunden an den Wegrand setzte. Die Pferde grasten ein paar Schritte entfernt.

»Wie viele sind es?«, fragte Hirad, während er ihm den Wasserschlauch reichte.

»Das kann man nicht sagen.« Er trank einen Schluck und spülte sich den trockenen Mund aus, dann gab er den Schlauch zurück. »Ich habe Metall funkeln sehen, und vor dem Horizont hat sich etwas bewegt.«

»Entfernung?« Ilkar strich sich mit einer Hand durchs Haar und legte sich auf den Rücken.

«Drei Meilen, vielleicht etwas mehr. Mit Sicherheit zu Pferd. Ich glaube, sie verfolgen uns schon seit den Balan-Bergen.«

»Aber du hast es nicht für nötig gehalten, uns zu warnen?« Hirads Ton war nur halb scherzend. Der Unbekannte presste die Lippen zusammen.

»Nein, Hirad, ich war nicht sicher«, sagte er. »Und es ist ohnehin nicht wichtig. Sie haben uns nicht angegriffen, und deshalb müssen wir annehmen, dass sie uns verfolgen, weil sie etwas herausfinden wollen. Das bedeutet auch, dass sie wahrscheinlich einen Magier bei sich haben, der mit wem auch immer Verbindung aufnehmen kann.«

»Dordover«, vermutete Ilkar.

»Höchstwahrscheinlich«, stimmte der Unbekannte zu. »Wir dürfen allerdings nicht zulassen, dass sie noch mehr herausfinden, als sie sowieso schon wissen.«

»Wohin locken wir sie dann? In den Wald?« Hirad nickte zum zerstörten Waldgebiet hin. Sie hatten es am Südrand umgangen und auf dem Weg nach Greythorne die Straße ignoriert, die nach Nordosten führte und die Dörfer miteinander verband.

»Ja. Zum Felsen.«

In welchem Zustand der Wald auch sein mochte, der Felsen in seinem Zentrum blieb gewiss stehen, bis sich die Erde selbst auftat und ihn verschlang.

»Vorausgesetzt, wir können sie überzeugen, uns dort hinein zu folgen.«

Der Dornenwald war ein Chaos, ein Durcheinander sterbender Pflanzen und umgeknickter Bäume. Die Vögel waren zurückgekehrt, man konnte ihre Lieder im Wind hören, der wieder auffrischte. Wolken ballten sich am grauen Himmel zusammen.

»Ich glaube, ihnen bleibt nichts anderes übrig«, sagte der Unbekannte. »Sie können nicht einfach die Wege der Jäger beobachten, weil es keine mehr gibt. Wir können jederzeit hinein und wieder heraus. Sie können auch nicht einfach nach Greythorne weiterreiten und uns dort erwarten, weil sie nicht wissen, ob wir nicht doch ein anderes Ziel haben.«

»Werden sie nicht annehmen, unsere Entscheidung, in den Wald zu gehen, bedeutet, dass wir sie gesehen haben?«, fragte Ilkar.

Der Unbekannte zuckte mit den Achseln. »Möglich.

Aber das macht nichts. Vielleicht werden sie dadurch vorsichtiger, aber dies ändert nichts an dem, was sie vorhaben. Und falls wir sie dadurch sogar abschütteln, umso besser.«

»Hast du denn irgendwelche Ideen, wie wir in den Wald hineinkommen?«, fragte Hirad lächelnd den Unbekannten. Der blies seine Wangen auf. Die Gewalt des Sturms hatte fast alle Bäume von einer Höhe zwischen acht und einem Dutzend Fuß abgebrochen. Auf dem Waldboden lag eine hohe Schicht Kleinholz, und wo die Bäume dichter standen, war es sogar zu riesigen Verwehungen aufgetürmt. Weiter drinnen, am Felsen, sah es zweifellos ähnlich aus. Es gab keinen erkennbaren Zugang, sodass der Rabe sich seinen Weg selbst suchen oder durch dichtere Hindernisse sogar freihacken musste.

»Wir werden schon einen Weg finden. Kommt, die Pause ist vorbei. Jetzt oder nie.«

Sie saßen auf und trabten gemächlich zum Waldrand, der jetzt, da überall Trümmer herumlagen, kaum noch auszumachen war. Ein Stück weiter drinnen war das Zerstörungswerk noch deutlicher zu erkennen. Stellenweise war der nackte Waldboden freigelegt, das alte Laub und der Staub von vielen Jahren waren verschwunden. Der lockere Mutterboden und die Pflanzen, die Blumen und Büsche, alles weggeweht. Kein Baum, der nicht beschädigt worden wäre. Viele abgebrochene Äste waren in halber Höhe hängen geblieben und bildeten über ihren Köpfen ein verfilztes Dach, hier und dort hatten sich die Äste auch am Boden zu undurchdringlichen Hindernissen aufgetürmt und zwangen sie immer wieder, die Richtung zu wechseln. Es war fast, als wünschten die Bäume nicht, dass die Besucher den Tod des Dornenwaldes sahen.

Drei Stunden lang sorgte der Unbekannte dafür, dass sie eine deutliche Spur hinterließen. Er pflügte mit seinem Pferd geradezu durch den Dornenwald. Wo die Hindernisse zu dicht waren, um niedergetrampelt zu werden, stieg er ab und benutzte sein Schwert mit einer Hand und hackte sich durch Blätter und Äste. Ilkar und Hirad folgten ihm schweigend, bis sie den Fels erreichten.

»Reinige unbedingt dein Schwert. Der Saft der Bäume lässt es sehr schnell rosten«, empfahl Hirad, als er vom Pferd stieg. Der Unbekannte sah ihn an, sein Gesicht verriet nicht, was er dachte.

»Wirklich? Vielen Dank, Hirad. Es wäre ja wirklich dumm gewesen, mein Schwert zu verlieren, nur weil mir nicht bekannt war, dass der Saft es rosten lässt.«

Ilkar kicherte.

»Ich meine ja nur«, murmelte Hirad.

»Ich bin auch selbst schon ein paar Jahre in diesem Geschäft«, entgegnete der Unbekannte. »Und mach's dir nicht zu gemütlich hier. Du räumst zwanzig Schritt weit in diese Richtung einen Weg frei.« Er deutete mit dem Schwert über die Lichtung vor dem Felsen. »Ilkar zieht sich zurück und passt auf, ob er sie hören kann, und ich suche den besten Platz für die Begegnung aus. Alles klar?«

Hirad nickte. »Was ist mit den Pferden?«

»Führe sie den Weg hinunter und binde sie fest, wenn du fertig bist. Ich würde dir helfen, aber ich sehe kleine braune Flecken auf meiner Klinge. Hast du eine Ahnung, was das wohl bedeuten könnte?«

Hirad zog sein Schwert aus der Scheide. »Das ist witzig, Unbekannter, aber die Scherze überlässt du in Zukunft bitte mir, ja?«

»Möchtest du gern mal wieder beweisen, dass du bei weitem nicht so witzig bist, wie du glaubst?«, stichelte Ilkar.

»Also gut, los jetzt«, drängte der Unbekannte. »Sie sind nicht weit hinter uns.«

Hirad war sicher, dass es nicht funktionieren konnte. Dordovanische Spione oder Meuchelmörder waren nicht so dumm, blindlings in eine hastig gestellte Falle zu tappen. Andererseits durfte der Rabe natürlich nicht einfach irgendwelche Leute geradewegs zu Denser und Erienne führen, und wenn des ihnen gelang, die Verfolger mit ihrem Manöver abzuschütteln, dann wollte er es als Erfolg verbuchen.

Ihr Ziel war auch nicht, die Verfolger zu töten, die möglicherweise sogar nützliche Informationen zu bieten hatten. Diese Leute führten einfach nur ihre Befehle aus und brauchten einen deutlichen Hinweis, dass es eine wenig aussichtsreiche Beschäftigung war, den Raben zu verfolgen.

So war er einigermaßen überrascht, als er Ilkar flüstern hörte, dass sie sich näherten. Plötzlich kam wieder ein stärkerer Wind auf und strich in Böen durch den verwüsteten Wald.

Die Rabenkrieger hatten sich ein paar Schritte vom Felsen entfernt in einem Dickicht versteckt, das sie aus Kiefernzweigen und dichtem, scharfem Stechginster selbst angelegt hatten.

Es waren vier. Sie führten die Pferde am Zügel, traten vorsichtig auf und sprachen kein Wort, als seien sie gewarnt, dass es im Dornenwald nicht mit rechten Dingen zuging. Die Männer trugen dunkle Lederrüstungen in verschiedenen Schattierungen, in den freien Händen hatten sie Langschwerter, und die Helme saßen auf Köpfen, die älter waren als die der Rabenkrieger. Hirad zog verwundert eine Augenbraue hoch. Es war zweifellos eine kampferprobte Truppe, doch ihre Sorglosigkeit warf die Frage auf, warum Dordover ausgerechnet sie ausgewählt hatte, um den Raben zu verfolgen. Da es weder Elfen noch drahtige Athleten in der Gruppe gab, konnte man sicher sein, dass es keine Magier-Meuchelmörder waren. Nur Spürhunde.

Sie betraten die Lichtung vor dem Fels und bewegten sich, immer zu zweit, vorsichtig an ihrem Rand entlang, bis direkt vor ihnen der Unbekannte aus dem Dickicht trat. Er stellte die Schwertspitze auf den Boden und tippte auf die Erde. Das dumpfe Geräusch war Musik in Hirads Ohren, als er sich neben seinem alten Freund aufbaute.

»Habt ihr euch verlaufen, oder sucht ihr etwas?«, fragte der Unbekannte nicht unfreundlich. Das Quartett blieb stehen wie vom Donner gerührt, die vorderen beiden wechselten einen Blick. Einer der beiden war ängstlich, der andere vor allem verwirrt und überrascht.

»Es gefällt mir nicht, wenn ich verfolgt werde«, sagte der Unbekannte.

»Aber wir haben doch nicht ...«, wollte der Linke sagen, ein vierschrötiger Mann mit grauen Schläfen und langem, braunem Haar unter dem Helm. Er hatte mehrere Tage alte Bartstoppeln, buschige Augenbrauen und eine fliehende Stirn.

»Es gefällt mir auch nicht, wenn ich angelogen werde«, unterbrach ihn der Unbekannte. Hirad spürte, wie Ilkar hinter sie trat. Zweifellos hatte er schon einen Spruch vorbereitet.

»Also«, fuhr der Unbekannte fort. »Wir wollen keinen Ärger. Wir helfen nur einem Freund. Ich verstehe, dass dies eure Herren brennend interessiert, aber sie werden nichts herausfinden, wenn sie Leute schicken, die uns beschatten. Nur Leichen werden sie finden. Habe ich mich deutlich ausgedrückt?«

Die Männer scharrten unsicher mit den Füßen, einer schlug die Augen nieder, doch der andere hielt mit gerunzelter Stirn dem Blick des Unbekannten stand.

»Werdet ihr uns töten, wenn wir euch weiter folgen?«

»Der kapiert aber schnell, was?«, meinte Hirad.

Die Schwertspitze des Unbekannten tippte nicht mehr auf den Boden.

»Wir legen keinen Wert darauf, euch zu töten, aber wir können auch nicht riskieren, dass ihr gefährdet, was wir tun. Also kehrt jetzt um und geht auf dem gleichen Weg zurück, den ihr gekommen seid.«

Die Männer zögerten. Die beiden hinteren begannen einen aufgeregten, getuschelten Wortwechsel.

»Gibt es etwas, das ihr nicht versteht?« Hirads Stimme war kalt und laut im stillen Wald. Der Wind war vorübergehend eingeschlafen, dann kam wieder eine Bö auf und zerrte am Mantel, an den Haaren und den Mähnen der Pferde und pfiff durch das Gewirr der Aststücke.

»Ich bin es nicht gewohnt, bedroht zu werden«, sagte der Vierschrötige.

»Das ist keine Drohung«, entgegnete der Unbekannte. »Nenne es einen gut gemeinten Rat.«

Hirad musste unwillkürlich lächeln. Der Unbekannte hatte genau diese Worte benutzt, um Styliann zurechtzuweisen, den ehemaligen Herrn vom Berge und einen mächtigen Gegenspieler.

»Ich finde das überhaupt nicht amüsant«, sagte einer aus der zweiten Reihe. Er trat nach vorne zwischen die Pferde. Er war von mittlerer Größe, jünger als seine Kumpane, und hatte eine lange Nase und einen kleinen Mund unter verhangenen Augen.

Hirad spürte, wie die Spannung stieg. Die vier Männer waren vorher nicht zum Kampf bereit gewesen. Vielleicht waren sie es jetzt. Er und der Unbekannte beobachteten sie unbeeindruckt. Hinter ihnen ergriff auf einmal Ilkar das Wort.

»Macht es nicht so schwierig, obwohl es doch in Wirklichkeit ganz einfach ist«, sagte der Elfenmagier. »Ihr habt uns verfolgt. Das mögen wir nicht, und wir haben euch sehr höflich gebeten, es zu lassen. Ich schlage vor, dass wir uns alle beruhigen und unserer Wege gehen. Was meint ihr?«

Hirad und der Unbekannte nickten, und Hirad sah, dass drei der Männer sich sichtlich entspannten. Nur der Vierschrötige schürzte die Lippen.

»Wir haben klare Befehle erhalten«, sagte er, mehr zur Erklärung als aus irgendeinem anderen Grund.

»Tja, und jetzt habt ihr neue Befehle«, entgegnete Hirad.

»Hirad, halt's Maul«, zischte der Unbekannte. »Hört mal, niemand beobachtet euch. Erstattet einfach Bericht, dass ihr uns in Richtung Greythorne reiten gesehen habt, dass ihr uns aber im Dornenwald verloren habt.« Er zuckte mit den Achseln. »Aber bevor ihr geht, müsst ihr mir noch sagen, wer euch geschickt hat. Dordover?«

Der Mann nickte. »Und die Möglichkeit, euch zu verlieren, kam in den Befehlen nicht vor«, sagte er, und als hätte er seine Kumpane an etwas erinnert, das sie vergessen hatten, war die Spannung wieder da.

Ilkar kicherte leise. »Ach, hör doch auf. Ich weiß, dass Vuldaroq und das dordovanische Quorum scharf darauf sind, ihre Schutzbefohlene zurückzubekommen, aber sie werden euch wohl kaum die Köpfe abreißen, wenn ihr uns verliert, oder?«

Das Schweigen, das darauf folgte, bewies, dass sie diese Ansicht nicht zu teilen vermochten.

»Wie auch immer, es bringt euch nicht weiter, wenn ihr gegen uns kämpft«, sagte der Unbekannte. »Denn wer auch immer gewinnt, ihr würdet uns so oder so verlieren, oder?«

Einen Moment lang wirkten die Männer sehr verunsichert. Dann verzog der Vierschrötige das Gesicht zu einer Grimasse, die ein schiefes Grinsen darstellen mochte. Er nickte und steckte sein Schwert in die Scheide.

»Wir wollen hier kein Blut vergießen«, sagte er. Er trieb seine Kumpane an, ließ sie umdrehen und aufsitzen, und sie verließen die Lichtung vor der Klippe.

Der Unbekannte legte einen Finger an die Lippen, und die drei Freunde blieben schweigend stehen, bis die Hufschläge verklungen waren.

»Ihr wisst, was sie tun werden, nicht wahr?«, sagte er.

»Aber natürlich«, meinte Ilkar.

»Wenn du dann so freundlich sein könntest, Ilkar?«, bat er ihn.

Der Elf lächelte, bildete die Mana-Gestalt für einen Tarnzauber, machte einen Schritt und verschwand.

»Los, Hirad«, sagte der Unbekannte. »Lass uns gehen. Sie werden uns hier auf diesem Weg nicht weiter verfolgen.«

»Aber sie werden vor uns sein und uns abfangen?«

»Daran besteht kein Zweifel.«

Hirad lächelte, und sie führten die drei Pferde schräg aus dem Wald heraus, etwa eine halbe Meile von der Stelle entfernt, an der sie ihn betreten hatten. Sie ließen sich Zeit und gaben Ilkar genügend Vorsprung, damit er ihre Verfolger finden und sich vergewissern konnte, dass sie tatsächlich glaubten, der Rabe habe die Lüge geschluckt.

Ilkar war enttäuscht. Die Kundschafter waren nicht besonders gut. Nachdem sie den Dornenwald auf dem gleichen Weg verlassen hatten, auf dem sie gekommen waren, wandten sich die vier nach Osten und trabten am Waldrand entlang. Sie hinterließen eine Spur, die nur jemand übersehen konnte, der aller seiner Sinne beraubt war. Ilkar folgte ihnen im Dauerlauf und umrundete die Ausläufer des Waldes. Der Wind wehte jetzt beständig von hinten, die Wolken standen dicht und drohend am tristen, nach Regen riechenden Nachmittagshimmel.

Er fand sie ein paar Meilen weiter. Sie ritten inzwischen wieder im Schritt und waren in eine Diskussion vertieft. Einer zeigte mit den Händen hierhin und dorthin, zuerst zum Wald und dann über das offene Gelände in Richtung Greythorne. Anscheinend waren sie zu einer Entscheidung gekommen und gingen in Deckung. Sie mussten sich mit Gewalt einen Weg ins Gestrüpp bahnen. Ilkar merkte sich die Stelle, bevor er dorthin zurückkehrte, wo seiner Schätzung nach Hirad und der Unbekannte warteten. Da er wusste, wie schwierig der Weg durch den Wald war, zumal wenn man Pferde am Zügel führte, ließ er sich Zeit.

»Nun?«, ertönte die Stimme des Unbekannten aus einer Ecke, wo die Schatten besonders tief waren.

Ilkar grinste und drang ins Unterholz ein. Es schützte vor dem scharfen Wind, der inzwischen beinahe Sturmstärke erreicht hatte. Der Nachmittag war fast vorbei, und das Licht verblasste.

»Anderthalb Meilen vor uns, direkt am Waldrand, wahrscheinlich aufgefächert, um einen größeren Bereich abzudecken. Wie willst du es angehen?«

Der Unbekannte dachte etwas nach. »Hirad, wie wäre es mit einem kleinen Waldspaziergang?«

Hirad wusste, dass sie auf ihren Plätzen waren. Er hatte seit vier Jahren nicht mehr mit den beiden gekämpft, doch sein Vertrauen in sie war ungebrochen. Ohne sein Pferd hatte er sich rasch durch den Dornenwald bewegen können. Der auffrischende Wind heulte durch die gesplitterten Baumstämme und die abgeknickten Äste, raschelte im toten Laub, als sei dort noch Leben, und ließ die Blätter durch die Luft und über den staubigen Boden tanzen.

Hirad konnte sich leise bewegen, aber das war nichts gegen Ilkar. Die Elfen hatten eine Verbindung zum Wald, die er nicht ergründen und erst recht nicht nachempfinden konnte. Thraun war unter den Menschen der Einzige gewesen, der nahe daran kam, auch wenn die Gründe dafür eher tragisch waren.

Die Späher aus Dordover hatten sich am Waldrand in einer gewissen Entfernung voneinander etwa dort versteckt, wo der Rabe vorbeikommen oder den Wald verlassen musste, um nach Greythorne abzubiegen. Doch Hirad hatte oft genug gejagt, um die Schatten und die Stille richtig deuten zu können. Als er nur noch ein paar Schritte von dem Mann an der äußersten rechten Seite entfernt war, zog er das Schwert und sprach ihn an.

»Könnte es sein, dass du nicht richtig verstanden hast, was wir dir erklärt haben?«, knurrte er.

Der Mann fuhr erschrocken auf und drehte sich herum, unter seinen Füßen knackten Zweige.

»Es gibt Ärger!«, rief er.

»Ich greife nie einen Unbewaffneten an«, sagte Hirad. »Ich würde vorschlagen, dass du dich bewaffnest.« Er machte sich auf dem kleinen freien Raum zwischen dem Gewirr von Ästen, Zweigen und Ranken bereit.

Der Mann zog sein Langschwert. »Ich brauche hier drüben Hilfe!« Ein Ruf antwortete ihm, doch es war ein besorgter Ruf. Von dort war keine Unterstützung zu erwarten. Der Mann hatte Angst, Hirad sah es seinen Augen und seiner Körperhaltung an. Er musste vorsichtig sein. Ängstliche Männer waren unberechenbar, und es gab wenig Raum für Ausweichmanöver.

»Von da kommt keine Hilfe.« Hirad trat einen Schritt zurück und winkte den Gegner mit einer Hand zu sich. Er hörte weitere aufgeregte Schreie, die der Wind herantrug, und wusste, dass seine Einschätzung richtig war.

Der Mann sprang los und trug einen raschen Angriff vor. Dank seiner Größe und seiner langen Arme hatte er eine gute Reichweite. Hirad hielt die Stellung, blockte den Angriff ab und konnte dem Gegner schließlich mit der freien Hand einen Stoß versetzen, nachdem er einen weiteren Schlag gegen seinen Hals abgewehrt hatte. Der Mann torkelte und verlor das Gleichgewicht, ein Halt suchender Arm prallte gegen einen Ast, als er sich zu fangen versuchte. Seine Füße rutschten auf dem Blätterteppich aus.

Hirad setzte nach und stieß nach dem Bauch des Mannes, doch das Manöver war erwartet worden, und der Angriff wurde abgewehrt. Er benutzte die Geschwindigkeit und den Schwung seines Vorstoßes, um das Schwert in einem engen Kreis über dem Kopf von links nach rechts zu führen. Der Mann sah den Schlag zu spät und konnte sich gerade noch ducken, die Klinge prallte gegen seinen Helm.

Hirad fluchte, sein Gegner keuchte und schwankte, aber er ging nicht zu Boden. Offensichtlich benommen, schüttelte er den Kopf. Er brachte eine wenig überzeugende Deckung zustande, torkelte leicht und wich zurück. Hinter ihm waren zwei weitere Schatten zu sehen, einer war viel größer als der andere. Sein Schwert zeigte nach unten und tippte zweifellos auf den Boden.

Hirad grinste böse, lenkte einen Stich ab und trieb dem Gegner seine Klinge in den Hals. Er war so klug, zur Seite zu springen, bevor das Blut aus der durchtrennten Arterie schoss. Gurgelnd stürzte der Mann, sein Blut versickerte im Waldboden.

Hirad schaute auf und sah den Unbekannten mit gestrecktem Arm seinem Gegner einen Stoß ins Gesicht versetzen, bevor sein Schwert ihm durch beide Beine fuhr. Der Mann stürzte und starb schreiend. Zwei weniger. Hirad setzte sich in Bewegung. Damit blieben die restlichen zwei für Ilkar. Er war ein wenig besorgt, doch dann fuhr etwa zwanzig Schritt vor ihm ein eiskalter Windstoß vorbei. Er hätte sich keine Sorgen machen müssen.

Der Unbekannte trat zu ihm und steckte sein Schwert in die Scheide.

»Gute Arbeit. Ilkar wollte die anderen beiden selbst übernehmen. Sie waren Magier.«

»Oh, ich verstehe.« Hirad eilte zum Ursprung des Eiswindes, der in den toten Wald gefahren war. »Ilkar?« Zuerst kam keine Antwort.

»Hier drüben.« Hirad wechselte die Richtung und fand den Elf bei den Leichen der Magier kniend. Der Anblick von Opfern des Eiswindes schlug ihm immer auf den Magen. Sie waren mitten in der Bewegung erstarrt, als lebten sie noch, doch ihre Gesichter trugen ewig den Schmerz des Todes wie Gemälde, auf denen eine schreckliche Angst dargestellt war.

»Ich dachte, du setzt den Spruch nicht gern ein«, sagte er.

»Das ist richtig«, bestätigte Ilkar. »Der Spruch hat unscharfe Grenzen. Aber dieses Mal war nicht sehr viel in der Schusslinie.« Er hatte sich nicht umgedreht.

»Was ist denn los?«, fragte Hirad.

»Schau selbst.« Ilkar zog sich zurück und deutete auf den entblößten Hals eines Mannes, dessen Helm abgefallen war. »Da stimmt etwas nicht.«

Hirad bückte sich und betrachtete ihn aus der Nähe. Das Licht war schlecht, reichte aber aus, um die unverwechselbare Tätowierung hinter dem Ohr zu erkennen.

»Was, zum …« Er schaute auf und sah sich um. »Unbekannter, was ist hier los?«

Die Männer waren nicht von Dordover geschickt worden. Sie gehörten zu den Schwarzen Schwingen.

Elftes Kapitel

Eine Tagesreise nördlich von Arlen fand Selik endlich ein Ventil für seine Wut und seine Frustration. Der Ritt zur Stadt, in der er sich, wenn die Berichte zutrafen, mit dem größten Teil seiner Schwarzen Schwingen einquartieren musste, war in brütendem Schweigen und unangenehm verlaufen.

Das Wetter war äußerst wechselhaft, und er war entweder durchgefroren oder durchnässt gewesen. Der Wind hatte ihn öfter, als er sich erinnern konnte, beinahe vom Pferd gefegt, und schließlich hatte ihm ein Hagelschauer Hautfetzen aus dem Gesicht gerissen.

Immer noch glaubten die meisten Menschen in Balaia, dies seien nur Kapriolen des Wetters. Sie hatten nicht begriffen, was dahintersteckte. Warum sollten sie sich auch Gedanken machen? Schließlich hatten die Magier den Verstand der Menschen die meiste Zeit so gut im Griff, dass die Wahrheit wie etwas erschien, das an Ketzerei grenzte. Er jedoch konnte nachts nicht ruhig schlafen. Die Magie erzeugte all dieses Chaos im Land. Sie war ein Krebsgeschwür, das ausgemerzt werden musste.

Vuldaroq hatte ihm ausführliche Erklärungen zur Tinjata-Prophezeiung gegeben und ihm erklärt, dass die Hexe und das Kind die Einzigen waren, denen man Vorwürfe machen musste, doch Selik wusste, dass dies keineswegs zutraf. Wenn die Magie selbst das Problem war, dann hielten alle Magier zusammen wie Pech und Schwefel. Die Zeit der Nachsicht den Kollegien gegenüber war jedoch vorbei.

An den Grenzen von Easthome verlor er endgültig die Geduld. Es war eine kleine bäuerliche Gemeinde mit etwa einhundertfünfzig Familien. Der Ort lag nahe genug an Arlen, um noch vom blühenden Handel der Hafenstadt zu profitieren. Die schwer arbeitenden Menschen bestellten das Land schon seit Generationen, sie konnten sich von den Erträgen ernähren und die Überschüsse auf Arlens geschäftigen Märkten verkaufen; ihr Getreide wurde sogar nach Calaius geliefert. Aber nicht in diesem Jahr.

Als der Spätnachmittag allmählich in den Abend überging, ritt Selik mit seinen acht Gefolgsleuten ins Dorf ein, um noch einmal Quartier zu nehmen, ehe sie sich am folgenden Tag mit den übrigen Schwarzen Schwingen in Arlen trafen. Während sie sich dem Ort näherten, konnten sie sehen, welches Unglück Easthome getroffen hatte. Das Getreide war flachgedrückt, Zäune und Hecken waren aus der Erde gerissen, Scheunen und Bauernhöfe ohne Dächer, Ställe zusammengebrochen.

An einem Bauernhaus zügelte Selik sein Pferd vor einem Mann, der auf seinen zerstörten Acker starrte und kaum auf die Männer achtete, die vor ihm anhielten. Selik stieg ab, und jetzt endlich drehte sich der Bauer zu ihm um. Unglauben und Verzweiflung standen ihm ins Gesicht geschrieben. Er war ein junger Mann, noch nicht einmal dreißig, mit kräftigem, muskulösem Körper, hellem Haar und eckigem Kopf.

»Was ist geschehen?«, fragte Selik.

Der Bauer sah ihn an, dann betrachtete er die Männer, die auf den Pferden sitzen blieben.

»Schwarze Schwingen?«, fragte er. Selik nickte. »Seid Ihr gekommen, um den Wind davon abzuhalten, so heftig zu wehen? Lasst uns das lieber allein regeln. Wir wollen keinen Ärger.«

»Wir wollen Euch auch keinen Ärger machen«, nuschelte Selik. Er versuchte sogar zu lächeln. »Hat der Wind dies hier angerichtet?«

Der Bauer nickte. »Ist gestern erst aus heiterem Himmel aufgekommen. Der Himmel war blau. Wir haben alle unsere Ernte verloren. Einige sogar Tiere und ihre Häuser. Ich gehöre hier noch zu den Glücklichen, falls man das so ausdrücken kann.« Er drehte sich wieder zu seinem Acker um. »Ich meine, es ging uns gut hier, und … wir haben auch noch Korn im Speicher, damit können wir uns selbst durchbringen, aber sonst niemanden. Vor vier Tagen sind jedoch mehr als hundert aus Orytte gekommen, die alles verloren haben.«

»Das wusste ich nicht«, sagte Selik, auch wenn er sich gut vorstellen konnte, was passiert war. Der Bauer bestätigte seine Gedanken.

»Das Meer hat die Stadt genommen«, sagte er. »Die Überlebenden erzählen, die meisten Einwohner seien ertrunken. Wir hätten sie lieber nach Arlen geschickt, aber sie wollen nicht wieder ans Wasser. Das könnt Ihr sicher verstehen. Also haben wir sie aufgenommen, aber jetzt können wir sie nicht mehr ernähren. Nicht mehr lange, jedenfalls.«

Selik sah sich zu seinen Männern um, die den Wortwechsel verfolgt hatten. Einige schüttelten den Kopf. Selik schnaufte. Auf einmal tat seine Brust wieder weh, wo die Kälte so tief eingedrungen war. Das Gefühl diente nur dazu, seine Entschlossenheit zu stärken.

»Was wollt Ihr denn nun tun?«, fragte er nicht unfreundlich.

Der Bauer deutete mit dem Daumen zum Dorfzentrum. »Da hinten im Gasthof findet gerade eine Versammlung statt. Die Leute sind sehr wütend. Sie wollen Antworten hören, bevor sie im Winter verhungern. Anscheinend will Evansor sich an die Kollegien wenden und um Hilfe bitten. Die sind doch reich genug, oder?«

»Und wer ist Evansor?« Auch in diesem Fall wusste Selik schon vorher, wie die Antwort lauten würde.

»Unser Magier«, bestätigte der Bauer.

»Euer Magier«, spuckte Selik. »Von denen ist doch nichts Gutes zu erwarten.« Der Bauer erschrak ob dieses heftigen Ausbruchs. »Bei den Göttern, Mann, sie sind die Ursache von alledem. Glaubt Ihr wirklich, dies alles habe natürliche Ursachen? Ein Wirbelsturm aus heiterem Himmel, Orytte im Meer versunken? Die Magie ist daran schuld.«

Der Bauer runzelte die Stirn. »Nun ja, wir haben Gerüchte gehört, aber Evansor …«

»Evansor, ja«, sagte Selik kalt. Er wollte sich den Mann persönlich vornehmen und ihn als den Verräter entlarven, der er zweifellos war. »Sehr überzeugend ist er und zweifellos sehr verständnisvoll.« Er beugte sich vor. »Aber einem Magier zu glauben bedeutet, das eigene Leben in die Hände eines Mörders zu legen.« Er drehte sich auf dem Absatz um und schwang sich wieder auf sein Pferd. »Warum seid Ihr eigentlich hier und nicht beim Treffen?«

»Weil ich nach meinem Land sehen muss. Und weil es dort Ärger geben wird, bevor der Abend vorbei ist.«

»Oh, ja, es wird Ärger geben«, sagte Selik. »Aber dieser Ärger ist der Beginn von etwas, das richtig ist.«

»Und was tun wir, falls wir sie finden?«, fragte Hirad.

Die Rabenkrieger hatten, nicht lange nachdem sie den Dornenwald verlassen hatten, Halt gemacht und waren abgesessen. Jetzt hockten sie nebeneinander auf einem Hügel, auf dem der Wind ihnen ins Gesicht heulte und den Geruch von Blut und Tod vertrieb, und teilten sich einen Wasserschlauch, bevor sie das letzte Stück bis nach Greythorne ritten. Sie wollten einige Stunden nach Einbruch der Nacht dort eintreffen.

Der Unbekannte setzte den Schlauch ab und trieb den Stöpsel mit der Handkante in die Öffnung.

»Gute Frage. Aber was meinst du mit ›falls‹?«

»Nein, eigentlich meinte ich ›wenn‹«, berichtigte Hirad sich. Er sah seinen Freund an. Sein kurz geschnittenes Haar war stumpf unter dem trüben Himmel, und seine Augen verrieten, dass er in Gedanken ganz woanders war.

Ilkar kicherte. »Gut, dass du dein Vertrauen in unsere Fähigkeiten nicht verloren hast, Hirad.«

»Eigentlich ist es doch nur ein Job wie jeder andere.« Er zuckte mit den Achseln. »Mit Bezahlung können wir kaum rechnen, aber trotzdem, was wir übernehmen, das erledigen wir auch. Meine Frage ist allerdings damit noch nicht beantwortet. Wie ich es sehe, sind die Hexenjäger, die Dordovaner, die Xeteskianer und die Götter mögen wissen wer sonst noch hinter dem Mädchen her. Wo ist sie in Sicherheit?«

»Ich nehme an, genau dort, wo sie sich gerade befindet«, sagte Ilkar ein wenig ungehalten.

»Das ist doch gar nicht so schlecht«, meinte der Unbekannte. »Wir müssen auch nicht unbedingt etwas mit ihr tun. Vielleicht reicht es, wenn wir uns vergewissern, dass sie in Sicherheit ist. Lyanna ist Densers und Eriennes Tochter, das dürfen wir nicht vergessen.«

»Ganz so einfach ist das nicht, Unbekannter«, knurrte Ilkar. »Du weißt das auch. Du kannst es nicht einfach so abhandeln, als suchten wir nach irgendeinem kleinen Mädchen. Das ganze Durcheinander ist doch durch das entstanden, was sie ist und was sie repräsentiert. Sieh dich um. Bei den Göttern, sieh dich selbst an. Sieh dir an, was sie tut, ohne es überhaupt zu wollen.«

Sie sahen sich um. Über ihnen hingen dichte, dunkle Wolken, die schnell über den Himmel wanderten, eine Unheil verkündende Masse. Wenn der Regen irgendwann begann, würde es eine wahre Sturmflut werden.

»Willst du Lyanna wirklich anlasten, dass es bewölkt ist?«, fragte Hirad. »Ich muss schon sagen, das finde ich ein wenig weit hergeholt.«

»Hirad, die Beweise sind erdrückend«, sagte Ilkar.

»Wirklich? Ein alter Magier macht vor zweitausend Jahren eine Prophezeiung, und jetzt behauptet ihr, er hätte Lyanna gemeint?« Hirad schüttelte den Kopf. »Hör mal, ich weiß ja, dass wir in der letzten Zeit ungewöhnliches Wetter hatten, aber …«

»Ungewöhnliches Wetter?«, keuchte Ilkar. »Wir müssten in ein paar Wochen unter warmer Herbstsonne die Ernte einbringen. Stattdessen haben wir Erdbeben und Wirbelstürme, und ich habe vergessen, wie die Sonne aussieht. Bei den Göttern, Hirad, in den Balan-Bergen hat es so heftig geregnet, dass ich dachte, mir würde der Kopf wegschwimmen. Du kannst doch nicht behaupten, das sei normal.«

Hirad zuckte mit den Achseln. »Na gut, es ist nicht normal, aber nichts, was du gesagt hast, lässt darauf schließen, dass es mit Lyanna zu tun hat. Ich meine, es könnte doch jeder sein.«

»Wer denn?«, fauchte Ilkar.

»Er hat Recht, Ilkar«, schaltete sich der Unbekannte ein. »Das ist alles nur Theorie.«

»Aber in Julatsa hast du doch gesagt …«, begann Ilkar.

»Ich sagte, dass Dordover an die Tinjata-Prophezeiung glaubt. Und jetzt scheint es, als seien die Schwarzen Schwingen auf diesen Zug aufgesprungen, was eigentlich kein großes Wunder ist. Deshalb will ich Erienne und Lyanna finden. Um ihnen zuvorzukommen. Das heißt aber nicht, dass ich selbst daran glaube.«

Ilkar hielt inne und dachte nach. Er fuhr sich mit gespreizten Fingern durch das Haar. »Ich kann Euch jetzt wohl nicht überzeugen, aber ihr werdet es schon sehen. Ich will nur, dass ihr mir in diesem Punkt vertraut. Lyanna ist ein unschuldiges Kind, aber dieses Chaos ist durch magische Kräfte entstanden, und ich glaube, dass sie der Brennpunkt ist, genau wie man es auch in Dordover sieht. Ich kann geradezu riechen, wie das Mana uns umspielt, und das ist nicht das, was das Mana normalerweise tut. Wenn wir Recht haben, dann gibt es Auswirkungen auf das gesamte System der Kollegien. Man muss es richtig anpacken.«

»Was heißt das denn?« Der Unbekannte war sichtlich skeptisch.

»Das weiß ich noch nicht. Es ist einer der Gründe, warum ich hier bin. Als Julatsaner fürchte ich das, was sie symbolisieren könnte. Ich weiß, dass es euch jetzt wahrscheinlich einerlei ist, aber Lyanna und die Al-Drechar könnten ohne weiteres eine Rückkehr zur Dominanz von Xetesk unter der Verkleidung des Einen Weges einleiten. Das wäre für uns alle schlecht.«

»Und besonders für Julatsa, nicht wahr, Ilkar?«, sagte der Unbekannte. »Aber du hast Recht, das spielt im Moment keine Rolle. Es kommt jetzt vor allem darauf an, Lyanna und Erienne zu finden, richtig?«

Ilkar zögerte, ehe er antwortete. »Wie ich schon sagte, ganz so einfach ist das nicht.«

»Dann erkläre mir doch, was daran so verdammt kompliziert sein soll«, verlangte der Unbekannte. Hirad erschrak, als er sah, wie verärgert der große Krieger war.

»Ich habe es doch gerade eben erklärt«, fauchte Ilkar. »Niemand will, dass ihr etwas zustößt, aber ich bin nicht sicher, wovor wir sie überhaupt beschützen oder retten sollen. Und ich weiß nicht, wie man sie davon abhalten kann, dieses Chaos zu veranstalten. Denser glaubt, die Dordovaner wollen sie umbringen, und das nehme ich ihm sofort ab. Die Hexenjäger können wir vergessen. Sie sind nicht zahlreich oder stark genug, um sie wirklich zu bedrohen. Aber ich nehme an, auch Xetesk verfolgt selbstsüchtige Ziele, und das bedroht mein Kolleg. Besonders, da wir im Augenblick so geschwächt sind. Die Al-Drechar wollen sich selbst erhalten, und ich bin nicht sicher, ob das etwas ist, das wir unterstützen sollten.«

»Wo bleibt dabei Lyanna?«, fragte Hirad. »Es kommt mir so vor, als sei sie in deiner kleinen Rechnung für Balaia so oder so entbehrlich.«

»Ja, Ilkar, vielleicht solltest du dich für die eine oder für die andere Seite entscheiden.« Die Augen des Unbekannten waren kalt, sein Körper gespannt.

Ilkars Ohren zuckten, und er nagte an der Oberlippe, während er nachdachte. »Ich will das magische Gleichgewicht von Balaia erhalten. Ich glaube, das ist für alle das Beste, nicht nur für Julatsa. Ich denke, Lyanna sollte nicht nach Dordover, nach Xetesk oder zu irgendeinem anderen Kolleg zurückkehren. Sie sollte von den Al-Drechar unterwiesen werden, damit sie die Ausbrüche kontrollieren lernt, die diese katastrophalen Folgen haben, aber weiter sollte es nicht gehen. Eine Rückkehr zum Einen Weg darf es nicht geben. Niemals.«

»Und wenn Denser oder Xetesk oder wer auch immer nicht deiner Meinung sind?«, fragte der Unbekannte. »Wenn sie nun beschließen, dass Lyannas Ausbildung ihren natürlichen Verlauf nehmen soll?«

Ilkar zuckte mit den Achseln und schaute in die Wildnis. Vor ihnen lag leicht gewelltes, von Heidekraut bedecktes Moor.

»Du siehst es wirklich so, nicht wahr? Verdammt, ich habe es geahnt.« Der Unbekannte sprang auf und machte einen Schritt auf Ilkar zu. Auch Hirad stand auf und stellte sich zwischen sie.

»Immer mit der Ruhe«, sagte er und hob beschwichtigend eine Hand. »Was will er tun?«

Der Unbekannte starrte an ihm vorbei zum Elf. »Er würde sie am liebsten tot sehen.«

»Er würde sie *umbringen?«*

»Nein, das wohl nicht. Aber ich glaube, er würde niemandem in den Weg treten, der sie töten will. Oder, Ilkar?«

Ilkar drehte sich nicht um.

»Siehst du?« Das Gesicht des Unbekannten brannte, und Hirad konnte nicht zur Seite treten. »Sie ist nur ein kleines Mädchen, du Bastard. Und sie ist Densers Tochter. Wie konntest du nur an so etwas denken? Bei den Göttern, ich habe mehr von dir erwartet, Ilkar.«

Hirad hätte sich gern umgedreht, aber er hatte Angst vor dem, was der Unbekannte als Nächstes tun mochte. Ihm wurde beinahe übel bei der Einsicht, dass dieser mächtige Kämpfer in diesem Augenblick eine echte Gefahr für Ilkar darstellte. Hinter ihm ergriff Ilkar das Wort.

»Du kennst mich gut genug, Unbekannter. Vielleicht bin ich es, der dich falsch verstanden hat.«

»Ich bin Vater, Ilkar. Und ich verstehe, was Denser jetzt durchmacht.«

»Er ist ein alter und guter Freund von mir, und ich will nicht, dass ihm, Erienne oder Lyanna etwas zustößt. Doch sie ist ein Kind des Einen, das wird mir von Tag zu Tag klarer. Die Tinjata-Prophezeiung hat sich bis jetzt als erschreckend zuverlässig erwiesen. Jedenfalls glaube ich das. Lyannas Nacht hat gerade erst begonnen, Unbekannter, und das kann für uns alle den Untergang bedeuten, wenn sie nicht kontrolliert wird. Oder wenn sie nicht aufgehalten wird. Und ich kann nicht sehen, dass irgendjemand tatsächlich in der Lage ist, sie zu kontrollieren. Die Al-Drechar haben es gewiss nicht geschafft, oder?«

Hirad spürte, wie sich der Unbekannte entspannte. So konnte er es riskieren, sich umzudrehen und Ilkar anzuschauen, der sitzen geblieben war. Der Gesichtsausdruck des Elfen und seine verzweifelten Augen zeigten, dass er zutiefst an das glaubte, was er gesagt hatte.

»Übertreibst du da nicht ein wenig?«, fragte er. »Und was meinst du mit ›Lyannas Nacht‹?«

»Nein, Hirad, ich übertreibe nicht. Es sei denn, du nennst den zerstörten Dornenwald übertrieben. Das war, soweit wir wissen, ganz sicher kein einmaliger Sturm, der schnell vorbei war. Pass auf, wenn ein Magier lernt, den Fluss des Mana aufzunehmen, dann gibt es eine normalerweise kurze Phase der Dunkelheit für den Magier. Die Sinne sind noch nicht koordiniert, und das Bewusstsein wendet sich nach innen, während das Mana auf den Kopf einstürmt. Es ist, als stündest du mitten in dunkelster

Nacht in einem Sturm. Deshalb spricht man von der ›Nacht‹ eines Magiers. Die Magier, die ihre Ausbildung in den Kollegien bekommen, können sich ins Mana-Bad zurückziehen, wo sie den normalerweise überwältigenden Fluss des Mana lenken und beherrschen können. Lyanna hat nur die Al-Drechar, die offenbar nicht fähig sind, sie gegen die Erweckung oder uns vor Lyannas Ausbrüchen abzuschirmen. Ihre Nacht könnte lange dauern. Ich muss einräumen, dass auch dies meine persönliche Überzeugung ist, aber ich bin sicherlich von uns am besten fähig, darüber zu urteilen.«

»Und du glaubst, es wäre besser, wenn sie stirbt?«

»Verdammt, Unbekannter, nein!« Ilkar stand auf. »Es kann dazu kommen, aber ich will ganz sicher nichts damit zu tun haben.«

»Denser wird nichts hiervon erfahren«, warnte der Unbekannte.

Ilkar schüttelte den Kopf. »Es würde mich sehr wundern, wenn er nicht schon längst darüber nachgedacht hätte. Er ist ein Magier, und er ist kein Dummkopf. Ihm ist bewusst, was er und Erienne erschaffen wollten, und wenn ihr mich fragt, dann hatte er leider großen Erfolg.«

»Dann sollten wir besser zu ihm gehen, nicht wahr? Es klingt, als brauchte er unsere Hilfe.«

Die drei alten Freunde saßen auf und ritten nach Greythorne. Ihr Schweigen war so griesgrämig und düster wie der Himmel über ihnen.

Selik lauschte einige Momente lang den wütenden Stimmen im Gasthof, ehe er die Türen aufstieß und hineinmarschierte. Seine Gefolgsleute blieben dicht hinter ihm, einer passte draußen auf die Pferde auf. Drei Männer standen an der gegenüberliegenden Theke und hatten sich der Menge von etwa fünfzig Leuten zugewandt, die auf Stühlen und Tischen saßen oder an Wänden und Balken lehnten. Der Gasthof war mit Laternen beleuchtet und hatte eine niedrige Decke, Pfeifenrauch hing schwer über den Köpfen der Gäste im schlecht gelüfteten Raum. Der süße Tabakduft überdeckte den Geruch von Dünnbier und Wein.

Sein lauter Auftritt zeitigte die gewünschte Wirkung. Die Leute verstummten und drehten sich zu ihm um. Selik ging ruhig zur Bar und drängte sich zwischen die drei Männer. Der Mann, den er für Evansor hielt, war nun rechts von ihm, die beiden älteren Bauern auf der linken Seite. Der Magier war jung und schlank, er war offenbar nicht an körperliche Arbeit gewöhnt, und seine Kleidung war aus feinem Tuch, das nicht für die Feldarbeit taugte.

Selik betrachtete gelassen die Versammlung. Einige Teilnehmer hatten Angst, andere waren viel zu wütend, um sich groß über das zu sorgen, was er repräsentierte. Die meisten sahen ihn einfach nur an und warteten, was er zu sagen hätte. Wunderbar. Mit erhobenem linken Zeigefinger brachte er einen der älteren Farmer zum Schweigen und ergriff das Wort.

»Ich bin Selik. Einige von euch haben sicher schon von mir gehört und wissen, welche Aufgabe ich mit meinen Gefährten für euch übernommen habe.« Er deutete auf seine Männer, die sich im Gasthof verteilt hatten. »Ich habe die Zerstörung eurer Felder gesehen, und ich habe gehört, dass Ihr jetzt sogar noch weitere hungrige Mäuler füttern müsst. Ich habe Mitgefühl mit euch allen.«

Der Magier neben ihm gab ein leises, missbilligendes Schnauben von sich. Selik ignorierte ihn vorerst. Er warf die Kapuze zurück und wartete auf die Laute von Abscheu und Mitgefühl.

»Ihr könnt sehen, was die Magie mir angetan hat, und jetzt habt ihr selbst üble Erfahrungen gemacht.« Er hob eine Hand, als die ersten Stimmen laut wurden. »Ich weiß, ihr versteht es nicht, aber euer Magier versteht es. Nicht wahr, Evansor?« Der Magier zuckte zusammen, als sein Name fiel. »Denn dies war kein natürlicher Wind, nicht wahr? Die Magie hat euer Dorf zerstört.« Selik tat so, als sei er überrascht. »Ach, hat er euch das etwa nicht erzählt? Nun, vielleicht will er es jetzt nachholen?«

Selik wandte sich an Evansor. Die Zuschauer folgten ihm. Es ging leichter als erwartet. Evansor verzog das blasse Gesicht zu einem schiefen Lächeln. Er hob beschwörend die Hände.

»Meine Freunde, die Schwarzen Schwingen hassen die Magie. Lasst euch nicht beirren. Wir haben wichtigere Dinge zu besprechen. Beispielsweise die Frage, wie wir den Winter überleben können, wenn das Wetter nicht besser wird.«

Er hatte ein paar beschwichtigt, aber Selik war bei weitem noch nicht fertig. »Ihr seid der Frage ausgewichen. Ein einfaches Ja oder Nein reicht aus. War der Wind, der den Lebensunterhalt dieses Dorfes zerstört hat, natürlich oder nicht?« Selik dämpfte seine Stimme. »Kommt schon, Evansor, Ihr seid hier unter Freunden, das habt Ihr selbst gesagt. Beantwortet die Frage.«

Evansor betrachtete die Zuschauer. Selik konnte sehen, wie er sich innerlich wand. Das Netz zog sich zusammen. Das Schweigen wurde drückend, und mit jedem Herzschlag wurden die Leute misstrauischer.

»Ich … ich habe Magie im Wind gespürt«, sagte er. »Aber … aber …«

»Aber Ihr habt es nicht für nötig gehalten, diese Leute zu unterrichten, dass der Unrat, den Ihr Magier erzeugt, dieses Dorf zerstört hat?« Er wandte sich an die Zuschauer. Die Bandbreite der Mienen reichte von Verwirrung bis zu rotgesichtiger Wut. Er konnte sehen, wie seine Männer einigen Zuschauern etwas zuflüsterten. »Was sagt ihr nun dazu?«

»Ich verstehe es nicht«, antwortete einer. Andere stimmten ein.

»Was versteht ihr denn nicht?«, sagte Selik. »Der Wind, der eure Ernte vernichtet hat, ist durch magische Kräfte entstanden, es war nicht der Wille der Götter. Und dieser ›Freund‹ hier wollte nicht, dass ihr es erfahrt. Glaubt ihr denn, die Überschwemmung in Orytte war eine Naturkatastrophe? Oder die Ereignisse in Denebre? Oder an einem Dutzend anderen Orten, die ich nennen könnte? Die Magie zerfetzt euer Land, und ihr sitzt hier und fragt ihn, was ihr tun sollt. Ihr werdet verhungern, und er und seine Leute sind die Ursache.« Er hörte, wie die Zuschauer mit den Füßen scharrten und murmelten. Nahe, er war ganz nahe daran. »Würdet ihr etwa den Teufel nach dem Ausweg aus der Hölle fragen?«

Selik hörte jemanden »Nein« sagen, das Gemurmel wurde lauter, sogar einige wütende Stimmen waren zu hören, die Antworten forderten. Einer der älteren Bauern zu seiner Linken brachte die Leute zum Schweigen.

»Er geht zu weit damit«, sagte der Mann halb flehend. »Er marschiert hier herein und versprüht sein Gift. Evansor ist unser Freund.«

»Euer Freund?« Selik breitete theatralisch die Arme aus. »Wer braucht denn einen Freund, der einem die Wahrheit verschweigt, wenn es ihm passt? Der Geld nimmt, wenn er die Ratten aus den Scheunen und die wunden Stellen von euren Händen vertreibt, während ihm sein verfluchtes Kolleg wichtiger ist als ihr? Glaubt mir, er ist euch nicht treu ergeben. Keinem von euch. Fallt nicht darauf herein wie ich. Passt auf, dass euer Gesicht nicht eines Tages so aussieht wie meines.« Selik sprach jetzt lauter. Er hatte sie gepackt, das wusste er. »Diese Karikatur von einem Mann ist das Problem, nicht die Antwort. Und das Problem muss ausgerottet werden!«

Er knallte seine Faust in die Handfläche und starrte Evansor an. Das Murren der Menge wurde wieder lauter. Der Magier hatte schreckliche Angst, und Selik wusste, dass er sprechen und sich selbst dem Untergang weihen würde.

»Bitte, meine Freunde«, sagte er. Er musste schreien, um sich verständlich zu machen. »Ich bin doch nicht euer Feind, ich kann euch helfen.«

»Ja, indem du verschwindest.« Ein Mitglied der Schwarzen Schwingen hatte es gerufen, aber das war den Leuten egal. Die Menge brüllte jetzt.

»Raus! Raus! Raus!«

»Bitte!« Evansor flehte die Leute an, seine Blicke irrten durch den Raum.

Selik packte ihn am Kragen.

»Rührt mich nicht an, Schwarze Schwinge, sonst …«

»Was denn?« Seliks Stimme brachte ihn zum Schweigen. »Sonst legst du mich um, wie deine Magie das Getreide dieser braven Leute umgelegt hat? Welcher Spruch soll es denn sein? Feuer oder Eis?«

Selik zog ihn enger an sich und stieß ihn zur Menge hinüber. Aus dem Nichts kam eine Faust von einer Schwarzen Schwinge und traf den Magier am Kinn. Sein Kopf flog zurück, und er taumelte. Die Menge brüllte jetzt, aber niemand wollte den Anfang machen. Evansor gingen allmählich die Nerven durch, und Selik lächelte, als er sah, wie sich die Augen des Magiers wütend verengten und dann ins Leere blickten, als er einen Spruch vorbereitete.

»Er will einen Spruch wirken!«, rief jemand, abermals eine Schwarze Schwinge.

Selik deutete auf zwei seiner Männer. Sie stürmten vor. Evansor wirkte den Spruch. Es war ein Kraftkegel, der heftig genug war, um die Männer zurückzuwerfen. Sie prallten gegen die Zuschauer, die hinter ihnen standen.

»Aus dem Weg. Ich will Euch nichts tun«, rief Evansor. »Bitte.«

Eine Flasche flog quer durch den Schankraum und verfehlte Evansor um Haaresbreite.

»Er hat mir den Arm gebrochen!«, stöhnte ein Mann. Jetzt gab es kein Halten mehr.

Selik trat gewandt zur Seite, als sie kamen. Er ließ den Fuß stehen, um einen Mann zum Stolpern zu bringen, der gegen die Vorderen prallte und sie damit noch weiter antrieb. Wahrscheinlich hatten sie den Magier nur packen und zur Grenze des Dorfs befördern wollen, um ihn wegzujagen, aber Seliks Männer waren im Mob, und nachdem der erste Schlag sein Ziel gefunden hatte, war es um Evansor geschehen.

Die alten Bauern bemühten sich verzweifelt, die Leute aufzuhalten, doch inzwischen prasselte Schlag auf Schlag auf den hilflosen Magier herunter. Sein Flehen und seine hilflosen Schreie gingen im Gebrüll der Menge unter. Die Leute hatten ein Ventil für ihre Wut gefunden und bestraften den Unschuldigen.

Ein Stuhlbein traf Evansor mitten im Gesicht und brach ihm die Nase. Stiefel trampelten und traten ihn, ein Messer blitzte und wurde ihm ins Herz gestoßen. Sie schlugen ihn noch lange, nachdem er gestorben war.

Der Kommandant der Schwarzen Schwinge sammelte seine Männer um sich, als der Ausbruch von Hass so schnell verflog, wie er gekommen war. Die Dorfbewohner wichen zurück, entsetzt über das, was sie getan hatten. Schockierte Stimmen erhoben sich, im Hintergrund weinte eine Frau.

Selik ging lächelnd zur Tür des Gasthofs und drehte sich noch einmal um.

»Der Weg der Gerechten ist mit dem Blut der Bösen getränkt«, erklärte er den versammelten Bauern, die nur zu gern eine Rechtfertigung für den Mord hören wollten, den sie gemeinsam begangen hatten. »Dies ist ein großer Tag für Balaia. Die Magie hat unser Land schon viel zu lange ins Unglück gestürzt. Es ist Zeit, dass wir uns wehren. Sagt es allen, die ihr trefft. Wir werden uns nicht mehr den Magiern unterwerfen.«

Damit verließ er frohgemut den Gasthof. Sein Zorn war besänftigt. Die Hexe sollte die Nächste sein.

Lyanna verstand es nicht. Es tat weh, und sie wollte, dass es nicht mehr wehtat. Die alten Frauen hatten ihr versprochen, dass die Albträume aufhörten, aus denen sie immer so verängstigt aufwachte. Sie hatten ihr auch versprochen, dass der Wind aufhörte, der in ihrem Kopf wehte.

Aber so war es nicht.

Zuerst hatten sie es ja noch geschafft, aber jetzt war Mami fort und suchte ihren Vater, und nun sah es aus, als würden sie mit jedem Tag älter. Sie liefen langsamer, ihre Augen waren drinnen und draußen dunkel. Deshalb waren sie auch so gereizt.

Die Albträume waren wieder da, und der Wind tobte in ihrem Kopf und tat ihr weh, und manchmal hatte sie das

Gefühl, es sei auch tagsüber dunkel. Bisher hatten die alten Frauen ihr immer geholfen, wenn es anfing. Sie wünschte, Mami wäre da, an die sie sich kuscheln und die sie halten konnte, wenn sie weinen musste.

Lyanna schaute durch die Bäume im Obstgarten zum blauen Himmel hinauf. Die Blätter an den Zweigen tanzten vor ihren Augen, als winkten dort kleine Kobolde. Sie lächelte. Vielleicht redeten die Kobolde mit ihr. Ephy und die anderen hatten nie Zeit. Sie waren dauernd mit ihrer stinkenden Pfeife beschäftigt.

Einen Augenblick hörte der Wind in ihr auf. Es war eine Erleichterung. Sie dachte angestrengt daran, und die Zweige des nächsten Baumes bogen sich zu ihr und brachten ihr die Kobolde näher, mit denen sie reden konnte.

Ja, das war ein schönes Spiel.

Cleress nahm einen tiefen Zug aus der Pfeife. Der Rauch vom Kraut breitete sich in ihrem hinfälligen, müden Körper aus, besänftigte die Muskeln und betäubte die Gicht, die ihr linkes Kniegelenk verbog und anschwellen ließ.

Myriell, die neben ihr saß, war auf ihrem Stuhl in sich zusammengesunken. Die Erschöpfung war ihr deutlich anzusehen. Bald konnte sie schlafen, wie es Aviana schon tat. Nur Ephemere wachte im Augenblick über das Kind, das sie so schnell zerstörte.

Sie hatten Lyannas Kräfte völlig falsch eingeschätzt – oder vielmehr, sie hatten die Kraft unterschätzt, die nötig war, um eine so unausgeglichene Erweckung abzuschirmen. Das Mädchen verfügte nicht nur in magischen Dingen über eine unbändige Energie. Die Kleine war reizend, wurde aber mit jedem Tag fordernder. Ihre Stimmungen wechselten zwischen Freude und Staunen, Furcht und Trübsal.

Cleress musste sich immer wieder vor Augen halten, dass Lyanna nur ein kleines Kind war, obwohl das Mana nach der ungeschickten dordovanischen Erweckung mit großer Kraft, aber ungeordnet durch ihren Kopf tobte. Ein kleines Kind lebte in seiner ganz eigenen Welt, es hatte Ansprüche, und man trug Verantwortung. Da Erienne vorübergehend nicht greifbar war, mussten die vier alten Frauen die Rolle der verständnisvollen Großmutter annehmen. Auch Ren'erei war abgereist, und Lyanna wurde mit den anderen Elfen der Gilde nicht recht warm, doch sie vertraute den Al-Drechar, die allerdings schon seit Jahrzehnten keinen Umgang mehr mit Kindern gehabt hatten.

Also machten sie Fehler, und der schlimmste war wohl die Annahme, Lyanna könne sich jederzeit und ohne weiteres mit sich selbst beschäftigen, wenn sie spielen wollte. Sie überwachten zwar ihr Bewusstsein und den Fluss des Mana um sie herum, aber das war, wie Cleress wusste, nicht das, worauf es wirklich ankam. Doch sie mussten ausruhen, und die Versuchung, jede sich bietende Gelegenheit zum Ausspannen zu ergreifen, wann immer sie nicht aktiv lehrten oder Lyanna abschirmten, war unwiderstehlich.

Cleress nahm noch einen langen Zug aus der Pfeife, vergewisserte sich, dass sie gut brannte, und reichte sie an Myriell weiter. Sie musste ihrer Schwester das Mundstück zwischen die Lippen schieben, damit diese überhaupt bemerkte, dass sie an der Reihe war.

»Wie spät ist es?«, murmelte Myriell, bevor sie den Rauch inhalierte.

»Zu früh, um sich ganz und gar dem Lemiir in der Pfeife hinzugeben, Myra. Die Sonne sinkt hinab, aber bis zur Nacht ist noch viel Zeit.«

»Nicht unbedingt für das Kind.«

»Nein«, stimmte Cleress zu.

Myriells knappe Bemerkung erinnerte sie an ihre Sorgen. Sie unterstützten einander und gaben sich gegenseitig Kraft, sie versorgten sich körperlich und geistig, so gut es ging. Doch die große Frage blieb, ob Lyanna wenigstens eine Spur von Selbstbeherrschung lernte, ehe es endgültig zu spät war, das Mädchen zu unterweisen, zu kontrollieren und zu beschützen.

Cleress machte sich auf das Schlimmste gefasst.

Cleress, im Obstgarten, sofort. Ephys Stimme ertönte in ihrem Kopf und schreckte sie auf. Ihr Herz raste.

»Es gibt Schwierigkeiten, Myra. Bleib hier. Ich rufe dich, wenn wir dich brauchen.«

»Hoffentlich nicht«, murmelte Myriell.

Cleress kam mühsam auf die Füße und humpelte eilig zum Obstgarten. Das Lemiir war nicht stark genug, um die Schmerzen zu lindern, die durch ihr Bein und ihren Rücken schossen, sobald sie das gichtige Knie belastete.

Sie lief durchs Esszimmer und den Ballsaal, die Sorge beschleunigte ihre Schritte, und Ephemeres Angst hallte in ihrem Kopf nach.

Ephy stand am Eingang des Obstgartens und starrte hinaus. Als Cleress zu ihr kam, wusste sie nicht, ob sie lachen oder weinen sollte.

Mitten im Garten saß Lyanna in ihrem blauen Lieblingskleid im Schneidersitz. Sie hatte die Arme ausgestreckt und schaute nach oben, ein verzücktes Lächeln verklärte ihr Gesicht. Rings um sie bewegten sich die Bäume, wie sie es wollte. Ganze Äste bogen sich zu ihr, die Blätter rauschten, Blüten öffneten sich, winzige Früchte wechselten die Farben.

Wie in einem Tanz, zu dem Lyanna die Choreografie schrieb, bewegten sich acht oder neun Bäume, wackelten mit den Ästen, nickten mit den Kronen und drehten sich. Doch Cleress beobachtete wie gebannt vor allem die Blätter. Als wehe ein böiger Wind über ein Kornfeld, neigten sie sich hierhin und dorthin, wie es unter natürlichen Bedingungen nie möglich gewesen wäre. Die Gleichförmigkeit ihrer Bewegungen war hinreißend, die dunkelgrünen Oberflächen und die silbernen Unterseiten blinzelten wie zehntausend Augen, als sie sich anmutig auf ihren schlanken Stängeln bogen. Dabei machten sie Geräusche wie mit kleinen Stimmchen, sie flüsterten und lachten fröhlich.

Zwischen alledem saß Lyanna, und nur ihre Lippen bewegten sich lautlos, als ob …

»Sie redet mit ihnen«, keuchte Cleress.

»Ja«, stimmte Ephemere zu. »Oder sie versucht es. Die Fantasie eines Kindes kennt keine Grenzen, und Lyanna hat die Macht, in die Wirklichkeit umzusetzen, was sie sich erträumt. Das Problem ist nur, dass sie flackert. Sie wird Kopfschmerzen haben, wenn sie fertig ist.«

»Und in Balaia gibt es einen weiteren Sturm«, meinte Cleress. Sie stellte ihre Augen aufs Mana-Spektrum ein und erkannte, was Ephemere meinte. Die Mana-Gestalt, die Lyanna unbewusst benutzte, um die Bäume zu beeinflussen, war ein erstaunliches Spinnennetz, aber ringsherum schossen dunkelbraune Mana-Speere davon und erzeugten Wirbel und Strömungen, die an Größe und Kraft gewannen, während sie sich entfernten. Es waren flackernde Leuchtfeuer für jeden, der sie suchte und ihr etwas antun wollte.

Lyanna hatte keine Ahnung, was sie tat, aber die Nachwirkungen waren in ganz Balaia zu spüren, wo sie geboren war und wo ihre Mana-Stärke verwurzelt war. Cleress vermochte sich kaum auszumalen, welche Probleme das Flackern verursachte, aber sie wusste, dass der Zerfall eines gebündelten, jedoch ungerichteten Mana-Impulses von dieser Größenordnung normalerweise erschreckende Naturgewalten nach sich zog.

In einem Punkt hatte Tinjata trotz seiner senilen Geschwätzigkeit vor vielen tausend Jahren zweifellos Recht gehabt. Ein erwecktes Kind des Einen konnte in weniger als einem halben Jahr ganz Balaia verwüsten. Es lag bei den noch lebenden Al-Drechar, diese Katastrophe abzuwenden, indem sie das Kind an den schlimmsten Exzessen hinderten, bis es alt genug war, die Kräfte, die es in sich trug, zu verstehen und zu meistern. Wenn dies dem Mädchen nicht gelang, dann blieb den Al-Drechar nur noch eine letzte Möglichkeit, die viel zu schrecklich war, als dass sie auch nur darüber nachdenken durften.

Nicht zum ersten Mal verfluchte Cleress die Dordovaner, die etwas aufgerührt hatten, in das sie sich niemals hätten einmischen dürfen.

»Was soll ich tun, Ephy?«

»Geh zu ihr und rede mit ihr. Höre dir an, wie sie es beschreibt. Ich decke das Flackern ab und überwache die Mana-Gestalt.«

Cleress nickte und betrat den Obstgarten. Obwohl die Nachmittagssonne ihr warmes, gelbes Licht verströmte, hatte die Umgebung etwas Gespenstisches an sich. Die Vögel sangen nicht mehr, und das Knacken der Zweige und Äste, die unter Lyannas Kontrolle standen, klang befremdend in der windstillen Luft.

Aus der Nähe konnte Cleress sehen, dass Lyannas Augen zwischen den Blättern hin und her sprangen. Ihre Lippen bewegten sich, ihr Lächeln wurde schmaler und breiter, als freute sie sich über die Antworten, die sie auf ihre Fragen bekam. Ihre ausgestreckten Arme zitterten vor Anstrengung, und sie runzelte die Stirn, weil sie Mühe hatte, die Mana-Gestalt aufrechtzuerhalten. Sie wurde müde.

Cleress kniete sich neben sie und strich ihr eine Haarsträhne aus der Stirn.

»Lyanna, kannst du mich hören?« Trotz des Lemiir war ihre Stimme weich.

»Meine Freunde sind hier, Clerry, schau nur.« Lyanna hörte nicht auf, nur ihre Stimme klang vor Anstrengung etwas abwesend.

Cleress sah sich um und musste lächeln, als sie erkannte, warum Lyanna so gefesselt war. Die Äste neigten sich im Bogen zu ihr und berührten beinahe ihr Gesicht, streichelten ihre Arme und verflochten sich ineinander wie die Tentakel eines freundlichen Meeresbewohners. Die Zweige hatten keine steife Rinde mehr, sondern waren geschmeidig wie Gliedmaßen.

Dazwischen tanzten und raschelten die Blätter, bogen und wanden sich und erzeugten mit ihren kleinen Bewegungen beinahe musikalische Klänge. Es war ein wundervoller Anblick. Cleress beobachtete Lyanna und fragte sich, was das kleine Mädchen sich wohl dazu vorstellen mochte.

»Sind es gute Freunde?«, fragte Cleress. »Sie sind hübsch.«

»Ja, sie sind gute Freunde, aber sie können nicht mit dir reden, weil du sie nicht verstehen kannst.«

»Oh, ja. Was sagen sie dir denn?«

»Dass böse Leute kommen, aber auch gute Leute, die uns helfen wollen. Und du bist ganz müde, und das liegt an mir, aber das ist schon in Ordnung.«

Cleress war sprachlos. Sie schaute zu Ephemere, doch ihre Schwester befand sich in tiefer Konzentration; sie hatte die Augen geschlossen und die Hände in Hüfthöhe vorgestreckt.

»Woher wissen sie das denn? Sie müssen sehr klug sein.«

Lyanna nickte, und die Blätter raschelten, als wollten sie applaudieren.

»Sie wissen es, weil es sich so anfühlt, ist doch klar.«

Die alte Al-Drechar hätte beinahe erschrocken gekeucht. Lyanna fühlte die Kommunikation in den Nuancen des Mana-Stroms. Einen Teil hatte sie wahrscheinlich auch aus den Gesprächen mit Erienne entnommen, aber der Rest wurde irgendwie aus den wilden Kräften, die in ihrem Kopf tobten, ausgefiltert. Es konnte nicht anders sein. Allerdings musste dieser Vorgang ungeheuer anstrengend und gefährlich sein. Sie konnte nur hoffen, dass Ephemere das Flackern kontrollierte.

»Haben deine Freunde dir sonst noch etwas gesagt?« Cleress fürchtete beinahe die Antwort.

Wieder nickte Lyanna. Dieses Mal verschwand das Lächeln, und ihre Augen wurden feucht.

»Es wird bald dunkel, und ich werde sie lange nicht mehr sehen. Und ich könnte mich verirren, aber ihr werdet mir helfen.«

»Oh, Lyanna, Liebes«, sagte Cleress. Ihr Herz war voller Kummer. »Sage Lebewohl zu deinen Freunden. Ich fürchte, die Nacht kommt bald.«

Zwölftes Kapitel

Da war es. Unverkennbar. Wie der erste Windstoß eines nahenden Sturms auf ruhiger See. Und gleich noch einmal.

Weit im Süden, etwas nördlich von Calaius, kam das Mana-Spektrum in Bewegung. Die weit entfernte Störung war nicht stark, aber sie fiel aus dem Rahmen und war daher faszinierend und verräterisch.

Ein erfahrener Magier konnte in ganz Balaia das Wirken von Sprüchen als kurze Inseln der Ordnung im allgegenwärtigen Chaos spüren, wenn er sein Bewusstsein auf das grundlegende Spektrum einstimmte. Diese Erschütterungen aber waren etwas ganz anderes. Sie waren fremdartig und stammten zweifellos von einem zusammenbrechenden statischen Spruch. Die Interpretation war allerdings schwierig. Es waren nur kleine, kaum spürbare Impulse im Gesamtbild.

Gorstan, der dordovanische Meister, blieb stehen und ging innerlich den Spuren nach, bis er ganz sicher war. Es war keine balaianische Magie. Sie besaß trotz des drohenden Zusammenbruchs eine Vollkommenheit, die er nie hätte erreichen können. Es war die Magie einer anderen, einer größeren Macht, und obwohl er sie verabscheute, empfand er Ehrfurcht.

Gorstan drehte sich um und richtete den Blick wieder auf das trübe graue Licht, das aus dem wolkenverhangenen balaianischen Himmel herabfiel.

»Ich habe sie«, sagte er.

Selik lächelte. Die schiefe, höhnische Grimasse bewegte nur die Hälfte seines entstellten Gesichts.

»Wie weit?«

Gorstan zuckte mit den Achseln. »Mehrere Tagereisen. Es ist unmöglich, von hier aus Genaueres zu sagen, aber ich nehme an, der Ursprung ist im Ornouth-Archipel.«

»Wenn Ihr mich entschuldigen wollt, Gorstan?«

»Aber mit Vergnügen«, erwiderte der Dordovaner.

Selik nickte knapp, zog sich die Kapuze wieder über den Kopf und eilte davon. Zwei Adjutanten begleiteten ihn.

Gorstan sah ihm nach, dann drehte er sich wieder nach Süden und neigte den Kopf, um das leichte Kräuseln des ruhig fließenden Arl zu betrachten, der ins Südmeer mündete.

Wahrscheinlich hatte Vuldaroq Recht damit, dass Selik im Moment ein nützlicher Verbündeter war. Allerdings musste man bedenken, dass Dordover für immer besudelt sein würde, nachdem es sich offen mit den Hexenjägern eingelassen hatte. Gorstan führte theoretisch die Truppe von hundert Magiern und zweihundert Fußsoldaten an, die rings um Arlen einquartiert waren. Die Einwohner der verschlafenen Hafenstadt hatten darauf mit unübersehbarer Nervosität reagiert. Es hatte Gerüchte gegeben, dass auch Xetesk eine durch Protektoren verstärkte Truppe in Bewegung gesetzt hatte. Insgeheim fragte

Gorstan sich, ob nicht eigentlich Selik der wahre Befehlshaber war.

Vuldaroq wurde in Kürze in Arlen erwartet. Je eher er kam, desto besser.

Hirad, der Unbekannte und Ilkar führten ihre vier Pferde am späten Abend nach Greythorne hinein. Die Wolken hingen immer noch niedrig am Himmel, der Wind peitschte über das offene Land. Überall waren die Verwüstungen der Stürme zu sehen: flachgedrückte Grasflächen, Stellen, an denen die Erde frei lag, weil die Pflanzen mit den Wurzeln ausgerissen worden waren, und hier und dort die Leichen von Tieren und sogar von zwei Menschen, die bisher noch nicht von den Überlebenden gefunden worden waren.

Es war ein Paar in mittleren Jahren gewesen, das in einer Scheune Schutz gesucht hatte. Das Gebäude war über ihnen eingestürzt und hatte sie unter Stroh und Balken begraben. Das Einzige, was der Rabe noch tun konnte, war, sie zu beerdigen.

Nicht lange, nachdem sie den Dornenwald verlassen hatten, waren sie auf eine zerlumpte Marschkolonne von Flüchtlingen gestoßen, die von der Stadt Rache im Norden nach Gyernath im Süden unterwegs waren. Rache war von Stürmen im Nordmeer schwer getroffen worden, und ein großer Erdrutsch aus den umgebenden Hügeln hatte den Ort verwüstet. Der größte Teil der Siedlung war verschüttet, viele Einwohner waren bei lebendigem Leibe begraben worden. Die Überlebenden waren geflohen. Sie glaubten, in der warmen, friedlichen Hafenstadt im Süden seien sie sicher. Der Rabe brachte es nicht übers Herz, den Leuten zu sagen, dass sie nirgends mehr sicher waren.

Der letzte Abschnitt der Reise war langsam und weitgehend schweigend verlaufen. Jeder grübelte über das, was sie unterwegs gesehen und gehört hatten. Greythorne bot bei weitem den schlimmsten Anblick.

Als der Rabe sich näherte, hatten verschiedene Lichter die Hoffnung geweckt, der ruhige Marktflecken habe den Sturm unbeschadet überstanden. Doch aus der Nähe sahen sie die schrecklichen Verwüstungen.

Was Hirad anfangs noch für Spitzdächer gehalten hatte, waren in Wirklichkeit halb eingestürzte Mauern, deren Überreste wie Speere in den Himmel ragten. Die Pflasterstraßen, die zum Markt führten, waren voller Schutt und Trümmer. Staubfahnen wehten durch die Stadt, und die einzigen Dächer, die noch intakt waren, gehörten zu den Zelten, die als Notunterkünfte aufgestellt worden waren.

Der Rabe hatte bereits ähnliche Verwüstungen gesehen, wenngleich nicht in diesem Ausmaß, doch es waren vor allem die Menschen, die ihnen vor Augen führten, welcher Schrecken Greythorne heimgesucht hatte.

Der Sturm hatte vor zwei oder drei Tagen gewütet, doch erst jetzt stellte sich das Entsetzen über die Ereignisse wirklich ein. Hirad konnte sich lebhaft ausmalen, was unmittelbar nach dem Sturm passiert war. Adrenalin und Panik hatten die Müdigkeit vertrieben, während die Überlebenden in Gruppen nach ihren Angehörigen suchten, Verschüttete befreiten und alles retteten, was noch brauchbar schien. Die Kisten, die unter Häuten und Leinwand gestapelt waren, verrieten, wie gründlich sie vorgegangen waren.

Doch die erste Nacht ohne Dach über dem Kopf, das Nachtlager in den Ruinen der einstmals stolzen Häuser, die erste Morgendämmerung danach – das hatte ihnen die Willenskraft genommen und ihre Moral untergraben. Wer am vergangenen Abend noch voller Energie gewesen war, erwachte erschöpft und mit dunklen Ringen unter den Augen und sah sich traurig in seiner Stadt um. Alles, was man jetzt noch bergen konnte, waren Leichen.

Die Gesichter waren mit Schmutz verschmiert, Männer und Frauen legten sich ins Zeug, so gut es ging, doch der Kampfgeist war dahin. Groß und fassungslos und ungläubig waren die Augen.

Die Rabenkrieger liefen an einem Kind vorbei, das in eine Decke gehüllt war. Der kleine Junge saß unter einem kleinen, mit Leder und Stangen gebauten Dach. Er war höchstens fünf und so verstört, dass er nicht einmal weinen konnte. Er saß nur da, starrte ins Leere und schauderte. Die Götter mochten wissen, was er gesehen hatte und was aus seinen Eltern geworden war.

Als die Rabenkrieger, die bisher weitgehend ignoriert worden waren, den Hauptplatz betraten, sahen sie Spuren einer Organisation hinter den quälend langsamen, aber entschlossenen Bemühungen. Rathaus und Kornspeicher waren bis auf eine Mauerecke, in der sogar noch die Fenster erhalten waren, verschwunden. Im Glas spiegelte sich das Licht der Laternen, als blickten boshafte Facettenaugen auf die Zerstörung herab. Vor der Mauer war ein vorne offenes Zelt aufgebaut worden, in dem es taghell war. Drinnen drängten sich Männer und Frauen um Tische und sichteten Karten und Pergamente oder bereiteten heiße und kalte Speisen und Getränke zu.

Mitten darin saß ein Mann, der am rechten Auge und am rechten Bein Verbände trug. Selbst aus einer Entfernung von zwanzig Schritt konnte man sehen, dass er bleich und hager war. Er hatte tiefe Falten im Gesicht und graue Haare und kämpfte gegen eine unendliche Erschöpfung an.

»Mit dem müssen wir reden«, sagte der Unbekannte.

»Geht nur. Ich suche einen Platz für die Pferde«, erklärte Ilkar.

Der Unbekannte nickte und wollte mit Hirad zum warmen Zelt gehen. Ein verängstigter und müder junger Mann hielt sie auf.

»Ihr seid nicht von hier? Kommt Ihr, um zu helfen?« Das lange blonde Haar hing ihm in Strähnen im bleichen, schmalen Gesicht.

»Wir sind der Rabe«, sagte der Unbekannte nur. »Wir suchen Denser.«

Der junge Mann holte tief Luft.

»Er sagte schon, dass Ihr kommt.« Er nickte zum sitzenden verbundenen Mann hin. Hirad legte ihm eine Hand auf die Schulter.

»Ja, wenn wir etwas tun können, dann werden wir helfen.«

Sein Lächeln weckte in den blutunterlaufenen Augen ein Lebensfünkchen.

»Danke«, sagte er. »Vielen Dank.«

Der Unbekannte ging zu dem Mann, der die Kette des Bürgermeisters und die grüne Amtsrobe trug. Der Mann streckte eine Hand aus, die der Unbekannte freundlich schüttelte.

»Gannan. Wenigstens lebt Ihr noch.«

»So gerade eben, Unbekannter, so gerade eben. Ich würde gern sagen, dass ich froh bin, Euch zu sehen, aber ich fürchte, Euer Auftauchen hier hat nicht viel mit Hilfeleistung, sondern eher mit den Ursachen dieser Katastrophe zu tun."

Ilkar gesellte sich wieder zu ihnen.

»Gibt es eigentlich irgendjemanden, den er nicht kennt?«, flüsterte Hirad.

»Anscheinend nicht«, antwortete der Elf. »Ich habe die Pferde bei einem Einheimischen gelassen. Im Westen der Stadt gibt es eine Art Koppel und einen Stall.«

Der Unbekannte hatte den Wortwechsel nicht gehört und redete weiter mit dem Bürgermeister. »Habt Ihr schon mit Denser gesprochen?«

»Nicht sehr ausführlich, aber gesprochen habe ich ihn.« Gannan rutschte auf dem Stuhl hin und her und rückte mit beiden Händen sein verletztes Bein zurecht. »Er ist sehr aufgeregt, Unbekannter. Es war nicht viel aus ihm herauszubekommen.«

»Wo ist er? Wir müssen mit ihm reden.«

Gannan deutete zu einem Tisch. »Wollt Ihr nicht erst einen Imbiss zu Euch nehmen?«

»Nein«, lehnte der Unbekannte ab. »Hebt das Essen lieber für Eure Leute auf. Wir suchen uns selbst etwas.«

»Vorhin war er noch hinter dem Kornspeicher. Er wollte etwas Frieden und Ruhe finden. Vielleicht sucht Ihr dort.«

»Danke, Gannan. Wir reden später noch einmal.« Er wandte sich ab. »Hirad, kommst du mit, oder bleibst du hier?«

Hirad zuckte mit den Achseln. »Früher oder später muss ich sowieso wieder mit ihm reden, also kann es auch jetzt gleich sein.«

»Gut.« Der Unbekannte nickte und ging hinaus.

Der Kornspeicher war an die Stadtmauer angebaut gewesen. Jetzt war dort wenig mehr als ein Haufen Schutt zu sehen. Dahinter, am Nordrand von Greythorne, herrschte erheblich weniger Betrieb, und es gab weniger Licht, auch wenn die Zerstörungen ähnlich schwer waren wie im Zentrum. Offensichtlich gab es einfach nicht genügend Überlebende, dass überall gleichzeitig gearbeitet werden konnte.

Irgendjemand bewegte sich allerdings im Schutt und störte die nächtliche Stille. Schieferplatten rutschten, Stein knirschte auf Stein.

»Denser«, sagte Ilkar und deutete in die Finsternis.

Zuerst konnte Hirad ihn vor dem dunklen Hintergrund nicht ausmachen, dann sah er, wie der Dunkle Magier den Kopf bewegte.

Denser hockte mitten in einem Schutthaufen, der früher einmal ein Haus gewesen sein mochte. Balken waren ringsum verstreut, Stroh und Stein waren dort aufgetürmt, wo einige Eckpfeiler der Gebäude noch trotzig standen. Er hatte etwas hochgehoben, und als sie näher heran waren, sahen sie, dass es eine winzige menschliche Hand war.

Er schien sie nicht zu bemerken, als sie sich näherten, er hielt nur den kleinen Körperteil mit einer Hand und streichelte ihn mit dem anderen. Als sie ihn fast erreicht hatten, konnte Hirad ihn murmeln hören, auch wenn er die Worte nicht verstehen konnte.

»Denser?« Die Stimme des Unbekannten war freundlich. Der Dunkle Magier fuhr auf und drehte sich langsam zu ihnen herum. Sein Gesicht war tränenüberströmt, die Augen waren schwarze Löcher in den Schatten der Nacht.

»Seht nur, was sie getan hat«, flüsterte er. Seine Stimme klang erstickt und belegt. Er schluckte. »Das geht zu weit.«

Ilkar hockte sich neben ihn. »Was meinst du damit?«

Denser deutete auf die Kinderhand, die er festhielt. Ilkar betrachtete sie. Sie gehörte einem Jungen, der kaum älter als fünf gewesen sein konnte. Sein Kopf war von einem herabgefallenen Stein zerschmettert worden.

»Das kannst du doch Lyanna nicht vorwerfen«, sagte er.

»Vorwerfen?« Denser schüttelte den Kopf. »Nein, ich kann es ihr nicht vorwerfen, aber sie ist die Ursache von alledem. Du kannst spüren, was den Wind auch jetzt noch antreibt. Stell dir vor, er wird fünfzigmal so stark und reißt die Mauern ein. Es ist ein Wunder, dass hier überhaupt jemand überlebt hat. Wenn man jemandem einen Vorwurf machen kann, dann mir und Erienne.«

»Ich glaube, ganz so einfach ist es nicht«, sagte Ilkar. Er wechselte die Position, nahm Denser die Kinderhand ab und legte sie wieder in den Schutt. Der Dunkle Magier leistete keinen Widerstand.

»Nur ich kann das aufhalten. Nur ich«, sagte Denser. Seine Augen blickten wild, seine Stimme zitterte. »Ihr müsst mich zu ihr bringen. Ihr müsst mir helfen.«

»Ich glaube, zuerst einmal solltest du aufhören, dir Vorwürfe zu machen.« Ilkar schaute auf. »Gibt es hier einen Ort, an dem wir uns ungestört unterhalten können?«

Hirad zuckte mit den Achsen. »Den müssten wir wahrscheinlich erst einmal selbst bauen.« Ilkars Augen blitzten zornig. »Wir werden schon was finden. Komm schon, Denser. Es wird Zeit, dass du etwas Heißes zu trinken bekommst.«

In allen überdachten, geschützten Räumen drängten sich Menschen – die ganz Jungen, die Verletzten und viel zu wenige Pfleger. Der Rabe verließ das Stadtzentrum und richtete in einem Kreis aus Steinen von einer Ruine, in der keine Toten mehr lagen, ein Lagerfeuer ein. Sie baten um Wasser und erhitzten es im alten Eisentopf des

Unbekannten. Nach und nach beruhigte Denser sich ein wenig, auch wenn seine Hände immer noch zitterten und seine Aufmerksamkeit ständig abirrte.

»Es wundert mich, dass du überhaupt hier bist, Hirad«, sagte er und versuchte zu lächeln. Hirad ging nicht darauf ein.

»Wenn es nach mir ginge, wäre ich tatsächlich nicht hier, aber Sha-Kaan braucht die Al-Drechar. Anscheinend sind die alten Magier seine einzige Chance, nachdem alle anderen ihn im Stich gelassen haben.«

»Können wir uns das für eine andere Gelegenheit aufheben?«, fragte Ilkar gequält. »Denser, wie lange bist du schon hier?«

Der Xeteskianer zuckte mit den Achseln. »Einen Tag erst. Ich wurde aufgehalten. Es ist so viel zerstört. Ich musste doch versuchen zu helfen, oder?«

»Du kannst dich doch nicht selbst dafür verantwortlich machen«, sagte Ilkar.

»Wirklich nicht? Ist es nicht das, was Erienne und ich wollten? Das Kind des Einen Weges. Balaias mächtigste Magierin.« Er spie die Worte förmlich aus. »Doch sie ist außer Kontrolle, und wir müssen sie aufhalten. Ich muss sie aufhalten.«

Ilkar wandte sich an den Unbekannten und Hirad. »Was habe ich euch gesagt?«

Der Unbekannte nickte. »Wenn er es ebenfalls glaubt, dann kann ich mich dem nicht verschließen. Aber das ändert nichts an dem Grund dafür, dass ich hier bin. Vergiss das nicht. Denser, wir werden sie finden und ihr helfen, dies zu kontrollieren. Oder du wirst es tun, wenn du willst. Ilkar hat erwähnt, dass dies ihre Nacht sein könnte.«

»Was mag von der Welt übrig sein, wenn nach der Nacht die Dämmerung kommt?« Denser machte eine ausholende Geste. »Seht euch nur diese Stadt an. All die Toten. Und ich habe noch andere Berichte gehört. Man hört sie überall in der Stadt. Es gibt viel mehr als das, was wir gesehen haben. Solche Katastrophen geschehen überall.« Er schlug die Hände vors Gesicht. »Magie hat dies verursacht. Das sagen die Überlebenden hier. Aber das trifft es nicht richtig. Es ist meine Tochter. Meine Tochter. Ihr müsst mich zu ihr bringen.«

»Komm schon, Denser, beruhige dich erst einmal. Du musst ausschlafen. Hirad, er braucht etwas Heißes zu trinken«, sagte Ilkar.

Ilkar lehnte sich zurück, und sie schwiegen eine Weile. Denser kämpfte seine Tränen nieder, der Unbekannte und Hirad verdauten offenbar, was Denser gesagt hatte. Im Augenblick gab es nicht viel zu bereden, und Ilkar stellte fest, dass seine Kraft zur Neige ging. Er hoffte nur, sie könnten im Licht des neuen Tages vernünftig reden.

Doch bis zur Morgendämmerung blieb noch viel Zeit.

Es war nicht in Ordnung. Thraun hatte die Überlebenden des Rudels an einem sicheren Ort zurückgelassen, tief im Dornenwald versteckt in einem flachen Bau unter einer Baumgruppe, die der Wind nicht hatte zerstören können. Er hatte beschlossen, sich in Greythorne umzusehen, wo die Menschen lebten. Vielleicht konnte er Essen finden, oder er konnte die Menschen mit den Dunstwolken suchen, die er aus seiner verschwommenen, verwirrten Vergangenheit kannte.

Doch als er ankam, mitten in einer böigen Nacht unter der dichten Wolkendecke, hatte er nur noch mehr Kummer und Zerstörung gefunden. Er hatte sich auf einen Hügel oberhalb der Stadt gesetzt und nach unten geschaut. Sein Wolfsherz hatte zu pochen begonnen, als empfände er

Mitgefühl für diese Wesen, die er eigentlich als Bedrohung sehen musste. Hier gab es kein Essen. Kein Geflügel, das er schlagen konnte, keinen Hund und keine Katze, die er jagen konnte, keine Reste von den Tischen der Menschen, die in den Seitengassen weggeworfen wurden.

Es war zwar Nacht, aber in der Stadt herrschte Geschäftigkeit wie am Tage. Männer schleppten Steine von eingestürzten Gebäuden. Leblose Körper wurden, sobald sie zugänglich waren, zu einem offenen Platz im Zentrum der Stadt gebracht. Überall brannten Laternen und Fackeln, die seine Augen blendeten. Er konnte nicht riskieren, in die Stadt einzudringen. Er wollte die Jäger nicht wieder in den Dornenwald locken.

So war er zum Rudel zurückgekehrt, hatte aber einen anderen Weg zum Bau gewählt und gehofft, unterwegs Beute schlagen zu können. Auf dem Rückweg hatte er sie dann gefunden. Vier Menschen, zwei durch Metall getötet und zwei durch etwas anderes. Ihre Gesichter sprachen von plötzlichem Schrecken und kurzen Todesqualen.

Das war aber noch nicht alles. Eine Witterung in der Luft und auf den Blättern, die er wiedererkannte. Ein Rest von Wissen ihn ihm, der zum Leben erwachte. Er wusste, wer dies getan hatte. Er konnte sie in der Luft schmecken. Es musste mit den beiden zu tun haben, die er im Dornenwald gesehen hatte, bevor der Wind aufgekommen war. Sie und ihre Baumschatten-Leute.

Thraun blieb stehen. Auf einmal klärten sich seine Gedanken. Der Dornenwald fühlte sich schlecht an. Nicht weil so viel zerstört war, sondern wegen der Art und Weise, wie es geschehen war. Der abrupt aufkommende Wind, der sich nicht natürlich anfühlte, seine Verbindungen zu dem Dunst, den er ringsum spüren, aber nie berühren oder fühlen konnte.

Und dieses Gefühl, dass etwas nicht stimmte, war immer noch da. Bei jeder Bö machte sein Herz einen Satz, und bei jedem Regentropfen fürchtete er, aus heiterem Himmel eine Sturzflut herabprasseln zu sehen. Das musste aufhören. Die Bedrohung für das Rudel musste beseitigt werden. Irgendwie hatten die Menschen, an die er sich undeutlich erinnerte, damit zu tun. Vielleicht suchten sie das Gleiche wie er. Vielleicht auch nicht. Aber eines war klar: Er konnte nicht im Dornenwald bleiben und von der Hoffnung allein leben.

Thraun hatte nie vergessen, dass er anders war als die anderen im Rudel. Er verstand viel mehr als sie, und er wurde nie verletzt. Er spürte eine eigenartige Verbundenheit mit den Menschen und hatte daher dem Rudel verboten, sie zu jagen. Jetzt brauchte er die Wölfe.

Er hatte sich entschlossen und trabte zum Rudel zurück. Die Welpen ließ er bei der Hündin, die am wenigsten zum Kämpfen geeignet war, die anderen führte er nach Greythorne zurück.

Dort irgendwo warteten die Antworten.

Hirad stocherte im Feuer herum und fachte die Glut an, bis neue Flammen in die Luft stiegen. Es war alles andere als eine ruhige Nacht. Zwar regnete es nicht, doch der Wind trieb immer neue Wolken über den Himmel, und am Boden wirbelten heftige Böen den Staub auf und heulten um die Ruinen der einst stolzen Häuser von Greythorne.

Im Zentrum und südlich der Stadt brannten Laternen, denn noch längst waren nicht alle Toten geborgen. Hirad empfand eine große Bewunderung und großes Mitleid für die Bewohner der Stadt, die zusammenhielten und so die innere Stärke fanden, in den Ruinen nach den Toten zu wühlen, damit die Lebenden sich eine neue Zukunft aufbauen konnten.

Hirad legte einen getrockneten Zweig aufs Feuer und ließ den Blick vom Stadtzentrum zu denen wandern, über die er wachte. Der Rabe. Es war ohne jede Frage ein gutes Gefühl. Er hätte nicht geglaubt, irgendwann einmal wieder für Denser, Ilkar und den Unbekannten Wache halten zu können, doch nun war es geschehen, und ihr tiefer Schlaf verriet, welch großes Vertrauen sie zu ihm hatten.

Es gab so viele Erinnerungen, er wusste nicht, wo er anfangen sollte. Er nahm den heißen Topf vom Feuer und füllte seinen Becher nach. Die Blätter, die Ilkar für einen Kräutertee gesammelt hatte, konnten noch einen weiteren Aufguss vertragen.

Eine Bö fuhr über das Lager und stahl sich unter die Mäntel und Felle seiner schlafenden Freunde. Ein flüsternder Taschendieb, der nichts stahl. Er lächelte und erinnerte sich an die unzähligen Male, die er es schon gesehen hatte.

Das Lächeln erstarb, als sein Blick an Denser hängen blieb. Die Bö war abgeklungen, doch das Rascheln hörte nicht auf. Densers Mantel bewegte sich, als wäre eine unsichtbare Hand am Werk.

Er hatte mehr Magie gesehen, als die meisten Nicht-Magier in ihrem ganzen Leben zu sehen bekamen, und erkannte einen Angriff unter Tarnzauber, wenn er ihn sah. Vorsichtig, weil der Magier, der sich langsam um Denser bewegte – um nicht wieder sichtbar zu werden, wenn er stehen blieb –, gewiss nicht allein gekommen war, richtete Hirad sich gemächlich auf, ohne den Blick ganz von Denser zu wenden, und überlegte, wo der Magier-Dieb sich wahrscheinlich aufhielt.

Denser lag von Hirad aus gesehen auf der anderen Seite des Feuers, der Unbekannte links neben ihm und Ilkar rechts. Hirad streckte sich. Sein Herz schlug schneller. Wieder fegte eine Bö durch die Ruinen. Hirad drehte sich halb um, als wolle er nach Greythorne blicken, dann drehte er sich schnell wieder zurück, machte einen Schritt und sprang übers Feuer hinweg.

Mit geballten Fäusten und gestreckten Armen machte er sich darauf gefasst, hinter Denser zu landen, doch er traf vorher die Schulter und den Rücken des getarnten Magiers, der sich gerade bücken wollte. Hirad hörte den Magier überrascht grunzen, und auf einmal war er da – ein langer Kerl, der eng sitzende schwarze Kleidung trug und mit den Armen ruderte, als der Barbar ihn zu Boden drückte.

»Der Rabe! Magier-Angriff!«, rief Hirad, als er landete und einen Halt suchte. Der Magier war schnell, drahtig und geschmeidig, er wehrte sich heftig und schob einen Arm zwischen sich und Hirad, um den Barbaren wegzuschieben.

Hirad rollte sich wieder ab, ließ los und kam in die Hocke hoch. Der Magier war desorientiert, hinter ihm erwachte der Rabe. Als der Magier Anstalten machte wegzulaufen, setzte Hirad ihm sofort nach und stellte ihm ein Bein. Der Magier überschlug sich und blieb im Staub liegen.

Der Rabenkrieger sprang ihm hinterher, doch schon war der Magier wieder auf den Beinen und stellte sich dem Barbaren. Unter dem ersten Fausthieb konnte Hirad sich wegducken, dann versetzte der Barbar seinem Gegner einen Faustschlag auf den Bauch und einen zweiten mit der linken Hand, der seine Nase traf. Hirad spürte, wie der Knochen unter seiner Faust brach. Warmes Blut rann über seine Hand.

Der Magier keuchte vor Schmerzen und taumelte zurück. Hirad setzte nach, verpasste ihm mit der linken Hand zwei weitere Schläge auf den Mund und ließ einen rechten Haken folgen, dem der Magier schwankend zu entkommen suchte. Hirad wollte noch einmal zulangen, doch er kam nicht mehr dazu, weil ihn jemand von der Seite umrannte.

Er ging zu Boden, hörte Rufe und sah eine andere Gestalt sein Gesichtsfeld ausfüllen, während er sich überschlug. Auch die Rabenkrieger riefen jetzt.

»Drei! Es sind drei!«, rief Denser.

Ein Schwert wurde gezogen. Hirad sah Metall funkeln und blockte den Schlag instinktiv ab. Er traf einen Unterarm, taumelte zurück und versuchte, die Lage einzuschätzen. Überall waren Leute.

Denser rief etwas Unverständliches, Wütendes. Direkt vor Hirad sprang der Angreifer wieder auf die Beine, krümmte sich aber sofort wieder, kaum dass er stand. Blut spritzte Hirad ins Gesicht, als der Mann zusammenbrach.

»Bei den Göttern!«, rief er. Er sah sich nach dem Magier mit der gebrochenen Nase um, doch Denser kam ihm zuvor.

»Bastarde!«, brüllte Denser. Der Xeteskianer rannte an Hirad vorbei, hob das blutige Schwert und ließ es immer wieder heruntersausen.

»Aufhören, aufhören!«, rief der Unbekannte.

Neben Hirad lag der zweite Magier. Er wand sich, hielt sich die Seite und schrie vor Schmerzen. Hirad knallte ihm einen Fuß ins Gesicht, um ihn zum Schweigen zu bringen. Hinter ihm war der dumpfe Einschlag von Stahl auf Fleisch zu hören.

»Es ist vorbei, Denser. Es ist vorbei!« Wieder der Unbekannte.

»Nein!«, rief Denser.

»Es ist vorbei!« Die Stimme des Unbekannten duldete keinen Widerspruch, und endlich wurde es still.

Hirad klopfte sich den Staub ab. Er ballte die Hände zu Fäusten, betastete seine Knöchel und rieb über die aufgeschürften Stellen.

Neben ihm lag einer der Magier im Schutt. Der Tritt ins Gesicht hatte dem Mann das Genick gebrochen, doch angesichts der großen Wunde in seinem Rücken war es vermutlich sogar ein gnädiger Tod gewesen. Ein paar Schritte weiter lag die zweite Leiche. Überall war Blut. Im grellen Licht des Feuers glänzte es auf den Steinen und dem aufgewühlten Schlamm. Kleine Blutlachen hatten sich neben den Leichen gesammelt. Der dritte Angreifer war nirgends zu sehen. Hirad zog das Schwert und sah sich um.

»Der Dritte ist noch irgendwo da draußen«, erklärte er den Gefährten.

»Er wird nicht zurückkommen«, meinte Denser. »Er weiß, dass wir gewarnt sind.«

Denser stand noch über sein zweites Opfer gebeugt. Blut tropfte von der Klinge, die er in der Hand hielt. Er atmete schwer und ließ den Kopf hängen, sein Gesicht war leer. Der Unbekannte und Ilkar standen links neben Denser. Keiner hatte eine Waffe gezogen, und beide starrten beinahe schockiert das Blutbad an, das Denser so schnell angerichtet hatte.

»Denser, es ist Zeit, die Waffe zu säubern und einzustecken«, sagte der Unbekannte leise.

Der Xeteskianer nickte und kniete sich hin, um sein Schwert am toten Magier abzuwischen. Sie beobachteten seine genau kontrollierten Bewegungen, bis er zum Feuer zurückkehrte, um seine Schwertscheide zu holen. Er wich ihren Blicken aus, setzte sich auf seinen Schlafsack und starrte ins Feuer.

»Wer war das?«, wollte Hirad wissen.

»Dordovaner«, sagte Ilkar.

»Meuchelmörder«, knirschte Denser.

»Das glaube ich nicht«, sagte Hirad. »Denn sonst wäre dein Blut hier auf den Boden gelaufen und nicht ihres. Was, zum Teufel, ist denn nur in dich gefahren?« Er deutete auf die Leichen und kehrte zum warmen Feuer zurück. Ilkar und der Unbekannte folgten ihm. »Ich kann gar nicht glauben, dass du das warst.«

Denser zuckte mit den Achseln. »Sie haben angegriffen, wir haben uns verteidigt.«

»Das ist aber eine interessante Art, es darzustellen«, meinte Ilkar. »Man könnte allerdings auch sagen, dass du auf einen Unbewaffneten losgegangen bist und ihn in Stücke gehackt hast.«

»Sie haben nicht angegriffen«, ergänzte Hirad. »Sie wollten dir etwas stehlen.«

Denser sah Hirad an. Er war immer noch wütend. »Und sie haben es nicht bekommen.«

»Was haben sie nicht bekommen?«, fragte der Unbekannte.

»Das spielt keine Rolle.« Densers Hand wanderte unwillkürlich zu seinem Bauch.

»Nein?« Hirad sah den wilden Blick in Densers Augen und nahm sich vor, ruhig zu bleiben. »Für die Dordovaner hat es eine Rolle gespielt. Und dir war es wichtig genug, um sie zu töten.«

»Das ist nicht der Grund dafür, dass ich sie getötet habe.«

»Dann sage es uns«, forderte der Unbekannte. »Du hast wieder einmal Geheimnisse vor uns, und wieder einmal waren wir nicht richtig vorbereitet. Du bringst uns in Gefahr. So geht es nicht beim Raben.«

»Bei den Göttern, du klingst ja wie Hirad«, sagte Denser.

»Das liegt daran, dass er in diesem Punkt absolut Recht hat«, schaltete sich Ilkar ein. »Wir müssen es wissen, Denser. Wenn wir es wissen, schlafen wir ruhiger.«

Der Xeteskianer zog die Augenbrauen hoch, nickte und knurrte widerwillig.

»Die Übersetzung der Prophezeiung war nicht vollständig. Ich bin neugierig geworden und habe die Seiten, die nicht übersetzt wurden, nach Xetesk mitgenommen. Dadurch habe ich herausgefunden, was Dordover im Sinn hat. Alles klar?«

Hirad schnaufte vernehmlich und sah zur Stadt hinüber. In den Straßen bewegten sich Lichter in ihre Richtung. Kein Wunder, die Schreie des sterbenden Magiers waren dort sicher trotz des Windes zu hören gewesen. Dies würde wenigstens den dritten Magier abhalten. Er steckte das Schwert in die Scheide und setzte sich.

»Hast du dies wirklich für so belanglos gehalten, dass du es nicht einmal erwähnt hast?« Ilkar sprach leise, aber seine Stimme war voller Zorn. »Du hast uns in Gefahr gebracht, seit wir Dordover verlassen haben, und du hast es nicht einmal erwähnt. Vielen Dank auch.«

»Ich dachte, sie merken es gar nicht«, meinte Denser.

»Darauf kommt es doch überhaupt nicht an«, sagte Hirad. »Ich hoffe nur, das war es wert.« Er sah Denser an und wusste, dass es für Denser so war.

»Wenn sie meine Tochter schnappen, dann veranstalten sie ein rituelles magisches Opfer. Sie ermorden sie, aber sie tun es nicht schnell. Sie würde unter grässlichen Qualen sterben. Das werde ich nicht zulassen. Reicht dir das?«

»Für den Augenblick schon«, meinte der Unbekannte.

Hirad sah den großen Mann an. Er nahm an, dass noch mehr dahintersteckte. Die Zeit würde es zeigen, aber er irrte sich selten. Im Augenblick aber, da sich die Einheimischen mit Laternen näherten, mussten sie mit einigen Erklärungen aufwarten.

Die Überfahrt kam ihr quälend langsam vor, obwohl sie wusste, dass sie gute Fahrt machten. Erienne wusste auch, dass es vor allem ihre eigenen Ängste waren, aber die bohrende Unruhe ließ sich nicht vertreiben. Sie hätte am liebsten selbst in die Segel geblasen, obwohl der steife Wind jetzt schon weiße Pferde über die Wellen laufen ließ. Zweifellos war der Wind, der sie rasch vorantrieb, ein Produkt von Lyannas Bewusstsein. Gelegentlich sah sich der Kapitän auf dem Deck der *Meerulme* sogar verwundert um, weil der Wind mitunter willkürlich die Richtung wechselte, ohne dass Wolken zu sehen gewesen wären, die von ihm in die gleiche Richtung getrieben wurden.

Doch er war ein erfahrener Seemann, der das unberechenbare Südmeer und die Gestade um Calaius genau kannte. Die widersprüchlichen Informationen, die er sehen und fühlen konnte, störten ihn offensichtlich, doch er war sich seiner Fähigkeiten sicher und sorgte dafür, dass die Segel immer prall im Wind standen.

Erienne war wie jeden Morgen in der frühesten Dämmerung aufgestanden. Fasziniert beobachtete sie im Bug, mit dicken Wollhosen, Hemd und Mantel geschützt, wie das Licht am östlichen Horizont erwachte. An diesem Morgen konnte sie Balaia am Horizont erkennen. Es war ein klarer, heller Tag ohne Dunst. Der Anblick besserte ihre

Laune und vertrieb die Ungeduld, die Ren'erei zugleich komisch und nervtötend gefunden hatte.

»Bleib nur ruhig«, hatte sie gesagt. »Du kannst ja sowieso nichts tun. Der Wind und das Schiff unterliegen nicht deiner Kontrolle. Wenn du dich entspannst, werden die Tage viel schneller vergehen.«

Erienne lächelte und drehte sich halb zu der hübschen jungen Elfenfrau um, die neben dem Kapitän am Steuerruder stand. Ren'erei hatte versucht, Erienne einige Übungen zur Beruhigung des Geistes zu zeigen, die jenen sehr ähnlich waren, die man in den Kollegien einsetzte, wenn ein Magier sein Mana erschöpft hatte. Ren'erei bat sie, sich ihr angespanntes Bewusstsein als Muskel vorzustellen, der sich durch Müdigkeit verkrampft hatte. Dann sollte sie sich vorstellen, wie er sich langsam löste und streckte, und wie das kühlende Blut wieder durch ihn strömte.

Sie hätte es problemlos tun konnte, aber sie wollte nicht, und auf ihr lächelndes Eingeständnis hin hatte Ren'erei verzweifelt die Arme gehoben und sich getrollt.

Inzwischen wünschte Erienne sich freilich, sie hätte sich etwas mehr Mühe gegeben. Sie war müde, denn seit dem Aufbruch von Herendeneth hatte sie keine Nacht ruhig geschlafen. Lyannas Schreie, die von Furcht und Schmerzen kündeten, hallten immer noch jede Nacht in ihrem Kopf, und ihre eigenen Ängste schreckten sie ein Dutzend Mal aus dem Schlaf.

Sie würde es überleben. Vor ihr ragte schon die Küste auf, und die Fahrt flussaufwärts bis Arlen sollte schnell gehen, wenn der Kapitän die Gezeiten richtig nutzte. Erienne hatte in dieser Hinsicht keine Bedenken.

Ihre Gefühle waren ein einziges Durcheinander. Sie wollte unbedingt Denser sehen, fürchtete aber seine Reaktionen, nachdem sie so lange keinen Kontakt gehabt hatten. Sie brauchte seine Stärke und seine Art zu denken, wollte aber nur ungern zugeben, dass sie das Gefühl hatte, versagt zu haben. Sie freute sich darauf, wieder mit dem Raben zusammen zu sein, obwohl sie wusste, dass auch die Sicherheit, die der Rabe ihr geben konnte, trügerisch wäre. Was konnten die Rabenkrieger schon tun? Darüber musste sie lächeln. Der Rabe hatte oft genug und gegen alle Wahrscheinlichkeit seine Ziele erreicht. Die Frage war lächerlich. Sie würden schon einen Weg finden.

Natürlich musste sie mit Problemen rechnen. Ilkar war sicherlich mit einer Rückkehr zum Einen Weg nicht einverstanden. Sie konnte gut verstehen, welche widerstreitenden Gedanken ihm durch den Kopf gingen. Vielleicht war er auch gar nicht dabei. Irgendwie nahm sie aber an, er werde sich diese Gelegenheit nicht entgehen lassen, und sei es nur, um sich zu vergewissern, dass seinem Kolleg nichts Übles widerfahren konnte. Und was Denser anging – nun ja, sein Kolleg verfolgte ganz eigene Interessen. Zweifellos würde man dort ungnädig reagieren, wenn er nicht vorbehaltlos für das Kolleg arbeitete. Aber zuerst einmal war er Vater und dann erst Xeteskianer, und er würde gegen sein eigenes Kolleg kämpfen, falls er glaubte, es bedrohe Lyannas Leben. In diesem Punkt, wie in so vielen anderen, zogen Erienne und er am gleichen Strang.

Egal, wie sie über das dachte, was sie in Balaia vorfinden würde, ihre stärksten Gefühle galten dem Kind, das sie hatte zurücklassen müssen. Die arme Lyanna. Das unschuldige Mädchen steckte mitten in einem Spiel, in dem es keine Regeln und keine klaren Fronten und keine Möglichkeit gab, einen eindeutigen Sieg zu erringen. Erienne sehnte sich nach dem kleinen Gesicht, nach dem entzückenden Lächeln, nach den wunderschönen Augen.

Und sie fürchtete, sie würde es nie wiedersehen, wenn diese Mission scheiterte und die Dordovaner etwas über Herendeneth erfuhren.

Der auffrischende Wind trieb den Bug der *Meerulme* in die nächste Welle, die Gischt flog hoch in die Luft und spritzte übers Vordeck. Erienne wischte sich den Wasserfilm aus dem Gesicht, drehte sich um und ging zum Ruderdeck. Nach sechs Tagen auf See hatte sie keine Probleme mehr, das Gleichgewicht zu halten.

Sie stieg die Leiter hoch und sah auf einmal Ren'erei vor sich stehen. Die Elfenfrau lächelte sie an, die grünen Augen blitzten.

»Es wird wohl ein wenig ungemütlich da unten, was?«, fragte sie.

»Nein. Ich habe mich heute schon gewaschen, das ist alles«, antwortete Erienne. »Wie weit ist es noch?«

Der Kapitän antwortete ihr. Sein Gesicht war rot und zusammengekniffen, die starken Hände lagen unerschütterlich wie Felsen auf dem Steuerruder. »Höchstens noch anderthalb Tage. Weniger, wenn wir über Nacht flussaufwärts fahren, und genau das habe ich vor.« Seine Stimme war melodisch und sanft, ganz anders als wenn er seinen Matrosen Befehle zubrüllte.

Erienne nickte. »Dann ist es Zeit, dass ich mit Denser Kontakt aufnehme. Ich bin in meiner Kabine und möchte nicht gestört werden.«

»Ich passe vor der Tür auf.« Ren'erei meinte es ernst.

»Ach, das ist doch nicht nötig«, sagte Erienne lächelnd.

»Trotzdem.«

Erienne ging unter Deck und drehte sich vor der Kabinentür noch einmal zu Ren'erei um.

»Wahrscheinlich wirst du überhaupt nichts hören«, erklärte sie. »Aber wenn du etwas hörst, dann mach dir keine Sorgen. Gelegentlich ist das Auflösen einer Kommunion etwas schmerzhaft.«

»Viel Glück«, sagte Ren'erei.

»Danke.« Sie zog die Tür zu, legte sich aufs Bett und schloss die Augen. Als sie sich aufs Mana-Spektrum einstimmte und nach dem Ausschlag suchte, an dem sie Denser erkennen konnte, betete sie, er möge sich in Reichweite befinden, und noch mehr, er möge bereit sein, auf ihren Ruf zu antworten.

Sie sollte nicht enttäuscht werden.

Dreizehntes Kapitel

Darrick musterte den wütenden dordovanischen Meistermagier von oben bis unten. Der junge General hatte nicht geschlafen, nur seine Kavallerie und die Magier hatten nach der Ankunft in Greythorne mitten in der Nacht ein paar Stunden Ruhe bekommen. Er hatte die Unterbringung und Fütterung der Pferde beaufsichtigt, einen Rundgang durch die Ruinen gemacht und sich auf der Stelle entschlossen, die Hälfte seiner vierhundert Kavalleristen im Ort zu lassen, damit sie bei den Bergungsarbeiten helfen konnten. Die übrigen wollte er, nachdem sie einen Tag geruht hatten und eine Lageeinschätzung vorgenommen worden war, weiter mit sich nehmen.

Was er neben den juckenden Bartstoppeln am Kinn und den geröteten und schmerzenden Augen überhaupt nicht brauchen konnte, war dieser Magier namens Tendjorn, der Einwände hatte.

»Die Leute hier brauchen unsere Hilfe«, erklärte Darrick. »Während Ihr geruht habt, habe ich mich in den Straßen umgesehen. Meine Entscheidung steht.«

Tendjorn, noch nicht einmal vierzig und mit einem ebenso gewöhnlichen wie überheblichen Gesicht gesegnet, blickte über die breite, geäderte Nase hinweg. Er befand sich mitten in Greythorne und sollte eigentlich selbst sehen können, wie die Dinge standen.

»Wenn ich mich nicht irre, General, dann lauten Eure Befehle, die Kräfte in und um Arlen zu verstärken und Euch mit Eurer gesamten Streitmacht mit Vuldaroq zusammenzuschließen, sobald er dort eintrifft. Unsere neuesten Informationen von Gorstan weisen darauf hin, dass wir dicht davor stehen, das Mädchen zu finden. Wir müssen uns allerdings beeilen. Es ist ein weiter Weg bis Ornouth, und Xetesk und die Protektoren sind nicht weit hinter uns.«

»Öffnet Eure winzigen Augen und seht, was ich sehe, Tendjorn. Ich sehe eine kleine Stadt, die von einem Sturm zerstört worden ist. Es war ein Sturm, der nach Euren eigenen Ausführungen wahrscheinlich infolge von Lyannas erwachender Kraft entstanden ist.

Ich verstehe zwar Euer Bedürfnis, sie zu fassen, damit all dies aufhört, doch wir haben als verantwortungsbewusste Botschafter der Magie auch die Pflicht, denen zu helfen, die unschuldige Opfer geworden sind.«

Tendjorn lächelte. Es war ein sehr überhebliches Lächeln, das Darricks Zorn nur noch weiter entfachte. Er wusste sich allerdings zu beherrschen.

»General, ich fürchte, Ihr verkennt die Situation. Dies ist zwar noch nicht das Ende, aber wenn wir das Mädchen nicht schnell finden, dann wird dies der Anfang vom Ende sein. Jede Stunde, die wir hier vergeuden, ist eine verlorene Stunde.«

»Meine Entscheidung steht, und ich würde Euch bitten, die Stimme zu senken, wenn Ihr noch einmal derart unvernünftige Bemerkungen zum Besten gebt. Wir haben genug Zeit.«

Tendjorn schüttelte den Kopf; sein unordentliches dunkles Haar klatschte links und rechts gegen die kleinen runden Ohren. »Ich glaube nicht, General. Darf ich Euch erinnern …«

Darrick packte Tendjorn mit beiden Händen am Kragen und zog ihn nahe an sich heran.

»Hört gut zu, Dordovaner, hört mir genau zu«, knirschte er. Seine Augen waren kalt, und er sah, wie der Magier es mit der Angst bekam. »Diese Leute brauchen jetzt sofort unsere Hilfe. Nicht in einem oder in sieben Tagen, sondern jetzt. Glaubt Ihr denn wirklich, als Gesandter aus Lystern könnte ich jetzt einfach weiterreiten, ohne auch nur einen Finger zu rühren? Selbst wenn man vom Moralischen absieht, was glaubt Ihr denn, welche Botschaft dies den Leuten über uns vermitteln würde?

Diese Operation steht unter meinem Befehl. Von hier aus sind es noch zweieinhalb Tagesritte bis Arlen. Es dauert doppelt so lange, genügend Schiffe zu requirieren und auszurüsten, um nach Ornouth zu segeln. Meine Kavallerie ist müde, die Pferde sind erschöpft. Wir werden bleiben und die Aufräumarbeiten hier beaufsichtigen. Erst dann wird die Hälfte nach Arlen weiterreiten. Dort werde ich entscheiden, ob Izack und seine Männer hier bleiben oder zu uns stoßen. Habt Ihr mich verstanden?«

Darrick ließ den Magier los und trat einen Schritt zurück. »Versucht nur, mir das Kommando zu entziehen, wenn Ihr es wagt.«

»Fordert mich nicht heraus, Darrick«, spuckte Tendjorn. Er rückte seine Kleidung zurecht und hatte große Mühe, sich seine Verunsicherung nicht anmerken zu lassen.

»Es ist keine Herausforderung. Ich habe hier den Befehl. Vergesst das nicht.«

»Und Ihr solltet lieber nicht vergessen, wer die Macht wirklich hat«, gab der Magier zurück.

Darrick lachte. »Oh, nein, gewiss nicht. Aber wir sind hier nicht in Dordover, und Ihr befindet Euch bei einer Truppe aus Lystern.«

Der junge General marschierte zum Lager, um seine müden Männer zu wecken, damit sie noch mehr Tote bargen.

Mit den Stadtbewohnern, die nach dem Angriff der dordovanischen Magier neugierig zum Raben gekommen waren, hatte es keine Probleme gegeben. Sie hatten nichts in der Hand, um die Angaben der Rabenkrieger zu hinterfragen, und man konnte dem Raben ohnehin vertrauen. Es war auch ein Segen, dass es über Nacht trocken blieb.

Kurz vor der Morgendämmerung wurde der Rabe vom Unbekannten geweckt. Die Kommunion erreichte Denser, als das erste Morgenlicht unter schnell ziehenden, dünnen und hohen Wolken erschien. Der Lärm der erwachenden zerstörten Stadt drang bereits zu ihnen herüber.

»Wer ist es?«, fragte Hirad.

»Stell dir mal vor, das ist von außen wirklich schwer zu erkennen«, meinte Ilkar mit versteinerter Miene.

Hirad zog ein langes Gesicht. »Ich dachte, ihr Magier wisst so was.«

»Sage mir, Hirad, wenn jemand einem Freund von dir einen Brief gibt, während du neben ihm stehst – erkennst du da sofort, von wem der Brief kommt?« Ilkars Ohren zuckten gereizt.

»Na ja, Briefe sind nicht magisch, oder? Gibt es da nicht eine Aura oder so etwas?«

»Bei den Göttern, Hirad, wie viele Kommunionen hast du eigentlich schon gesehen? Weißt du denn immer noch nicht, dass es ein rein persönlicher, privater Austausch ist?«

»Aber das heißt doch nicht, dass man nicht weiß, wer da redet«, sagte Hirad ungerührt. Der Anflug eines Lächelns ließ seine Mundwinkel zucken.

Ilkar deutete auf sein Gesicht. »Siehst du das? Das sind Augen. Siehst du das dort? Das ist Denser. Er liegt auf dem Boden und empfängt eine Kommunion von wer weiß wem. Ich bin ein Magier und kein Seher, klar?«

»Weißt du, ich habe unsere intellektuellen Diskussionen wirklich vermisst«, sagte der Unbekannte trocken. Er kniete sich neben Denser und legte den Kopf des Magiers ein wenig höher auf den zusammengerollten Mantel. »All die wohldurchdachten und gut vorgetragenen Argumente.«

»Freut mich, dass du es so siehst«, murmelte Ilkar. Er warf einen schrägen Blick zu Hirad.

»Ich denke«, meinte der Unbekannte, »und du denkst es sicher auch, Ilkar, dass Denser höchstwahrscheinlich mit Erienne Kontakt hat. Schließlich kennen nicht sehr viele Leute seine Signatur, ganz zu schweigen von einer zutreffenden Einschätzung, wo er sich gerade aufhalten könnte.«

»Das bedeutet, dass Erienne nicht sehr weit entfernt sein kann«, sagte Ilkar nickend.

»Es war ohnehin klar, dass es früher oder später zu so einem Kontakt kommen würde«, überlegte der Unbekannte.

»Aber es ist schon ein enormer Zufall, oder? Ich meine,

wir sitzen hier mitten in der Einöde, und auf einmal meldet sich Erienne, nachdem wochenlang überhaupt nichts von ihr zu hören war.«

Der Unbekannte zuckte mit den Achseln. »Wir arbeiten lange genug zusammen, um nicht an Zufälle und glückliche Fügungen zu glauben. Erienne hat Denser einen Brief hinterlassen im Wissen, dass er ihn finden würde und dass wir versuchen würden, ihr zu helfen, falls er uns darum bittet. Wenn sie ihn inzwischen noch dringender braucht, dann versucht sie natürlich, ihn auch von sich aus zu erreichen. Es liegt auch nahe, dass sie ihn dort abfängt, wo er ihrer Ansicht nach auftauchen muss.«

»Kluge Frau«, bemerkte Ilkar.

»Zweifellos«, stimmte der Unbekannte zu. Er richtete sich ein wenig auf und blickte zur kleinen Anhöhe im Zentrum von Greythorne hinüber. »Gestern Abend sind Reiter gekommen. Den geordneten Hufschlägen nach war es die Kavallerie. Wir sollten herausfinden, wer es ist.«

»Zweifellos Dordovaner«, sagte Ilkar finster.

Der Unbekannte nickte. »Höchstwahrscheinlich. Wir könnten ihnen die Leichen ihrer Diebe zeigen, nicht wahr? Wenn Denser wieder zu sich kommt, sehen wir uns etwas um. Halten die Augen und Ohren offen. Es sieht aus, als kämpften wir nicht auf der gleichen Seite. Alles klar?«

»Mami, Mami!« Lyannas anhaltende Schreie weckten Cleress, noch bevor Avianas drängende Botschaft ihr müdes Bewusstsein erreichte. Im Haus der Al-Drechar war es dunkel, als sie zu sich kam, doch schon während sie sich zu orientieren versuchte, hörte sie ein aufgeregtes Gespräch zwischen Elfen der Gilde, das von Ephemeres strengem Befehl, sich ruhig zu verhalten, unterbrochen wurde.

Als Cleress dann einen Schal um die Schultern gelegt und die Füße in die Sandalen gesteckt hatte und mit wehendem Nachthemd auf den Flur trat, war klar, dass Herendeneth alles andere als ruhig war.

Draußen heulte der Wind vor dem mit Holz vertäfelten Durchgang. Die Bilder klapperten an den Wänden, und die Teppiche auf dem Boden gerieten ins Rutschen. Als Cleress zum Gästeflügel humpelte, wo Lyanna schlief, zerschellte hinter ihr eine Vase auf dem Boden, und irgendwo in einem anderen Gebäudeflügel splitterte Glas.

Vor ihr war Ephy an einer Doppeltür stehen geblieben und sprach mit einem Elfen der Gilde. Cleress erkannte ihn nicht, konnte aber sehen, dass er nickte, sich leicht verbeugte und durch den Flur zu ihr eilte.

»Ephy!«, rief Cleress. Ephemere drehte sich um. Ihr Gesicht war aschgrau und besorgt.

»Lass dir von Aronaar helfen«, rief sie zurück. Sie öffnete die Tür, die der Wind jedoch sofort wieder zudrückte. Der dumpfe Knall hallte durch den ganzen Flur. Ephemere runzelte die Stirn.

Aronaar war inzwischen zu Cleress getrabt. Man sah seinen dunkelgrünen Augen an, dass er vor kurzem noch tief geschlafen hatte, er hatte sich Hemd und Hosen mehr als eilig angezogen und war barfuß.

»Danke«, sagte Cleress und stützte sich auf ihn, um das steife, schmerzende rechte Knie zu entlasten.

»Ihr bestimmt, wie schnell wir gehen können, Lady«, bat Aronaar sie mit höflichem Nicken.

»Dann sollten wir so schnell wie möglich gehen.« Sie näherten sich Ephemere. »Wir folgen dir, Ephy. Ist sie noch im Bett?«

Ephemere zog die Tür wieder auf und blockierte sie mit einem Fuß. Sie nickte.

»Sie sitzt aufrecht, aber sie schläft noch, sagt Ana. Das könnte schwierig werden. Sie läuft Gefahr, völlig die Kontrolle zu verlieren.«

Angst durchzuckte Cleress. Sie verkrampfte sich und schnappte nach Luft.

»Schneller, Aronaar. Viel schneller.«

Sie mussten zunächst einschätzen, wie stark der Mana-Strom und wie heftig das Flackern war und welche Störungen dabei entstanden. Ohne dieses Wissen konnten sie Lyanna unermesslichen Schaden zufügen und Ströme blockieren, die sich zwangsläufig in ihrem Bewusstsein austoben würden, sobald sie keinen Kanal mehr fanden. Als sie durch den Flur zum Zimmer des Mädchens eilte, fragte Cleress sich, ob es nicht sogar schon zu spät sei.

Draußen im Obstgarten war es relativ ruhig, doch alle Fenster, die nach dort zeigten, waren zersprungen. Der Wind schlug ihnen ins Gesicht, zackige Scherben hingen in verzogenen Rahmen, die im böigen Wind pendelten.

Lyannas Schreie drangen wie Dolchstiche auf Cleress ein. Sie konnte sich kaum vorstellen, welche Qualen das Kind litt, während es verzweifelt darum kämpfte, seine erwachenden Kräfte unter Kontrolle zu bringen.

Seit Tagen schon wachten die vier alten Al-Drechar über Lyanna, die in ihrer Nacht versank. Keinen Moment war sie allein in ihrem Bewusstsein. Nur so konnte man beobachten, wie sie das Mana als Teil ihres Wesens annahm, und verfolgen, wie sie die Kräfte langsam zu kontrollieren lernte.

Erst jetzt konnten die Al-Drechar herausfinden, ob sie Lyanna in der viel zu kurzen Lehrzeit genügend Wissen vermittelt hatten, damit das Kind überleben konnte.

Lyanna war offensichtlich klug und begabt, und für ihre Potenziale schien es weder Grenzen noch Vorbilder zu geben, doch sie hätte die Erweckung frühestens als Jugendliche erleben sollen. Nicht nur ihr geistiges Wohlbefinden, sondern auch ihre körperliche Verfassung musste beobachtet werden.

Die Al-Drechar taten, was sie konnten, auch wenn es in Wirklichkeit nicht viel war. Sie sorgten dafür, dass Lyanna genug Bewegung bekam und etwas aß, wenn sie erwachte, und sie schirmten sie gegen einen übermäßigen Zustrom der Mana-Energie ab, wenn sie im Dämmerschlaf lag. Doch zum größten Teil spielten sich die Kämpfe in ihrer noch nicht entwickelten Psyche ab, wo ihr niemand helfen konnte.

Die Wachphasen wurden immer kürzer, und Lyanna verbrachte immer mehr Zeit auf dem Bett liegend oder durch die Flure des Hauses wandernd, wobei sie meist nicht wahrnahm, was um sie herum vorging. Die Al-Drechar bewachten sie auf Schritt und Tritt.

Wieder übertönte ein schriller Schrei das Heulen des Windes. Cleress spürte einen Ruck in ihrem Kopf, als Avianas Zugriff auf Lyannas Bewusstsein nachließ.

»Beeilt euch bitte«, übermittelte Aviana erschöpft. »Sie zerstört mich.«

»Bin fast da«, sendete Ephemere zurück. »Ruhig, Ana.«

Aronaar streckte die freie Hand aus und drückte Lyannas Zimmertür auf. Ephemere trat als Erste ein, Cleress nahm den Arm von der Schulter des Elfen und folgte ihr. Der Helfer wartete draußen.

Lyanna saß mit baumelnden Beinen auf der Bettkante. Schweiß hatte sich in ihrem Haar gesammelt und lief ihr über das Gesicht und die fest geschlossenen Lider und tropfte von den Wangen und vom Kinn herunter. Ihr Mund war geöffnet, und sie atmete keuchend, rief stöhnend oder wimmernd nach ihrer Mutter. Vor Schmerzen hatten sie die Stirn in Falten gelegt.

Neben dem Bett saß Aviana auf einem Stuhl. Ihr Gesicht war bleich im Zwielicht, der Kopf war auf die Brust gesunken. Sie hatte die Seiten der Sitzfläche gepackt und die Beine darunter geschoben. Sie zitterte, und ihr Blick irrte umher, während sie das Mana-Spektrum absuchte.

Sofort richteten auch Cleress und Ephemere den Blick auf das Spektrum und erkannten erst jetzt das volle Ausmaß der widerstreitenden, ungeheuren Kräfte, die sie schon unterwegs gespürt hatten.

Bebend und schimmernd, instabil, aber noch nicht zerstört, lag Avianas Abschirmung wie eine Haube über Lyannas Bewusstsein. Der dunkelbraune Schirm war mit smaragdgrüner Farbe durchsetzt, die von Aviana ausging. Darunter tobte Lyannas verzweifelter Kampf, während sie versuchte, den Mana-Strom in ihrem Kopf zu akzeptieren und zu kontrollieren. Angelockt vom Potenzial des Mädchens, stieß die Energie, als wäre sie ein Lebewesen, auf Lyanna herunter.

Jetzt konnten die alten Elfenfrauen auch deutlich sehen, was die Dordovaner angerichtet hatten. Das sanfte Braun, das ihnen Grund zur Hoffnung gab, weil es Lyannas Drechar-Fähigkeiten symbolisierte, wurde vom giftigen Orange des Kollegs von Dordover unterdrückt, und dort fand der Kampf statt.

Wenn Cleress tiefer hineinschaute, erkannte sie auch dunkelgrüne Streifen, hellgelbe Einschlüsse und dunkelblaue Elemente in der Strömung. Der größte Teil blieb ruhig, doch im Zentrum der spiralförmigen Struktur pulsierte das Orange, das die dordovanische Erweckung symbolisierte.

Wie ein lauerndes Tier, nein, wie eine Schlange, die jederzeit zuschnappen konnte, zog sich das ungezügelte dordovanische Mana zusammen und spannte sich, bevor es wieder expandierte und das fein modulierte Braun der Al-Drechar zerfetzte. Während es nach außen schoss, entstand ein heftiges Flackern, oder, noch schlimmer, es bildeten sich Fragmente halb vollendeter Sprüche.

Aviana passte die Abschirmung immer wieder an und blieb ständig in Bewegung, ließ das Flackern und die stärkeren Entladungen durchschlagen, oder sie kapselte sie ein, wenn es in ihren Kräften stand, damit sich die Kräfte weit genug von Lyanna entfernt unschädlich entladen konnten. Dabei wurde aber mit Sicherheit ihr eigenes Bewusstsein verletzt, anders war es gar nicht möglich.

Ceress' Puls beschleunigte sich. Es war ein massiver Angriff, ohne Absicht und sicher ohne Bosheit, doch Aviana – sogar Aviana – wurde immer schwächer. Die Kräfte, die hinter diesem Angriff standen, waren unvergleichlich. Falls Lyanna das Wunder vollbringen und überleben sollte, wäre sie eine Magierin ohne Beispiel. Es war eine Hoffnung, an die sich die Al-Drechar klammern konnten. Wenigstens wäre ihr Opfer dann nicht umsonst.

»Cleress, verstärke den Schild«, sagte Ephemere. »Ich muss die innere Struktur beruhigen.«

»Sei vorsichtig«, drängte Cleress, die schon an Avianas Mana-Fäden zupfte, um den Schild zusammenzunähen und einen besseren, sicheren Weg für die Entladungen zu konstruieren. »Sie versucht, einen Spruch zu wirken.«

»Sie will mit Erienne Kontakt aufnehmen«, sagte Aviana. Ihre Stimme klang erleichtert, als Cleress ihr die Hauptlast von Lyannas Entladungen abnahm.

Obwohl sie einen Ruck spürte und sich konzentrieren musste, um Ana zu helfen, besaß Cleress noch genügend Übersicht, sich Vorwürfe zu machen, weil sie es nicht schon längst bemerkt hatte.

»Natürlich«, murmelte sie. Lyanna hatte noch nicht einmal die ersten Unterweisungen in der Kommunion erhalten, doch ihr angeborenes Wissen erlaubte es ihrem Unterbewusstsein, trotzdem den Versuch zu unternehmen. Ihre Konstruktionen waren unzulänglich geformt und instabil und überdauerten nur ein paar Herzschläge lang, doch sie bildeten sich immer wieder neu, während Lyanna das Spektrum nach dem Bewusstsein ihrer Mutter absuchte.

Ein Glück, dass sie keinen Erfolg hatte. Die Kraft ihrer Sprüche erreichte gelegentlich gefährliche Spitzen, die Erienne mit der Macht einer Gedankenschmelze getroffen hätten. Diese Spitzen hatte Aviana mithilfe der Abschirmung herausgefiltert, damit sie nicht auf das junge, hilflose Bewusstsein Lyannas zurückschlugen. Dennoch musste Lyanna gelegentlich unter starken Schmerzen gelitten haben. Kein Wunder, dass die Kleine so oft nach Erienne rief.

»Aviana, lass ruhig los, wenn du nicht mehr kannst«, schlug Cleress vor. Trotz ihrer Müdigkeit fühlte sie sich stark genug, um den Schild zu halten, während Ephemere den Ursprung der Ausbrüche beseitigte.

»Es geht schon. Ich nehme mich nur ein wenig zurück«, sagte sie. »Ephy, du musst sie schnell beruhigen. Die Götter mögen wissen, was draußen vorgeht.«

»Nein, ich werde nicht mit ihr reden. Ich habe eine bessere Idee. Ich werde mit ihrem Mana verschmelzen.«

»Das ist riskant«, wandte Cleress ein. Das in Lyanna gefangene Mana zuckte und wand sich und baute gerade wieder eine neue, unvollkommene Kommunion auf. Der Impuls war schwach, denn Lyanna wurde müde, und Cleress konnte die Energie innerhalb des Schildes zerstreuen. Dieser Schild besserte die Lage in den Gewässern um Herendeneth erheblich.

»Sie muss jetzt lernen, die dordovanische Magie an ihrem Ursprung mit der Einen Quelle zu verbinden. Wenn sie es nicht tut, kann sie die Reaktionen in ihrem Bewusstsein vielleicht noch eine Weile aushalten, aber ich fürchte, wir oder Balaia ertragen es nicht.«

»Dann tu es, Ephy, wenn du glaubst, dass du es schaffst«, sagte Aviana. »Aber beeil dich.«

Cleress sah genau zu, wie die glatte braune Kugel in Ephemeres ruhigem Bewusstsein entstand und sich ausbreitete. Gleichzeitig ließ sie in ihrer eigenen Konzentration auf den Schild nicht nach.

Mana-Fäden lösten sich aus der Kugel. Winzige Stränge, wie die letzten Haare auf einem sonst kahlen Schädel, drangen behutsam in das vielfarbige Chaos ein, das in Lyanna tobte. Zuerst schien das kleine Mädchen nicht zu bemerken, dass ihre Mana-Spirale berührt wurde, und Ephemere konnte die zarten Fäden weiter und weiter ausbreiten, mit dem dordovanischen Orange Verbindung aufnehmen und es auflösen und ihren eigenen Energiestrom mit dem des Mädchens verbinden, bis die aggressiven Färbungen verschwanden.

Lyanna hatte zwar noch keine Ausbildung gegen ein magisches Eindringen bekommen, doch ihre angeborenen Fähigkeiten, so ungeformt und unkontrolliert sie auch waren, lösten eine Gegenwehr aus.

»Jetzt geht es los«, flüsterte Ephemere. »Macht euch bereit, macht euch auf die Schmerzen gefasst.«

Cleress runzelte die Stirn, doch einen Moment später

verstand sie es. Der spiralförmig gewickelte Kern in Lyannas Mana zog sich mit unglaublicher Geschwindigkeit zurück und verkleinerte sich schneller, als das geistige Auge folgen konnte, von der Größe eines Schädels bis auf Faustgröße.

Ephemere keuchte, ihre forschenden Fäden wurden abgewehrt und verloren den Halt. Sofort konstruierte sie eine konvexe Fläche und ließ sie mit der geöffneten Seite über der Faust schweben, die mit erschreckender Kraft nach außen schlug.

»Bei den Göttern«, flüsterte Cleress, als die Mana-Energie gegen Ephemeres Abschirmung brandete und an der Fläche auslief, die von einem erfahrenen Bewusstsein unverrückbar gehalten wurde. Die Mana-Stränge zuckten blitzend davon und erreichten den Schild, den Aviana und Cleress hielten. Die beiden Al-Drechar passten die Abschirmung eilig an, um den Aufprall abzufangen. Ein Teil brach jedoch durch und richtete neue Verwüstungen in Balaia an.

Der Aufprall der Energie auf den Schirm war hart wie ein Hammerschlag. Lyannas Ausbruch lief an der Abschirmung entlang und suchte einen Ausweg, und dieser Ausweg war das Bewusstsein von Aviana und Cleress. Natürlich hätten die Al-Drechar ein geschlossenes System aufbauen und eine Kugel konstruieren können, doch dann wäre die Energie auf Lyannas Bewusstsein zurückgeworfen worden, das diese gewaltigen Kräfte gerade eben erst freigesetzt hatte, und Lyanna wäre irreparabel geschädigt worden.

Das durfte nicht passieren, und so mussten die alten, aber starken Al-Drechar die Kräfte mit ihrem Bewusstsein abfangen. Sie ließen nur durch, was ihre Konzentration und damit den Schild zerstört hätte, riskierten damit aber auch katastrophale Ausbrüche von Mana-Energie in ganz Balaia. Es war ein hinnehmbarer Zustand, wenngleich nicht für lange.

Lyannas Widerstand war heftig, aber kurz. Cleress erkannte, dass Ephemere genau dies auch erwartet hatte. Rasch ließ der Mana-Strom nach, die Spirale entspannte sich, und der hektische Atem des Mädchens beruhigte sich und ging wieder gleichmäßig.

»Kommt zu mir«, sagte Ephy. »Sie ist erschöpft.«

»Wir sollten den Schild halten«, widersprach Aviana.

»Er hat seinen Zweck erfüllt«, erwiderte Ephy. »Vertrau mir.«

Zusammen bildeten die drei Al-Drechar ein Netz aus Mana-Fäden, mit dem sie die wütende, müde Spirale, die sich heftig gewehrt hatte, beruhigten. Sie glätteten die aufgewühlten dordovanischen Stränge und beruhigten sie, bis sie wieder braun waren. Dabei spürte Cleress, wie Lyannas Kraft ebenso erlahmte wie ihre eigene. Sie reagierte in der physischen Welt gerade noch rechtzeitig, um das Kind, das in sich zusammensackte, aufzufangen. Das kleine Mädchen war jetzt ruhig und schlief tief und traumlos.

»Wir sollten Myra wecken«, sagte Ephemere. »Sie kann den Rest der Nacht übernehmen.«

»Nein«, meinte Aviana entschieden. »Ich schaffe das schon. Betet nur, dass sie tagsüber ruhig bleibt.«

Cleress verstand sie nur zu gut. Ohne sich auszuruhen, wären sie einem weiteren Ausbruch wie diesem nicht gewachsen. Myriell sollte eigentlich nicht vor Mittag geweckt werden, und Aviana musste den folgenden Tag und die Nacht durchschlafen. Cleress und Ephy waren etwas besser in Form, aber sie hatten noch den Rest der Nacht, bis sie wieder an der Reihe waren, Lyanna vor ihrem eigenen Bewusstsein zu beschützen. Lyannas Nacht war jedoch noch lange nicht vorbei.

Cleress und Ephemere kehrten langsam und unter Schmerzen in ihre Zimmer zurück und verzichteten zugunsten eines tieferen Schlafs aufs Lemiir. In Wirklichkeit hätten sie ohnehin nicht mehr die Kraft gehabt, aufrecht zu sitzen und zu rauchen.

Als Cleress die Tür hinter sich schloss, hauchte sie ein stilles Gebet, dass Erienne bald zurückkehrte.

Vierzehntes Kapitel

Der Rabe marschierte zielstrebig ins Zentrum von Greythorne zurück. Über die Richtung konnte es keinen Zweifel geben. Die Ideen, Ahnungen und Vermutungen der Rabenkrieger hatten sich bestätigt. Erienne war nach Süden gereist, hatte Hilfe gefunden und die Al-Drechar getroffen. Allerdings nicht in Balaia.

Denser war nachdenklich, aber entschlossen aus der Kommunion erwacht. Der Zorn des vergangenen Abend war verraucht, und er gab ihnen nur eine sehr knappe Zusammenfassung des Austauschs, weil er möglichst schnell aufbrechen wollte. Der Unbekannte wollte allerdings zuvor noch die Lage einschätzen – einmal im Hinblick auf die Unterstützung für die Not leidenden Überlebenden in der Stadt, andererseits aber auch in Bezug auf die mögliche Bedrohung durch die eingetroffene Kavallerie.

Sie wollten die Stadt nach der Mittagsstunde verlassen, wenn alles gut verlief. Da Erienne je nach Wind und Gezeiten in der Flussmündung vermutlich am nächsten Morgen in Arlen eintreffen würde, wollte Denser auf keinen Fall länger warten. Auch so musste Erienne noch zwei Tage allein bleiben. Denser hatte ihr geraten, an Bord der *Meerulme* zu warten, und damit wiederholt, was die Elfen der Gilde ihr ohnehin schon empfohlen hatten.

»Wie ich bereits sagte, haltet die Augen offen. Wir haben alle möglichen Gerüchte über Mobilisierungen in den Kollegien gehört und wissen nicht, wer sich mit wem verbünden mag, falls überhaupt. Vertraut niemandem. Und vergesst nie, dass ihr nicht einmal in ein und demselben Kolleg zwei Magier findet, die das Gleiche denken.«

»Was bedeutet das?«, fragte Hirad.

»Das bedeutet, dass wir keinesfalls Lyanna als Erste finden sollen, wenn es nach Dordover geht«, erklärte der Unbekannte. »Wir sollen Dordover zu ihr führen, und dann wollen sie das Kind ins Kolleg zurückschaffen und wahrscheinlich umbringen. Reicht dir das?«

Hirad nickte. »Ich passe auf.«

»Gut.«

Es war nur ein kurzer Marsch durch die Ruinen bis zum Zentrum der zerstörten Stadt, die, sofern man überhaupt davon reden konnte, gerade wieder unter Schmerzen zum Leben erwachte. Über den Hauptplatz wehte der Geruch von Haferbrei, aus Wasserkesseln stieg Dampf auf. Trupps von Männern und Frauen machten sich stumm an ihr grausiges Tagewerk, und das Stimmengewirr im Zelt verriet, dass gerade die Aufgaben für den Tag verteilt wurden.

Der Unbekannte Krieger hielt einen aus einer Gruppe von Männern auf, die ihre Schaufeln geschultert hatten. »Ich habe gestern Abend Kavallerie gehört. Wisst Ihr, woher die Soldaten kommen?«

Der Mann zuckte mit den Achseln. »Von Westen. Von einem Kolleg.«

»Von welchem denn? Dordover?«

Wieder ein Kopfschütteln. »Ich bin nicht sicher. Lystern, glaube ich.«

Der Unbekannte nickte und ging weiter zum Zelt.

»Gute Neuigkeiten«, meinte Ilkar.

»Falls es zutrifft«, warnte der Unbekannte.

»Wirst du jemals aufhören, skeptisch zu sein?«

»Wirst du jemals aufhören, ein Elf zu sein?« Der Unbekannte lächelte.

»Irgendwie kommt es mir so vor als, hättest du das schon einmal gesagt.«

»Ganz sicher.«

»Aber der Mann hatte Recht, als er Lystern genannt hat. Schau nur«, sagte Hirad. Er deutete zum Zelt. Im Eingang stand ein großer junger Mann in der verstärkten Lederrüstung der Kavallerie und redete mit Gannan. Er hatte sich einen dunkelgrünen Mantel um die Schultern gelegt, der am Nacken einen goldenen Besatz hatte, und das braune Lockenhaar flatterte in der Brise, die ohne Unterlass durch Greythornes Straßen wehte. Er war offensichtlich müde, seine Schultern waren etwas eingesunken, aber er war nicht zu verwechseln.

»Darrick«, sagte der Unbekannte.

Die Rabenkrieger eilten über den Platz zu ihrem alten Freund, der nicht aufmerkte, als sie kamen. Sein Gesicht war halb abgewandt.

»Na bitte«, sagte Hirad. »Das ist doch mal ein Gesicht, das man in schlimmen Zeiten gern wieder sieht.«

Darrick fuhr herum und betrachtete staunend die vier Gefährten. Dann lächelte er.

»Aber warum treffen wir uns immer, wenn die Zeiten schlecht sind, Hirad?« Das Lächeln verschwand, und sein Gesicht war ernst wie immer, als er ihnen nacheinander die Hand schüttelte. »Ich hätte nicht damit gerechnet, den Raben noch einmal vereint zu sehen. Die Lage muss schlechter sein, als ich dachte.«

»Wir helfen nur einer Freundin«, sagte Ilkar. »Alte Gewohnheiten legt man nicht mehr ab, du kennst das ja.«

»Ja, ich weiß.«

»Und was bringt die Kavallerie von Lystern nach Greythorne?«, fragte der Unbekannte.

»Befehle«, antwortete Darrick. »Einige meiner, äh, meiner Vorgesetzten hielten es für nötig, unsere ohnehin schon starken Kräfte in Arlen zu verstärken.«

»Ohnehin schon starke Kräfte?« Denser wurde sichtlich nervös.

»Hört mal, ich rede ja nicht mit Dummköpfen. Die Kollegien haben Truppen mobilisiert, und die Wahrscheinlichkeit, dass es in Arlen Ärger gibt, ist hoch.«

»Dann weiß jemand, dass Erienne morgen dort ankommt, was?«

»Hirad!«, zischte der Unbekannte leise, aber nicht wenig erbost.

»Nein, das wissen sie nicht«, sagte Darrick. Unwillkürlich sah er sich über die linke Schulter um, wo ein Mann sich über einige Papiere beugte.

»Aber jetzt wissen sie es. Gut gemacht, Hirad«, fauchte Denser.

»Was ist denn los mit dir? Wir reden hier mit Darrick.« Doch Hirads Tonfall verriet, dass er sehr wohl wusste, welchen Bock er geschossen hatte.

»Glaubst du denn, Lystern habe ihn und seine Kavallerie ohne entsprechende Begleitung geschickt?« Der Unbekannte sah ihn finster an. »Bei den Göttern, Hirad, manchmal frage ich mich wirklich, was du im Kopf hast.«

»Können wir nicht woanders reden?«, schlug Ilkar vor.

Denser nickte knapp und marschierte über den Platz zu den improvisierten Stallungen.

»Es tut mir Leid«, sagte Hirad achselzuckend. »Ich dachte doch nicht …«

»Nein, das hast du wirklich nicht getan«, entgegnete der Unbekannte. »Kommt schon, es ist Zeit für eine kleine Änderung unserer Pläne.« Er sah Darrick tief in die Augen, und der General nickte fast unmerklich. »Danke.«

Er drehte sich um und ging mit Denser hinaus ins schwache Sonnenlicht. Ilkar und Hirad folgten ihm.

Tendjorn richtete sich auf und sah dem Raben hinterher, der sich rasch entfernte. Rechts von ihm stand Darrick äußerlich unbewegt, aber mit blitzenden Augen. Der dordovanische Magier konnte die Verärgerung des Generals spüren und fand sie sogar beruhigend. Er öffnete den Mund und wollte etwas sagen.

»Behaltet es für Euch«, warnte Darrick ihn. »Ihr werdet sie tun lassen, was sie tun müssen.«

Tendjorn schnaubte empört. »Gefühlsduselei könnt Ihr Euch nicht erlauben«, sagte er. »Sie haben getan, was wir von ihnen erwartet haben. Sie haben Erienne gefunden. Jetzt kommen wir auch ohne sie zurecht.«

»Was genau soll das heißen? Wenn Ihr den Raben benutzt habt, dann werdet Ihr dafür büßen. Nicht durch meine Hand, sondern durch ihre. Ihr solltet meine Worte nicht vergessen.«

»Als sie vor fünf Jahren auf den Drachen geritten kamen und uns vor den Wesmen gerettet haben, hätte man ihnen zutrauen können, dass ihnen nichts unmöglich ist. Aber jetzt? Schaut sie Euch an, General. Sie sehen aus wie das, was sie sind. Über die Blütezeit hinaus. Ihr seid doch ihr Freund. Vielleicht solltet Ihr Euch daher auch wie ihr Freund benehmen.«

»Wie bitte?«

»Ich werde gleich mit Gorstan in Arlen Verbindung aufnehmen«, sagte Tendjorn ohne Rücksicht auf Darricks zunehmende Wut. »Wir werden Erienne schnappen, sobald das Schiff anlegt. Ich erwarte von Euch, dass Ihr bereit seid, mit einer Truppe, die Ihr für ausreichend haltet, dorthin zu reiten, sobald Ihr Eure Lageeinschätzung in Greythorne vorgenommen habt.«

»Und der Rabe?«

»Man wird dafür sorgen, dass er keinen Ärger macht. Das könnt Ihr selbst tun, oder es wird von den Kräften erledigt, die schon in Arlen sind. Wie auch immer, sie dürfen nicht mit Erienne Verbindung aufnehmen.«

Darrick sah ihn an und biss die Zähne zusammen. Sein Gesicht verriet, was er empfand, doch er entfernte sich schweigend, ohne ein weiteres Wort zu sagen. Tendjorn weidete sich an seinem Unbehagen.

»Ach ja, General?« Darrick blieb mit dem Rücken zum Magier stehen. »Wir wollen in Arlen kein Blutvergießen, oder? Wie ich schon sagte, die Rabenkrieger sind Eure Freunde. Ich will doch hoffen, dass Ihr richtig entscheidet, damit – wie soll ich es ausdrücken? Damit das Wohlbefinden Eurer Freunde nicht beeinträchtigt wird.«

Der General ging weiter.

Thraun hatte die Fährte der Männer, an die er eine unscharfe, aber starke Erinnerung hatte, verfolgt. Er war mit dem Rudel nach Greythorne getrabt, und nun bedrängten ihn weitere beunruhigende Erinnerungen und lenkten ihn ab. Das Rudel blieb vorsichtig ein ganzes Stück hinter ihm.

Wie ein Wachtraum war es, wenn ihn die Bilder blitzartig durchzuckten. Auf zwei Beinen stehen. Ein Freund, den er als Rudelbruder gekannt hatte. Große Wesen mit Flügeln und eine unbeschreibliche Angst, die vom Himmel ausging. Aber so bekam er wenigstens die Gewissheit, dass er die Menschen, denen er folgte, früher einmal gekannt haben musste.

Außerdem waren sie stark und gut, dachte er.

Das Rudel blieb abseits des Weges, den die Menschen mit ihren Tieren benutzten, wenn sie am Dornenwald vorbeiliefen. Hinter dem Wald verlief der Weg durch offenes Gelände, bis er schließlich nach Süden abbog und die Stadt erreichte.

Es war eine aus Erfahrung geborene Vorsichtsmaßnahme, doch er hätte sich keine Sorgen machen müssen. Niemand war auf dem Weg unterwegs, und da der Mond nur trüb am wolkenverhangenen Himmel schien, würde auch niemand kommen. Nur die Geister des Windes, die in ihm die Furcht wachhielten.

Das Rudel rastete kurz vor Greythorne auf einer kleinen, im Schatten liegenden Anhöhe. Der Anblick war mehr oder weniger der Gleiche wie in der vergangenen Nacht. Lichter brannten, Stimmen riefen, Stein und Holz klirrten und knackten oder stürzten ein.

Lange vor der Morgendämmerung waren Berittene von Westen her donnernd in die Stadt geritten. Thraun hatte die Gelegenheit ergriffen und sich in den leeren Straßen umgesehen. Schnell hatte er die Witterung seiner Menschen aufgenommen, und als er nach dem Geruch und anhand der Glut eines Feuers, das er wie eine leuchtende Pfütze in der Dunkelheit erkennen konnte, bestimmt hatte, wo sie waren, zog er sich wieder zum Rudel zurück.

Doch sie wollten nicht in Greythorne bleiben. Als es wieder hell am Himmel wurde, hatten die Menschen ihre Pferde geholt und waren nach Südosten geritten. Thraun hatte nicht gewusst, womit er rechnen musste, aber dies war es gewiss nicht gewesen. Vielleicht überdeckte die falsche Witterung in der Luft schon viel mehr, als er sich vorzustellen wagte. Vielleicht kehrten die beiden weiblichen Menschen, die er im Dornenwald gesehen hatte, auch nicht nach Greythorne zurück. Oder vielleicht wollten diejenigen, die er kannte, am Ende doch nichts tun, um das Falsche wieder in Ordnung zu bringen.

Was es auch war, das Rudel musste ihm folgen. Er überging ihr Verlangen, etwas zu essen. Dafür war später noch Zeit. Er beschloss, lieber nach der Witterung als nach dem Auge zu laufen, und führte das Rudel zu einem Ziel, das keiner von ihnen erraten oder verstehen konnte.

Der Unbekannte hatte sich nicht einmal die Zeit genommen, sich bei Gannan zu verabschieden. In äußerster Eile verließen sie Greythorne. Als sie durch die Trümmer hinaus ins Land galoppierten und die Hufe ihrer Pferde den Dreck spritzen ließen, spürten sie die überraschten und enttäuschten Blicke der Überlebenden im Rücken. Sie wandten sich nach Südosten, nach Arlen. Es waren knapp drei Tage zu reiten, doch während sie etwaigen Verfolgern gegenüber einen ordentlichen Vorsprung herausholten, war Denser mit ganz anderen Sorgen beschäftigt.

Zwei Stunden ritten sie scharf, bis die Pferde eine Verschnaufpause brauchten. Ilkar tränkte die Pferde an einem Bach, Hirad baute ein Lagerfeuer auf und machte Kaffee.

Der Barbar schaute nicht auf, als Denser aufstand und das feuchte Holz mit einer starken Flammenhand entfachte. Der Unbekannte warf noch ein paar Äste in die wachsenden Flammen.

»Hirad, du bist ein verdammter Idiot«, sagte er, indem er sich neben seinen Freund hockte. »Habe ich dir nicht extra gesagt, dass du vorsichtig sein sollst?«

»Es wird schon nichts passieren. Wir können Darrick vertrauen«, sagte Hirad. Allerdings hatte er ein flaues Gefühl im Magen, als er es sagte.

»Darrick ist nicht das Problem«, wandte Denser ein. »Der dordovanische Magier, der hinter ihm stand, ist das Problem.«

»Aber trotzdem …«, setzte Hirad an.

»Es gibt hier kein Trotzdem«, fauchte Denser. »Wenn sie nicht einen gravierenden taktischen Fehler gemacht haben, dann kann der Magier problemlos mit seinen Leuten Arlen Kommunion halten, und wahrscheinlich hat er es sogar schon getan.«

»Immer vorausgesetzt, da unten ist überhaupt jemand.«

»Oh, natürlich, vorausgesetzt, es ist so.« Denser verdrehte die Augen zum Himmel. Oben brodelten und zogen die Wolken, getrieben vom aufkommenden Wind. Hirad hatte schon die Position gewechselt, um das Feuer abzuschirmen, über das der Unbekannte seinen Topf gehängt hatte.

»Hirad, inzwischen weiß jeder, dass Erienne und Lyanna Balaia verlassen haben. Die Frage war nur, wohin. Dordover lässt schon seit Wochen jeden Hafen überwachen. Sie hatten uns gegenüber immerhin fünfzig Tage Vorsprung«, sagte der Unbekannte.

»Was sollen wir dann tun?« Endlich hob Hirad den Kopf und sah den Unbekannten an. Er war nicht mehr wütend, nur noch frustriert.

»Wir müssen annehmen, dass inzwischen alle Dordovaner in Arlen von Eriennes bevorstehender Ankunft wissen. Also müssen wir erst einmal Erienne warnen, damit sie nicht unversehens ins Verderben läuft.«

»Das bedeutet, dass Denser eine Kommunion halten muss, ja?«

»Richtig, Hirad«, sagte Denser knapp. »Auch wenn es nicht ganz die Art und Weise ist, wie ich mein Mana verbrauchen wollte.«

»Es tut mir Leid, das sagte ich doch schon.« Hirads Gereiztheit war nicht zu übersehen. »Wir kriegen das schon hin.«

»Wirklich?« Densers Augen funkelten zornig. »Wir sind vier. Was sollen wir eigentlich machen, wenn die Dordovaner sie schnappen, bevor wir da sind?«

»Sie werden ihr doch nichts antun, Denser.«

»Aber sie werden sie wegschaffen, und wir haben nicht viel Zeit.« Er war sichtlich aufgeregt. »Sie müssen sie einfach nur schnappen, um an Lyanna heranzukommen. Nur ich kann sie retten.«

»Dass sagst du immer wieder. Dann teile ihr doch mit, sie soll nicht Arlen anlaufen, und dann treffen wir sie ein Stück weiter die Küste hinunter. Nur keine Panik.« Hirad schob einen weiteren Ast ins Feuer, einige Funken stieben am dampfenden Topf vorbei hoch. Ilkar kam herüber und setzte sich gegenüber vom Barbaren ans Feuer.

»Ich gerate nicht in Panik, Hirad. Ich mache mir nur Sorgen um meine Frau und meine Tochter. Ich hoffe, das ist in Ordnung.«

»Und ich mache mir Sorgen um meine Drachen, aber ich helfe dir trotzdem.«

»Bei den Göttern«, murmelte Ilkar leise. »Muss das jetzt sein?«

»Ja, sie sind ja auch so hilflose Wesen«, sagte Denser. »So verletzlich. Ich kann mir nicht vorstellen, wie sie ohne dich überleben könnten.«

»Sie sterben, Denser«, knurrte Hirad. »Aber davon hast du sicher nichts gehört, als du in einem bequemen Turm gesessen und Leckereien gegessen hast.«

»Ganz so war es nun auch wieder nicht.« Denser setzte sich demonstrativ etwas bequemer und versuchte, die Situation zu entschärfen.

»Nein, sicher nicht, aber ich meine, die Früchte deiner harten Arbeit sind doch überall zu sehen, oder?« Hirad machte eine ausholende Geste mit beiden Armen. »Sind die Protektoren befreit? Sind die Drachen der Kaan in der Lage, wieder nach Hause zurückzukehren?«

»Das sind nur zwei Dinge, mit denen …«

»Nur? Falls es deiner Aufmerksamkeit entgangen ist, Denser, diese beiden Dinge haben Balaia gerettet. Die Drachen haben sich freiwillig ins Exil begeben, und die Protektoren haben unter großen Verlusten vor dem Haus von Septern gekämpft. Leider ist das aber schon eine Weile her, und vielleicht hat über die Jahre deine Erinnerung gelitten.« Hirads beißende Bemerkung hallte laut über den Lagerplatz hinweg. Danach herrschte nachdenkliches Schweigen.

»Hirad, ich weiß, wie wichtig es für dich ist«, sagte Ilkar schließlich. »Aber im Augenblick müssen wir uns um dringendere Dinge kümmern. Und wenn wir Erienne und dann die Al-Drechar finden, könnte damit auch dein Problem gelöst werden.«

Hirad nickte. »Ich weiß, dass ich einen Fehler gemacht habe, und es tut mir Leid. Ich wollte nur, dass er weiß, was er getan hat. Oder was er nicht getan hat.« Er zielte mit dem Finger auf Denser.

»Auch auf die Gefahr hin, wie ein Dummkopf dazustehen, was hat die Suche nach den Al-Drechar mit Hirads Drachen zu tun?«, fragte Denser.

»Die Kaan glauben, die Al-Drechar könnten das Dimensionsrätsel lösen«, erklärte der Unbekannte. »Immerhin besitzen sie Septerns Wissen. Noch etwas. Hirad hat Recht damit, dass die Kaan sterben und die Protektoren noch nicht befreit sind …«

»Ach hör auf, ich …«

»Unterbrich mich nicht, Denser«, warnte der Unbekannte. »Ich weiß, dass die Machtpolitik auf dem Berg kompliziert ist, aber du bist jetzt ein Seniormeister. Wir haben bisher noch keine Ergebnisse gesehen. Keine Fortschritte. Und wir wollen Antworten haben. Sobald Lyanna in Sicherheit ist.«

Denser sah den Unbekannten stirnrunzelnd an. Ein Mundwinkel zuckte, als er antwortete. Eine kleine, nervöse Reaktion.

»Wir müssen uns damit abfinden, solange wir Lyanna nicht in Sicherheit gebracht haben – und die Al-Drechar vermutlich gleich dazu –, sind die Drachen und die Protektoren unsere geringsten Sorgen.«

»Umso schlimmer, dass du es so lange hast laufen lassen«, sagte Hirad. Er stellte die Becher in einer Reihe auf und füllte sie mit Kaffee.

Denser schüttelte den Kopf. »Das Problem ist meines Erachtens, dass du noch nicht verstanden hast, wie ernst das alles ist.«

»Dann erkläre es mir doch einfach mal.« Hirad hielt Denser einen Becher hin. Die Bewegung war so heftig, dass etwas Kaffee überschwappte. »Wenn wir Lyanna nicht schnell finden und vor Dordover in Sicherheit bringen, dann haben wir noch länger schlechtes Wetter.«

Denser riss die Augen auf. »Hast du es ihm denn nicht erklärt?«, fragte er Ilkar.

Der Elf zuckte mit den Achseln. »Versucht haben wir es ja …«

»Ich verstehe«, sagte Denser. Er nickte resigniert. »Dann will ich mich bemühen, es in Worte zu fassen, die du verstehen kannst.«

»Nicht so überheblich, Mann aus Xetesk.«

»Entschuldige. So sollte es nicht klingen.« Er trank einen Schluck. »Das hier ist keine Schlechtwetterphase, die irgendwann vorbei ist. Schlechtes Wetter, das beschreibt nicht annähernd das, was im Gange ist. Dies ist erst der Anfang. Wir haben bisher schon ein Erdbeben, einen Wirbelsturm, Überschwemmungen und Flutwellen an der Küste erlebt. Stell dir vor, dass so etwas, hundertfach schlimmer, in ganz Balaia geschieht. Wenn Lyanna den Al-Drechar entzogen wird und in ihre unergründliche Nacht stürzt, wie es unweigerlich geschehen muss, dann wird es so weitergehen, bis sie stirbt. Deshalb werden die Dordovaner sie töten.«

»Und wir – oder besser du … du kannst sie kontrollieren?«, fragte Hirad. Er hatte sich beruhigt, weil Densers Worte ihre Wirkung zeitigten.

»Ja, das sage ich doch«, sagte Denser. Seine Stimme klang wieder besorgt. »Aber wir müssen sie schnell erreichen. Die Al-Drechar können sie nicht mehr lange abschirmen, wie die chaotischen Ausbrüche zeigen. Immerhin lässt die Tatsache, dass Erienne Lyanna allein gelassen hat, darauf schließen, dass die Al-Drechar nach Eriennes Meinung im Augenblick noch dazu fähig sind.«

»Aber sie weiß nicht, wie viel bisher schon passiert ist«, wandte Ilkar ein.

»Ich denke, die Al-Drechar wissen Bescheid«, erwiderte Denser. »Wichtig ist vor allem, dass Lyanna nicht den Dordovanern in die Hände fällt, weil das eine Katastrophe wäre. Sie würden entweder versuchen, sie zu kontrollieren und dabei scheitern, weil sie Lyannas Kräfte nicht verstehen; oder sie töten sie, weil sie Angst vor ihr haben. Ich muss zu meiner Frau. Wir haben nicht mehr viel Zeit.«

Hirad wollte etwas sagen, doch dann sah er die Sorge in Densers Augen flackern und beschloss, wortlos seinen Kaffee zu trinken. Was er hätte sagen können, wäre ohnehin nur eine Provokation gewesen. Vielleicht ein andermal.

»Wir müssen uns auf das Hier und Jetzt konzentrieren«, sagte der Unbekannte. »Denser, halte die Kommunion. Wenn du Erienne erreichst, dann empfiehl ihr, in der Bucht zu ankern. Wir können an der Flussmündung entlangreiten, bis wir sie gefunden haben. Hirad, überprüfe die Pferde. Ilkar, ich muss mit dir reden.«

»Stimmt etwas nicht, Unbekannter?«, fragte der Julatsaner.

»Nein, alles klar«, sagte der Unbekannte, doch sie konnten sehen, dass sein Blick in die Ferne ging.

Hirad zuckte mit den Achseln und ging zum Bach. Sein Zorn ließ nach, und schließlich lächelte er sogar. Die Pferde wirkten entspannt und bereit und grasten zufrieden. Er tätschelte einem Pferd den Hals, strich mit der Hand die Vorderbeine hinunter und spürte die festen Muskeln und Knochen.

Sein Lächeln wurde breiter. Auch wenn sie seit fünf Jahren nicht mehr zusammen geritten waren, wenn der Unbekannte sprach, dann hörten sie zu. Allein das, überlegte er, gab ihnen in den kommenden Tagen den Hauch einer Chance. Und es klang ganz danach, als brauchten sie jeden Hauch, den sie nur bekommen konnten.

Fünfzehntes Kapitel

Selik lehnte sich in seinem dick gepolsterten, rot und golden bestickten Sessel in einem Privatzimmer des Hafengasthofs bequem an und gestattete sich ein Lächeln. Für ihn fühlte es sich jedenfalls wie ein Lächeln an, auch wenn es völlig humorlos war. Ein fremder Betrachter hätte nur eine groteske Grimasse gesehen.

Auch er selbst hätte seine Stimmung freilich nicht als »glücklich« beschrieben. Eine bittere Zufriedenheit vielleicht, ein Nachlassen des brennenden Hasses im Wissen, dass er bald schon Rache üben und den Hass endgültig besänftigen konnte.

Aber Glück – nein, das war es nicht. Das war eine Emotion, die er nicht mehr kannte, seit das Miststück ihn vereist hatte. Schwächere Männer wären daran gestorben. Seine Stärke und sein Brustharnisch hatten ihm das Leben gerettet, als der Eiswind ihn traf. Seine Hände und das Gesicht waren nicht so gut geschützt gewesen, und er hatte das Stigma sechs lange Jahre getragen und auf seine Chance gewartet.

Jetzt wurde sie ihm geboten.

Gorstan hatte ihm die guten Nachrichten verkündet, als sie am Ausgang der Bucht von Arlen standen. Er war eilig in die Stadt geritten, um Schiffe und Besatzungen zu requirieren und Vorräte zu kaufen. Doch eine bohrende Ungewissheit war geblieben. Es war eine Sache zu wissen, wo die Hexe und ihre Missgeburt von Tochter sich versteckten. Aber es war eine ganz andere, durch die berühmten, gefährlichen Felsen und Korallenriffe den richtigen Weg zu finden. Dort konnte man viele Männer verlieren, und er wusste nicht, wie viele, wenn überhaupt, zu verlieren er sich erlauben konnte.

Er hatte den Magier entlassen, der ihm die neuesten, noch viel besseren Nachrichten überbracht hatte, und saß jetzt allein vor dem offenen Kamin. Ein Teppich lag unter seinen bloßen Füßen, vor ihm auf dem Tisch dampfte ein Glas Glühwein, die übrigen drei Stühle in dem mit Wandbildern geschmückten Raum waren leer. Er genoss den Frieden und die Stille, die nur vom Knacken des Feuers durchbrochen wurde.

Er entspannte sich, und seine Unsicherheit legte sich ein wenig. Er hatte kaum Erfahrung mit Seereisen, und die Vorstellung, dass in Ornouth unter Wasser Gefahren lauerten, die er nicht sehen konnte, machte ihn nervös.

Jetzt aber waren seine Gebete erhört worden, und die Hexe segelte den Fluss Arlen herauf. Er wollte sie an der Mole erwarten.

Er nippte am Glühwein, dann nahm er einen großen Schluck und leerte das Glas in einem Zug. Bei den Göttern, das schmeckte gut.

Denser stellte die Suche ein, gab die Mana-Form für die Kommunion auf und öffnete die Augen. Die Rabenkrieger umringten ihn, und ihre besorgten Gesichter verrieten, dass ihnen der Verlauf seiner Suche nach Erienne nicht entgangen war. Er war müde und fühlte sich irgendwie leer. Das Herz schlug hohl in seiner Brust. Vorsichtig setzte er sich auf und tastete nach der Pfeife und dem Tabaksbeutel.

Ilkar legte ihm eine Hand auf die Schulter.

»Das hat aber ungemütlich ausgesehen, Denser. Was ist passiert?«

Denser stopfte seine Pfeife und zündete sie an. Beinahe hätte er über Ilkars Wortwahl gelächelte. Die Kommunion war nicht bloß ungemütlich verlaufen, sie war ihm vorgekommen wie eine Suchaktion in einem Hagelsturm. Er fühlte sich zerschlagen und ein wenig verwirrt durch das, was er im Mana-Spektrum vorgefunden hatte.

Er wusste, dass er im richtigen Gebiet suchte, und er kannte Eriennes Signatur genau. Sie würde auch nicht versuchen, sich vor ihm zu verstecken. Doch er war auf eine undurchdringliche Barriere gestoßen, als versperrte ihm in einem engen Tal eine Nebelbank die Sicht. Und es war schmerzhaft gewesen.

Er sah Ilkar an, dann Hirad, der wie desinteressiert eine Messerklinge untersuchte.

»Ich konnte sie nicht erreichen«, sagte er leise. »Ich konnte sie nicht einmal fühlen. Irgendetwas war da im Weg.«

Ilkar runzelte die Stirn. »Wie meinst du das?«

»Also …« Denser musste nach den richtigen Worten suchen. Er kratzte sich am Kopf und zog an der Pfeife. Der Rauch breitete sich angenehm im Mund aus. »Als wäre dort eine andere Kraft, die den Raum besetzt hat. Ich glaube, ich konnte sie nicht erreichen, weil gebündeltes Mana im Weg war.«

»Welche Form hatte es denn?«

»Das war ja das Verwirrende. Es hatte keine Form. Es war eine Ballung von Mana, wie eine Mauer.«

»Von einem anderen Magier erzeugt?« Das Stirnrunzeln verstärkte sich noch.

»Wahrscheinlich.« Denser zuckte mit den Achseln und seufzte. »Es spielt wohl keine Rolle. Entscheidend ist, dass ich keinen Kontakt mit ihr aufnehmen kann.«

»Wenigstens im Augenblick nicht«, sagte der Unbekannte. »Kommt, wir machen uns besser auf den Weg. Versuche es noch einmal, wenn wir heute Abend rasten.«

Denser nickte. »Ja. Wahrscheinlich ist es kein Effekt, der sich lange hält. Das hoffe ich jedenfalls.«

»Es sei denn, es ist ein vorsätzlich aufgebautes Hindernis«, wandte Ilkar ein.

»Hmm. Aber wie? Das war keine Struktur, die ich erkannt hätte. Es hat sich irgendwie nicht richtig angefühlt.« Er nagte frustriert an der Unterlippe.

Hirad steckte den Dolch ein und stand auf. »Es wird schon werden, Denser.«

Denser blies die Backen auf. »Es geht doch nichts über einen Nicht-Magier, wenn man etwas Zuspruch braucht.«

Erienne beugte sich schon wieder über die Reling und würgte. Ihre Muskeln verkrampften sich, und sie hatte den scharfen Geschmack von Galle in der Kehle. Ihr Magen war schon lange leer, doch die Übelkeit, die sie durchflutete, ließ nicht nach. So ging es schon den größten Teil des Vormittags.

Ren'erei stand gerade weit genug entfernt, um Mitgefühl zu bekunden, ohne sie zu bedrängen und ihre Verlegenheit noch zu verstärken. Als Erienne sich aufrichtete und umdrehte, um sich den Wind ins Gesicht wehen zu lassen und den Schweiß auf der Stirn zu trocknen, kam sie näher.

»Es ist keine Seekrankheit«, sagte sie. »Nach so vielen Tagen auf See kann das nicht sein.«

»Ich weiß«, quetschte Erienne heraus. In ihrem Kopf pochte es wie wild, ihr Bauch tat weh und stach bei jedem Atemzug.

»Es muss etwas sein, das du gegessen hast«, überlegte sie. Sie half Erienne, sich auf eine der mit Netzen gesicherten Kisten zu setzen.

Erienne schüttelte den Kopf, sie hatte nicht mehr genug Kraft zum Sprechen. Sie wusste, woher die Übelkeit kam, wollte es Ren'erei jedoch nicht erklären. Es war nicht das Essen, es war nicht die sanfte Bewegung der *Meerulme*, die mit einer steifen Brise in den Segeln die Bucht von Arlen ansteuerte. Es war nichts, was Ren'erei verstehen konnte, obwohl sie eine Elfenfrau war und eine angeborene Magie besaß. Sie verstand nicht die Kraft, die Erienne bei allem, was sie tat, leitete und unterstützte. Sie war keine Magierin.

Erienne wurde angegriffen. Sie wusste nicht von wo oder von wem, und dies machte ihr fast so viel Angst wie das, was sie fühlte. Auf dem Festland wusste nur der Rabe, dass sie kam. Sie konnte sich nicht vorstellen, wie man sie von dort aus angreifen konnte.

Sie hatte auch mit dem Gedanken gespielt, sie sei einer Mana-Krankheit zum Opfer gefallen. In den Kollegien hörte man immer wieder Gerüchte, das Mana eines Magiers könne irgendwie infiziert werden. Erienne hatte diese Geschichten stets als Schauermärchen abgetan, doch als der erste Schub ihrer Übelkeit kam, war sie bereit, alles zu glauben, was nur halbwegs nach einer einleuchtenden Erklärung klang.

Als die Stunden vergingen und Erienne wieder klarer denken konnte, musste sie diese Annahme angesichts der Tatsachen jedoch verwerfen. Die Übelkeit war über sie gekommen wie ein Hammerschlag. Ihr Kopf hatte sich angefühlt, als schwappte dicke Suppe darin. Sie war kaum in der Lage gewesen, die Hand vor Augen scharf zu sehen. Der Angriff hatte eine körperliche Reaktion ausgelöst, die nicht mit irgendeiner normalen Erkrankung erklärt werden konnte. Und die Übelkeit hatte angehalten, obwohl Erienne sich inzwischen vergewissert hatte, dass mit ihren Mana-Fähigkeiten alles in Ordnung war.

Es war keine Infektion, es war keine Lebensmittelvergiftung, und es gab keine erkennbare Erschöpfung ihres Mana-Reservoirs.

Es war etwas, das in keinem Lehrbuch zu finden war. So fühlte es sich offenbar an, wenn jemand, der die eigene Signatur kannte, Sprüche auf einen losließ, ohne genau zu wissen, wo man war. Erienne konnte nicht sagen, ob es Freund oder Feind war, doch sie konnte raten. Lyanna. Ihre Tochter suchte das Bewusstsein ihrer Mutter. Ohne es zu bemerken, verletzte sie dabei ihre Mutter, und solange dieser Angriff anhielt, blieb Erienne die Welt der Magie verschlossen.

Die Erkenntnis erschütterte sie. Es war eine mächtige Waffe, gegen die es keinerlei Verteidigung gab. Glücklicherweise würde sie in ein paar Tagen Denser treffen.

Er wusste sicher, was zu tun war.

Am Abend war es wie beim letzten Versuch. Als das Feuer brannte und der Rabe erwartungsvoll zuschaute, versuchte Denser die Kommunion und bekam abermals keinen Kontakt zu Erienne. Wenn überhaupt, dann war der Nebel, der sie umgab, noch dichter als bei den vorherigen Versuchen.

Er löste die Kommunion auf und blieb reglos liegen. Verzweiflung ergriff Besitz von ihm, hinter seinen geschlossenen Lidern sammelten sich die Tränen. Er war müde. Die Kommunion war ihm nie besonders leicht gefallen, und nach den drei Versuchen, die er bisher unternommen hatte, war sein Mana erschöpft. Er musste ausruhen und beten und seine Kräfte für einen weiteren Anlauf sammeln, doch seine Gedanken rasten, während er verzweifelt eine Lösung zu finden versuchte. Es war klar, dass der Schlaf lange nicht kommen würde. Er hatte keine Zeit dazu. Sie alle hatten keine Zeit.

»Denser?« Es war Ilkar. Er ließ die Augen geschlossen. Links spürte er die Wärme des Feuers; die flackernden Flammen schienen orangefarben durch die geschlossenen Lider.

»Komm schon, Denser. Ich weiß, dass du den Spruch aufgelöst hast. Hier ist Tee für dich. Kräutertee. Er sollte dir helfen, nachher einzuschlafen.«

Jetzt öffnete Denser ein Auge. Über sich, jenseits der Bäume, die sie ein wenig vor dem auffrischenden Wind schützten, sah er die dicken Wolken über den Himmel ziehen. Ein starker Regenfall stand bevor. Ein sehr starker Regen.

»Ich hasse Kräutertee«, sagte er. Er wollte lächeln und schaffte es nicht. Mühsam richtete er sich auf und nahm den Becher, den Ilkar ihm reichte. Er rümpfte die Nase, als ihm der berauschende, süße Duft entgegenschlug. Auf der anderen Seite des Feuers baute der Unbekannte einen primitiven Grillspieß. Fünf Schritt entfernt legte Hirad im Zwielicht Schlingen aus.

»Es kann noch eine Weile dauern, bis das Essen gefangen ist«, sagte der Unbekannte, der Densers Blick bemerkt hatte.

Sie schwiegen. Denser kippte den Tee hinunter, obwohl er angesichts der sirupartigen Konsistenz lieber darauf verzichtet hätte. Ilkar lächelte dazu, wenngleich etwas gezwungen. Denser schaute wieder zum Himmel hinauf. Die Sterne waren nicht zu sehen, nur dunkelgraue, schwere Wolken. Der Wind wehte eiskalt. Trotz der schützenden Bäume versprach es eine kalte Nacht zu werden. Der Unbekannte war offenbar entschlossen, das Feuer in Gang zu halten, und schätzte die lodernden Flammen anscheinend nicht als Risiko ein.

»Wer aus Greythorne kommt und uns etwas antun will, der findet uns so oder so«, sagte er. »Und wer aus Arlen kommt, der ist noch zu weit entfernt, um uns heute Nacht zu erwischen.«

Zu weit entfernt. Die Worte gingen Denser nicht aus dem Sinn.

Sie waren zwei Tagesritte von Erienne entfernt, und das waren anderthalb zu viel. Er war wütend, weil er sie nicht erreichen konnte, und frustriert, dass sie seine Warnung nicht hören konnte, und er hatte Angst, was sie in Arlen vorfinden mochten, wenn die Kontaktaufnahme auch in der Morgendämmerung misslang.

Der verdammte Hirad. Warum musste er sich auch so verplappern. Trotz der Zuversicht des Barbaren kochte Denser innerlich. Seine Frau und seine Tochter waren in Gefahr. Hirad schien das zu vergessen, und er hatte offenbar immer noch nicht verstanden, wie dringend Dordover sie zu schnappen versuchte.

Der Wind rüttelte an den Zweigen und trieb Laub über den Boden. Der Regen setzte langsam ein, hin und wieder traf ein Tropfen sein Gesicht. Staub wirbelte hoch, die

Flammen des Lagerfeuers legten sich zur Seite und bekamen einen blauen Saum.

Da stimmte etwas nicht. Denser war kein Waldbewohner, doch er war ein feinfühliger Magier. Dies hier war äußerst beunruhigend. Auf einmal veränderte sich sogar der Geschmack der Luft, die sie atmeten. So kam es ihm jedenfalls vor. Vielleicht wäre es besser, wenn die Dordovaner Lyanna zuerst fanden. Dann gäbe es wenigstens …

Er schob den Gedanken beiseite und schämte sich dafür, dass er überhaupt aufgekommen war. Doch der rationale Teil seines Verstandes musste einräumen, dass dies eine denkbare Lösung war, um die Verwüstungen zu beheben, unter denen Balaia zu leiden hatte. Entsetzlich, aber trotzdem eine Lösung.

Hirad kam zum Feuer zurück und setzte sich. Neben sich warf er eine Ladung Blätter und Wurzeln auf den Boden.

»Es gibt hier nicht viele wilde Tiere«, sagte er. »Ich habe Fallen für Kaninchen gestellt, aber es kann sein, dass wir heute Abend nicht viel erwischen.«

Ilkar kicherte. »Du fängst aber früh an mit deinen Ausreden, Hirad.«

»Du bist heute witziger als sonst, Ilkar«, gab Hirad zurück. »Aber das ist ja nicht so schwierig.«

»Also«, sagte der Unbekannte, und der entspannte Moment war dahin. »Wir müssen mit der Möglichkeit rechnen, dass Erienne ahnungslos den Dordovanern in die Hände fällt.«

»Dann ist die Kommunion nicht besser verlaufen als die vorherigen?« Hirad sah Denser an, der den Kopf schüttelte, ohne Hirads Blick zu erwidern. »Vielleicht morgen Früh.«

»Vielleicht«, sagte Denser.

»Aber im schlimmsten Fall wird Erienne gefangen. Wie geht es dann weiter?«

»Die Dordovaner wollen vor allem Lyanna bekommen, und das bedeutet, dass sie zusammen mit Erienne wieder nach Ornouth fahren müssen«, sagte Ilkar. »Eigentlich ist es ganz einfach.«

»Das ist richtig«, stimmte der Unbekannte zu. »Es gibt allerdings einige unbekannte Größen.«

»Gibt es die nicht immer?«, knurrte Hirad.

Ilkar tätschelte sein Knie. »Sonst würde uns ja auch was fehlen, oder?«

»Allerdings.« Der Unbekannte ritzte mit einem Zweig eine Markierung in den Boden. »Erstens: Wir wissen nicht, ob die dordovanischen Kräfte stark genug sind, um das Schiff zu übernehmen. Selbst wenn sie es schaffen, brauchen sie zwei Tage, vielleicht sogar länger, um das Schiff neu auszurüsten. Es kommt darauf an, wie widerspenstig Erienne und die Gilde sich zeigen.

Zweitens: Es ist denkbar, dass die Dordovaner das Schiff zwar aufhalten, aber nicht wieder mit ihm in See stechen können. Wir haben Darrick in Greythorne getroffen. Damit dürfte klar sein, dass sie auf Verstärkung warten und noch nicht so stark sind, wie sie gern wären, um die Überfahrt zu wagen. Wir müssen auch annehmen, dass Dordover und Lystern gemeinsame Sache machen. Damit wissen wir aber immer noch nicht, wie viele Leute jetzt schon in Arlen sind.

Drittens: Die Gilde könnte dafür sorgen, dass das Schiff sofort wieder ausläuft, wenn sie inzwischen von der Anwesenheit der dordovanischen Truppen gehört hat. Wir sollten uns überlegen, wie wir selbst aufs Meer kommen, um Erienne frühzeitig abzufangen – immer vorausgesetzt, dass Denser auch weiterhin keine Verbindung mit ihr aufnehmen kann.

Viertens: Wir müssen Graf Arlen einbeziehen. Er wird nicht untätig herumsitzen und zuschauen, wie die Leute in seinem Hafen kämpfen. Er könnte für uns ein guter Ansatzpunkt sein, weil er möglicherweise noch gar nicht weiß, was in seiner Stadt vor sich geht. Andererseits ist er womöglich schon längst als Komplize beteiligt.

Fünftens: Wir können aufgrund des letzten Punktes nicht sicher sein, dass irgendjemand, den wir treffen, auf unserer Seite steht oder wenigstens neutral ist. Wir können andererseits sicher sein, dass die Dordovaner in Arlen nach uns Ausschau halten. Das alles bedeutet, dass es extrem schwer wird, Erienne zu erreichen und ihr zu helfen. Es gibt noch andere denkbare Faktoren, aber dies wäre ein erstes Gesamtbild.«

»Wie können wir helfen, wenn die Waage derart zu unseren Ungunsten ausschlägt?«, fragte Denser. Er schüttelte den Kopf. Inzwischen fiel der Regen gleichmäßig. Noch nicht sehr stark, aber das war nur eine Frage der Zeit.

»Wir können immer helfen«, sagte Hirad. »Wir sind der Rabe.«

»Tja, dann solltest du dir allmählich überlegen, wie wir es anfangen wollen. Schließlich bist du ja für das Chaos verantwortlich.«

Hirad nickte, legte die Hände zusammen und stand auf. Er marschierte an Ilkar und dem Unbekannten vorbei zu den Pferden.

»Wohin willst du?«, fragte der Elf.

»Weg.«

»Was meinst du damit?«

»Ich meine, ich muss mir nicht dauernd diese neunmalklugen überheblichen Bemerkungen anhören. Ich habe einen Fehler gemacht, und es war ein schlimmer Fehler, und es tut mir Leid. Ich kann es nicht ungeschehen machen, sondern ich kann nur versuchen, es wieder ins Lot zu bringen. Aber er muss mich bei jeder Gelegenheit daran erinnern, und das kann ich wirklich nicht gebrauchen. Also werdet ihr, die ihr niemals Fehler macht, Lyanna allein retten müssen.«

»Willst du denn allein zu den Al-Drechar gehen?« Ilkars Ohren zuckten. Eine Bö peitschte den Regen über die Lichtung. Die Tropfen stachen im Gesicht, und wo sie auf den Boden trafen, spritzte der Dreck hoch. Das Feuer zischte und knackte protestierend, Schatten tanzten über den Boden, zuckten und sprangen.

»Ich denke, das könnten wir schon schaffen, ich und die Kaan«, sagte Hirad. »Ich erwarte ja nur ein bisschen Respekt für die Tatsache, dass ich einem Mann helfe, der in den letzten fünf Jahren keinen Finger gerührt hat, um mir zu helfen.«

»Ein bisschen Respekt, das kannst du von mir haben«, sagte Denser.

»Hör auf, Denser«, knurrte der Unbekannte.

»Noch ein Wort, Denser.« Hirad hob einen Finger. »Dann kannst du allein nach Arlen reiten.«

»Lauf doch zu deinen kostbaren Drachen, Hirad. Dann könnt ihr alle zusammen in eurer kalten Höhle sterben, während ich versuche, Lyanna und damit auch Balaia zu retten.«

Hirad drehte sich auf dem Absatz um und ging auf den Xeteskianer los. Er sprang übers Feuer und trat den Topf um, das Wasser verdampfte zischend im Feuer. Seine erhobene Hand traf Densers Brust und ließ den Dunklen Magier ein paar Schritte zurücktaumeln. Er war vielleicht ein paar Jahre älter als beim letzten Zusammentreffen der Rabenkrieger, doch er war so schnell wie eh und je. Denser hatte keine Zeit zu reagieren.

»Das würde dir gefallen, nicht wahr, Denser?«, knirschte er. Seine Augen funkelten böse, seine Muskeln waren angespannt. »Dir und deinen mächtigen Freunden in den Türmen.«

Er versetzte Denser einen weiteren Stoß mit beiden Händen und brachte ihn erneut aus dem Gleichgewicht.

»Lass die Drachen doch einfach krepieren, hast du dir gedacht. Die Leute vergessen schnell, hast du gedacht. Wir tun so, als forschten wir, aber wir wissen eigentlich schon, dass nichts herauskommen wird. Es wird niemanden stören. So war es doch, als du in Xetesk gemütlich am Kamin gesessen hast, nicht wahr?«

Denser erwiderte seinen Blick, aber er sagte nichts. Hirad packte ihn am Mantelkragen und schob ihn vor sich her und spuckte ihm die Worte ins Gesicht, während er am ganzen Körper vor Wut bebte.

»Aber ich habe es nicht vergessen, Mann aus Xetesk. Auch die Kaan haben es nicht vergessen. Du hast sie leiden lassen, du Schweinehund, und du hast keinen Gedanken an sie verschwendet. Sie sind jetzt nicht näher daran, nach Hause zurückzukehren, als sie es vor fünf Jahren waren. Stimmt es nicht? Aber du warst so sehr mit deinen lächerlichen Intrigen und deinen Machtkämpfen beschäftigt, dass es dich einen Dreck geschert hat.

Aber ich war da. Jeden Tag und jede Nacht war ich bei ihnen und habe gesehen, wie ihre Augen trüb und die Schuppen stumpf und trocken wurden. Ich habe gesehen, wie ihre Verwirrung wuchs und ihre Gedanken unklar wurden. Denn sie sind jeden Tag ein Stückchen gestorben, und jeden Tag haben die undankbaren Dreckskerle, die sie gerettet haben, sie ein bisschen mehr vergessen.«

Denser stand mit dem Rücken an einem Baum und konnte nicht mehr ausweichen. Der Regen rann über die Borke, droben knallten Donnerschläge. Der Regenguss wurde heftiger, das Prasseln in den Blättern war inzwischen ohrenbetäubend laut, und Hirad musste brüllen, um sich Gehör zu verschaffen.

»Hast du verstanden, was ich hinter mir habe, Denser? Verstehst du auch nur so viel?« Hirad deutete mit Daumen und Zeigefinger ein winziges Maß an. »Über die Kaan wurde ein Todesurteil verhängt. Es ist ein langsamer, schleichender Tod, aber er ist sicher, weil niemand ihnen helfen wird, oder?«

»Hirad, es reicht.« Der Unbekannte schaltete sich ein, doch Hirad hörte nicht auf ihn und drang weiter auf Denser ein.

»Aber jetzt, jetzt geht es um deine Frau und um dein Kind. Das ist natürlich etwas ganz anderes. Und jetzt sollen wir alles stehen und liegen lassen und dir helfen, was? Nein, mehr als das, wir *müssen* dir helfen.« Er beugte sich weiter vor, bis ihre Nasen sich fast berührten.

»Tja, ich habe eine Antwort für dich, Mann aus Xetesk, und sie wird dafür sorgen, dass die verdammte Magie nicht mehr mein Land zerfetzt. Lass die Dordovaner doch das Kind umbringen. Schon ist das Problem gelöst. Ein Todesurteil, sofort zu vollstrecken. Was hältst du davon? Na? Na?« Er schüttelte Denser und knallte dessen Hinterkopf gegen den Baum. Der Magier starrte ihn hasserfüllt an.

»Hirad, es reicht.« Der Unbekannte schob den Arm zwischen sie und zog den Barbaren zurück. Hirad wehrte sich.

»Hat es dir die Sprache verschlagen, Denser? Ja?«

»Ich glaube, du hast zu viel Zeit mit deinen Echsen verbracht.«

»Zum Teufel mit dir, Denser!« Er holte aus, doch der Unbekannte hielt seine Faust fest und schob sich dazwischen. Hirad musste zurückweichen.

»Nicht«, sagte er und hob die Hände. Hinter seinem mächtigen Körper verschwand Denser vollständig. Doch Hirad war zu weit gegangen, um jetzt noch innezuhalten.

»Aus dem Weg, Unbekannter.«

Er kam wieder näher. Dieses Mal versetzte der Unbekannte ihm einen festen Stoß. Hirad taumelte zurück und musste in die Hocke gehen, als er auf dem glitschigen Boden ausrutschte.

Der Regen prasselte jetzt heftig herunter, man konnte kaum noch ein paar Schritte weit sehen. Unwillkürlich tastete der Barbar nach dem Schwert, doch der Unbekannte sprang gebückt zum Feuer und hatte im Nu mit einer einzigen, fließenden Bewegung die riesige Klinge aus der Scheide gezogen.

»Du wirst ihm nichts tun, Hirad«, sagte er. »Hör auf.« Der drohende Tonfall schockierte Hirad. Er stand fassungslos da und starrte.

»Unbekannter, hör auf damit!«, rief Ilkar. »Hirad, du auch. Wir sind der Rabe, verdammt noch mal.« Er trat zwischen sie und sah sie nacheinander an. Er konnte es nicht fassen, und man sah ihm den Unglauben an, während ihm der Regen übers Gesicht lief.

Hirad hatte die Hand vom Schwertgriff genommen und starrte mit offenem Mund die Klinge an, die der Unbekannte in der Hand hatte.

»Er würde Lyanna sterben lassen«, sagte der Unbekannte. »Das kann ich nicht zulassen. Er würde sie sterben lassen.« Er sah Ilkar nicht an, als er ihm antwortete. »Ich glaube, solche Gefühle sind dir nicht unbekannt.«

Ilkar ignorierte die Bemerkung. »Steck dein Schwert weg, Unbekannter. Sofort. Wir werden hier nicht kämpfen, verstanden?«

Der Unbekannte Krieger schaute auf Ilkar herab, der Regen prasselte auf seinen rasierten Kopf, die Augen schimmerten orangefarben im Schein des vom Wind gepeitschten Lagerfeuers.

»Ich werde nicht zulassen, dass er Denser etwas tut«, sagte er. »Du weißt, warum.« Er warf das Schwert auf den Boden.

»Darum geht es doch nicht«, sagte Ilkar.

»Nein? Wirklich nicht?« Hirad wischte sich die Tropfen aus dem Gesicht. »Das Problem ist, Unbekannter, dass du hier drinnen immer noch ein Protektor bist.« Er tippte in Höhe des Herzens auf seine Brust. »Das kannst du nicht abschütteln. Das Dumme ist bloß, dass Denser deinen Brüdern das Gleiche angetan hat wie den Kaan. Er lässt dich schmoren und sitzt es aus.« Hirad machte keine Anstalten mehr, wieder auf ihn loszugehen.

»Wie wenig du doch verstehst, Hirad. Ich bin ein Vater, darum geht es. Und ich werde nicht zulassen, dass das Kind eines anderen umgebracht wird.« Der Unbekannte wandte sich ab, dann drehte er sich noch einmal zurück. »Du bist mein Freund, Hirad. Wahrscheinlich der beste Freund, den ich je hatte. Du hast dafür gesorgt, dass ich aus dem Bann der Protektoren entlassen wurde. Aber ich werde nicht zulassen, dass du das Kind eines anderen Mannes in Gefahr bringst. Das ist eine Bindung, die du erst verstehst, wenn du sie erlebt hast.«

»Aber du hast das Schwert gegen mich gezogen«, sagte Hirad. Seine Wut war verraucht, er fühlte sich jetzt nur noch hilflos. »Wir sind der Rabe, und was du gemacht hast, das passt nicht zu uns. Es war falsch.«

»Es waren deine Worte«, widersprach der große Mann. »Es lag an deinem Verhalten, Hirad. Es lag auch an dir.«

»Ich glaube, ich werde woanders übernachten«, entschied Hirad. Damit entfernte er sich vom Lagerfeuer des Raben.

Sechzehntes Kapitel

Jasto, der Zwölfte Graf von Arlen, war ein stolzer Mann, der begriffen hatte, welchen Preis man manchmal zahlen musste, wenn man den Bogen überspannte. Eine Folge davon war, dass er sich nun der festen, gerechten, aber unerschütterlichen Herrschaft von Baron Blackthorne unterordnen musste.

Selbst in den Tagen nach der Zerstörung seiner Stadt, kurz vor dem Ende des Kriegs gegen die Wesmen, als Blackthorne geschwächt war, hatte Arlen sich nicht für stark genug gehalten, um den jüngeren Mann mit einigermaßen guten Erfolgsaussichten herauszufordern. Dabei war er keineswegs ein Feigling und Schwächling, wie zwei seiner ortsansässigen Handelsherren angedeutet hatten. Er war vielmehr aus Erfahrung klug und in letzter Zeit auch wieder sehr reich geworden.

Er konnte sich noch gut erinnern, wie sich seine Handels- und Reederfamilien vor sechs Jahren an ihn gewandt und ihn gedrängt hatten, sich aus Blackthornes Fesseln zu befreien. Sie seien es leid, unter der Knute des Barons zu leben, hatten sie gesagt, und es gebe keine bessere Gelegenheit als diese, die Unabhängigkeit zu erklären und zu erlangen.

Er hatte ihre Beweggründe verstanden. Nirgends in Balaia gab es noch Söldner, die man anheuern konnte, und Blackthornes eigene Männer waren tot oder des Kämpfens müde. Doch durch einen Angriff hätte Arlen an einem Mann Verrat begangen, der viel geopfert hatte, um Balaia von der Vorherrschaft der Wesmen zu befreien. Statt Bewaffnete mit Schwert und Speer zu schicken, hatte er die Leute mit Hacke, Schaufel, Säge und Hammer ausgerüstet. Statt zu reiten und die Freiheit zu verlangen und eigene Bedingungen zu stellen, hatte er Hilfe und Unterstützung angeboten.

Arlen hatte Steinhauer und Steinmetze rekrutiert, um zu erneuern oder in Stand zu setzen, was die Wesmen zerstört hatten. Tischler und Schreiner erledigten die Holzarbeiten, und er hatte seine Vasallen ermuntert zu helfen, wo sie nur konnten.

Der Graf lächelte leicht, als ihm dies alles noch einmal durch den Kopf ging. Sein grau durchsetzter, buschiger Schnurrbart folgte der Bewegung der Oberlippe, und die ledrige, auf See gegerbte Haut legte sich auf Wangen und Stirn in Falten. Er hatte geholfen, als Hilfe gebraucht wurde, auch wenn er keineswegs ein Mann war, der immer nur selbstlos handelte. Blackthorne hatte dies durchaus erkannt. Es war ein Geschäft.

Handwerker waren nicht billig. Holz, Stein, Eisen und Stahl hatten ihren Preis, und da sie überall gebraucht wurden, waren die Preise hoch. Auch Lebensmittel waren gelegentlich sehr teuer. Alle Kaufleute, Schiffseigner und Besitzer von Fischerbooten hatten davon profitiert. Blackthorne hatte mit keiner Wimper gezuckt. Er hatte vielmehr gelacht, dem Grafen die Hand geschüttelt und eine Flasche hervorragenden Wein aus dem Keller geholt, den die Wesmen gefunden, aber nicht zerstört hatten. Sogar die Wilden wussten einen guten Tropfen zu schätzen.

Arlen erinnerte sich, wie er unter einer Markise saß, die aus seiner Stadt geliefert worden war, und mit dem schlauen Baron angestoßen hatte. Die Worte, die Blackthorne damals gesagt hatte, waren eine eindrucksvolle Bestätigung dafür gewesen, dass Arlens Entscheidung richtig gewesen war.

Blackthorne hatte einen großen Schluck getrunken und sich zurückgelehnt, um achselzuckend zu verkünden: »So hätte ich es auch selbst gemacht.«

Er hatte die Wegezölle für seine Ländereien gesenkt, die Arlens Kaufleute so hart getroffen hatten. Als Zeichen der Dankbarkeit, hatte er gesagt.

Als Arlen an diesem Tag von Blackthorne nach Hause ritt, hatte er sich gefragt, wie lange die Dankbarkeit halten würde. Fast sechs Jahre später fürchtete er immer noch, es könne jederzeit ein Brief eintreffen, der ihm die Gunst wieder entzog. Eigentlich hätte er sich solche Sorgen nicht machen müssen. Blackthornes Ehre stand außer Frage.

So hatte Arlen in Frieden über eine aufblühende Stadt herrschen können. Handelsschiffe aus Calaius und Korina legten bei ihm an, und immer mehr Bauern wurden aufs fruchtbare Land nördlich der Stadt gelockt, da sie wussten, dass die Preise für ihre Produkte dort nicht von Händlern gedrückt wurden, die sich darauf verstanden, Blackthornes Zölle für sicheres Geleit auf die Bauern abzuwälzen.

Jetzt aber war ein übler Geruch in seiner Stadt entstanden. Der üble Geruch von Magie hatte sich im Süden am Fluss Arl eingenistet. Zuerst waren die Dordovaner gekommen. Ein paar Magier mit Eskorte. Nichts Ungewöhnliches. Zehn Tage später hatten sich vierzig Schwarze Schwingen mit ihnen vereint – vereint! –, und danach hatten die Zahlen der dordovanischen Soldaten und Magier zugenommen, bis mehr als dreihundertfünfzig von ihnen flussabwärts kampierten.

Seine Gastwirte und Huren hatten nichts zu klagen. Auch nicht die Marktstände, an denen frische Lebensmittel verkauft wurden. Sogar seine Tuch- und Seidenhändler hatten gute Geschäfte gemacht, doch die Zunahme an Diebstählen war mehr als unwillkommen, so sehr man sich auch bemühte, die Halunken in den Griff zu bekommen.

Es gab Grenzen für das, was im Namen guter Geschäfte hinnehmbar war, und diese Grenzen waren heute Morgen überschritten worden.

Es hieß, man habe auf aggressive Weise Vorräte eingekauft und versucht, seetüchtige Schiffe zu requirieren. Die Schwarzen Schwingen hatten Druck ausgeübt, und sie waren offenbar nicht bereit, ein Nein als Antwort hinzunehmen.

Die ausverkauften Vorräte störten ihn nicht, denn die ließen sich leicht ersetzen. Aber Schiffe? Bei den Schiffen, die fähig waren, die weite Reise nach Calaius zu bewältigen, gab es ein sorgfältig ausbalanciertes Gleichgewicht zwischen Angebot und Nachfrage. Seine Schiffseigner trachteten danach, dieses Gleichgewicht nicht zu stören, weil sie auf diese Weise ihren verschwenderischen Lebenswandel finanzierten.

An diesem Punkt machte er sich jedoch nicht über die Reichen Gedanken. Der Handel mit Pökelfleisch, Wein, Rüstungen und Waffen war Gewinn bringend, beruhte aber auf regelmäßigen Transporten. Ebenso kritisch war der Zustrom an Kaffee, Kleidung, Schmuck und anderen Waren. Arlen konnte es sich nicht erlauben, auf unbestimmte Zeit Transportraum für diese wichtigen Handelsgüter zu verlieren.

Er hatte bereits die Stadtwächter geschickt, um einen Streit um ein Schiff zu schlichten, das von einer Gruppe von Händlern gemietet worden war. Anscheinend hatten die Schwarzen Schwingen die doppelte Bezahlung für den Transport ihrer Truppen nach Ornouth geboten. Als der Schiffsmakler sich geweigert hatte, weil er lieber den Vertrag mit seinen Stammkunden erfüllen wollte, war er bedroht worden, und einer seiner Schreiber hatte Prügel einstecken müssen, weil er einzugreifen versucht hatte.

Das war gestern gewesen.

An diesem Morgen hatte Arlen seinen schmächtigen Körper zu einer ungemütlich frühen Stunde aus dem Bett heben müssen, als die Sonne gerade eben erst über den Horizont zu klimmen begann. Eine Abordnung erwartete ihn im Sprechzimmer der Burg. Es waren ein Kaufmann, ein Bauer und ein Schiffseigner. Der Graf zog ein weißes Seidenhemd, schlichte dunkelblaue Wollhosen und einen schwarzen, dreiviertellangen Mantel an. Die silbernen Ringe steckte er sich auf drei lange, knochige Finger jeder Hand, und die schwere, ehrfurchtgebietende Goldkette, die von den jeweiligen Herrschern an ihre Nachfolger vererbt wurde, legte er sich um den Hals.

Er trank seinen Tee aus, vervollständigte seine Garderobe mit weißen Socken und einfachen schwarzen, kniehohen Stiefeln mit Doppelschnallen und verließ sein Schlafgemach. Dann lief er mit langen, federnden Schritten rasch den Flur und die Treppe hinunter. Es versprach eine schwierige Besprechung zu werden. Am Eingang des Raums bürstete ein Diener den Rücken seines Mantels ab, um Schuppen und vereinzelte Haare zu entfernen, die von seinem rasch kahl werdenden Kopf gefallen waren, ehe er die Tür öffnete.

»Guten Morgen, meine Herren«, sagte er, als er den Raum betrat. Die drei Männer begrüßten ihn murmelnd. Zwei hatten sich gesetzt, einer stand am Kamin. Alle waren gut gekleidet, nur der Bauer, ein mürrischer Mann von mittleren Jahren namens Alpar, trug derbe Kleidung, weil er zweifellos schon seit zwei oder drei Stunden bei der Arbeit war. Die Männer, die sich gesetzt hatten, wollten sich erheben, doch Arlen hinderte sie mit erhobener Hand daran.

»Bitte, wir wollen uns nicht mit Förmlichkeiten aufhalten. Ich denke, wir haben keine Zeit zu vergeuden.« Er setzte sich in seinen vergoldeten, gepolsterten Lehnstuhl hinter den Schreibtisch und wartete, bis ein Diener ihm eine Tasse Tee eingeschenkt und sich wieder zurückgezogen hatte. Dann forderte er seinen alten Freund, den Seidenhändler Hancross, mit einer Geste auf, sein Anliegen vorzutragen.

»Im Hafen wird es immer schlimmer, Jasto. Die Schwarzen Schwingen sind Strolche, die sich um jeden Preis durchsetzen wollen und dabei unser Geschäft ruinieren. Die Diebstähle auf den entlegenen Gehöften werden mit jedem Tag schlimmer, und jetzt haben sie sich sogar noch etwas Neues einfallen lassen. Erik?« Hancross winkte dem Sohn von Arlens erfolgreichstem Schiffsmakler. Der junge Mann sollte eines Tages den Familienbetrieb übernehmen.

Erik Paulsen nickte. Er hatte Mühe, seine Emotionen unter Kontrolle zu halten. In seinen Augen schimmerten die Tränen. »Ich denke, dies ist auch der Grund, warum wir dachten, es sei besser, wenn wir uns direkt an Euch wenden, mein Lord. Solange die Einschüchterungen nur uns selbst trafen, war es noch etwas anderes. Aber jetzt trifft es unsere Familien, und das ist nicht hinnehmbar. Es muss etwas geschehen.« Er hielt inne und holte tief Luft, sein Kinn bebte. Er sammelte sich und sprach weiter. »Gestern Abend sind meine Frau und meine Tochter vom Markt nach Hause zurückgekehrt. Drei dieser Bastarde haben meine Frau zu Boden geworfen. Einer hielt meiner Tochter einen Dolch an die Kehle, während die anderen beiden meine Frau begrabscht und ihr mit Vergewaltigung und meiner Tochter mit Mord gedroht haben. Ich kann es selbst kaum glauben, wenn ich es jetzt erzähle.« Er schluckte schwer. »Nicht hier, nicht mit meiner Familie.« Er schüttelte den Kopf, und eine Träne rollte über seine Wange. »Ihr solltet sie sehen. Sie sitzen beide verschreckt in meinem Haus und haben Angst, sich vor die Tür zu wagen. Aber wir sind doch hier in Arlen. Was, zum Teufel, ist hier los?« Er sah den Grafen flehend an. »Dies ist eine friedliche Stadt, mein Lord, aber wenn Ihr nichts unternehmt, dann ist zu befürchten, dass die Leute das Gesetz in die eigenen Hände nehmen.«

»Das versprechen wir sogar«, knirschte Alpar heiser. »Paulson hat es am schlimmsten getroffen, aber wir verlieren alle dabei. Jeden Morgen ist meine Herde ein wenig kleiner, obwohl ich Wachen aufstelle. Hancross wollte es Euch nicht sagen, aber in einem seiner Läden hat es gebrannt, und wir wissen, wer das Feuer gelegt hat.«

Arlen nickte und hob die Hände, um seine Gäste zu beruhigen. Er wurde wütend. Er hatte hart gearbeitet, um die Stadt nach den Entbehrungen des Krieges gegen die Wesmen wieder aufzubauen. Er hatte Frieden und Wohlstand nach Arlen gebracht, nicht nur in die Stadt, sondern in die ganze Grafschaft. Und er verdiente Respekt. Die Schwarzen Schwingen sollten lernen, ihm den nötigen Respekt zu erweisen.

»Meine Herren, dies ist meine Stadt, und ich hasse jede Art von Gewalt in der Stadt oder in den Ländereien, die mir unterstehen. Ich bitte Euch deshalb, nicht zu den Waffen zu greifen. Ich werde ohne Ansehen der Person mit aller Härte gegen jeden vorgehen, der in diesem Streit gewalttätig wird.

Euer Besuch sagt mir aber alles, was ich über Eure Aufrichtigkeit und Euer Vertrauen in meine Herrschaft wissen muss, und dafür danke ich Euch. Ich werde heute Morgen so bald wie möglich den Hafengasthof aufsuchen, wo meines Wissens der Anführer der Schwarzen Schwingen Quartier genommen hat. Er wird die Anweisung bekommen, die Stadt zu verlassen und nicht zurückzukehren. Was er an Geld für Waren bezahlt hat, die bisher nicht geliefert worden sind, soll ihm erstattet werden, abzüglich der Kosten für Schäden, gestohlene Waren und sonstige Auslagen.«

»Jasto …«

»Nein, Hancross, sagt es nicht«, unterbrach Arlen ihn. Zum dritten Mal hob er die Hand. »Der Ruf dieser Stadt beruht auf Ehrlichkeit, besonders wenn es um den Handel geht. Geld, das in gutem Glauben vorgestreckt wurde, soll zurückgegeben werden. Außerdem wollen wir nicht unser Gefängnis mit kleinen Dieben füllen. Wenn aber Eure Frau, Erik, die Angreifer identifizieren will, dann sollen sie Arlen nicht verlassen, bevor sie für ihre Verbrechen bestraft worden sind.«

Arlen sah Paulson an und erkannte die Wut, die in den verhangenen Augen des Mannes loderte. Er rang die Hände, und seine gebräunte Haut hatte eine ungesunde graue Farbe angenommen. Er saß nicht auf dem Stuhl, er hockte da wie ein Raubtier, das jederzeit zuschlagen konnte.

»Erik?«

»Sie haben sie angefasst. Sie haben sie angefasst«, sagte er, und wieder rollte eine Träne aus dem Mundwinkel. Seine Selbstbeherrschung, so bewundernswert sie war, drohte zu versagen. »Das ist ein Verbrechen. Sie müssen zahlen.«

»Dann sollen sie dafür büßen«, sagte Arlen. »Vertraut mir.«

Erik sah ihm in die Augen, und es war klar, dass er dem Grafen nicht glaubte. »Ja«, sagte er. »Ich will nur, dass sie wieder durch die Straßen ihrer Heimatstadt laufen können, ohne Angst zu haben.«

Arlen stand auf und ging zu Paulson. Er legte ihm eine Hand auf die Schulter und drückte leicht. »Ich weiß, Erik. Überlasst es mir. Sie werden meinem Urteilsspruch nicht entkommen.« Er wandte sich an Hancross. »Bringt ihn nach Hause und behaltet sie alle im Auge. Gebt bekannt, dass der Hafen geräumt wird. Niemand soll mir in den Weg kommen. Außerdem soll eine Nachricht zum Hafengasthof geschickt werden, dass Selik warten soll, falls es nötig ist. Ich werde binnen einer Stunde dort sein. Gibt es sonst noch etwas, das ich wissen sollte?«

Der Unbekannte Krieger starrte sein Schwert an, als sei es eine Schlange, die ihn gleich beißen wollte. Es lag da, wo er es während des Wolkenbruchs hingeworfen hatte. Es schimmerte im sterbenden Schein des Feuers, das nicht mehr versorgt wurde, weil die Dämmerung nahte. Es war ein Symbol. Ein Symbol für den Tod des Raben. Das Ende des Vertrauens, das sie ineinander gesetzt hatten, er und Hirad. Das hatte ihm alles bedeutet. Auch wenn sie sich in den letzten Jahren kaum gesehen und erst recht nicht miteinander geredet oder zusammen gekämpft hatten. Hirads bedingungsloses Vertrauen war immer da gewesen. Letzte Nacht hatte er es verraten.

Noch schlimmer war, dass Hirad sogar Recht hatte. Wenn man es richtig betrachtete, dann hatte er sich bei Hirads Angriff gezwungen gesehen, Denser zu beschützen wie ein Protektor. Ihn beschützen – wie hohl dieses Wort jetzt klang. Er hatte den Mann vertrieben, der sie beisammenhalten konnte, um nicht nur Denser und seine Familie, sondern ganz Balaia zu retten.

Hinter seiner Reaktion hatte mehr als nur sein Bedürfnis gestanden, Densers Familie zu retten. Dies verstörte ihn tief in seiner Seele. Er hätte dankbar sein müssen, dass er überhaupt eine Seele besaß, die sich sorgen konnte, doch er war es nicht. Zu viel in ihm war immer noch an die Protektoren gebunden, und trotz der relativ kurzen Zeit, die er in ihrer Mitte gelebt hatte, bedauerte er den Verlust der Bruderschaft. Auch nach mehr als sechs Jahren empfand er es noch als Verlust. Er wusste auch, dass sich dies nie ändern würde, und damit hatte er sich bisher noch nicht recht abfinden können.

Außerdem kamen sie. Sie waren nahe. Er konnte sie fühlen, und er hatte es Ilkar am vergangenen Tag gesagt. Die widerstreitenden Gefühle, die dies in ihm auslöste, konnte er allerdings nicht beschreiben. Die Freude, ihnen nahe zu sein, die Tragödie ihrer Existenz, das Gefühl, ausgeschlossen zu sein, weil er seine Seele wieder selbst besaß. Das war der größte Schmerz für ihn. Er würde sie immer fühlen können, doch er würde nie mehr die Ganzheit spüren, die der Seelenverband trotz der schrecklichen Begleitumstände all seinen Angehörigen schenkte. Er fragte sich, ob sie auch ihn fühlen konnten.

Er blickte zu Ilkar und Denser, die unter einem eilig gebauten, unzureichenden Dach aus Zweigen, Ästen und Leder schliefen. Er war froh, dass Ilkar am vergangenen Abend eingegriffen hatte. Damit hatte der Elf eine Katastrophe verhindert. Um ein Haar wäre der Unbekannte auf Hirad losgegangen, doch Ilkar hatte ihn aufgehalten. Der Elf glaubte, Hirad werde in der Morgendämmerung ins Lager zurückkehren. Der Unbekannte war nicht so sicher.

Der Regen hatte endlich aufgehört, doch der Wind fegte kalt durch die Bäume und kühlte ihn aus, als er am Feuer saß. Wie sehr sie jetzt Hirad brauchten, mehr denn je. Als er wieder ruhiger war, hatte Denser eingewilligt, mit einem Kontaktmann in Korina Kommunion zu halten und eine Botschaft an Diera zu übermitteln. Von dort hatten sie weitere schlechte Nachrichten erhalten.

Der Kontaktmann war, wie anscheinend viele tausende anderer Menschen, dabei, die Stadt zu verlassen und ins Landesinnere zu fliehen. Zwei Tage vorher hatte es nach unablässigen Regenfällen eine Überschwemmung in der Flussmündung gegeben. Von den Bächen in den Hügeln und Bergen gespeist und von Sturmwinden aufgepeitscht, war das Wasser immer weiter gestiegen.

Der Hafen und alle tief liegenden Bereiche um die Flussmündung waren überflutet. Im Zentrum Korinas sah es besser aus, doch auch dort stieg das Wasser. Das Haus des Unbekannten hatte jedoch im Überflutungsbereich gestanden. Der Kontaktmann konnte nicht sagen, wie viele Tote es in der Stadt gegeben hatte, doch er wusste, dass der Krähenhorst noch stand und nach wie vor seine Gäste bediente. Er hatte versprochen, die Botschaft des Unbekannten zu überbringen.

Nun konnte der Unbekannte nur noch beten, dass

seine Frau und sein Sohn noch lebten und bei Tomas Aufnahme gefunden hatten.

Am liebsten hätte er sein Pferd gesattelt und wäre nach Korina geritten, doch das war nicht möglich. Wenn er seine Familie und seine Freunde retten wollte, dann musste er Denser zu Lyanna bringen. Hirad war ein entscheidender Faktor dabei. Der große Krieger strich sich mit den Händen übers Gesicht. Er schüttelte den Kopf und verfluchte sich für das, was er getan hatte.

Erst als der Mann ins Lager marschierte, wurde ihm bewusst, dass er nicht etwa Wache gehalten, sondern auf dem kalten, feuchten Boden gehockt und sich vor allem mit sich selbst beschäftigt hatte.

»Drückt dich ein Problem, Unbekannter?«

»Das kann man wohl sagen.« Der Unbekannte schaute zu Darrick auf, der mit dem Schwert an der Hüfte und mit einem Lederumhang auf den Schultern das Lager betrat. Der General hatte dunkle Ringe unter den Augen. Wahrscheinlich war er den größten Teil der Nacht über geritten. »Setz dich. Ich mache Wasser für Kaffee heiß.« Aber Darrick war nicht gekommen, um Kaffee zu trinken.

»Ich glaube, dafür haben wir keine Zeit«, sagte er.

»Nein«, antwortete der Unbekannte. Er starrte angestrengt zum Wald, konnte aber nichts erkennen außer den Schatten der Bäume, die sich im Wind wiegten, während die Sonne allmählich die Wolken durchdrang, die noch mehr Regen versprachen. »Wie viele hast du mitgebracht?«

»Ein paar hundert.«

»Ihr wart leise.« Der Unbekannte lächelte.

Darrick nickte und hätte beinahe gekichert. »Nun ja, wir sind nicht in vollem Galopp hierher geritten, wenn du das meinst.«

»Zweihundert, was?« Der Unbekannte schaute wieder zu seinem Schwert, das auf dem Waldboden im Schlamm lag. »Das reicht wahrscheinlich.«

»Das dachte ich mir.« Darrick ging um den Unbekannten herum und baute sich auf der anderen Seite des Feuers vor ihm auf. »Ich dachte, ihr braucht eine überwältigende Überzahl als Entscheidungshilfe.«

Der Unbekannte blickte dem General in die Augen und sah den schuldbewussten Ausdruck.

»Was willst du denn eigentlich?«

»Ich will verhindern, dass der Rabe sinnlos getötet wird.«

»Wirklich?« Der Unbekannte zog die Augenbrauen hoch.

»Ja, wirklich.« Darrick kratzte sich mit dem Lederhandschuh an der Stirn. »Hör mal, ihr seid da in eine üble Sache hineingeraten, und ich glaube, ihr versteht nicht ganz, wie Dordover die Sache sieht.«

Der Unbekannte wurde wütend. »Ich kann dir versichern, dass wir ganz genau wissen, wie Dordover die Sache sieht. Deshalb sind wir bei ihm und versuchen, seine Tochter zu erreichen, bevor es sonst jemand tun kann.« Er deutete mit dem Daumen auf Denser.

»Ganz so einfach ist das nicht.«

»Das sagt Ilkar auch immer. Allerdings ist es tatsächlich ganz einfach. Denser hat uns um Hilfe gebeten. Wir sind der Rabe, also helfen wir ihm. Er ist einer von uns, und er sagt, er kann sie retten und Balaia dazu, und das reicht uns.« Sie schwiegen. Der Unbekannte wusste, dass Darrick es verstanden hatte, aber nichts ändern konnte. Seine Loyalität galt Lystern und damit indirekt auch Dordover. »Wohin wollt ihr uns denn bringen?«

»Nach Arlen.«

»Das trifft sich. Da wollten wir sowieso hin.«

»Ich weiß. Aber ihr werdet nichts unternehmen, wenn wir dort sind.«

»Dann sind wir Gefangene?«

»In gewisser Weise.« Darrick wandte den Blick ab.

»Seltsam, wie sich die Dinge ändern, was?«, sagte der Unbekannte.

»Eigentlich nicht«, antwortete Darrick. »Willst du sie wecken, oder mache ich das?«

Der Unbekannte lächelte. »Ich mache das. Du weißt ja, wie reizbar Magier sind, wenn sie unversehens geweckt werden. Hast du Hirad schon geschnappt?« Er sah keinen Grund, die Abwesenheit des Barbaren zu verheimlichen. Darrick war kein Narr.

Doch Darrick biss sich nur auf die Unterlippe und senkte den Blick. »Nein«, sagte er. »Ich fürchte, wir sind zu spät gekommen.«

»Der gute alte Hirad.« Hoffnung flackerte auf, doch Darrick zerstörte sie wieder.

»Unbekannter, du verstehst es nicht. Wir haben ihn gefunden, aber wir sind zu spät gekommen.« Er fuhr sich mit dem Handschuh durch die verfilzten Locken. »Bei den Göttern, wie soll ich es ausdrücken? Die Wölfe hatten ihn schon umstellt, als die Späher eingetroffen sind. Es tut mir Leid.«

Arlen verzichtete auf sein Pferd und zog es vor, in Begleitung von zwanzig Stadtwächtern eine unübersehbare Demonstration seiner Stärke zu geben und mitten durch die Stadt zu marschieren. Es hätte schnellere Wege zum Hafengasthof gegeben, doch Arlen wollte, dass so viele wie möglich, Freunde wie Feinde, seinen Auftritt sahen.

Als die Sonne versuchte, den bewölkten Tag zu erwärmen und die Straßen zu trocknen, die wieder einmal von für die Jahreszeit ungewöhnlich heftigen Regenfällen überflutet worden waren, schritt Jasto Arlen aus dem Tor der Burg von Arlen. Er lief rasch den breiten, mit Kies bestreuten Weg zwischen seinem privaten Garten und der Kaserne hinauf, bog auf dem Marktweg nach rechts ab und folgte der kurvenreichen Straße, die den Ort mit den nach Norden führenden Straßen verband. Vom Marktweg zweigten auf ganzer Länge Seitenstraßen ab, während im Osten bis zum Garten der Märtyrer die teuren Häuser der Kaufleute und Reeder standen. Im Westen und südlich der Kaserne grenzten der Markt für Seide und Luxusgüter und das Theater an ein weniger wohlhabendes Viertel. Dort standen auch die Hütten und Häuser der Arbeiter, von denen einige auf Arlens Burg beschäftigt waren, und dort befanden sich auch die Stallungen und der schlichte, aber höchst wichtige Meerestempel.

Arlen schritt geradewegs den Marktweg hinunter, eine leicht abschüssige Pflasterstraße, die bis zum Jahrhundertplatz führte, auf dem sich der Hauptmarkt befand. Dort wurde von Lebensmitteln über Waffen bis zu kostbaren, geschnitzten Möbeln so gut wie alles verkauft. Umgeben war der Markt von Restaurants, Gasthöfen und einer Galerie. Zu so früher Stunde waren noch nicht viele Käufer auf dem Markt, doch die Kunde würde sich rasch verbreiten, und Arlens Zorn war keineswegs verraucht. Seine Stadt war wohlhabend und schön, durch harte Arbeit und strenge geschäftliche Ethik aufgebaut. Das durfte niemand infrage stellen.

Er winkte den Stadtbewohnern zu, grüßte alle, die er kannte, und bog schließlich am Platz nach rechts ab, um ein ärmeres Wohnviertel zu durchqueren, wo früher die Matrosen der Fischkutter gelebt hatten, und wo jetzt der

Fang in Kühlhäusern gelagert wurde, bevor er am Vormittag auf dem Fischmarkt im Hafen verkauft wurde. Arlen ging an der Eisenschmelze und dem Fischmarkt vorbei zum Hafen und betrachtete die leeren Becken, in denen sonst die Fischereiflotte ankerte, und die Anlegeplätze mit tiefem Wasser für seetüchtige Schiffe, bevor er wieder nach links abbog und an einem hübschen, schlanken Elfenschiff, das offenbar gerade erst angelegt hatte, vorbeikam. Dann endlich stand er vor der Tür des Hafengasthofs.

Wenn er sich auf der Mole umschaute, konnte er vom Salzviertel bis zum Holzplatz nur wenige Menschen sehen, darunter einige Schwarze Schwingen, die an den Pollern lümmelten. Wie die Stadtbewohner und die Besucher richteten auch sie sich auf, und kaum dass sein Wachtmeister an die Tür des Gasthofs geklopft und Einlass begehrt hatte, sammelte sich schon eine Menschenmenge. Aufgeregte Stimmen erfüllten die Luft, und immer mehr Männer und Frauen verließen ihre Arbeitsplätze und sahen neugierig zu.

Riegel wurden zurückgezogen, und der linke Flügel einer schwarz lackierten Doppeltür wurde quietschend geöffnet. Der Sohn des Wirts, ein dürrer Bursche von etwa zwölf Jahren, lugte heraus. Das sommersprossige Gesicht unter den wuchernden hellroten Haaren erbleichte, als er die Besucher erkannte.

»Keine Sorge, Petren«, sagte Arlen. »Wecke doch bitte deinen Vater. Ich muss mit ihm über einen eurer Gäste reden. Nun geh.«

Der erschreckte Junge brachte kein Wort heraus, sondern nickte nur und verschwand im Halbdunkel hinter der Tür. Gleich darauf konnten sie seine dünne, schrille Stimme durch den Gasthof hallen hören.

»Vater, Papa! Der Graf ist an der Tür, der Graf ist an der Tür.«

Arlen gestattete sich ein Lächeln, als er den Blick seines Wachtmeisters bemerkte.

»Immerhin weiß er, wer ich bin«, sagte der Graf.

»Ja, Sir.«

Während der kurzen Wartezeit schwoll die Menge der Zuschauer weiter an, und unter ihnen zählte Arlen mehr als ein Dutzend Schwarze Schwingen. Im Augenblick waren die Leute noch ruhig und neugierig, doch es brauchte nicht viel, damit es unangenehm wurde.

Er beugte sich zum Wachtmeister und befahl ihm, seine Männer in der Nähe der Schwarzen Schwingen zu postieren.

»Mein Lord?« Denat, der Wirt, erschien in der Tür.

»Es tut mir Leid, dass ich Euch wecken musste«, sagte Arlen.

»Aber keineswegs, mein Lord. Ich bin schon eine Weile auf und bereite das Frühstück vor.«

»Dann habt Ihr viel zu tun?«

»Ich bin ausgebucht«, bestätigte Denat.

»Hmm.« Arlen nickte. »Ich fürchte, Ihr werdet leider einen großen Teil Eurer derzeitigen Gäste verlieren.«

»Bitte, mein Lord?« Denat runzelte die Stirn und fummelte nervös an der Türklinke herum. Er war eine wuchtigere Version seines Sohns mit schütterem Haar.

»Ich will Selik sprechen, versteht Ihr? Selik soll sofort hierher zur Tür kommen.«

»Oh.« Denat zögerte. »Aber natürlich. Ich hole ihn her.«

»Danke.« Arlens Lächeln war humorlos. Er bedauerte, dass es Männer wie Denat gab, musste aber zugeben, dass diese Sorte gut für die Wirtschaft der Stadt war.

»Ich bin durchaus fähig, mich selbst zu bewegen«, leierte eine neue Stimme. Sie klang irgendwie entstellt, und als die missgestaltete Person in der Tür auftauchte und sich am zurückweichenden Denat vorbei nach draußen schob, konnte der Graf auch sehen warum.

»Ihr seid Graf Arlen, nehme ich an?« Der Mann reichte ihm die Hand, die Arlen ignorierte.

»Genau. Und Ihr seid in dieser Stadt unerwünscht.«

Selik zog eine Augenbraue hoch. »Wirklich? Und von wem?«

Arlen sah ihn unverwandt an. »Von mir. Und das ist genug. Ich habe Eure Aktivitäten länger beobachtet und geduldet, als es eigentlich nötig gewesen wäre.«

»Ich …«

»Schweigt.« Arlen hob einen Finger, aber nicht die Stimme. Er war nicht daran gewöhnt, unterbrochen zu werden. »Schweigt und hört zu. Der Handel in dieser Stadt wird durch Handschlag, Lieferung und Bezahlung geregelt, aber nicht durch Drohung, Faust und Einschüchterung. Gestohlene Güter werden nur dann als Verlust abgeschrieben, wenn der Missetäter nicht gefasst werden kann. Verletzungen von Personen, besonders von Frauen, werden unter keinen Umständen geduldet.

Diese wichtigen und zahlreiche andere Regeln wurden von Euch oder Euren Männern gebrochen. Deshalb wird jetzt Folgendes geschehen: Mit zwei Ausnahmen werden alle Eure Männer bis zur Mittagsstunde die Stadt verlassen haben. Wer danach noch hier gefunden wird, macht sich des Bruchs der Handelsgesetze schuldig und wird entsprechend bestraft.

Die Waren, die Ihr rechtmäßig erworben, aber noch nicht erhalten habt, werden Euch bis hinter die Grenze von Arlen nachgeliefert. Falls Ihr Schiffe unter Vertrag genommen habt, ob einwandfrei oder durch Ausübung von Druck, so werden die Verträge für ungültig erklärt, und Ihr werdet, falls es Euch zusteht, das Geld zurückbekommen.

Ihr, Selik, werdet hier bleiben, bis Eure Männer die Stadt verlassen haben. Außerdem werdet ihr die beiden Verbrecher identifizieren und ausliefern, die auf meinen friedlichen Straßen eine Frau und ihr kleines Kind belästigt und bedroht haben. Habe ich mich deutlich ausgedrückt?«

Arlens Worte hatten die Menge, die inzwischen auf mehr als hundert Köpfe angewachsen war, zum Schweigen gebracht. Die Leute verrenkten die Hälse, um ja kein Wort zu verpassen. Selbst aus der Nähe war nicht alles zu verstehen, weil der böige Seewind dem Grafen die Worte von den Lippen riss, doch was er wollte, war deutlich genug, und die Versammelten begannen leise zu applaudieren. Arlen reagierte nicht darauf.

Selik hatte Arlens Blick erwidert und höhnisch gelächelt. Er hatte ihn nicht unterbrochen, und nun brach der Applaus rasch ab, weil die Leute Seliks Antwort hören wollten.

»Ich dachte, dies sei eine freie Stadt. Ich habe mich wohl getäuscht.«

»Nein, Ihr habt Euch nicht geirrt«, erwiderte Arlen. »Aber die Freiheit wird durch Regeln begrenzt, damit aus Freiheit keine Anarchie wird. Ihr habt die Regeln gebrochen, und dies werden wir nicht dulden.«

Selik nickte, und das höhnische Lächeln schien ein wenig konzilianter zu werden.

»Wir haben um Zusammenarbeit gebeten, die uns versagt wurde«, gab er leise zurück. »Doch wir müssen bekommen, was wir brauchen, und ich fürchte, einige Eurer

Händler scheinen das nicht zu verstehen. Ihr müsst wissen, Graf, dass ein Krieg bevorsteht, auch wenn Ihr es nicht als Krieg seht. Ich kämpfe auf Seiten der Gerechten, ich kämpfe gegen die zunehmende Gefahr, dass Balaia von einer einzigen magischen Kraft beherrscht wird.«

Arlen schnaufte. »Krieg. Selik, hier ist jeder über die Probleme mit dem Mana-Spektrum im Bilde. Ich rede schließlich mit meinen Magiern. Aber diese Probleme werden vorübergehen, und mit ihnen auch dieser lästige Wind und der kalte Regen. Versucht ja nicht, Eure perversen Vorhaben mit einem Aufstand der Magier zu rechtfertigen.« Arlen machte einen kleinen Schritt und spürte, wie die Abscheu der Leute vor dem Mann, den er zur Rede stellte, wuchs.

»Ich kenne Eure Überzeugungen, und Ihr habt die Freiheit, sie zu vertreten. Ihr habt aber nicht das Recht, sie meinem Volk aufzuzwingen oder meine Leute zu benutzen, um Eure primitiven Gewalttaten zu rechtfertigen. Habt Ihr nun verstanden, was Ihr zu tun habt, oder soll ich Euch ins Gefängnis werfen, damit Ihr in Ruhe darüber nachdenken könnt?«

Selik richtete sich auf und hob die Stimme.

»Ihr sollt diesen kleinen und kurzsichtigen Sieg für Euch verbuchen, einfach weil es eine Zeitverschwendung wäre, wenn ich mich in diesem Moment gegen Euch stelle. Aber merkt Euch meine Worte, Arlen. Ein Krieg wird kommen. Wir werden erhalten, was wir brauchen, um ihn zu führen. Unschuldige werden sterben, und ihr Blut wird auf Euren Straßen fließen und an Euren Händen kleben, wenn Ihr mir nicht helft. Merkt Euch meine Worte. Und lasst es auch Eure Leute hören.« Er tippte Arlen mit dem Zeigefinger auf die Brust.

Der Graf packte Seliks Hand und schob sie weg.

»Es wird keinen Krieg in Arlen geben«, knurrte er. »Es sei denn, Ihr begeht den schweren Fehler, hierher zurückzukehren. Glaubt mir, wenn Ihr es versucht, dann bekommt Ihr meinen Stahl zu schmecken. Und jetzt ruft Eure Männer, liefert mir die Schuldigen aus und verschwindet aus meiner Stadt.«

Selik lachte. »Glaubt doch, was Ihr wollt, Arlen. Aber die Gerechtigkeit wird über Unwissenheit und Dummheit triumphieren.«

Der Blick, den Selik ihm zuwarf, ließ Arlen kalt.

Siebzehntes Kapitel

Hirad schlug zwischen drei jungen Eichen eilig sein Lager auf. Er band die imprägnierte Lederplane an den Stämmen fest, um ein wenig vor dem Regen geschützt zu sein. Als er aus dem Lager des Raben gestürmt war, hatte er sich auch seinen Sattel geschnappt und sein Pferd mitgenommen. Er war noch nicht sicher, wie weit er sich entfernen wollte. Schließlich war er eine Meile oder vielleicht etwas weiter gelaufen, während der Regen herunterprasselte und ihn bis auf die Haut durchnässte. So fand nun der elende, aber unvergessliche Abend seinen Abschluss.

Mit den trockenen Zweigen und Spänen, die er immer in Leder gewickelt bei sich trug, entfachte er ein Feuer, dann sammelte er noch etwas Nachschub, der zuerst auf dem feuchten Boden neben dem Feuer trocknen musste.

Er ließ sein Pferd frei grasen, weil er wusste, dass es nicht weglief, solange es keine Gefahr witterte, legte sich mit dem Sattel als Kissen unterm Kopf nieder und dachte über den Schlamassel nach, in dem er sich nun befand. Er hatte ein taubes Gefühl im Bauch, das ihm jeglichen

Appetit raubte, und ein brennendes Gefühl im Hals, das nichts mit der Brüllerei zu tun hatte. Vor allem aber war ihm zutiefst unbehaglich und unwohl, und er hatte das Gefühl, etwas Wichtiges verloren zu haben. Er hatte den Raben verlassen, die einzige Familie, die er je gekannt hatte. Das war nichts, verglichen mit dem traurigen, unausweichlichen, aber sicherlich freundschaftlichen Abschied vor einigen Jahren. Dies hier hatte einen Hauch von Endgültigkeit.

Hirad suchte erfolglos eine bequeme Position auf dem durchnässten Laub. Der Wind heulte und zerrte an seinem Dach und drohte es loszureißen. Unablässig trommelte der starke Regen aufs Leder und sammelte sich auf dem Boden in einer Pfütze, ehe er bergab lief.

Er war kein tiefer, kluger Denker wie die anderen. Nein, das war er nie gewesen. Er reagierte einfach auf das, was er sah, hörte und fühlte. Das war seine Stärke, aber auch sein Fluch. Er hatte keine Ahnung, was da am Abend in ihn gefahren war. Es wäre einfach gewesen, Denser die ganze Schuld zu geben, aber einen großen Teil der Schmach musste er auf sich selbst nehmen.

Die Dinge hatten sich zugespitzt. Man hatte immer von ihm erwartet, dass er sprang und half, wenn andere in Not waren. Wenn aber die Dinge umgekehrt lagen, dann fanden die anderen unweigerlich irgendwelche Gründe, warum sie ihn im Stich lassen mussten. Denser war der Schlimmste. Er hatte sich sehr seltsam verhalten, seit sie ihm in Greythorne begegnet waren.

Trotzdem wusste Hirad, dass er nicht hätte tun sollen, was er getan hatte. Der Mann sorgte sich offenbar um das Leben seiner Angehörigen, und das brachte ihn aus dem Gleichgewicht. Dann redete er dummes Zeug. Es war ein Fehler gewesen, die Kaan mit hineinzuziehen.

Wieder rief Hirad sich den Unbekannten vor Augen, wie er mit gezogenem Schwert vor ihm stand. Er sah die Klinge, die nicht schwankte, und die feste Absicht des Mannes. Es war ohne Vorwarnung gekommen. Der Unbekannte hatte, wie Hirad wusste, rein instinktiv gehandelt, doch ihm war auch klar, dass der große Mann ihn getötet hätte, wenn er den Xeteskianer noch weiter bedroht hätte. Schließlich war er dazu bestimmt, und auch wenn er aus dem Bann der Protektoren entlassen und seine Seele zu ihm zurückgekehrt war, das Vermächtnis dieser Zeit steckte noch in seinen Knochen.

Und jetzt wusste Hirad nicht, wie er sich fühlen sollte. Wütend auf Denser, ja. Traurig, weil er den Unbekannten so weit getrieben hatte, gewiss. Auch enttäuscht, dass er gegangen war, ohne das Problem zu lösen. So etwas hatte es noch nie beim Raben gegeben. Der Rabe lief nicht weg. Doch er hatte es getan.

In dieser Nacht konnte er nichts weiter tun. Ilkar wusste, dass er nicht sofort zurückkommen würde, und der Unbekannte würde vor Beginn der Morgendämmerung keinesfalls nach ihm suchen. Doch es gab eine Frage, die er sich stellen musste. Wollte er überhaupt gefunden werden? Als die Stunden vergingen und er immer wieder aus dem Schlaf aufschreckte, weil ihn der Wind, der Regen und das gelegentliche Donnergrollen störte, wurde die Antwort ziemlich klar.

Hirad wachte eng zusammengerollt auf, wie er sich hingelegt hatte, um ein wenig vor der Kälte geschützt zu sein. In der Morgendämmerung nahm der Wind wieder zu, doch zum Glück ließ der Regen etwas nach. Hirad öffnete die Augen und starrte das straff gespannte Lederdach an, das zwischen den Seilen vibrierte. Er runzelte die Stirn und blinzelte in der Helligkeit des Morgens. Er war überrascht, dass er nicht früher aufgewacht war. Doch das war noch nicht alles, was nicht stimmte. Trotz des Windes hätte er die Rufe der Waldvögel hören sollen, doch es war völlig still, und der Wind schien in totem Holz zu rauschen. Wie im Dornenwald.

Er streckte sich im Liegen, rollte sich herum und setzte sich auf, rieb sich das Gesicht und kratzte seinen juckenden Kopf. Es war mal wieder Zeit, dachte er, dass Ilkar ihm die Milben abräumte.

Er stand auf, trat geduckt unter dem Schutzdach hervor und streckte sich noch einmal. Sein Blick wanderte zu seinem Pferd, das in der Nähe stand.

»Hallo, alter Junge, ich …« Dann brach er ab. Der Hengst stand stocksteif und mit aufgerissenen Augen da, seine Beine zitterten, und er war zu verängstigt, um wegzulaufen. Hirad sah nach links und folgte seinem Blick. Fünf Wölfe waren dort, teilweise im Schatten verborgen.

»Bei den Göttern«, sagte Hirad. Sein Schwert lag in der Asche am Feuer. Wenn er einen Angriff auslöste, dann konnte er in Sekunden tot sein. So blieb er stehen und hoffte gegen alle Wahrscheinlichkeit, dass die Wölfe weiterzogen.

»Ruhig, Junge«, sagte er zu seinem Pferd, doch die Worte waren ebenso an ihn selbst gerichtet.

Die Wölfe standen dicht beisammen, der Anführer vorne, zwei Paare hinter ihm. Sie knurrten nicht, sie drohten nicht, sie ließen nicht erkennen, was sie wollten. Wie Hirad standen sie nur da und warteten. Das war nicht normal, und Hirad, der nicht gerade mit Geduld gesegnet war, sehnte sich nach einer Auflösung der Spannung. Nach irgendeiner Auflösung.

Er machte einen Schritt vorwärts und ließ die Klinge

liegen, wo sie war. Vorsichtig, weil er wusste, dass offene Aggression tödlich sein konnte.

»Was ist los?«, fragte er die Wölfe. »Nun macht doch etwas. So kommen wir nicht weiter.« Er deutete auf sein Pferd, das inzwischen auf den Waldboden pinkelte, wo es stand.

Der Leitwolf schnüffelte, dann knurrte er leise in Richtung seiner Gefährten und tappte ins gesprenkelte Sonnenlicht heraus. Es war ein riesiges Tier, vier Fuß hoch an der Schulter, seine Augen waren gelblich, das Fell hellbraun bis auf ein paar graue Flecken. Vorne am Hals hatte der Wolf einen unverkennbaren weißen Streifen.

Hirads Knie wurden weich.

Es war Thraun.

Der Unbekannte, Ilkar und Denser ritten in mürrischem Schweigen, doch es hätte schlimmer sein können. Die dordovanischen Magier wollten die Rabenmagier fesseln, Darrick hatte allerdings den gegenteiligen Befehl gegeben. Der Unbekannte nahm es lächelnd zur Kenntnis. Die Anweisung war kaum mehr als eine unverhohlene Drohung gewesen.

So ritten die drei ohne Waffen, aber nicht völlig hilflos, inmitten der Kavallerie aus Lystern in ordentlichem Marschtempo nach Arlen. Dem Unbekannten war klar, dass keiner in der Truppe eine Ahnung hatte, was sie in der geschäftigen, aber ruhigen Fischerstadt, deren Hafen in der letzten Zeit rege Geschäfte gesehen hatte, vorfinden würden. Sie wussten nur, dass Erienne auf einem Elfenschiff kommen sollte und dass der Rabe nicht mit ihr in Kontakt treten durfte.

Der große Krieger bemerkte viele verwirrte Blicke, auch von Darrick, doch er sah auch die Loyalität des Offiziers und die Absicht, seine Befehle zu befolgen. Jeder Soldat wusste, dass nicht jeder Einsatz einen leicht erkennbaren Grund hatte. Solange der Krieg gewonnen wurde, waren die Schlachten nebensächlich. Ein gestecktes zu Ziel erreichen – das wurde erwartet und verlangt.

Der Unbekannte Krieger erkannte es und fügte sich, und Ilkar folgte seinem Beispiel. Er hatte genügend Schlachten gesehen und wusste, dass die Soldaten einem guten General, den sie achteten, fast blindlings folgten. Denser war nicht ganz so gefügig, obschon sich seine Feindseligkeit nicht ausschließlich gegen ihre Begleiter richtete.

»Ich dachte, du bist verpflichtet, mich zu beschützen«, sagte er, als er ein wenig näher neben dem Unbekannten ritt.

»Verpflichtet bin ich nicht«, sagte der Unbekannte. »Nicht mehr. Beschützen werde ich dich trotzdem, denn du gehörst zum Raben.«

»Ich habe gesehen, wie du gestern Abend reagiert hast. Muss ich dich wirklich daran erinnern?«

Der Unbekannte erwiderte gleichmütig seinen Blick. »Nein, das musst du nicht. Ich kann mich auch selbst sehr gut erinnern. Das war ein unglücklicher Rückfall. Es ist eine Reaktion, die irgendwann nicht mehr greifen wird. Ich werde allerdings immer dein Freund bleiben. Und Hirads Freund.«

»Unbekannter, er ist tot«, sagte Denser mit belegter Stimme.

»Das glaube ich erst, wenn ich es sehe.«

»Komm schon, Unbekannter, du hast doch gehört, was Darrick gesagt hat.«

»Er hat es nicht mit eigenen Augen gesehen«, widersprach Ilkar. »Solange wir keinen bestätigten Augenzeugenbericht haben, dass jemand die Leiche gesehen hat, lebt er noch. Da ist auch noch ein weiterer Punkt. Er ist ein Drachenmann, aber ich sehe keine Kaan.«

»Wenn du meinst.« Denser zuckte mit den Achseln.

Ilkar schüttelte den Kopf.

»Was ist denn jetzt schon wieder?«, fragte Denser.

»All die Jahre, und manchmal verstehst du es immer noch nicht, was?«

»Was soll ich verstehen? Hirad hat die Beherrschung verloren, und jetzt ist er weg, tot oder vermisst oder was auch immer. Das verstehe ich. Gibt es sonst noch etwas?«

»Er ist wütend, Denser. Er fühlt sich von dir im Stich gelassen, und er ist verwirrt und verletzt durch das, was gestern Abend zwischen ihm und dem Unbekannten vorgefallen ist. Aber er gehört zum Raben. Wir waren trotz seiner Arbeit mit den Kaan sein Lebensinhalt, und er wird uns nicht im Stich lassen. Er war einverstanden, dir zu helfen, und auch wenn er genötigt wurde, er hat zugestimmt, und er wird nie eine Abmachung brechen, solange er nicht tot ist. So ist es, wenn man einer von uns ist.« Wieder ein Kopfschütteln. »Du solltest das doch inzwischen wissen.«

»Aber wir waren seit fast sechs Jahren nicht mehr als der Rabe im Einsatz.«

»Das spielt keine Rolle. Nicht für Hirad«, erklärte Ilkar.

Der Unbekannte hatte dem Wortwechsel zugehört und fragte sich, ob Ilkar Recht hatte. Er wollte es gern glauben, doch er hatte auch den Blick in Hirads Augen gesehen, bevor der Barbar sich zurückzog, und das war nicht Verzweiflung gewesen, sondern Schock. Wenn der Barbar sich nicht erklären konnte, was geschehen war, dann würde er nicht zurückkommen, weil der Rabe, wie er ihn verstand, zu existieren aufgehört hatte.

»Das ändert nichts an der Tatsache, dass wir jetzt Gefangene sind. Ich konnte keine weitere Kommunion mehr versuchen, und er«, er zielte mit dem Finger auf den Unbekannten, »er sollte eigentlich Wache halten. Ein schöner Protektor bist du.«

»Ist es ein neues Hobby von dir, die einzigen Leute vor den Kopf zu stoßen, denen du vertrauen kannst?« Ilkars Ohren zuckten und liefen rot an. »Du machst das wirklich gut.«

»Aber es ist doch wahr, oder?« Denser sah Ilkar böse an.

»Ich bin nicht mehr dein Protektor, und du bist nicht mein Gebieter, Denser«, sagte der Unbekannte. Seine Stimme war leise und drohend, und er versuchte, sich seine Betroffenheit nicht anmerken zu lassen. Vielleicht hatte er sie wirklich alle im Stich gelassen. Der Gedanke ließ sich nicht einfach verwerfen, auch wenn er reichlich Rechtfertigungen für sich in Anspruch nehmen konnte. »Keiner von uns konnte annehmen, dass diese Truppe die ganze Nacht reiten würde, um uns zu erwischen. Oder?«

»Aber du hast sie nicht gehört«, bohrte Denser. »Wie konntest du sie überhören? Es sind zweihundert, verdammt.«

»Aber nur Darrick ist ins Lager gekommen.«

»Warum hast du ihn dann nicht getötet?«, fragte Denser.

»Weil ich dich beschützt habe«, erwiderte der Unbekannte. »Und weil ich keine Lust hatte, als Zielscheibe für die Elfen-Bogenschützen zu dienen, die Darrick außerhalb meiner Sichtweite postiert hatte. Du magst dich für fähig halten, Bogenschützen, zweihundert Kavalleristen und zwei Dutzend Magier mit vorbereiteten Fernsprüchen zu überlisten. Ich nicht. Du lebst noch, weil ich mich entschieden habe, nicht zu kämpfen.«

»Aber zu welchem Zweck? Es ist doch offensichtlich, dass dein guter Freund Darrick nicht auf der gleichen Seite kämpft wie wir. Er wird uns doch kaum laufen lassen, wenn wir Arlen erreichen. Was soll dann dabei herauskommen? Hast du überhaupt zugehört, als ich es erklärt habe? Nur ich kann es aufhalten.«

»Geduld«, sagte der Unbekannte. Es war leicht zu verstehen, dass Hirad der Kragen geplatzt war. Doch der Unbekannte konnte noch weiter sehen. Er sah die Verzweiflung in Densers Augen, er hatte seine Nervosität beobachtetet und sein Seufzen gehört, immer noch frustriert, obwohl sie sich in die richtige Richtung bewegten.

Denser wiederum hatte Darricks Unbehagen nicht bemerkt. Der General war zweifellos nicht begeistert davon, den Raben festzunehmen. Doch die Fähigkeit, Befehle zu befolgen, war ein Grund dafür, dass er ein so guter Soldat war. Wenn sie Arlen erreichten, war die Situation möglicherweise ganz anders, und der Unbekannte hatte die Absicht, mit Darrick zu reden. Er war ziemlich sicher, dass er das Unbehagen in Zweifel und den Zweifel in Insubordination verwandeln konnte.

Der Unbekannte war der Ansicht, dass es immer mehrere Möglichkeiten gab. Immerhin ritt er neben zwei der mächtigsten Magier in ganz Balaia. Das war ein Vorteil für den Raben. Er beschloss, für den Augenblick zu schweigen, lächelte in sich hinein und wandte den Blick, wie so oft, zum Himmel.

Thraun starrte den Menschen, den er als Rudelbruder erkannte, lange an, und bat das Rudel, ihn zu verschonen. Sie würden auch die Beute verschonen, obwohl ihnen beim Geruch des Fleischs das Wasser im Mund zusammenlief. Am Vorabend hatte er gegen ein Unwetter angeheult. Seine Stimme war im Prasseln des Regens und im Wind nicht zu hören gewesen. Es war ein übler Wind gewesen, der ihm Angst gemacht hatte.

Andere hatten jene verfolgt, die er brauchte. Er war nicht sicher, ob er sie töten sollte, und deshalb hatte er das Lager beobachtet, bis der Rudelbruder das Feuer verlassen und sein Pferd mitgenommen hatte. Als die Verfolger die anderen fanden, musste er einsehen, dass das Rudel ihnen nicht helfen konnte. Deshalb hatte er sie verlassen und den einen Mann beobachtet.

Der Rudelbruder hatte Angst gehabt, doch jetzt fürchtete er sich nicht mehr. Er würde ihnen helfen. Und sie würden ihm helfen. Allein war er gewiss verletzlich. Jetzt war er nicht mehr allein. Thraun leckte dem Mann die Hand, schnüffelte wieder zum Himmel und hoffte, er könne es verstehen.

Hirad kniete sich vor Thraun, spürte die raue Wolfszunge auf der Hand und sah, wie Thraun die Schnauze zum Himmel hob. Der Barbar fuhr mit der Hand über Thrauns Kopf und sah kurz zu den anderen Wölfen. Alle vier saßen wachsam da und starrten ihn an. Eine fast komische Verwirrung war in den ausdrucksvollen Tiergesichtern abzulesen.

»Du kannst es fühlen, was?« Er deutete zum Himmel.

Es war faszinierend und eine ungeheure Erleichterung, dass der Gestaltwandler noch lebte, auch wenn der Begriff nicht mehr unbedingt auf Thraun zutraf. Doch wenn Thraun, so überlegte Hirad, durch und durch ein Wolf wäre, dann sähe sein Verhalten ganz anders aus.

Wahrscheinlich waren die Wölfe dem Raben den ganzen Weg vom Dornenwald aus gefolgt. Der einzige Grund dafür war, dass Thraun sich irgendwie an seine früheren Gefährten erinnerte. Nach fast sechs Jahren hätte er völlig verwildert und nicht mehr von den Überresten an das menschliche Leben geplagt sein sollen, doch das war offensichtlich nicht der Fall.

»Da drin in deinem Kopf geht immer noch eine Menge vor, nicht wahr, Thraun?«

Thraun knurrte leise und sah Hirad in die Augen, als er seinen Namen hörte. Der Barbar sah Erkennen und etwas, das ganz sicher nicht zu einem Wolf gehörte. Es war eine Ruhe und eine Zielstrebigkeit, die kein Tier hatte. Und Wissen. Wölfe waren Tiere, die vor allem instinktiv reagierten, doch Thraun *wusste* viele Dinge. Das bedeutete, das er auch noch Erinnerungen hatte.

Hirad beugte sich zu ihm. Thraun wich nicht zurück.

»Erinnere dich.«

Der Wolf schlug mit der Pfote auf den Boden und schüttelte den Kopf. Jetzt zog er sich einen Schritt zurück.

»Du kannst mich verstehen, was?«, sagte Hirad. »Aber kann ich dich erreichen und dich zurückholen? Willst du überhaupt zurückkommen?« Er erinnerte sich an den Funken in Thrauns Augen, der früher zu sehen gewesen war, wenn er die Wolfsgestalt angenommen hatte. Der Funke war nach so vielen Jahren nicht mehr da, doch Thraun besaß immer noch Intelligenz, daran konnte kein Zweifel bestehen.

Hirad stand wieder auf und sah nach seinem Pferd. Das Tier hatte immer noch große Angst, musste inzwischen aber gespürt haben, dass sein Leben nicht in unmittelbarer Gefahr war. Hirad kehrte zu seinem Lager zurück, band die Lederplane los und rollte sie zusammen, gürtete sein Schwert und hob den Sattel hoch. Als er ihn auf den Pferderücken legte, wurde der Hengst etwas ruhiger. Er stupste sogar Hirads Rücken mit dem Maul, als der Barbar sich bückte, um den Bauchgurt zu befestigen. Als Trense und Zaumzeug an Ort und Stelle waren, setzte Hirad dem Tier einen Kuss auf die Nase.

»Braver Junge. Also, hör zu.« Er hielt den Kopf dicht neben das linke Ohr des Hengstes und streichelte sachte seine Wange. Ruhig und mit einem Tonfall, der seine Wirkung nicht verfehlen konnte, sprach er mit dem Tier. »Vergiss nicht, dass du einer bist, der sein Heim mit Drachen teilt. Das hier sind bloß ein paar Wölfe. Du wirst mich doch nicht im Stich lassen, oder?«

Das Pferd schnaubte leise und wieherte und versuchte, den Kopf herumzudrehen und ihn mit einem großen, dunklen Auge anzusehen.

»Ich wusste doch, dass ich mich auf dich verlassen kann. Dann komm«, sagte er.

Er hielt den Kopf dicht neben den des Pferdes, streichelte seinen Kopf und führte das widerstrebende Tier sachte zu den Wölfen. Dann sprach er Thraun an. »Wir müssen zu den anderen. Zum Raben.« Er deutete in Richtung des Lagers, doch Thraun knurrte, und das Rudel stellte sich ihm in den Weg. Hirad blieb stehen packte das Zaumzeug fester, und das Pferd stemmte alle vier Hufe in den Boden.

Er runzelte die Stirn und schüttelte den Kopf. Die fünf Wölfe sahen ihn fast flehend an. Es war keine Drohung, es war eine Warnung.

»Was ist los?« Er breitete die Arme aus und nahm den Zügel etwas lockerer. Wie zur Antwort trabte Thraun an ihm vorbei in Richtung der aufgehenden Sonne und in Richtung Arlen. Er blieb stehen und sah Hirad an, und sein Knurren klang wie ein Befehl.

»Komm schon, Thraun, das Lager ist dort.« Hirad deutete zum Wald. Thraun bellte einmal und wechselte die Richtung, die anderen Wölfe zögerten einen Moment und schlossen sich ihm an.

Hirad schwang sich in den Sattel und redete seinem

ängstlichen Pferd gut zu, bis es den Wölfen folgte. Er beugte sich vor und streichelte den Kopf des Hengstes und flüsterte ihm ermunternde Worte ins Ohr.

Er rechnete damit, den Raben noch im Lager vorzufinden und war enttäuscht, als es verlassen war. Doch als er auf den Lagerplatz ritt, wurde deutlich, dass irgendetwas nicht stimmte. Das Feuer war nicht gelöscht und abgedeckt. Ein kleiner Stapel trockener Zweige lag daneben. Die hätte man eigentlich für das nächste Lagerfeuer mitnehmen müssen. Hirad stieg ab und sah sich um.

Es gab keine Kampfspuren, doch der Rabe war in großer Eile aufgebrochen. Der Schlamm war von Hufabdrücken aufgewühlt, als wären die Pferde im Galopp geritten worden. Hirad hockte sich stirnrunzelnd hin, fuhr mit den behandschuhten Händen durch den Schlamm und sah Thraun fragend an. Der große Wolf stand bei seinem Rudel und beobachtete ihn.

»Was ist hier passiert, Thraun?«, fragte er.

Er ging ein Stück in die Richtung, in die sich die Pferde bewegt hatten. Dann sah er es. Der Boden war nicht aufgewühlt, weil die Pferde galoppiert waren. Es lag daran, dass mehr als drei Pferde im Lager gewesen waren, als der Rabe aufgebrochen war. Viel mehr. Hirad sah die breite Spur der Hufabdrücke, die zum Waldrand führte.

Sie waren also gefangen genommen worden. Er ignorierte Thrauns Knurren, stieg auf und ritt den Weg hinunter, den die anderen Pferde in den weichen Untergrund getrampelt hatten. Wohin sie auch geritten waren, er musste ihnen folgen und sie befreien. Er konnte sie nicht als Gefangene ihrem Schicksal überlassen. Sie waren der Rabe.

Und er auch.

Achtzehntes Kapitel

Nach den heftigen Unwettern der letzten Tage strömte der Fluss Arl inzwischen wieder vergleichsweise gemächlich dahin. Die *Meerulme* fuhr mit der Flut im Rücken durch ruhiges Wasser stromaufwärts. Alle Segel waren gesetzt, der Wind wehte stetig nach Norden und parallel zu den baumbestandenen Ufern. Nach einer Weile wichen die Bäume den sanften Hügeln im Westen und mächtigen Klippen im Osten, dahinter lag wieder ein weites Flachland, das sich über viele Meilen bis zum Arlen-See erstreckte.

Vom südlichsten Punkt bis zum Nordufer war der See von Wäldern umringt, die bis in die steilen, mit Schnee bedeckten Berge hinaufreichten. Es war ein idyllischer Anblick, dessen Schönheit höchstens noch vom Triverne-See übertroffen wurde. Die Hafenstadt Arlen lag am Westufer. Den Tiefwasserhafen konnten sogar seetüchtige Schiffe anlaufen, die Fischereiflotte fand in einem kleineren Hafen Schutz, und die Schiffe, die auf Reede lagen, wurden von Booten bedient, die mit Ladekränen ausgerüstet waren.

Wer vom Meer hereinkam, sah die Stadt auf einem niedrigen Hügel vor sich liegen. Hoch darüber schimmerte im Morgenlicht der weiße Sandstein der Burg, auf deren vier Türmen Flaggen gesetzt waren. Heute aber war das Weiß gedämpft. Seit einer halben Ewigkeit hatte sich die Sonne nicht mehr in Balaia blicken lassen. Niedrige, Regen führende Wolken zogen fast unablässig über den Himmel. Es hatte sich stark abgekühlt, und viele Vögel waren vorzeitig in den Süden geflogen, da die Insekten rasch eingegangen oder gar nicht erst geschlüpft waren. Bäuerliche Gemeinden berechneten die Verluste durch schlechte Ernten und machten sich auf eine Hungersnot im kommenden Jahr gefasst.

Erienne stand im Bug der *Meerulme*. Immer noch wallten nach dem Mana-Angriff Nebelschleier in ihrem Kopf. Sie hatte ihre Reserven noch nicht ganz wieder aufgebaut, und ihre Gefühle waren widersprüchlicher denn je, seit sie Lyanna allein auf Herendeneth zurückgelassen hatte.

Wenigstens hatte sie jetzt das Gefühl, etwas unternehmen zu können, um die Sicherheit ihrer Tochter zu gewährleisten, und sie konnte nicht leugnen, dass sie sich sehr darauf freute, Denser bald wiederzusehen. Umso stärker war aber auch ihre Sehnsucht geworden, Lyanna wieder in die Arme zu schließen, im Obstgarten zu sitzen und ihrer wundervollen Tochter beim Spielen zuzuschauen oder ihr Geschichten aus ihrem Lieblingsbuch vorzulesen. Jeden Morgen waren Eriennes Wangen feucht von Tränen. Der Schlaf löste die mühsam errichteten Mauern auf. In den letzten drei Tagen, seit ihre Mana-Fähigkeiten beeinträchtigt waren, hatte sie noch eine weitere Emotion kennen gelernt. Furcht.

Furcht, dass sie vielleicht nie wieder fähig wäre, einen ordentlichen Spruch zu wirken. Furcht vor einer Isolation, die schrecklich und unerträglich werden würde. Furcht vor dem, was sie in Arlen vorfinden mochte. Wenn Ren'erei Recht behielt, dann gingen die Schwarzen Schwingen wieder um, und Selik lebte noch. Er war Travers' rechte Hand gewesen und hatte das gleiche fanatische Funkeln in den Augen wie sein früherer Herr. Sie war den beiden nur einmal begegnet, doch die Begegnung hatte ihre Zwillingssöhne das Leben gekostet.

Sie wusste inzwischen, dass der Kummer über den Tod ihrer Söhne nie ganz heilen würde. An manchen Tagen war er schwächer, an anderen stärker, aber er war immer da. Das war ein weiterer Grund für Erienne, das zu tun, was sie gerade tat. Niemand sollte ihr jemals wieder ein Kind wegnehmen.

So stand sie in schwerem Mantel und dicken Hosen auf Deck und ließ den Wind mit ihrem Haar spielen. Sie sah sich auf der *Meerulme* um. An diesem Morgen ging es ihr etwas besser, sie wünschte sich nicht einmal mehr, die Elfenfrau möge wieder verschwinden, als Ren'erei übers Deck zu ihr kam.

Ren'erei musterte Erienne scharf und versuchte, ihre Stimmung abzuschätzen. Sie trug den gewohnten braunen und grünen Mantel, geschnürte Lederhosen und ein braunes Hemd.

»Wie geht es dir?« Ren'erei lehnte sich mit dem Rücken an die Reling und verschränkte, halb zu Erienne gewandt, die Arme vor der Brust.

Erienne zuckte mit den Achseln. »Nicht schlecht. Nicht mehr ganz so benebelt.« Sie machte eine Geste, als wolle sie ihren Kopf zerquetschen.

»Ist das gut?« Ren'erei lächelte.

»Ja, das ist gut. Vor allem bin ich froh, dass wir fast da sind. Die Reise ist mir sehr lang geworden.«

Ren'erei nickte und wurde wieder ernst. »Ich kann deine Ungeduld verstehen. Wir müssen aber in Arlen vorsichtig sein. Denser hat Recht, du solltest an Bord bleiben. Wir werden ihn schon finden.«

»Das stimmt wohl.«

»Was ist denn los?«

Erienne seufzte. Sie war es nicht gewohnt, sich so hilflos zu fühlen. Das war etwas, das ihre Laune ganz sicher nicht besserte.

»Ich bin wütend, weil ich keinen Kontakt mehr mit ihm aufnehmen kann, und er vermutlich auch nicht mit mir. Bei den Göttern im Himmel, Ren'erei, wir wissen nicht einmal, ob er überhaupt dort ist. Und wenn du nach ihm suchst, dann wirst du *ihre* Aufmerksamkeit erregen.«

»Meinst du die Schwarzen Schwingen?«

Erienne nickte. Sie brachte den Namen nicht über die Lippen, und die Angst drehte ihr förmlich den Magen um.

»Sie sind nicht in der Nähe.«

»Nein?«, fauchte Erienne aufgebracht. »Wie kannst du da so sicher sein? Frag doch Tryuun nach ihnen. Als ich beim Raben war, dachten wir, wir hätten sie vernichtet, bevor Dawnthief gewirkt wurde. Bei den brennenden Göttern, ich schwöre dir, ich habe Selik durch meine eigene Hand sterben sehen. Du sagst mir, er habe überlebt, und Tryuuns Gesicht ist Beweis genug.« Sie fuhr sich mit einer Hand über ihr Gesicht und wischte die Haare weg, die vor ihren Augen flatterten. Sie holte tief Luft, um sich zu beruhigen, machte einen Schritt auf Ren'erei zu und legte ihre Hände auf die der Elfenfrau.

»Diese Männer sind gefährlich. Sie haben Magier, die für sie arbeiten. Ich flehe dich nur an, vorsichtig zu sein.

Du bist eine gute Freundin, Ren. Werde nicht unvorsichtig. Das Leben meiner Tochter steht auf dem Spiel.«

Ren'erei nickte. »Das werde ich nie vergessen. Ich werde beherzigen, was du sagst. Wir werden Denser schon finden, keine Sorge.«

Erienne kam nicht mehr dazu, ihr zu antworten, denn sie wurden durch einen Ruf vom Ruderdeck unterbrochen. Sie drehten sich zum Kapitän um, der zum Ostufer deutete, wo die Bäume zur Mündung des Sees hin spärlicher standen. Ren'erei blickte in die Richtung, in die der Ausguck zeigte, und starrte angestrengt zu den Bäumen hinüber. Erienne konnte nichts sehen. Sie fuhren hundert Schritt vom Ufer entfernt mitten auf dem Strom, und für sie gab es in den Schatten zwischen den Bäumen keine erkennbaren Konturen. Sie hatte keine Ahnung, was der Ausguck bemerkt hatte.

»Was ist denn?«, fragte sie.

»Reiter.« Ren'erei starrte weiter hinüber, ohne sich zu bewegen. »Es sind vier. Kundschafter.«

Sie wusste um den überlegenden Gesichtssinn der Elfen, aber sie musste es einfach aussprechen.

»Ich kann überhaupt nichts sehen.«

Ren'erei wandte sich betont nachsichtig zu ihr um.

»Erienne, sie sind Späher, weil sie Pferde reiten, die auf kurze Sprints und Ausdauer gezüchtet sind. Sie tragen nur leichte Rüstungen und sind nur leicht bewaffnet. Vor allem aber sind sie Elfen und wissen, dass wir sie gesehen haben.«

»Dann suchen sie uns?«

»Wen denn sonst?« Ren'ereis Lächeln war etwas gezwungen.

»Aber wie kann das sein?«, fragte Erienne verzweifelt. Der Anflug von guter Laune war verschwunden, und ihr

Herz raste wieder. »Und wer? Wer weiß, dass wir kommen?«

»Ich denke, das werden wir in Arlen herausfinden«, erwiderte Ren'erei. Die Elfenfrau sah wieder zum Ufer und verfolgte die Reiter, die Erienne nicht einmal sehen konnte.

Sie fühlte sich hilfloser denn je und fürchtete um ihrer aller Leben. Die Ankunft in Arlen schien plötzlich mit großen Gefahren verbunden, weil so viele Leute – vielleicht sogar die Schwarzen Schwingen, aber noch eher die Dordovaner – hinter ihr her waren. Zum Glück war die Unterstützung nicht weit. Sie wollte bei Lyanna sein, doch Lyanna war nicht da.

Glücklicherweise aber war der Rabe in der Nähe.

Am nächsten Morgen, als Arlen noch weniger als eine Tagereise entfernt war, hatte der Unbekannte es geschafft, den Wächter aus Lystern zu überzeugen, dass er keine Gefahr für Darrick darstellte. So ritten die beiden Männer nebeneinander an der Spitze der Truppe. Endlich einmal ließ der Wind etwas nach, und sogar die Wolkendecke lockerte auf und ließ hier und dort seltene Finger von ungefiltertem Sonnenlicht durch, die für kurze Zeit die Erde liebkosen durften.

Nachdem sie erneut eine durchnässte Nacht unter Lederplanen zwischen den Bäumen verbracht hatten, war die Stimmung in der Kavallerie am folgenden Tag etwas gelöster. Das hügelige Moorgebiet, das stetig zum Westufer des Arlen-Sees hin abfiel, schien nicht mehr ganz so öde, und der Unbekannte war ein wenig erleichtert. Nur Densers finstere Miene hatte sich nicht verändert.

»Ein seltsamer Gefangener bist du«, sagte Darrick, nachdem er wieder einmal einen verwirrten Blick eines seiner Männer bemerkt hatte.

»Ich finde es schade, dass du mich überhaupt so siehst«, erwiderte der Unbekannte.

Darrick nagte an der Unterlippe und konnte einen kurzen Moment lang den Blick des Unbekannten nicht erwidern.

»Du musst mir glauben, dass es zu eurem eigenen Schutz geschieht«, sagte Darrick. »Mir tut es auch Leid, dass es notwendig war, euch die Waffen abzunehmen und Ilkar und Denser unter magische Bewachung zu stellen. Keinem von uns gefällt das.«

»Ihr führt eben nur eure Befehle aus, was?« So sehr er sich auch bemühte, der Unbekannte konnte dem General nicht böse sein. Er musste allerdings herausfinden, was dies alles zu bedeuten hatte.

»Man gab mir zu verstehen, dass ihr möglicherweise zu früh in Arlen ankommt«, sagte Darrick vorsichtig.

»Bei den stürzenden Göttern«, sagte der Unbekannte. Wider Willen musste er lächeln. »Was hat denn der kluge Ratgeber gemeint, das wir tun könnten?«

»Ihr könntet beim Versuch umkommen, Erienne zu erreichen, was sonst?«

»Wir sind eigentlich nicht dafür bekannt, dass man uns leicht umbringen kann«, erwiderte der Unbekannte. »Außerdem haben wir damit gerechnet, dass du hinter uns bist. Wenn du nicht in der Stadt bist, dann bist du auch keine Bedrohung, oder?«

Darrick drehte sich zu ihm um; unter dem Helm war seine Stirn in tiefe Falten gelegt. »Unbekannter, ich hätte meinen Männern niemals den Befehl gegeben, gegen den Raben zu kämpfen. Du missverstehst mich.«

»Nein, durchaus nicht. Wir wissen bereits, dass einige Dordovaner in Arlen herumschnüffeln und versuchen, die Mana-Spuren aufzunehmen. Wir dachten allerdings, dass wir ihnen ausweichen können.« Der Unbekannte zuckte mit den Achseln.

»Ein paar? Dann seid ihr nicht gut informiert. Es sind jetzt mehr als dreihundert, und wenn ich die Meldungen aus Dordover richtig deute, dann sind noch weitere unterwegs.«

Es verschlug dem Unbekannten die Sprache. »Dreihundert … was erwartet ihr eigentlich da unten zu finden? Ich meine, Erienne ist doch keine Armee, oder?«

»Wir sorgen uns nicht wegen Erienne oder ihrer Elfenmagier. Du weißt so gut wie ich, dass Dordover und Lystern nicht die Einzigen sind, die das Kind in ihre Gewalt bringen wollen.«

Noch während Darrick sprach, lief es dem Unbekannten eiskalt über den Rücken.

»Bei den Göttern, ich hätte es gleich erraten sollen, was?«

»Wie bitte?«

»Ich habe sie schon vor ein paar Tagen gespürt. Ich wusste, dass sie nahe waren, und ich kann gar nicht fassen, dass ich die Verbindung nicht herstellen konnte.« Er sah Darrick an, der es offenbar nicht verstanden hatte. »Die Protektoren. Sie kommen nach Arlen, nicht wahr?«

Darrick nickte.

»Wie viele?«

»Wir müssen annehmen, dass sie alle kommen«, sagte Darrick.

»Dann werden sie euch abschlachten. Dreihundert plus deine zweihundert? Du würdest dein Leben wegwerfen, Darrick. Selbst wenn du, woher auch immer, noch mehr Unterstützung bekommst. Das musst du doch einsehen.« Der Puls des Unbekannten ging schneller, und er konnte Darrick ansehen, dass dieser es überhaupt nicht begriffen hatte.

»Ich habe sie kämpfen sehen. Wir sind aber keine Wesmen, Unbekannter. Wir haben die Unterstützung der Magier. Ich bin sicher, dass wir sie schlagen können.«

»Dann würdest du meine Brüder töten. Du verstehst doch, dass ich alles tun muss, was ich nur kann, um dich daran zu hindern.«

»Ich habe meine Befehle.«

»Und ich habe meine Verpflichtungen.« Endlich wurde der Unbekannte wütend. Es war nur traurig, dass es als Reaktion auf eine Bedrohung der Protektoren geschah.

Er fand Darricks Zuversicht überheblich und falsch. Der Offizier mochte die Protektoren beobachtet haben, doch er verstand nicht, wie ihre Gedanken zusammenwirkten, was sie antrieb und mit welcher Hingabe sie kämpften. Genau die Dinge, die sie so sehr von allen anderen Soldaten unterschieden. Taktik war gut und schön, aber die Menschen hatten Angst vor den Protektoren, und Darricks Männer waren in dieser Hinsicht keine Ausnahme. Außerdem würde auch Xetesk magische Unterstützung mitschicken, und zwar reichlich.

Die ganze Situation geriet völlig aus den Fugen.

»Was glaubst du eigentlich, warum Dordover so scharf darauf ist, Lyanna zu schnappen?«

Darrick kicherte. »Komm schon, Unbekannter, das musst du mich wirklich nicht fragen. Sie ist außer Kontrolle. Sieh dich nur um. Ihre Kräfte zerstören Balaia. Ich bin sicher, dass es nicht ihre Schuld ist, aber dies muss unterbunden werden. Ich nehme doch an, dass wir in dieser Hinsicht einer Meinung sind?«

»Ja«, sagte der Unbekannte.

»Aber …«

»Aber Dordover hat sie erweckt. Erienne hat Lyanna mitgenommen, weil Dordover sie nicht mehr kontrollieren konnte. Sie ist zu den Al-Drechar gegangen.«

»Nennst du das hier vielleicht Kontrolle?« Darrick machte eine Geste mit der freien Hand. »Ich habe Berichte gehört, und ich habe Greythorne und den Dornenwald gesehen. Hör mal, Unbekannter, es tut mir wirklich Leid. Ich habe viel Mitgefühl für euch, für euch alle. Und ich weiß, dass du glaubst, das Richtige zu tun. Das dachte ich zuerst auch, doch ich habe zu viel gesehen und gehört. Erienne hat einen Fehler gemacht. Lyanna muss unter der Kontrolle eines Kollegs bleiben, das ist der einzige Weg.«

Der Unbekannte zweifelte nicht daran, dass dies Darricks ehrliche Überzeugung war. Der General war nicht leichtfertig und neigte auch nicht zu vorschnellen Schlüssen.

»Glaubst du wirklich, dass es dies ist, was die Dordovaner wollen? Sie kontrollieren? Sie wollen sie töten, Darrick, und du wirst benutzt, um sie auszuliefern. Sie werden sie nicht kaltblütig ermorden, aber sie werden dafür sorgen, dass sie stirbt. Ich weiß, dass du so etwas nicht zulassen willst.«

»Das werde ich auch nicht. Nicht, solange ich noch einen Funken Leben im Körper habe«, sagte Darrick.

»Dann solltest du auch auf dich selbst gut aufpassen.«

Darrick nickte und schaute zum Himmel hinauf. Hier und dort waren noch blaue Flecken zu sehen, doch im Osten ballten sich schon wieder Regen bringende Wolken zusammen. Korina, die Hauptstadt Balaias, erlebte wahrscheinlich gerade wieder ein Unwetter.

Der General wandte sich an seinen Stellvertreter.

»Izack, die Leute sollen im langsamen Schritt reiten. Noch eine Meile, dann sitzen wir ab.«

»Ja, Sir.« Izack hob eine flache Hand über den Kopf. »Schritt!«, rief er. Das Kommando wurde durch die Kolonne weitergegeben. Darricks gut ausgebildete Kavallerie reagierte sofort.

»Du weißt sicher schon, dass auch die Schwarzen Schwingen mit von der Partie sind?«, fuhr der Unbekannte fort, als sie gemächlicher durch das Hochmoor ritten. Heidekraut bildete große purpurfarbene Flecken auf den sanften Hängen.

Darrick warf ihm einen scharfen Blick zu und zuckte mit den Achseln. »Das wundert mich eigentlich nicht. Wenn es irgendwo Probleme mit der Magie gibt, dann sind sie sofort zur Stelle und machen Ärger und wetzen das Messer. Ein Grund mehr, Erienne in Sicherheit zu bringen.«

»Da bin ich ganz deiner Meinung.«

»Ich hoffe wirklich, dass wir uns immer noch als Freunde betrachten können, wenn all dies hier vorbei ist.«

Die Bemerkung gab dem Unbekannten einen Stich. »Nicht, wenn du Lyanna an die auslieferst, die sie umbringen wollen, und auch nicht, wenn du dabei meine Brüder tötest. Wenn du erlaubst, will ich jetzt zu den Freunden zurückkehren, die ich im Augenblick noch habe.«

Thrauns Gedanken waren in Aufruhr, und er spürte die misstrauischen Blicke des Rudels. Er spürte ihre Verwirrung, ihre Ängste und ihren Zorn, doch er konnte ihnen nicht mitteilen, was er tief in sich fühlte. Es war schon schwer, mit sich selbst ins Reine zu kommen. Er konnte eigentlich nur hoffen, dass das Rudel ihm vertraute und sich weder gegen ihn noch gegen den menschlichen Rudelbruder wandte.

So reisten sie rasch durch das Land, folgten der Spur der vielen Männer und Pferde und hielten auf eine große Wasserfläche und eine Siedlung zu. Dort, so hoffte er, konnte er die Antworten auf die Fragen finden und die Falschheit in der Luft beenden.

Er hatte nicht gewusst, ob der Rudelbruder ihm folgen würde, doch er hatte das Rudel stillgehalten, als sie sich seinem Lager näherten. Sie hatten windabwärts gewartet, bis er erwachte. Er konnte noch nicht wissen, dass seine Freunde fort waren, von anderen Männern weggeführt, doch er hatte ihn daran hindern wollen, ins Lager zurückzukehren, in dem sie geschlafen hatten, weil es die falsche Richtung war.

Der Rudelbruder hatte daraufhin mit ihm gesprochen, und er hatte weiter gesprochen, als sie unterwegs waren. Sein Pferd hatte Angst, was auch richtig war, aber er hatte es unter Kontrolle. Das Rudel musste noch warten, bis es wieder essen konnte.

Thraun hatte immer noch keine Ahnung, was als Nächstes geschehen sollte. Sein Instinkt hatte ihn getrieben, den Rudelbruder sicher zum Endpunkt seiner Reise zu begleiten. Seine Gefühle waren in einem schmerzlichen Widerstreit. Menschen waren keine Beute, sie waren eine Bedrohung, und er war daran gewöhnt, Bedrohungen zu beseitigen, damit dem Rudel nichts geschah. So war es schon immer gewesen. Dieser Rudelbruder aber – genau wie ein anderer, an den er voller Trauer dachte – verstand ihn, wie ihn nur wenige Menschen verstanden.

Thraun konnte es erkennen, und deshalb führte er das Rudel an, aber deshalb war er auch allein. Anders als die anderen.

Erinnerungen zuckten durch seinen Kopf. Ferne, verschwommene Erinnerungen. Zwei Beine und aufrecht gehen … langsamer laufen, weniger Kraft und schlechtere Instinkte … keine Spuren mehr wittern können … Die Erinnerungen waren schmerzlich, und er knurrte, um seine Gedanken zu klären. Doch seit er den Rudelbruder und seine Gefährten gesehen hatte, blieb ihm die Klarheit versagt.

Thraun drehte den Kopf herum und beobachtete das Rudel und den Reiter, die ihm folgten. Er witterte die Luft, als er weiterlief. Die Zeit wurde knapp.

Als Hirad den Wölfen auf der Fährte folgte, die von mehr als hundert Pferden hinterlassen worden war, fiel endlich eine Anspannung von ihm ab, die er vorher noch nicht einmal richtig zur Kenntnis genommen hatte. Ilkar, Denser und der Unbekannte waren noch am Leben. Ilkar hatte einen seiner Handschuhe in der Hoffnung fallen lassen, Hirad werde ihn finden. Sie waren sicherlich Gefangene, aber sie lebten noch, und das bedeutete, dass er sie finden und befreien konnte. Und Thraun war bei ihm.

Irgendwie ergab das alles keinen Sinn, aber irgendwie wurde er das Gefühl nicht los, dass Thraun genau wusste, was er tat. Keine Frage, dass Hirad Thrauns Instinkten traute, ob er nun als Wolf oder als Mensch vor ihm stand.

Denn schließlich gehörte auch Thraun zum Raben.

Neunzehntes Kapitel

Die *Meerulme* wurde an einem ungewöhnlich ruhigen Nachmittag auf den ersten Liegeplatz im Hafenbecken eingewiesen. Der Hafenmeister hatte darauf verzichtet, ein Lotsenboot zum Elfenschiff zu schicken. Wenn überhaupt jemand fähig war, sicher durch die Untiefen zu manövrieren – was im Vergleich zu der Fahrt durch den Kanal nach Herendeneth ein Kinderspiel war –, dann war es die Besatzung der *Meerulme.*

Das Schiff bewegte sich gemächlich zum Liegeplatz, der Kapitän stieß eine endlose Kette von Befehlen aus, die Seegel wurden gerefft, bis das Schiff nur noch vom Vorsegel angetrieben wurde. Ein perfektes Anlegemanöver.

»Es ist voll«, bemerkte Ren'erei.

»Wirklich?« Erienne suchte schon die Mole nach ihrem Mann oder den anderen Rabenkriegern ab.

»Ja.« Ren'erei zuckte mit den Achseln. »Der Hafen ist voll. Wir haben Glück, dass wir noch einen Platz an der Mole bekommen haben.«

»Und was passiert jetzt?«

»Also, wenn du nichts dagegen hast, dann solltest du nach unten gehen, außer Sicht bleiben und versuchen, Kontakt mit Denser zu bekommen, wenn es möglich ist. Ich gehe an Land, höre mich um und sehe, was ich herausfinden kann. Die Mitglieder des Raben dürften nicht schwer zu finden sein.«

»Nein«, stimmte Erienne lächelnd zu. Erkannt zu werden, war normalerweise schmeichelhaft. Im Augenblick war es ein Risiko. Sie zog sich die Kapuze ihres Mantels über das rotbraune Haar.

»Wir werden sehen.« Sie wanderte über das Deck. Arlen und seine Menschen waren nur noch ein paar Schritte entfernt, und das elegante Elfenschiff erregte wie üblich die Aufmerksamkeit der Zuschauer, als es sich näherte. Geübt und schnell und ohne Fehler arbeitete die Besatzung. Erienne sehnte sich danach, endlich wieder festen Boden unter den Füßen zu spüren – ein Gefühl von Sicherheit, nach dem sie sich erst sehnte, seit es ihr entzogen war.

Ren'erei berührte sie am Arm. »Erienne. Ich werde ihn finden und hierher bringen, sobald ich kann. Vertrau mir.«

»Aber ja.« Erienne nahm Ren in die Arme und drückte die Elfenfrau an sich. »Danke.« Auf einmal standen ihr die Tränen in den Augen, weil die Gefühle hochkamen, die sie die ganze Reise über unterdrückt hatte. »Beeil dich bitte.«

Ren'erei zog sich ein wenig zurück, um ihr in die Augen zu sehen, dann beugte sie sich vor und küsste sie auf die Wange. »Wir werden mit der Flut am Morgen wieder auslaufen, jeder Wellenschlag wird dich ein Stück weiter zu Lyanna zurückbringen, und Denser wird bei dir sein.«

Die Vorstellung löste ein Glücksgefühl aus, das Eriennes ganzen Körper durchströmte und die Tränen ungehindert über ihre Wangen laufen ließ, während sie breit lächelte. Sie erwiderte den Kuss und eilte bereits nach unten, als auf Deck noch die Befehle zum Festmachen zu hören waren. Nur ein Tag, um Vorräte zu laden, und dann konnte das Schiff mit dem Raben an Bord wieder nach Herendeneth aufbrechen. Der starke, unbesiegbare Rabe.

Erienne warf den Mantel über einen Stuhl und legte sich auf die Koje. Endlich konnte sie sich ein wenig entspannen.

Ren'erei lief rasch den Landungssteg hinunter und betrat die belebte Mole. Es war kurz nach Mittag, und obwohl im Hafen alles aussah wie immer – die Kräne knarrten, die Schauerleute und Hilfsarbeiter schrien, während sie die Fracht auf Wagen oder Lagerplätze beförderten –, lag eine spürbare Spannung in der Luft.

Ren'erei beschloss, sich etwas umzuhören, und ging langsam an der Mole entlang. Sie nickte einigen Leuten zu, die sie kannte, und hielt Augen und Ohren offen, um einen Hinweis auf die Ursache der Betriebsamkeit zu bekommen. Alle vier Liegeplätze im Tiefwasser waren belegt, Kisten und Kästen standen auf der Mole herum. Sie bahnte sich einen Weg durch die hin und her eilenden Arbeiter, die Ware für den Markt oder zum Weitertransport ins Landesinnere von Balaia versandfertig machten.

Ein Hafenarbeiter rief von oben etwas herunter zu ihr. Er hing an einem Netz voller Koffer und bugsierte die Fuhre an einen freien Platz, wo der Kranführer sie absetzen konnte. Ren'erei winkte hinauf und brachte sich mit ein paar schnellen Schritten in Sicherheit.

Die Elfenfrau bewegte sich mühelos durch das Gedränge, der Wind wehte ihr den Fischgeruch vom Markt in die gerümpfte Nase. Etwas weiter erregte der Hafengasthof ihre Aufmerksamkeit. Zuerst schien es dort nur ungewöhnlich ruhig zu sein, doch das war noch nicht alles. Die Türen waren verschlossen, die Läden waren vor die Fenster gelegt, und davor standen Stadtwächter und hielten den Bereich vor dem Eingang frei.

Ren'erei ging hinüber und blieb hinter einem Hafenarbeiter stehen, der mit einigen anderen Männern und Frauen zum Gasthof schaute.

»Hat es Ärger gegeben?«

Der Arbeiter drehte das wettergegerbte Gesicht zu ihr herum. »Gerade an Land gegangen, was?«

»Ist das so offensichtlich?«

»Die einzige Erklärung, wenn du es noch nicht weißt, kleine Elfenfrau. Seit Sonnenaufgang redet die ganze Stadt davon. Der Graf wirft die Schwarzen Schwingen hinaus.«

Ren'erei erbleichte, und in ihrem Gesicht zuckte es kurz. Das Gesicht des Mannes verhärtete sich sofort, er legte die Stirn in Falten.

»Stört dich das?«

»Dass sie gehen, nein. Das ist gut. Mich stört, dass sie überhaupt hier sind.«

»Hast wohl Angst vor ihnen, was?« Das Gesicht wurde wieder weicher.

»Und ob. Sie mögen keine Elfen.«

Der Mann verstand, was sie meinte. »Dann pass gut auf dich auf.«

»Danke.«

Er nickte. »Ich behalte dich im Auge.« Er deutete mit gespreizten Fingern auf seine Augen. »Sei vorsichtig.«

Ren'erei deutete eine kleine, höfliche Verbeugung an. »Ich stehe in deiner Schuld. Noch etwas. Wie viele sind es?«

»Die Schwarzen Schwingen?« Der Mann zuckte mit den Achseln. »Dreißig oder vierzig. Aber bis Sonnenuntergang sind sie verschwunden.«

»Das will ich doch hoffen.« Sie bemerkte den Blick des Mannes. »Ren'erei.«

»Donetsk«, entgegnete der Mann. »Immer im Hafen.«

Sie lächelte leicht. »Immer auf See. Wir werden uns bestimmt wiedersehen. Noch etwas. Wenn du den Raben siehst, komm zur *Meerulme.*« Ren'erei wartete nicht auf seine Antwort. Sie wusste, dass Donetsk tun würde, worum sie ihn gebeten hatte, falls er etwas vom Raben hörte. Hafenarbeiter konnten nützliche Verbündete sein. Es gab immer irgendwelche Geschäfte zu machen und Gerüchte aufzuschnappen, und wenn man die knappe Sprechweise des Hafens kannte, war vieles möglich. Im Augenblick ging es aber nicht darum, möglichst billig Vorräte einzukaufen. Sicherheit, Muskelkraft und Verschwiegenheit waren an diesem Tag viel wichtiger.

Die Elfenfrau ging weiter an der Mole entlang und betrachtete den Zustand und die Flaggen der drei anderen Schiffe. Es waren seetüchtige Handelsschiffe und keine Küstenschiffe. Keines war weniger als hundert Fuß lang. Eins fuhr unter der Flagge des inzwischen stark geschwächten Baron Pontois, die anderen waren Elfenschiffe aus Calaius.

Alle drei luden oder löschten wie gewöhnlich ihre Fracht, was Ren'erei mit Erleichterung zur Kenntnis nahm. Sie hatte mit der Möglichkeit gerechnet, die Schwarzen Schwingen zu sehen, wie sie gerade dabei waren, an Bord zu gehen. Sie lächelte, da sie diese Möglichkeit offenbar ausschließen konnte. Graf Arlen war ein guter Mann, wenngleich er manchmal etwas zu eifersüchtig über seine Stadt wachte. Eines war sicher, die Schwarzen Schwingen kamen nicht wieder hierher.

Da Donetsk sich im Hafen und im Salzviertel umhörte, wo die Mietshäuser und Lagerhäuser standen, konnte Ren'erei sich auf den Hauptmarkt am Jahrhundertplatz konzentrieren. Der große Markt, wo man alle nur denkbaren Waren finden konnte, war der richtige Ort, wenn sie erfahren wollte, ob jemand etwas vom Raben gehört hatte.

Ren'ereis Herz pochte aufgeregt, als sie sich auf dem stark belebten Markt umschaute und in jedem Gasthof und in jedem Wirtshaus nachsah. Sie wusste selbst nicht genau, was sie eigentlich suchte. Irgendwie stellte sie sich vor, sie beträte eine Gaststube und fände den Raben gemütlich an einem Tisch sitzend.

Sie war sicher, den Raben erkennen zu können, auch wenn sie ihn noch nie persönlich gesehen hatte. Die meiste Zeit verbrachte sie zwar auf See oder auf Herendeneth, doch der Rabe war eine lebende Legende. Der riesige Krieger mit dem rasierten Kopf, der Unbekannte, der bärtige, dunkel gewandete Xeteskianer namens Denser, der schwarzhaarige, stille und selbstsichere Elf Ilkar und der stämmige, starke Barbarenkrieger Hirad Coldheart. Vielleicht sogar Thraun der Wolf. Nein, sie waren unmöglich zu übersehen.

Doch sie konnte auf dem Markt und in der Umgebung keine Spur von ihnen finden. Sie waren nicht im Garten der Märtyrer, und sie kamen nicht den Marktweg heruntergeritten. Eigentlich war das nicht einmal sonderlich überraschend, doch sie konnte die Enttäuschung nicht abschütteln. Eriennes erster und bislang einziger Kontakt mit Denser hatte ergeben, dass sie wahrscheinlich erst gegen Abend eintrafen.

So schlenderte sie langsam wieder über den Markt zurück und ließ hier und dort eine Bemerkung für geneigte Ohren fallen, deren Besitzer sich vorsichtig genug verhalten würden, falls sie etwas in Erfahrung brachten. Schließlich befand sie sich wieder im Hafen.

Am Fischmarkt wurde sie von einem berittenen Stadtwächter vertrieben, der einen Trupp Soldaten und eine Reihe anderer Reiter anführte. Sie zog sich rasch zwischen die leicht gereizten Leute zurück, die sich auf beiden Seiten der Straße drängten, und sah zu, wie die Schwarzen Schwingen den Hügel hinauf und wahrscheinlich bis zur Stadtgrenze von Arlen eskortiert wurden. Sie prägte sich so viele Gesichter wie möglich ein und suchte nach den Männern, die Tryuun gefoltert hatten. Sie musste sich beherrschen, um nicht zu fluchen, und überließ das Johlen der Menge. Sie hasste diese Männer mit ihren Tätowierungen, die schwarze Rosen und Flügel zeigten, und empfand Verachtung für alles, was sie repräsentierten. Tryuun war von ihnen für immer gezeichnet, und solange auch nur einer von ihnen lebte, liefen die Magier auf der ganzen Welt Gefahr, für ihr »Verbrechen« bestraft zu werden, das im Grunde nur darin bestand, dass sie magische Fähigkeiten besaßen.

Sie wünschte ihnen allen den Tod und starrte noch eine Weile ihren Rücken an. Als sie sich umdrehte, bemerkte sie sofort zwei große, schlanke Männer, die gut vierzig Schritt hinter den Reitern kamen, als sich das Leben auf der Straße allmählich wieder normalisierte. Sie sahen aus wie Händler, die zum Seidenmarkt unterwegs waren, waren aber alles andere als gewöhnliche Kaufleute.

Arlen war nicht dumm, und Magier-Späher waren eine von mehreren Möglichkeiten, dafür zu sorgen, dass die Schwarzen Schwingen nicht zurückkehrten. Ein Lächeln spielte um ihre Mundwinkel, als sie zur *Meerulme* zurückkehrte. Sie wünschte, es wären keine Späher, sondern Meuchelmörder gewesen.

Wieder einmal verdunkelte ein Gewitter viel zu früh den Himmel, als Darricks Kavallerie sich mit den drei Gefangenen von Nordosten her der Stadt Arlen näherte. Eine Kommunion mit dem dordovanischen Lager im Süden der Stadt hatte Darrick und den Magier, der Bericht erstattete, einigermaßen verwirrt. Als seine Botschaften mit vorsichtigen Willkommensgrüßen von Graf Arlen beantwortet worden waren, beschloss er, ein Stück entfernt von seinen Verbündeten zu lagern und mit seinen Gefangenen in die Stadt zu gehen.

Der General war unsicher. Die *Meerulme*, das Elfenschiff, auf dem angeblich Erienne eintreffen sollte, war am frühen Morgen auf dem Fluss Arl gesichtet worden, doch die Delegation der dordovanischen Magier war nicht an Bord gegangen und hatte bisher keinen Kontakt mit dem Schiff aufgenommen. Die Gründe waren, vorsichtig ausgedrückt, schwer zu verstehen. Angeblich hatte es mit eigenartigen Hafenbestimmungen und Verfahrensfragen zu tun. Andererseits stellte sich in der Kommunion heraus, dass niemand mit dem Hafenmeister oder einem Verwaltungsbeamten in Arlen gesprochen hatte.

Klar war jedenfalls, dass der verunsicherte General persönlich mit dem Grafen reden musste. Das Verhalten der Dordovaner konnte später geklärt werden.

Von zehn Wächtern locker umgeben, ritt Darrick mit dem Raben in die Stadt. Er war die ganze lächerliche Sache leid und bedauerte, dass er Denser dies alles zumuten musste. Er konnte seine Schuldgefühle jedoch nicht offen eingestehen, und die giftigen Blicke des einsilbigen Xeteskianers machten die Sache nicht besser.

»Was ist denn nun eigentlich los?«, fragte der Unbekannte. »Gibt es ein Problem, wenn wir im Lager bleiben?«

»Das ist eine militärische Entscheidung«, erwiderte Darrick etwas abweisend. »Ich will nicht, dass euch etwas passiert, falls es Ärger gibt.«

»Wenn, nicht falls«, knurrte Denser.

Darrick drehte sich im Sattel halb zu ihm um. »Denser, mach es bitte nicht schwieriger, als es ohnehin schon ist.«

»Aber klar, kein Problem. Ich möchte dir ja auf keinen Fall irgendwelche Unannehmlichkeiten bereiten.«

»Hör mal, mir gefällt das auch nicht«, sagte Darrick. »Aber wenn ich es nicht gewesen wäre, dann wäre jemand anders gekommen, und dann würdet ihr Ketten tragen.«

»Deine Freundlichkeit ist überwältigend«, fauchte Denser.

Darrick drehte sich ganz herum und stützte sich mit einer Hand auf dem Sattel ab. »Ich will eines noch einmal ganz deutlich erklären, Denser aus Xetesk. Ich bin ein Soldat aus Lystern, und es ist mir eine Ehre. In dieser Eigenschaft wurde mir der Befehl erteilt, euch zu fangen und an einem sicheren Ort abzuliefern. Genau das werde ich tun. Ich muss es nicht mögen, ich muss nicht einmal damit einverstanden sein, ich muss es nur tun. In diesem Augenblick verstoße ich gegen alle nur denkbaren Regeln für den Transport von Gefangenen, und das liegt daran, dass ich Achtung und Vertrauen für euch empfinde. Versuche bitte nicht, mich davon zu überzeugen, dass ich es eigentlich anders halten müsste.«

Er drehte sich wieder nach vorn. Er hasste das, was er mit einem Knoten im Bauch gerade gesagt hatte, doch er war froh, dass seine Männer es gehört hatten. Es dauerte eine Weile, bis der Unbekannte wieder das Wort ergriff.

»Dieser sichere Ort, soll das die Burg oder das Gefängnis sein?«

Darrick zog die Augenbrauen hoch. »Ich fürchte, es ist

das Gefängnis. Da gibt es eine ständige Wache von Magiern, und ich kann auch ein paar meiner eigenen Männer dort lassen.«

»Du meinst es wirklich ernst, was?« Ilkar war die Enttäuschung anzumerken.

Darrick drehte sich nicht um. Er konnte dem Elf nichts ins Gesicht sehen. »Ich meine es immer ernst.«

Am Abend, wenn die Märkte geschlossen und alle Gasthöfe und Wirtshäuser geöffnet und mit lärmenden Gästen überfüllt waren, bekam Arlen ein ganz anderes Gesicht. Matrosen mit Landurlaub wollten so viel Bier und Schnaps in sich hineinkippen, wie sie nur konnten, während die Huren gute Geschäfte machten, weil der Alkohol die Geldbörsen lockerte, Versprechen ertränkte und heiße Lust in entfesselten Lenden entfachte.

Ärger war ein unvermeidlicher Bestandteil des Nachtlebens, doch die Stadtwache war in ausreichender Stärke auf Streife, und so gab es nur selten Probleme. Darrick lieferte seine Gefangenen widerstrebend in einem Gefängnis ab, das derzeit frei von Berauschten war, aber erbärmlich nach den Gästen der vergangenen Nacht roch.

»Enttäuscht mich nicht«, sagte Darrick durchs Gitter der mit Eisen verstärkten Holztür.

»Ich wüsste gar nicht, wo ich lieber wäre als hier«, murmelte Denser.

»Was meinst du damit?« Der Unbekannte trat ans Guckloch.

»Ich meine, ich weiß, dass ihr nichts Falsches getan habt, aber ihr müsst mir einfach glauben, dass ich es mache, um euer Leben zu schützen.«

»Wir brauchen deine Hilfe nicht, General«, sagte der Unbekannte. »Und wenn wir raus wollen, dann kommen wir raus.«

»Meine Männer haben Befehl, euch zu töten«, sagte Darrick. »Bitte zwingt sie nicht, ihre Befehle auszuführen. Ihr habt keine Waffen und keine Rüstungen, und ich habe Magier vor der Tür postiert, die aufs Mana-Spektrum eingestimmt sind. Bleibt wo ihr seid. Ich komme so bald wie möglich wieder her.«

»Du machst einen schweren Fehler«, sagte Denser. »Ich bin der Einzige, der sie retten kann. Sie werden sie umbringen. Das Blut wird an deinen Händen kleben, und ich werde es dir heimzahlen.«

»Wenn es dazu kommt, dann werde ich mich nicht einmal verteidigen«, sagte Darrick. Er drehte sich um und marschierte davon. Abermals erwachten seine Zweifel, und sie wurden nicht nur vom Raben, sondern auch vom eigentümlichen Verhalten der Dordovaner genährt. Sobald er mit dem Grafen gesprochen hatte, gab es mit Gorstan, dem Anführer der dordovanischen Magier, einige Dinge zu klären.

Der Unbekannte drehte sich zu Denser um, der ihn voller Verachtung ansah.

»Dein Plan funktioniert hervorragend, was? Ich muss schon sagen, Unbekannter, deine Taktik ist nicht zu schlagen. Erienne retten, indem du uns einlochen lässt. Glückwunsch. Du bist für den Tod meiner Tochter verantwortlich.« Denser war, während er sprach, durch die zehn Fuß große Zelle gekommen und stand jetzt einen halben Schritt vor dem großen Krieger.

»Denser, ich muss eine Weile nachdenken, ja?« Der Unbekannte erwiderte gelassen den Blick des Magiers. Er wollte nicht schon wieder die gleichen Argumente durchkauen wie während der letzten zwei Tage.

»Worüber denn? Über eine möglichst raffinierte Art,

sie dazu zu bringen, uns an die Wand zu ketten?« Denser klapperte mit einer der Ketten, die in Brusthöhe ringsherum in der Zelle angebracht waren.

Der Unbekannte sah an Denser vorbei zu Ilkar. Der Elf war schon eine ganze Weile sehr still, und er wusste, was dem Julatsaner durch den Kopf ging. Ilkar hatte immer darauf vertraut, dass der Unbekannte die richtige Entscheidung traf, doch er hatte Mühe zu erkennen, was es nützen sollte, im Gefängnis von Arlen eingesperrt zu sein. Das Problem war, dass der Unbekannte es selbst nicht wusste. Er hatte angenommen, sie würden unter Bewachung in einem Zelt bei der Kavallerie blieben. Auch als sie nach Arlen ritten, hatte er noch angenommen, dass sie in der Burg untergebracht werden sollten. Er war sicher gewesen, dass er den Grafen überreden konnte, sie freizulassen. Schließlich war der Graf ein alter Freund.

Aber nun dies hier. Das war nicht vorgesehen. Sie hatten keine Waffen, keine Rüstungen und keine Chance, magische Aktivitäten vor den Wächtern draußen zu verheimlichen. Es gab keinen Ausweg. Und das Schlimmste war, dass er keine Antwort für Denser hatte. Der Rabe steckte in der Klemme.

»Es sieht mies aus ...«, begann er, um irgendetwas zu sagen.

»Mies?« Denser packte den Unbekannten am Jackenkragen. »Es wimmelt hier von Dordovanern, und meine Frau ist mit dem Segelschiff eingelaufen und weiß nicht einmal, was ihr hier droht. Sie werden sie schnappen, bevor sie blinzeln kann, und dann können wir anfangen, die Tage zu zählen, die meine Tochter noch lebt. Bei den fallenden Göttern, Unbekannter, wir waren ihre einzige Hoffnung. Und was hast du getan? Du hast uns in dieses verdammte Gefängnis gebracht. Mies. Ich würde sagen, das ist leicht untertrieben.«

Der Unbekannte schob ihn sachte zurück. »Es tut mir Leid. Ich hatte nicht damit gerechnet, dass wir hierher gebracht werden.«

»Was sollen wir denn jetzt tun?«, fragte Denser. Der flehende Ausdruck war wieder da, sein Zorn war so schnell verraucht, wie er gekommen war.

Der Unbekannte schüttelte den Kopf. Es blieb ihm nichts anderes übrig, als die Wahrheit zu sagen.

»Ich weiß es nicht.«

»Klasse. Dann mache ich's mir mal bequem.«

»Weißt du, Denser, es steckt noch mehr dahinter. Du hast immer angenommen, Dordover wolle sie töten. Inzwischen kennst du die Methode. Aber das ist noch nicht alles. Ich habe schon in Greythorne darüber nachgedacht, und jetzt will ich es von dir hören. Du sagst immer, du seist der Einzige, der an diesem Chaos etwas ändern könne, und jetzt will ich wissen, wie du das anfangen willst. Also erzähle es mir.« Der Unbekannte baute sich vor Denser auf.

Der Dunkle Magier blieb sitzen, wo er war, und schaute zum großen Krieger hoch. »Unbekannter, ich weiß nicht, was du meinst.«

Der Unbekannte beugte sich über ihn. »Denser, du bist ein alter und guter Freund, und du bist ein Magier mit überragenden Fähigkeiten. Aber diese Faust kann dir den bärtigen Kiefer schneller brechen, als du einen Spruch wirken kannst. Du verheimlichst uns etwas, und das lässt dich dumme Dinge sagen und tun. Ich werde es herausfinden, indem du es mir sagst, oder indem ich es aus deinen herausgeschlagenen Zähnen weissage.« Der Unbekannte lächelte nicht.

Ilkar saß auf seiner Pritsche an der anderen Wand der stinkenden Zelle und fragte sich, ob die Drohung ernst gemeint war.

»Sind wir wirklich so weit heruntergekommen?«, murmelte er. »In Zellen herumsitzen und einander drohen?« Niemand antwortete ihm.

Er konnte sehen, wie Denser über die Drohung nachdachte. Nach längerem Schweigen drängte Denser den Unbekannten etwas zurück, langte in sein Hemd und zog ein paar zusammengefaltete Blätter heraus.

»Ich habe in Xetesk einen Teil der Prophezeiung übersetzt«, sagte er.

Ilkar fuhr auf. »Wie viele Blätter hast du eigentlich …«

»Sechs«, antwortete Denser. Er zuckte mit den Achseln. »Es tut mir Leid.«

»Und du wirst uns sicher auch beim nächsten kleinen Geheimnis wieder sagen, es sei nicht so wichtig?«

Denser schüttelte den Kopf, er schien unendlich traurig. »Nein, das sage ich nicht. Ich kann sie retten, Ilkar. Ich kann Lyanna retten. Ich kann uns alle retten. Wirklich.«

Ilkar wechselte einen Blick mit dem Unbekannten. Sie hatten den gleichen Gedanken. So etwas hatten sie schon einmal gehört, bevor er Dawnthief gewirkt hatte. Sie mussten grinsen, und Ilkar sprach es aus.

»Aber das ist doch wundervoll, oder?«, sagte er. »Ich verstehe nicht, warum du deshalb so komisch bist.«

»Es gibt eine Nebenwirkung«, sagte Denser. Ilkar lief es kalt über den Rücken. »Ich werde dabei sterben.«

General Darrick war mit vier Wächtern durch Arlen zurückgeritten. Densers absolute Gewissheit, dass Dordover Lyanna töten wollte, setzte ihm zu. Nach der Ankunft auf der Burg hatte man ihn in ein bequemes, von einem Kaminfeuer gewärmtes Zimmer komplimentiert und ihn gebeten zu warten. Der Graf, so sagte man ihm, sei bei einem befreundeten Händler zum Abendessen eingeladen, um die Geburt eines Sohnes zu feiern, und werde vor Mitternacht nach Hause zurückkehren.

Nach mehreren Tagen im kalten, feuchten Sattel und nach schauderhaften Nächten im Zelt hatte Darrick nichts gegen eine duftende Suppe, etwas Brot und ein warmes Kaminfeuer einzuwenden. Nachdem er sich vergewissert hatte, dass auch seine Begleiter versorgt waren, schickte er einen Soldaten mit einer Nachricht zu Izack und machte es sich gemütlich.

Er widerstand dem Drang, einfach einzunicken, und überlegte sich, dass er eigentlich nach Arlen gekommen war, um die Ausrüstung der Schiffe zu beaufsichtigen, damit Erienne geschützt zu dem Ort im Ornouth-Archipel zurückkehren konnte, von dem sie gekommen war. Er hatte sogar gedacht, er könne einfach an Bord gehen und mit Erienne reden und ihr die Lage erklären, während das Elfenschiff die Dordovaner und Lysternier zu dem Mädchen führte, das sie in ihre Gewalt bringen und kontrollieren wollten, um Balaia zu retten.

Jetzt aber schien es, als hätten es die Dordovaner überhaupt nicht mehr eilig, und als müsste er alles selbst organisieren. Das war nicht gerade ein Beleg für eine reibungslose Zusammenarbeit zwischen den Kollegien.

Als er durch die Tore der Burg Arlen geritten war, hatte er die entspannten Wächter gesehen, das Lächeln der Leute, die sich um die Pferde kümmerten, und die beinahe informelle Begrüßung durch den Knappen, der sie zum Bergfried führte. Die Leute führten sich auf, als hätten sie einen großen Sieg errungen. Sie hatten offenbar keine

Vorstellung von den Kräften, die sich hier zusammenballten und die mit jedem Herzschlag näher rückten.

Darrick hatte damit gerechnet, dass der Graf nach dem Abendessen bei guter Laune wäre, doch Jasto war kühl gewesen, auch wenn er dem General freundlich die Hand schüttelte.

»General Darrick, was für eine angenehme Überraschung.«

»Graf Arlen.«

»Ich habe gerade einen Krug Glühwein bestellt. Wollt Ihr ihn mit mir teilen?«

Darrick lächelte. »Ein wenig vielleicht. All diese Suppen und der heiße Wein – es klingt fast, als sei der Winter gekommen.«

»Das könnte sogar zutreffen.« Arlen füllte zwei silberne Becher und gab einen an Darrick weiter. Er winkte dem General, sich auf einen Polstersessel am Kamin zu setzen. »Diese Magie riecht übel, wie man hört, und sie sorgt vor der Zeit für Kälte und Regen in meiner Stadt. Es dreht sich doch alles um ein Mädchen, nicht wahr?«

»Ja«, sagte Darrick. Er war neugierig, wie viel der Graf schon wusste.

»Hmm. Und es scheint, als hätten wir bisher noch Glück gehabt. Nur Wind und Regen und ein paar Gewitter. Allerdings recht beeindruckend.« Seine Mundwinkel zuckten. »Wir haben von Wirbelstürmen gehört, und der Erdboden hat eine ganze Stadt verschluckt. Sogar Korina hat etwas abbekommen, das Wasser ist gestiegen und hat dort den Hafen beschädigt. Nun sagt mir, was habt Ihr hier zu suchen?«

»Ich soll das Kind finden«, erklärte Darrick. »Ich soll es in Sicherheit bringen, damit es kontrolliert werden kann, bevor in Balaia noch mehr Schaden angerichtet wird.«

»Und die Dordovaner im Süden haben die gleiche Absicht?«

»Angeblich schon«, bestätigte Darrick. »Allerdings haben sie bisher nicht viel ausgerichtet, wenn man davon absieht, dass sie ihre Zelte aufgestellt haben.«

»Dabei sind sie schon mehr als zwei Wochen hier.« Arlen trank einen großen Schluck Wein. »Ich habe sie in Ruhe gelassen, weil sie bisher immer äußerst höflich waren, wenn sie hierher gekommen sind. Sie haben die *Calaianische Sonne* gechartert, sie haben mit meinen Leuten gegessen und getrunken und kein Wort darüber verlauten lassen, was sie hier wollen. Seltsam finde ich freilich ihr Bündnis mit den Schwarzen Schwingen, die nichts anderes als geistlose Schläger sind, die ich aus der Stadt werfen musste. Meines Wissens waren doch die Kollegien in ihrem Hass auf diese Leute einig.«

»Wie bitte?« Darrick fuhr auf, weil er nicht sicher war, ob er den Grafen richtig verstanden hatte.

»Noch mehr überrascht mich, dass ein Mann von Eurer Ehre und Eurem Ansehen anscheinend etwas mit einem solchen Bündnis zu schaffen hat. Ich dachte, Lystern stehe über diesem Sumpf.«

»Mein werter Graf, ich muss …«

Arlen hob die Hand. »Dies ist mein Wohnzimmer, und Ihr werdet mich hier aussprechen lassen. Ich höre nun, dass Ihr etwa zweihundert Kavalleristen nordwestlich der Stadt kampieren lasst. Führt sie nach Hause, General Darrick. Sie werden hier nicht gebraucht. Ich werde die Streitkräfte der Kollegien hier nicht mehr dulden. Die Schwarzen Schwingen sind fort, Eure zweifelhaften Verbündeten werden nach Ornouth segeln, um das Kind zu finden, und alles wird wieder im Lot sein.« Er füllte sein Glas wieder auf.

Darrick konnte nicht sitzen bleiben. Er konnte nicht glauben, was er da über die Dordovaner gehört hatte. »Graf Arlen, bitte«, sagte er. Seine Erregung war ihm anzumerken, aber das war ihm egal. »Die Schwarzen Schwingen. Ihr sagt, sie arbeiten mit den Dordovanern zusammen?«

Es war eine bizarre Frage, er konnte kaum glauben, dass sie ihm über die Lippen kam. Arlen sah ihn lange an und schien ein wenig verwirrt.

»Ihr habt es nicht gewusst?« Er zielte mit dem Finger auf Darrick. »Nein, Ihr habt es nicht gewusst.«

»Nein, und ich fürchte, ich kann auch Eure Stadt nicht verlassen, auch wenn ich versprechen kann, dass Euren Leuten durch keine Hand eines Lysterniers ein Härchen gekrümmt werden soll«, sagte Darrick. »Es wird hier Blutvergießen und Zerstörung geben, wenn ich es nicht verhindere.«

»Mein guter General, Ihr reagiert viel zu heftig. Fragt irgendjemanden in der Stadt, was heute Morgen geschehen ist. Ich habe die Situation bereinigt. Die Schwarzen Schwingen wurden vertrieben, sie mussten mit dem Schwanz zwischen den Beinen die Stadt verlassen. Es ist niemand mehr da, gegen den Ihr kämpfen könntet.« Er kicherte und schüttelte den Kopf.

Darrick hatte alle Mühe, sich zu beherrschen. »Mein Lord, in Eurem Hafen liegt ein Schiff, ein Elfenschiff, das kürzlich eingetroffen ist.«

Arlen nickte. »Die *Meerulme.* Ein wunderschönes Schiff, nicht wahr?«

»Ihr müsst mir die Erlaubnis geben, sofort an Bord zu gehen.«

»Ich muss?« Arlen zog die Augenbrauen hoch. »General Darrick, ich bin nicht daran gewöhnt, dass man mir in meinem Salon solche Forderungen stellt.«

»Trotzdem muss ich auf meiner Bitte bestehen. Habe ich Eure Erlaubnis?«

»Nein, General, Ihr habt sie nicht.« Arlen stand auf. »Und solange Ihr mich nicht überzeugen könnt, dass es für die Sicherheit von Arlen unabdingbar ist, werde ich mich auch weiterhin weigern.«

Darrick rastete aus. Er beugte sich über den Tisch und warf einen mächtigen Schatten über den Grafen. »Wenn Ihr Beweise für die Notwendigkeit wollt, dann wartet nur, und sie werden zu Euch kommen. Erienne Malanvai, die Mutter des Kindes, das all dies verursacht, befindet sich auf dem Schiff. Sie muss in Sicherheit gebracht werden. Der einzige Weg, dies zu erreichen, besteht darin, mich an Bord zu lassen und das Schiff auf Reede zu legen.«

»Weicht zurück, General, sonst lasse ich Euch von meinen Männern in die Zellen stecken, die Ihr Euch geborgt habt, um meine Freunde einzusperren. Ihr scheint große Angst vor ihnen zu haben, und vielleicht weiß ich jetzt auch warum. Ihr wollt sie von Erienne fern halten, nicht wahr? Aber wovor sonst habt Ihr Angst? Vor den Schwarzen Schwingen? Glaubt Ihr wirklich, sie könnten gegen meinen Willen an Erienne herankommen?«

Doch Darrick wich nicht zurück. Vielmehr packte er den Grafen am Kragen seines teuren Seidenhemdes, das zerriss, als er den Mann halb über den Tisch hinweg zu sich zog. »Der Rabe ist im Gefängnis, weil ich um sein Leben fürchte, wie ich um Eures fürchte«, sagte er, und seine Stimme wurde laut. »Die Gefahr geht nicht von den Schwarzen Schwingen aus, verdammt. Auch wenn sie viel gefährlicher sind, als Ihr zu glauben scheint. Ihr seid nicht auf dem Laufenden, fürchte ich.« Er stieß den Grafen zurück; der ältere Mann tastete nach seinem Stuhl und setzte sich mit bleichem Gesicht. Darricks

Hände zitterten, und nicht nur vor Wut. »Xetesk marschiert hierher, und wenn das Schiff nicht verschwindet, dann werden die Protektoren diese Stadt in Stücke reißen, um es zu bekommen.«

Lesen Sie weiter in:
JAMES BARCLAY: Elfenmagier